柠檬汽水糖

苏拾五 著

四川文艺出版社

秋末的风燥得像夏季还没过去,而他好像就是吹过她夏天的那一阵风,只能或近或远地感受,抓不住,也抱不到。

LEMON SODA SUGAR

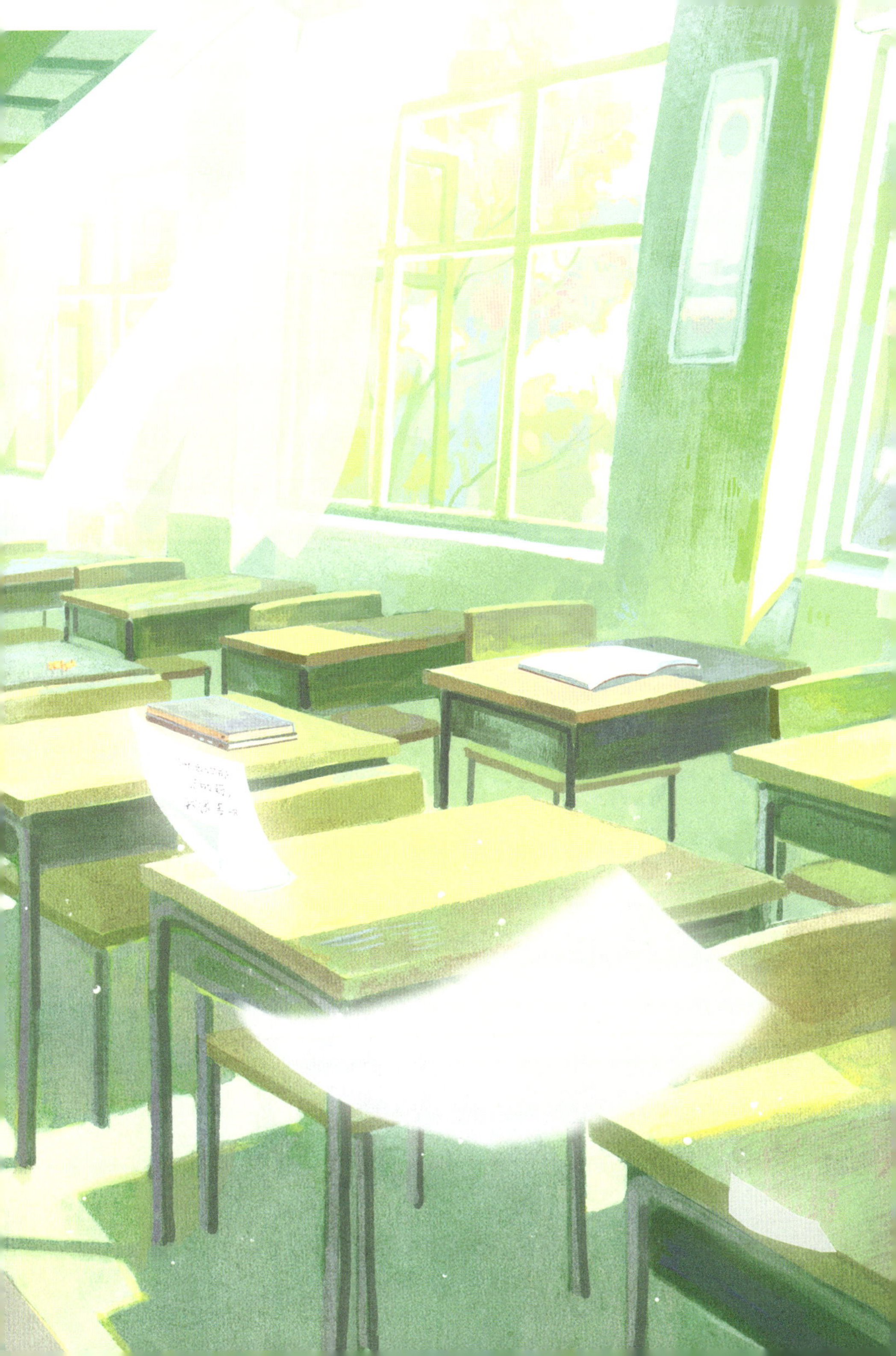

她心里揣着一个不为人知的秘密,总是没办法坦然,开始拍摄后,镜头故意先一一拍过其他人,最后才对准了想拍的那个人。

LEMON SODA SUGAR

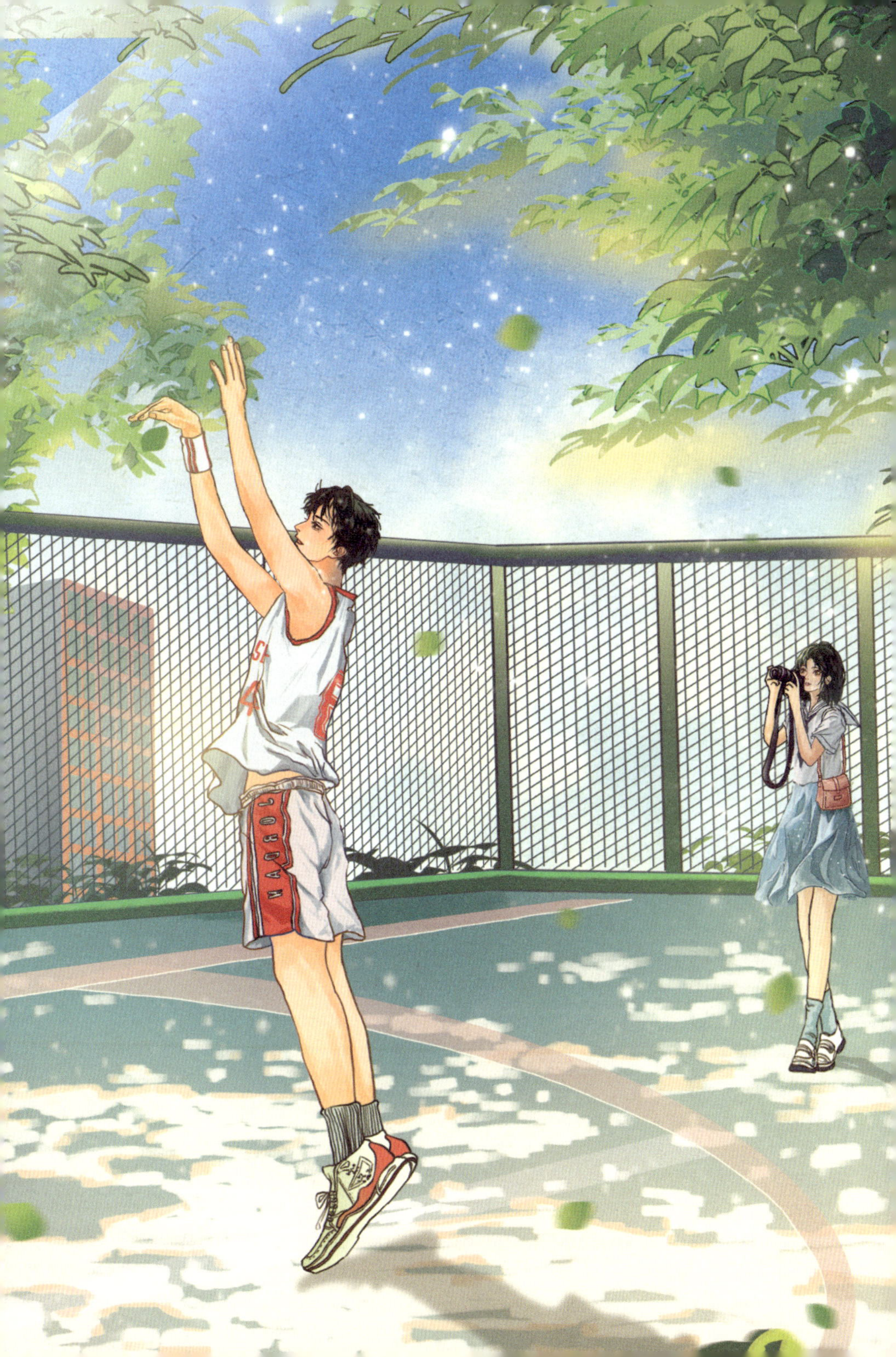

CONTENTS
目　　　录

卷一
洋葱
...
001

卷二
初恋
...
175

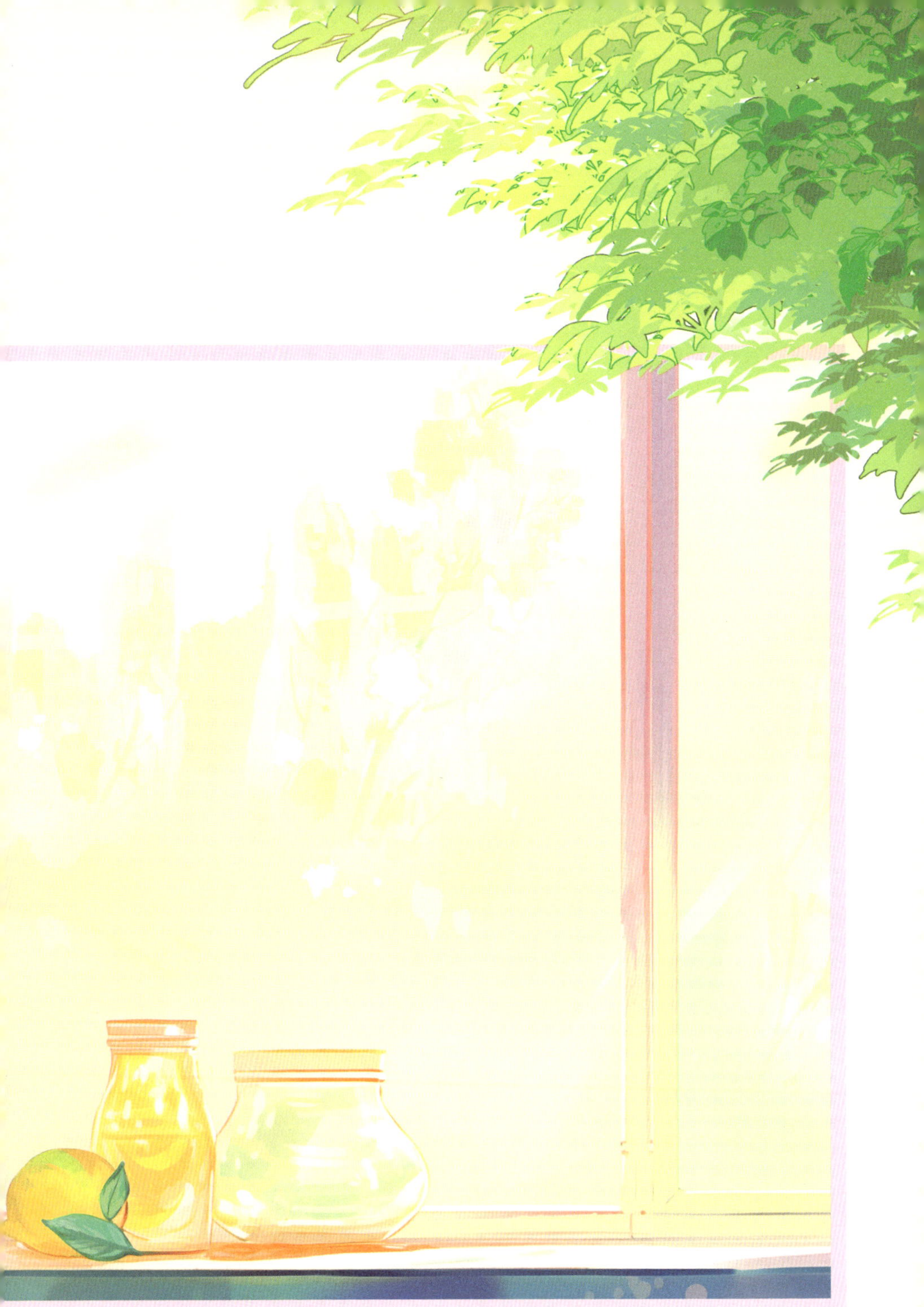

那天的风和阳光都是热烈的，

也是温柔的。

怎么去拥有一道彩虹,怎么去拥抱一夏天的风,

——《知足》

卷一

洋葱

LEMON

SODA

SUGAR

第 1 章

周五下午，秋季的落日映红了半边天空。

透过高一二班教室的窗户可以看见篮球场，而最后一扇窗户的视角最好。周安然打扫到最后一扇窗户附近时，动作停了下来，抬头朝窗外望去。

教学楼离球场不算近，篮球场上肆意奔跑的少年们被距离模糊了身形样貌，远远望过去，像是在不停跑动的蓝白线条小人。周安然自认对那个人的身形样貌已经十分熟悉了，但也没办法在这一堆线条小人中辨认出他来。她收回目光，视线又落在第二组第六排左边的座位上。

桌上的书籍摆得不整齐，但也算不上乱，和它们的主人一样，是所有老师眼中的好学生，但又不是那种规规矩矩的好学生。一下课，他经常走得比谁都积极。黑色的书包常散漫地挂在一侧肩膀上。因为嫌麻烦，别说班干部了，连课代表都没当一个。

"然然，你扫好了没？"严星茜的声音忽然响起。

周安然回过神儿："快好啦。"

再把清理好的垃圾倒掉，周安然和严星茜的任务就算完成了。两人回到课桌前收拾书包，严星茜回头看后桌："贺明宇，你还不走啊？"

后桌的男生戴着副眼镜，正低头写着试卷，闻言抬头看了她们一眼："等下就走。"

"那我们先走啦。"严星茜也没再多说，"走吧，然然。"

二班在二楼，周安然跟她挽着手下楼。

她父母和严星茜父母是好友，她俩住在一个小区，从小一起玩到大。她们回小区的公交车要去学校东门外搭。而从教学楼去东门，是要经过篮球场的。想到等下还能再见到他，周安然的心情雀跃起来，脚步也轻快了些,就连肩上沉甸甸的书包好像也轻盈了不少。

在球场上,他永远是最引人注目的一道风景。过路的许多学生,无论男女,常常会不自觉地望过去。周安然也混在其间,这样就不算显眼。

楼梯下了一半,严星茜想问周安然要不要在校外买杯奶茶再回去,一偏头就看见旁边的周安然睫毛长而卷翘,嘴角微微翘起,白得近乎发光的脸颊上溢出一个小小的梨窝。认识这么多年,严星茜还是时不时地会被她这副模样甜到。只是学校在发型和着装上都有要求,周安然向来乖巧听话,不会变着花样擦着边儿打扮自己,她脸上还有点婴儿肥,性格又温敦不爱出风头,在班上就不那么显眼。

严星茜不由得盯着她多看了几秒。随着往下走的动作,周安然嘴边的小梨窝被快齐肩的头发遮住,露出,又遮住,露出。

"然然。"严星茜晃晃她的手,"怎么回事,你今天好像格外开心?"

周安然心跳快了一拍:"要放假了,你不开心吗?"

"当然开心啊。"严星茜继续盯着她,"但感觉你今天比平时还要更开心一点。"

周安然撇开视线:"我妈妈说今晚会做虎皮鸡爪,晚上我给你送点过去。"

严星茜最爱周安然妈妈做的虎皮鸡爪,闻言注意力立马转开:"呜呜呜,然然我爱你,也爱阿姨。"

出了教学楼,周安然和严星茜继续有一搭没一搭地聊着天。

篮球场不久便撞入视线。二中的篮球场是很宽敞的一大片,被红白线条切割成六个标准的篮球场。共两排,一排三个。他和他的朋友们好像更喜欢在第一排第三个场地打球。周安然的视线不自觉地先落在第一排第三个球场上。

距离慢慢拉近,场上奔跑的男孩子们不再是模糊的蓝白线条,已经能分辨出更具体一点的模样。有长手长脚的,有身形魁梧一点的,有头发长到估计马上要被老师训斥的,也有图省事干脆理了短寸的。但都不是他,没一个人是他。

哪怕还看不清脸,周安然依然能轻易辨别出,他不在第一排第三个球场里。她看向其他球场。第一排第一个没有他,第二个也没有。第二排第一个是空的,第二个没有他,第三个还是空的。

周安然觉得书包好像重新变得沉甸甸的。有两个女生在球场边驻足几秒，又离开，许是不回家的住校生，朝着校内的方向，朝着她们的方向走来。擦肩而过时，周安然听见了她们的对话。

"陈洛白今天怎么没在球场打球啊，他不是每周这时候都会在学校打一会儿篮球的吗？"

"就是啊，我还以为今天能见到他呢，都好几天没看到他了。"

"乱说，你昨天不是还装作路过他们教室门口去偷看他了吗？"

"这不就是昨天没能看到嘛。"

对方的语气和周安然此刻的心情一样失落、怅惘。她也以为今天还能再见他一面。明明下课的时候听见他和朋友说要一起去打球的。确认他不在球场，周安然收回视线，垂下头心不在焉地看着地面，直到看见严星茜的手在她眼前晃了晃。

"然然。"

周安然偏头："怎么啦？"

严星茜："我还想问你怎么了。刚刚还很开心，这会儿又蔫不拉唧的，我和你说话都没反应。"

周安然抿抿唇："你和我说什么了？"

严星茜："我问你要不要买杯奶茶再回去。"

周安然有点愧疚刚刚沉浸在自己的思绪里，没认真听好友说话，她点点头："去吧，我请你。"

"太好啦。"严星茜的性格和她正好相反，大大咧咧的，也没多想，"正好我这个月的零花钱没剩多少了。"

周安然跟严星茜边聊边走。很快经过球场。她不由自主地又抬头看了眼第一排第三个球场，认出场上有好些熟悉的面孔，一个三班的，剩下几个都是他们班上的。都是和陈洛白玩在一起的人。因为和陈洛白玩在一起，她才会觉得熟悉。但他的朋友在打球，他为什么不在呢？

周安然不免又开始神情不属。所以等那句"同学小心"远远传过来时，她也慢了半拍才抬起头——

橙红色的篮球几乎已经砸到她面前。是猝不及防、全没准备的一个场景，要躲好像已经来不及了，周安然愣在原地，等着剧痛到来。

几乎在同一时间，一股清爽的洗衣液的香味袭进鼻间，一只冷白细长的手从斜地里伸过来，拦住了那个近在眼前的篮球。应该是只有不到两寸的距离。近到周安然可以清楚地看见那只大手上细细的绒毛和因为用力而微微凸起的青筋。还有腕骨上方那颗她不经意间隔着或近或远的距离瞥见过几次的、足以让她瞬间辨认出来人身份的小痣，这次也终于近在眼前。原来不是黑色的，而是偏棕褐色的一小颗。

周安然的心脏倏然怦怦跳，乱了节奏。伴随着只有她自己听得见的心跳声，还有那熟悉的，比同龄人声线稍稍偏低，但又带着几分少年特有的清朗的手主人的声音也在她耳边响起。

"差点儿砸到女生也不道歉！"球场那边的声音交织在一起传过来。

"哥，你终于来了，等你好久了，还打吗？"语气热络的。

"抱歉啊同学。"略带点敷衍的。

"阿洛，老高叫你过去做什么？"好奇的。

哦，原来是被班主任临时叫走了。周安然垂在一侧的手指蜷了蜷，有点想偏头去看他的模样。

严星茜刚刚也有点被吓到，此刻才反应过来，拉着她往旁边退了两步，又冲球场那边吼："你们打球不会看着点儿人哪！"

周安然安抚似的拍了拍她的手，到底没忍住，偏头朝他看过去。

南城已经进入十月下旬，天气却热得反常，全校大部分人都穿着夏季校服。

男生身形高挑，二中宽松的蓝白校服穿在他身上显得格外干净清爽，被夕阳镀了一层金边的侧脸线条流畅利落，睫毛黑而长，双眼皮清晰分明。那颗差点儿砸到她的篮球被他抓在手里，又掷起随便转了两下，男生笑容懒洋洋的，目光盯着球场那边，没有一丝一毫落到她身上。

周安然高高悬起的心重重落下，密密的失落重新填进去。但不该失落的，她应该预知到这一幕。她应该知道他刚才帮助她的行为，只是他刻在骨子里的教养，至于被他帮助的到底是路人甲、路人乙，还是路人丙或路人丁，他并不在意。

毕竟这也不是她第一次被他帮助。

高一报到那天，正好撞上严星茜爷爷七十大寿，严星茜的家长早早跟老师请好假，要晚两天再过来报到。周安然父母那天也有工作，她没让他们请假来送她，独自一人来到二中报到。办手续的地方在办公楼二楼，她来得早，楼梯上不见其他人。

那天南城下大雨。周安然慢吞吞地上楼，上完最后一级楼梯，她左右张望寻找着报到的地方，地上不知被谁没素质地丢了个香蕉皮，她没注意到，一脚踩上去，整个人稳不住地往后倒——

然后跌进了一个灼热有力的怀抱中，清爽的气息铺天盖地袭来。略低的男声在耳边响起："小心。"

周安然偏过头，目光撞进一双狭长漆黑的眼中。这时，一颗脑袋从三楼的楼梯扶手边探出来，有人朝着她这边大喊："陈洛白，你快点。"

像是看清他们此刻的姿势，对方脸上多了打趣的笑意："搞什么，我等你半天了，你居然在这儿……"

周安然脸微微一热，也不知红没红。旁边的男生却全然没注意到她的反应，一扶她站稳，就迅速松开了手，他抬头看向三楼楼梯扶手边探出的那颗脑袋，笑骂："人姑娘差点儿摔了我随手扶一把，你长了嘴就只会用来乱说是吧？"

他穿着简单的白T恤和黑色运动裤，黑色的短碎发搭在额前，显得清爽又干净，笑起来周身一股压不住的蓬勃少年气。

"那你倒是快上来呀。"

直到三楼的人再开口，周安然才想起她该跟他道声谢，可男生却没给她这个机会。他没再停留，更没再多看她一眼，转身大步跨上楼梯。

忽然起了风。近临着的二楼的香樟树被风吹得沙沙作响，雨滴顺着翠绿的枝叶往下滴落。

周安然在风雨声中抬起头，只来得及看见一个奔跑的颀长背影和被风吹起的白色衣角。

第 2 章

那天周安然在原地站了好久。

她抿抿唇，忽然转身快步下了楼。她折回公告栏，从分班表第一排开始,一个名字一个名字认真地看下去。最后发现和刚才听到的那个名字最接近,也是唯一接近的三个字就在他们班上的时候,她有种被巨大惊喜砸中的感觉。

她以为高中会比初中更难熬,是除了学习还是学习的一段时间。陈洛白像是突然出现的一道光,照亮了她灰扑扑的青春。可惜这道光太耀眼,让人可望而不可即。

而周安然能跟他同班,许是已经耗尽了自己的运气,后来班上排座位,她跟他一前一后,一左一右,隔了远远的距离。加上她性格内向,开学一个多月,都没能和他说上话。差不多只能算是打过几次照面的陌生人。

"不好意思啊。"球场上又有声音传来。说话的是他们班的一个男生,叫祝燃,陈洛白关系最好的朋友之一。

周安然从回忆中醒过神来,想起自己还没跟他道谢。她张了张嘴,还没来得及说出口,祝燃的声音又响起:

"陈洛白,你还站那儿干吗,快下来打球啊。"

陈洛白手上还拿着刚才差点儿砸到她的那颗球,随手习惯性地转了下:"今天不打了,我妈过来接我。"

"别啊,我们今晚还都等着和你一块儿吃饭呢。"另一个叫汤建锐的插话。

陈洛白淡淡瞥他一眼:"是等我吃饭还是等我结账啊?"

汤建锐"嘿嘿"笑出了声,丝毫没有不好意思:"都一样嘛。"

陈洛白朝祝燃那边扬了扬下巴:"今晚还是我请,让祝燃先给你们结,回头我转给他。"

"那你快点走吧。"

"是啊,别让阿姨久等。"

陈洛白把球砸过去,笑骂:"要脸吗你们!"

男生手高高扬起,扔球时,手臂因为发力,也有青筋微微凸起,彰显着和女孩子全然不同的力量感。周安然不由得想起这只手那天稳稳扶住她的感觉,不自觉地恍了下神。等她缓过神来,陈洛白已经大步离开,距她已有好几步远。

接过球的汤建锐原地运了几下，又冲他喊："下周见啊。"

夕阳下，陈洛白头也没回，只高抬起手朝后面挥了挥，挂在右肩上的黑色双肩包随着这个动作轻轻晃悠了下，有橙红的光线在上面跳跃。

周安然没勇气叫住他。到嘴边的那句"谢谢"最终没能说出口。

严星茜挽住她："我们也走吧。"

周安然轻轻"嗯"了声。

走在前方的男生身高腿长，距离越拉越远。周安然越来越懊恼，怎么就……又没能跟他说一声"谢谢"呢。

严星茜也盯着那个背影看了几秒，忽然道："然然，我好酸啊。"

周安然努力稳定情绪："酸什么啊？"

严星茜："酸陈洛白啊。"

周安然："嗯？"

严星茜不怎么关注陈洛白，平日她们很少聊起他。

"你酸——"周安然顿了顿，本来可以顺着话题，直接用"他"代替，但她出于一种说不出的私心，小声念了遍他的名字，"陈洛白做什么呀？"

"都说上天给人关了一扇门，就会再给人开另一扇窗，我反正是没看见我那扇小窗户。"严星茜皱着脸，"但我看见上天给陈洛白开了条通天大道。"

周安然不禁莞尔："你这是什么奇奇怪怪的歪理。"

"哪是歪理，你看嘛，他爸是知名企业家，他妈是我们市最有名的律所的高级合伙人，听说他外公外婆还是高校教授，典型的含着金汤匙出生的人。上次月考甩了第二名二三十分。今天老师让我们传看他的作文，那一手字又大气又好看。长得嘛，妥妥是我们学校校草，跟某些艺人比也完全不输，还胜在清爽干净。"

严星茜停了停，掰着手指算："家世、智商、长相，普通人占一样，可能就够这辈子生活无忧了，他居然同时占了三样，你说气不气人！"

周安然心里有些发闷，胡乱应了一句："是啊。"

就是太优秀了，所以才让人望而却步。

严星茜像是又想起什么："欸，对了，听说咱们学校的篮球教练当初还想让他去校队，咱们学校校队打高中联赛都是前三的水平，主力多少有望走职业篮球道路的，教练能看中他，说明他的水准已经和普通人拉开一大截了。"

前面高高瘦瘦的少年步伐大，距离和她们越拉越远，似乎在预示着将来和她们的差距只会越来越大。

严星茜这样没心没肺的姑娘像是也察觉到了这一点，长长叹了口气："算了，不说了，越说越心酸，我们还是快点去买奶茶吧。"

陈洛白已经出了校门，彻底消失在她们眼前。

周安然收回视线："嗯。"

垂头走了没几步，她听见旁边严星茜忽然哼起了歌："去你个山更险来水更恶，难也遇过，苦也吃过，走出个通天大道宽又阔。"

严星茜声音甜，唱起这首歌来格外有反差感。周安然笑了起来，心里闷住的那股气也散了些："怎么忽然哼这个歌？"

严星茜"啊"了声："我也不知道，忽然就想哼了，可能是因为刚刚聊到了'通天大道'吧，不过还是以前的歌好听。"

周安然打趣地看向她："那你偶像要是出新歌呢？"

严星茜苦着脸："别说了，还不知道哪年哪月呢。"

周安然到家的时候，两位家长都还没回来。她把书包放在客厅的沙发上，先去厨房淘米煮了饭，而后又折回客厅，拎起书包进了自己房间。周安然把数学作业拿出来，又从一旁的书架上抽出草稿本，当翻到其中一页时，她指尖停顿了一秒。

这一整页纸整整齐齐写满了诗词。她目光却直接落在第五行、第七行和第九行。上面的诗句分别是——

"白云还自散，明月落谁家。"

"芳林新叶催陈叶，流水前波让后波。"

"谁家玉笛暗飞声，散入春风满洛城。"

心情好像又复杂起来，酸的、甜的、涩的交织在一起。但想起下午那个越走越远的背影，周安然抿抿唇，把复杂的心情压下去，将草稿本翻到新的空白页，敛神开始做作业。

虽然有点儿难，但还是想再努力一点儿——努力追逐他的步伐。

写到其中一题时，周安然思绪卡了壳，她咬着唇，重新整理思路，拿在手里的笔无意识地在草稿纸上划拉。等她反应过来时，小半张草稿纸上，已经写满了"通天大道"几个字。

回家的路上，严星茜哼了一路这首歌。本来只是小时候爱看的电视剧的片尾曲，但现在，这几个字好像被赋予了不同的意义。好像也沾上了那些又酸又甜又涩的心情。

周安然低着头，笔尖落在纸上，刚写了一笔竖，门就忽然被推开。她心里一慌，蓦地捂住草稿纸，抬头看向进来的人，语气里露出不满："妈妈，你怎么又不敲门？！"

"在自己家敲什么门！"何嘉怡看她一副心虚的样子，走进来把手里洗好的水果放她书桌上，站在她旁边，"写什么了，妈妈一进来就藏。"

周安然刚才是下意识的反应，此刻才慢半拍想起刚才写的内容并没有什么破绽可露，乖乖地把手拿开。

何嘉怡低头看了一眼。上面一半写了些数字和公式，另一半写了一堆"通天大道"。

何嘉怡："嗯？"

"你写这么多'通天大道'做什么？"

周安然蜷了蜷指尖："没什么，就忽然想看《西游记》了。"

何嘉怡失笑："多大的人了，还想看《西游记》？！你现在都高一了，还是收收心思，好好学习。"

周安然垂下眼："知道了，妈妈。"

"那你先吃点水果。"何嘉怡指指桌上的盘子，"妈妈现在就去做饭。"

何嘉怡出去后，周安然又在房间里写了四十分钟作业。她转转有些发酸的脖子，收拾好书桌，起身拧开门出去。爸爸也回来了，两位家长在厨房说话。厨房的油烟机嗡嗡作响，掩盖住了周安然的脚步声，她已走到厨房门口他们都没发现。说话声从里面传出来。

何嘉怡："老周，你猜我今天在你女儿草稿本上看见什么了？"

"看见什么了？"周显鸿问。

何嘉怡："她写了半页纸的'通天大道'四个字，我看你也别担心她了，你家姑娘就还没长大，还惦记着看《西游记》呢。"

周显鸿笑道："她本来也还没长大。"

周安然脚步停了停。虽然何嘉怡并没有故意翻她的东西，但把在她本子上看到的内容这样说给爸爸听,她还是有种隐私被侵犯的不悦感。周安然抿着唇,伸手去拉门。厨房里两位家长终于发现了她。

何嘉怡回过头:"饿了?"

周安然不太想理她,只闷闷地摇了摇头。

何嘉怡朝旁边一个盘子抬抬下巴:"不饿的话,就先把这盘鸡爪给茜茜家送过去。还有两个菜没做,也快了,你回来应该就能吃了。"

周安然走过去,看见灶台上已经摆了四盘菜,全是她爱吃的。其实何女士平时工作也不轻松,她和周显鸿要是不加班,两个人晚餐经常就随便下点面对付过去。周安然周末一回来,她就要多花近一个小时的工夫给她做饭。周安然那点闷气还没得及被发现,忽然全散了。

吃完晚饭,周显鸿把碗收进厨房,就回客厅打开了电视。

"你把碗丢厨房里就不管了?"何嘉怡不满。

周显鸿拿起遥控器:"今晚CBA[①]揭幕战,我看完比赛再洗。"

周安然本来想说她来洗,听见这句话,又把嘴边的话咽回去,她也走到沙发边,挨着周显鸿坐下:"爸爸,我陪您一块儿看。"

何嘉怡正要去阳台收衣服,闻言停下来问:"你作业写完了?"

周安然乖乖点头:"写完了。"

何嘉怡:"那就去预习明天的功课,都高中了,还看什么电视?!"

周显鸿插话:"这不是才高一吗?况且吃完饭也得让孩子休息下。她跟我看个球赛,又不是看电视剧。他们上学也有体育课,指不定就要学篮球呢。"

何嘉怡一想也是:"那就只准看半小时。"

周显鸿:"半小时连半场都看不完。"

何嘉怡瞥了眼女儿只有巴掌大的小脸:"四十五分钟,没得商量了。"

周安然嘴角翘了翘,而后忽然听见周显鸿又开口:"怎么突然要陪爸爸看球赛了,你不是不感兴趣的吗?"以前周显鸿看CBA时,她从不在意。

周安然脑中蓦地闪过一个在球场上奔跑的高挑身影,下意识地答道:

---

① 中国职业篮球联赛。

"挺帅的。"

周显鸿把遥控器放下，眉一挑："谁挺帅的？"

周安然："……"

感情就真的很难藏，一不小心就总会从某个小口子里泄露出点什么。

周安然试图捂住这个小口子，脑中转了个圈，发现她只知道一个现役球员的名字，应付着说了出来。

周显鸿笑着看她："眼光还行啊，不过宏远今晚不打。"

周安然连宏远是什么都不知道，她心跳的节奏还乱着，胡乱点头："那我随便跟您一起看看。"

一场秋雨一场寒，周日一场大雨下完，周一南城温度骤降。周安然和严星茜一早进校后，就发现学校大部分学生和她俩一样，都换上了秋季校服。

七点整，两人到达教室。严星茜一坐下就开始埋头补数学作业。周安然坐她旁边，刚拿出英语书记单词，班上一个叫王沁童的女生就走到她旁边低声说："周安然，我能暂时跟你换下位子吗？我有几道物理题想问贺明宇。"

贺明宇是班上的物理课代表。

周安然点点头，把英语书拿起来，又抽出个笔记本，起身将位子让给王沁童，往王沁童的位子走去。

王沁童的位子就在陈洛白斜前方。他的位子目前还空着，维持着上周五她走前看到的状态。周安然瞥了一眼，又很快收回视线，在王沁童的座位上坐下来。

二中的早自习虽是自愿参加，但二班作为实验班之一，几乎所有学生都会提前过来。此刻早自习还没开始，大半的学生已经到了教室。

假期过后的周一早上，人心总难免比一周其他时候要浮躁些，实验班也不能免俗。教室里有些闹哄哄的，但好像都不及斜后方的空座位让周安然分心。她比平时多花了点时间才让自己静下心来。

周安然先照着顺序把单词记了一遍，又把其中前后缀相同的单词单独列出来分析一遍加深记忆，最后把容易和其他词混淆的几个单词誊抄在专门的笔记本上。投入进去后，周围嘈杂的声音好像自然而然就消失了。

直到耳朵里忽然传来一个名字。

"陈洛白。"

这个名字像是有魔法，瞬间将她从忘我的学习状态中拽出来，周围的一切声音重新回归。

聊天的，走动的，拖拽椅子的，不知道哪一个脚步声是属于他的。周安然想回头看一眼，又觉得太明显，但不用回头，她也很快知道答案了。

后面的座椅像是被移开，拖拽声近在耳边，上周五闻过的那股清爽香味也钻入鼻间。周安然从没坐得离他这么近过，后背紧绷起来。这时坐在她身后的祝燃的声音忽然响起：

"陈洛白，你怎么一副没精神的样子，昨晚干吗去了？"

周安然写单词的手顿住。斜后方的男生没开口，倒是祝燃停顿了下："不会是和上周那个学姐聊天去了吧？"

周安然的笔尖倏然在本子上画出一道刺目的痕迹。

第3章

陈洛白一落座就发现斜前方坐的人好像和平时不太一样，女生的个子要更矮一点，被祝燃的书挡住，只露出半个脑袋。细软的黑发别在耳后，露在外面的耳朵白得晃眼。

他困得厉害，也没多在意，把书包随便往椅子上一挂，就趴到了课桌上。还没来得及闭上眼，就听见祝燃问了这么句话。陈洛白抬起头。

周安然看不见后面的情况，捏着中性笔的指尖发紧、泛白。

临近自习开始，班上的人几乎到齐了，嘈杂声比方才更明显。四面八方都有说话声响起。

"你作业写完了没有？"

"今天英语老师是不是要抽背单词？"

"唉……怎么又要上课了。"

各种声音交织在一起，都不算熟悉。熟悉的那道声音却一直没有响起。几秒的时间好像被拉成细细的长线，长线缠绕住心脏，有发闷发紧的感觉。然后周安然才终于听见他开口。

"什么学姐?"语气懒懒的,确实没什么精神。

像是……不知道祝燃在说什么的样子。周安然捏着笔的指尖松下来,悄悄地吐了口气。只是一口气还没吐完,祝燃的声音又响起:"就周四下午拦住你跟你要联系方式的那个学姐啊?"

周安然的心重新高高悬起来。

陈洛白被他这么一提醒,才想起这回事,他重新趴回桌上,声音还是懒懒的:"谁说那个学姐是跟我要联系方式的?"

祝燃:"不是跟你要联系方式,那她为什么支开我们,要单独和你说话?"

"问我数学题。"陈洛白声音带着明显的困意。

祝燃一脸惊讶:"数学题?问你?"

"不行吗?"陈洛白重新闭上眼,"高二的数学我又不是不会。"

祝燃沉默了一秒:"行,您就是个学习机器,不是人。"

陈洛白实在困,懒得再搭理他。

周安然坐在前排,后背虽还僵硬着,但一颗心又慢慢落下来。他的数学确实厉害。态度又坦荡不见半分暧昧,所以应该是真的,就只是被拦住问了道题吧。

周安然勉强将落在后桌的心思拉回来,打算再记几个单词,可后座的聊天却并没有就此结束。

祝燃安静了几秒,又八卦地问道:"所以那个学姐那天真的就只问了你数学题,没跟你要联系方式,你昨晚也真没和她聊天?"

陈洛白刚有了点睡意,又被吵醒:"没有。"

"只可惜我没有妹妹。"祝燃笑嘻嘻地说。

陈洛白忍不住抬起头,长腿一伸,不轻不重地踹了下他椅子,笑骂:"谁要是当你妹妹,那真是倒八辈子大霉了!"

祝燃扶住椅子:"所以你没和学姐聊天,那怎么一副没精神的样子,昨晚到底干什么了?"

陈洛白打了个哈欠:"看球赛。"

"你也熬夜看了昨晚那场比赛啊?"祝燃说起这个,明显更兴奋了,"最后那个绝杀太帅了!"

"帅啥。"陈洛白重新趴回桌子上,"前三节领先近20分,最后一节都能被反超,一个三二联防都破不了,节奏稀碎,全员梦游,要不是最后还有个绝杀,都能入选十烂了。"

周安然其实没想偷听他们说话,但距离实在太近了,而且她很少有机会能离他这么近,根本没办法静下心,他的声音好像会自动自觉地往她耳朵里钻。不过"三二联防"又是什么?下次再跟爸爸看球的时候,还得更认真一点才是。

祝燃跟他持相反意见:"过程不重要啊,结局帅就行了。绝杀嘛,要的不就是这种一个人拯救一场比赛的英雄感?"

陈洛白又打了个哈欠:"英雄救得了一场比赛,救不了一支人心涣散的球队。"

"今朝有酒今朝醉,后面的比赛后面再说嘛。"祝燃随口接了一句,又问他,"不过比赛结束也才三点啊,你怎么困成这样?"

陈洛白:"气清醒了,做了几套卷子才睡。"

祝燃肃然起敬:"您牛。"

陈洛白被他吵得头疼:"我睡会儿。"

"你睡。"祝燃就安静了几秒,"不过洛啊——"

陈洛白:"闭嘴,再吵球鞋别想要了。"

这句话过后,后排终于安静下来。周安然坐在他斜前方,后背僵得有些发酸。男生没再开口说话,她却仍一个单词都看不进去,每一个字母好像都在眼前发飘。但是能坐在这里,是短暂的、即将要被收回的一点小福利。她就没再勉强自己,让自己稍稍放纵了片刻。

等到王沁童回来,周安然回到自己的座位,早自习铃声响起,她才重新静下心,沉浸到学习当中。

一天的时间在紧凑的课程和老师的拖堂中迅速度过。最后一节数学课结束,周安然有个知识点没弄透,下课后多留了几分钟,等她搞明白后,班上早已安静下来,严星茜坐在旁边嚼着软糖等她。

见她把笔放下,严星茜塞了一颗软糖到她嘴边:"搞完了?"

周安然吃掉嘴边的糖,点头含混地应了声:"嗯。"

二班教室后门临着楼梯,他们班学生经常会从后门出去。周安然把东西收了收，转身后才发现陈洛白此刻还留在教室里。

男生正趴在课桌上睡觉，整张脸埋在胳膊上，头发是很纯粹的黑，袖子半撸，露在外面的手臂又是冷调的白。

他今天好像时刻都在抓紧机会补觉。早自习在睡，大课间的升旗不知找了什么借口没去，睡了一个课间，午休睡了一个中午，下午的课间还是在睡。班上还有其他人在，周安然也不敢明目张胆地一直盯着他看，她咽下软糖，清甜的味道好像忽然变得绵长，久久停在嘴里。

严星茜绕过来，挽着她的手："我们今天吃什么呀？"

周安然又瞥了他一眼，轻轻地嘘了声："你轻点，有人在睡觉。"

严星茜也往那边看了眼，跟她比口型："出去说。"

从后面出去，要经过他的位子。男生的手肘略超出课桌，距离最近的时候，她校服像是隐约擦过了他手肘，又像是没有。周安然的心跳在没人知道的情况下悄然快了几拍。

外面忽然起了风，从窗口吹进来，临窗座位上的试卷被风吹得哗哗作响。周安然想起男生露在外面的那截冷白手臂，脚步顿了顿。

严星茜忘了还有人在睡觉，声音又大起来："怎么了？"

"嘘。"周安然提醒她，又指指窗口，压低声音找了个借口，"章月的试卷要被风吹走了，我去关下窗。"

关上窗，两个女生才手挽手一同出了教室后门。二班教室再次安静下来，趴在课桌上的男生抬了抬头，又趴回去。

下楼后，周安然感觉外面的风像是又大了，落叶打着旋儿飘起来，冷风顺着校服宽松的领口往里钻，吹得指尖发凉。她把拉链往上拉了拉，有些后悔刚才没顺手帮他把后门也带上。但班上不时有人进出，关上门兴许又会被人打开。

严星茜还在和她继续聊晚餐的事，她选择困难症犯了："然然，你说我今晚是吃辣椒炒肉还是香干回锅肉啊？"

周安然大半心思还落在教室，感觉没什么想吃的："都吃吧，我帮你点一样，然后分给你。"

严星茜刚想应下，忽然感觉有点不对，她倏地停下脚步。

周安然："怎么啦？"

"我好像来大姨妈了。"严星茜脸一丧,"完了完了,我没带卫生巾。"

"别慌,我帮你带了。"周安然太知道她性格,就算提醒她带,她也能忘,就自己帮她备了点,"我先陪你去一楼厕所看看,要是真来了,我再帮你回教室拿。"

严星茜一把搂住她:"呜呜呜……然然,我太爱你了,没有你我可怎么活!"

周安然笑着推她:"肉麻死了,还不走,等下弄脏裤子了别哭。"

严星茜头皮一麻,拉着她快步折返:"走走走。"

到了一楼卫生间,严星茜确认真的是例假造访。周安然独自回教室去给她拿东西。想着从后门进去时,还能光明正大地多看他几眼,走时也能顺便帮他把教室后门带上,周安然脚步快了几分。

只是刚上到最后一层阶梯,一直印在脑中的那张脸倏地就撞进了眼中。原本在睡觉的男生此刻正靠在后门边的墙上,耷拉着眉眼,仍是一副没什么精神的模样。而在后门外的,还不止他一个人。他对面站了一个女生,个子高挑,头发高高扎起,十分明艳漂亮,眼睛正一眨不眨地望着他。

周安然心里那点雀跃像是发酵过头的米酒,由甜转成了酸。听见脚步声,女生转头朝她看了一眼,又不怎么在乎似的收回视线,重新看向陈洛白,眼睛也变得晶亮晶亮的。

男生也听见了,缓缓抬起眼皮,像是要朝她这边望过来。周安然心里一紧,倏然垂头往门内走。

女生的声音却直直传进她耳朵,态度坦荡又大方:"我今天来就想要个你的联系方式,我不会打扰你学习的,就当交个朋友行吗?"

周安然已经进了后门,脚步不由自主地停了停。

门外的男性声音迟迟没有响起。

周安然只觉得心脏像是又被长长的细线缠绕住。

第 4 章

教室里忽然有椅脚划过地面的刺耳声,是唯一还留在教室里的学习委员从座位上站起了身。

周安然蓦然回神，察觉到此刻自己的行为无异于偷听，这和上午借着座位的便利听他说话是全然不同的性质，那时他知道斜前方有人。而且严星茜还在楼下卫生间等她。

周安然抿抿唇，抬脚继续往座位走。那道熟悉的嗓音在这时终于响起，穿过后门传至她耳朵，仍是低低懒懒的，极没精神。

"可是学姐你已经——"男生停了停，声音中的困劲儿更明显，"打扰到我睡觉了。"

心脏上的长线松了点力度，却仍密密地缠绕着，随时能再收紧。可后面的谈话，随着距离的拉远，她已经无法再听见。

周安然回到座位上，拉开书包拉链，从里面拿出东西塞到校服外套口袋里。拉上拉链时，又有椅子拖动声从后面传来，她动作顿住。过了几秒，周安然才站起来。转身后，她果然看见陈洛白回了座位。男生又趴回了桌上，这次没有整张脸都埋在胳膊里，而是露了半张线条流畅的侧脸在外面。

教室里头一次只剩下他们两个人。可周安然却无法坦然享受这难得的独处，她脑海中仍在不停地回旋着刚才听到的那番对话。

刚才找他的那个女生是不是祝燃早上说的那位学姐？可他早上不是说那位学姐是找他问数学题吗？还有他刚才那句话……是拒绝了学姐的要求吗？

因为他们后面的谈话内容周安然没能听到，她没办法揣摩出答案，只揣摩出了一团苦味。不知是不是侧着睡光线晃眼，后排的男生移了移脑袋，又把整张脸埋回了胳膊里。

周安然缓缓收回视线，怕打扰他睡觉，她这次没再走后门。她从前门绕出去，经过后门时，略迟疑几秒，还是轻着动作将门关上。

从后门钻进来的风忽然停了。陈洛白抬起头，往后门看了一眼。刚才进门的时候，教室里好像还有个人，是谁他也没在意。陈洛白重新趴回桌上。可刚才睡到一半被人叫醒，被打断的睡意一时很难再续上。

五分钟后，陈洛白又抬起头，烦躁地撸了下头发。他起身，拉开不知被谁关上的后门，下楼，一路走到篮球场。

祝燃和宗凯正在单挑。见他过来，两人同时停下动作。祝燃拍着球走过来:"哟,陈洛白怎么又下来了,不是说要留教室补觉吗,我刚可听说那位学姐又找你问数学题去了,是不是睡不着啊?早上是谁跟我说学姐是找他问数学题来着?"

陈洛白冷着脸活动手腕儿脚腕儿,连眼风都没给他一个。

"你又不是第一天认识他。"倒是宗凯搭理了他一句。

他们三个初中都在二中的初中部,初一到初三都在一个班,只是宗凯现在分去了四班。

"他向来都会给女生留面子的,不然就你大嘴巴在教室里一嚷,没两天估计就能传遍全校。"

祝燃八卦兮兮地笑:"不过人家学姐想要的明显不是面子啊。"

陈洛白站在三分线外热完身,从他手里把球捞过来:"念叨一天了,你要是想问她数学题就直说。"

他边说边原地起跳投了个三分球。橙红色的球在半空划过一个弧度,"砰"的一声砸到了框上,反弹出去。陈洛白烦躁地"啧"了声。

一旁的祝燃顾不上笑他,立即反驳道:"你别乱说啊,我问数学题只问你们家冰沁姐姐。"

陈洛白轻飘飘地瞥他一眼:"你有本事当着她面说这句话啊。"

祝燃:"……"

俞冰沁是陈洛白的表姐,家住隔壁市,比他们大三届,人如其名,又冷又酷,妥妥的女王大人。

祝燃飞快认怂:"我没本事。"

认怂完他又凑到陈洛白边上,讨好地问:"冰沁姐姐今年过年还来你们家拜年不?"

陈洛白看他一眼,忽然笑了下:"想知道?"

祝燃:"不想知道我问你做什么?"

陈洛白抬抬下巴:"那先帮我把球捡回来。"

祝燃屁颠屁颠地跑到球场另一边,把球捡过来,双手递过去,又继续加码:"你要是给我提供消息的话,买球鞋的钱我就是不吃饭,下个月初一也立马还你。"

陈洛白嘴角还带着点笑意:"还钱不用急,我有另外的条件。"

祝燃："您尽管说。"

陈洛白没立即答他，只随意将手上的球运了两下。祝燃迟迟等不到答案，觉得自己的心脏此刻就像他手里被拍的那颗球。

他的心脏……哦不，橙红色的篮球被陈洛白再次抛出去，这次终于稳稳落入了篮球框之中。可能是球进了，某人心情好了些，终于开口："只要你在我面前当一周哑巴就行。"

祝燃感觉他的心脏跟着篮球一起坠了下来。他就是话痨，上课都要小声念叨几句，要让他一周不说话，比让他现在就还钱给陈洛白还难。

"你不说就算了，耍我玩是吧！"

宗凯在旁边笑得肩膀发抖："你又不是不知道，他只要没睡好，脾气就会变差，还偏要这时候去招惹他。"

祝燃目光不经意瞥过场外，发现球场边不知不觉多了好些女生，想也知道是冲着谁来的，顿时摇摇头："可惜学校的女生被某人的皮相所迷惑，根本不知道这位的心就是黑的。"

陈洛白自己捡了球回来，听见最后这个评价，没什么表情地点点头："心是黑的是吧，行，下次别再找我问我姐的事。"

祝燃立即抬手一指宗凯："我说他呢。"

宗凯直接被他气笑："祝燃，你还要脸吗？"

球场外，穿着校服的女生们身后忽然驶过一辆校车，祝燃眼尖瞥清了车上一个人的模样。

"好像是校队的。"他转头看向陈洛白，"后悔不？要是当初你答应了教练，估计现在你也在车上了。"

陈洛白瞥过去一眼，没什么情绪地答："有什么好后悔的。"

祝燃："一生只有一次的高中联赛呀。"

陈洛白将手上的球又扔出去："爱好不等于梦想。"

载着校队球员的校车早已驶远。

祝燃收回视线，故意用夸张的语气说："也是，毕竟还有家产等着继承。"

陈洛白笑着骂了一句，睡觉被打扰的躁意终于缓解了些。

宗凯："阿洛应该更想跟阿姨一样当律师吧。"

陈洛白没接这句话,只朝对面球场抬了抬下巴:"叫他们过来打场 3v3?"

周安然回到教室后,才知道陈洛白下午跟六班的男生打了一场 3v3 比赛。

严星茜没有痛经的毛病,例假来了照样生龙活虎。她们在校外吃了盖码饭后,严星茜拉着她去买了杯奶茶,又去附近的文具店逛了几圈,完美地错过了这场球赛。

周安然后来才知道 3v3 只打半场,而且国家队会在这个项目上登上最高领奖台。但这天晚上,她听着班上的同学讨论,陈洛白下午投进了六个三分球,带祝燃和宗凯完胜了六班几个男生时,只满心遗憾自己没能看见少年今天在篮球场上的风采。应该是无比张扬又意气风发吧。

不过下午的球赛不是班上唯一热议的话题,同样被议论的还有高年级学姐的事情。只是不像讨论球赛那样大方高调,多是班上女孩子三两成堆,小声聚在一起八卦。隔着过道坐在周安然旁边的几个女生就在其中。

"我打听了,好像是叫解什么,高二普通班的学姐,好勇啊。"说话的是班上一个叫蔡月的女生。

另一个叫张舒娴的女生接话:"是不是叫解语菲啊?这个姓挺少见的,应该是高二的级花。"

"级花呀。"蔡月感慨,"难怪这么勇了。"

"那位解学姐我见过,个人觉得她长得挺一般的呀。"文娱委员娄亦琪这时插了句话。

"怎么就一般了,我要长成她那样做梦都能笑醒。"张舒娴瞥她一眼,忽然有点打趣意味,"我看你平时没少跟我们提陈洛白,不会你自己也——"

话没说完,嘴就被娄亦琪伸手捂住。女生脸红得透透的:"要死啊,你再乱讲以后我什么八卦也不跟你们说了啊。"

张舒娴声音含糊地求饶:"我错了。"

娄亦琪这才松手,她绾了绾头发:"我就是觉得,这位解学姐在众多女生中确实不算太显眼。"

蔡月点点头:"这倒也是。"

娄亦琪两只手的手指搅在一起,又问:"所以陈洛白到底答应她没有啊?"

蔡月:"这个我也打听过了,没有答应。"

周安然低头写数学作业,捏着中性笔的手这时终于松了松。坐在后桌的贺明宇拿笔轻轻杵了杵她肩膀:"周安然,你能帮我看看这句话是什么意思吗?"

周安然回过头。贺明宇把手边的书往她面前推了推,指指画了下划线的一句英文:"这句。"

周安然把书摆正,垂眼去看。贺明宇目光在她细细密密的像蝶翅一样的睫毛上落了下来,又瞥开。

周安然指指句子里的一个单词:"black 在这句话里是'愤怒的、仇恨的'意思。"

贺明宇又低头看了下:"谢谢啊。"

"不用。"

周安然抬眸时,视线不自觉又落向第二组第六排。那个位子还是空的。听说他打完 3v3,就请祝燃他们出去吃饭了,还叫上了六班那三个男生一起。只是现在已经临近晚自习开始时间。他再不回来,估计就得迟到了。

周安然缓缓转回头。

娄亦琪她们几个女生的话题换成了最近热播的电视剧,但斜后方好像又有其他女生开始讨论下午的事情。熟悉的名字时不时钻进她耳朵里。

周安然后知后觉地有点猜到他今早为什么会跟祝燃撒谎。但她没想到,他随口扯的一句谎话,很快会带起学校一股新风潮。

第 5 章

起因是那阵子每次有外班女生过来找陈洛白时,祝燃就看戏不怕台高地在后头笑着大声起哄:"陈洛白,又有女生来找你问数学题了。"

因为是不带恶意的调侃,而且相当于给对方一个可供进退的台阶,外班那些女生也没生气,只是脸都红得透透的。

那几个女生最终都铩羽而归,但"问数学题"这个哏却莫名其妙地流传了开来。先是在他们班,后来蔓延至其他班级,等流传到全校时,不知是不是因为传言被加工了不少内容,反正不知怎的,就已经增添上了一丝别样意味。

"我能不能问你一道数学题"忽然变成了那段时间二中学生一种心照不宣的表达方式。从一个普普通通的句子,变成隐秘的、关于青春的某些心事。关键还足够安全,是可以有转圜余地的一个问题。

于是那一阵子主动向数学老师们请教题目的学生空前绝后地多了起来。二班作为这个哏的起源地,这个情况尤其明显。引得数学老师一头雾水,终于忍不住在某个晚自习上发问:"你们最近怎么回事?"

那时已经到了十一月中旬,第二天就要迎来期中考试。临近秋末,南城温度却回升起来,白天最高温有二十多摄氏度,晚上也有十多摄氏度,微凉的秋风悠悠顺着窗户钻进来,是很舒服的天气。

二班的数学老师也就是他们的班主任,叫高国华,是个可以在温和与暴躁间无缝切换的中年男人。问出这句话后,他摸了摸发际线已经明显靠后的头发,狐疑地看着班上这群小崽子:"最近学数学的热情有点高啊,这么多人跑来问我数学题!"

此话一出,班上就爆发出一阵笑声。忍笑的、闷笑的、爆笑的,都有。

高国华点了点爆笑的那位:"祝燃,你给我站起来,这有什么好笑的?"

祝燃站起来的时候还捂着肚子,眼泪都快笑出来了,他偏头瞥了眼旁边那位,缓了几秒,义正词严道:"老师,我是为我们班空前高涨的学习热情感到高兴,我觉得我们班这次肯定不只能稳定在年级前几,平均分一定还能甩开一班好几分呢。"

高国华总觉得哪里有些不对,但思来想去,又好像没哪里不对。他也不知道他们为什么笑得这么开心,可能是真的有代沟吧。但祝燃这话他听着着实舒服,又点点头:"坐下吧。"

只是祝燃刚打算坐下,高国华就看见有人当着他的面一把拎起祝燃的椅子往旁边一挪。高国华还来不及提醒,祝燃已经一屁股坐到地上了。

"陈洛白,你站起来!"

高国华这句话一响起,班上不明所以的同学多数立即转过头去,周安然故作随大流的样子,也隐藏在其中,跟着转过头去看他。

"你没事把祝燃的椅子抽走做什么?!"

周安然隔着不远不近的距离，看见男生手上还大大方方拎着"犯罪证据"，腕骨上那颗小痣被距离模糊，他站姿懒懒散散的，嘴角微勾着，随意扫了眼摔在地上的祝燃。

"报告老师，他打扰到我学数学了。"

不知是不是错觉，周安然觉得他"数学"两个字念得稍稍有些重。可能不是，因为班上的同学又是一阵笑。

高国华不知道最近大家学数学热情高涨的"始作俑者"就是祝燃，被他们笑得越发一头雾水。但当老师的，总归对这种成绩极好的学生多少有些偏心，加上陈洛白这个理由说得很是冠冕堂皇，又心知他和祝燃也确实是关系好，应该是玩闹性质居多。

最后高国华只是无奈地拿手指隔空点了点他："坐下吧，自习期间不许玩闹。"

祝燃捂着屁股站起来，明显也没在意，只故意苦着脸说："老师，您偏心，怎么着也得罚他在后面站半节课吧。"

高国华瞥他，一眼看出他在装相："你刚才笑得估计隔壁班都能听见，我是不是也要罚你去后面站半节课？"

祝燃在嘴边做了个拉拉链的动作，示意自己闭嘴了。

"好了好了，都给我收收心。"高国华说，"明天就期中考了，要是你们考不赢一班，我再跟你们算总账。"

周安然又跟着大家一起转回头。她的心跳久久不能平静。

期中考那两天天气依旧很好。二中老师阅卷速度快，期中考一结束，第二天晚上有些科目的成绩就会提前出来。

那天下午，周安然和严星茜去了校外吃晚餐，又一起去买了杯奶茶。回到教室后，周安然刚坐下没几分钟，坐在她前面的英语课代表盛晓雯也回了座位。但盛晓雯没有端正地坐好，而是转过头，下巴搁在周安然的书本上，一脸怨念地看着她。

周安然拿着奶茶："怎么啦，没考好？"

盛晓雯："我英语考了146分。"

周安然眨眨眼："那很好啊，只扣了4分，怎么还一脸不高兴？"

盛晓雯看她的眼神更怨念了："你考了147分。"

欸？周安然有些意外。她英语成绩从来都在班上前五，也猜到这次应该考得不错，但没想到会比盛晓雯还高一分。

盛晓雯故作抱怨地继续道："还有陈洛白那个学习机器，考了149分，你们两个让我这个英语课代表的脸往哪儿搁？"

周安然全没想到她和陈洛白会被人这样一起提起，会被用"你们两个"这样的词语组合一起提起。周安然嘴角不自觉地翘了翘，看到盛晓雯还丧丧地看着她，又把嘴角努力压下来。

盛晓雯："考好了该高兴就高兴，也不用顾着我啦。"

周安然把奶茶放下，安慰她："你口语比赛可是拿了全市最高分的，比我们大家都厉害。"

盛晓雯很好哄地又变得高兴起来："我也就这点优点了，不过陈洛白上次没参加，我还想赢他来着，哎……不行，我得再去老师那儿看看我们班这次还有没有别的黑马超过我。"

说完她立即站起来，风风火火地跑走了。周安然又喝了口奶茶，感觉今天这杯奶茶格外甜。

严星茜从旁边凑过来："我听见了，你英语这次考了全班第二是吧，不请客说不过去啊。"

"明天的晚饭我请。"周安然一边回她，一边不由得又想起盛晓雯刚才那句"你们两个"，她顺手把英语书抽出来。

严星茜一脸不解："你怎么还看英语，你都考全班第二了，再看是打算连陈洛白也超过吗？"

周安然翻书的动作略停了一拍。努力超过他吗？好像也不是不行。

她沉浸在这股思绪中，没立即回话，严星茜好像也就随口一说，自己又换了话题："不过盛晓雯脸皮还是薄了点，英语那么厉害有什么不好意思当课代表的，有的人数学考不过陈洛白，不还是数学课代表当得高高兴兴的。"

"有的人"指的是坐她后面的董辰。周安然余光瞥见董辰刚好回到座位，忙伸手扯了扯她。

严星茜没明白："怎么了？"

后座这时忽然传来一声冷笑："我数学起码还稳在全班第二，有的人这次数学只考了 120 多分，不也还高高兴兴地在喝奶茶？"

严星茜猛地转过头看他，也顾不上背后偷偷说人坏话被听见了，忙问："董辰，你说谁数学只考了 120 多分？"

董辰冷着脸："还能有谁，总不会是周安然。"

严星茜转回来，看向周安然，一副天要塌的模样："完了完了，这次我妈肯定要把我屋里所有我偶像的东西都收掉锁起来了。"

周安然："阿姨怎么忽然要锁你东西？"

"她说我再沉迷其中，我的数学成绩肯定会一掉再掉。"严星茜一提起自家偶像，话就没完，话题一下就偏了，"我偶像已经这么厉害了，会唱歌会作词作曲，又温柔，长得还那么帅，优点数都数不清。"

不知是不是因为盛晓雯的话，周安然心里还惦记着某个人，她玩笑似的脱口道："怎么，上帝也给你偶像开了条通天大道？"

严星茜摇摇头，捧住脸："不，他就是我的天！我的神！"

"我的天我的神。"后座的董辰忽然用欠揍的语气重复了一遍她的话，"你恶不恶心？"

"你要死啊。"严星茜立即抓起桌上的草稿本，反身去打他。

董辰连忙拿手挡："你能说我脸皮厚，我还不能说你了是吧，严星茜，你别以为你是女生，我就不敢还手啊。"

"你有本事就还啊。"严星茜说。

这两人坐前后桌，三天两头就要吵一次架。周安然见怪不怪，随手拿起奶茶，只是目光故作不经意地在陈洛白空着的座位上停了停。

董辰说要还手倒也没真还："周安然，你管管你们家严星茜。"

周安然慢吞吞地喝了口奶茶，笑着摇摇头："管不了。"

董辰看向严星茜，眼里像是带着无奈的笑："行行行，我错了。"

严星茜这才收手："哼，算你识相。"

打闹终于止歇。周安然趁机又往后面瞥了一眼，那座位还是空的。她又转回头，看见严星茜转过身，手在课桌里摸啊摸，摸了副耳机出来。

"你还听歌啊？"周安然问她，"不多做几套数学题吗？"

严星茜："不行，我得先听个歌汲取下能量，再来面对即将到来的暴风雨。"

周安然:"……"

"你要听听吗?"严星茜递了个耳机过来,"说不定我的耳机也会被我妈一起收掉。"

周安然失笑:"哪有那么严重,回家我帮你去跟阿姨求求情。"她说着,还是接过耳机。

教室前门这时忽有说话声传过来。

"我那天就是笑了下,他就故意把我椅子抽掉,害我摔了一跤。"是祝燃的声音。

接话的是跟他们关系好的那个四班叫宗凯的男生:"你闹成这样,他没把你摁在地上打一顿就算好事了。"

随后是最熟悉的、带着笑意的声音:"是啊,还不感恩戴德!"

周安然抬起头,看见陈洛白笑着从前门走进来。

天气太热,男生换回了夏季校服,臂间夹着个橙红色的篮球,黑发微湿着搭在额前,眉眼深邃,带着干净明朗、少年气十足的笑意。像是察觉到这边的视线,他忽然抬眸朝她这边望过来。

周安然蓦然心虚地低下头,胡乱地把耳机塞进耳朵,里面立即有歌声传出来——

"怎么去拥有一道彩虹,怎么去拥抱一夏天的风……"

秋末的风燥得像夏季还没过去,而他好像就是吹过她夏天的那一阵风,只能或近或远地感受,抓不住,也抱不到。

第 6 章

周五,期中考的成绩和排名正式出来。陈洛白仍是一骑绝尘的年级最高分,二班也一如祝燃所说,平均成绩超了年级第二的一班好几分。

周安然除了英语和生物,其他科目都没有特别拔尖,但也没有拖后腿的,这次总成绩排在年级第六十一名。跟第一名,足足差了六十个名次。

这天下午又轮到周安然值日,打扫完卫生后,她和严星茜照旧挽着手走东门出去。途经篮球场时,周安然的目光不自觉地又往第一排第三个球场看过去,没有看到熟悉的那个身影。走近了发现连祝燃和宗凯也不在,不知他们今天做什么去了。

周安然有些失落地收回视线。

打扫卫生耽搁了时间，正好也避开了离校等公交车的高峰期，两人上车时，车上后排大半都是空座位。周安然坐下后，把书包换到前面，从里面抽出本单词书，翻到夹着书签的页码。

严星茜刚把自己的书包放好，就看见了这一幕："这么点时间你还记单词，你不会真打算考过陈洛白吧？"

周安然捏着书页的指尖蜷了下，声音轻轻地说："是吧。"

其实也不算是，就是想……再努力一点点，和他差距再小一点点。

严星茜拍拍她的肩膀："我要向你学习。"

"啊？"周安然愣了愣，偏头看她。

严星茜："一心只想搞学习，追上他的成绩。"

周安然张了张嘴。话到嘴边，不知怎么又没能说出口。好几次都想告诉她的，但最终都没能说出口。她向来是不怎么擅长表达自己的内心情感的，而严星茜却什么都和她说，周安然莫名觉得有点愧疚，她抿抿唇："我等下跟你过去再劝劝阿姨吧。"

严星茜这次数理化都考得一般，排名往下掉了好几个名次。

"算了，我妈这次估计是铁了心劝不动的。"严星茜眼珠子转了转，"不过你还是去我家一趟吧，偷偷帮我运点东西藏到你家，反正我妈也不知道我到底买了多少CD和周边。"

周安然点点头："行。"

到了小区，周安然先跟严星茜去了她家。

两家就住对面楼，周安然对她家熟悉得如同自家，但还是头一回背着家长做这种偷偷摸摸的事情，跟严星茜妈妈打招呼的时候，她都心虚得厉害。但可能在严星茜妈妈心里，她从来都是乖巧又听话。所以严星茜把她的书包塞得满满当当的，严星茜妈妈也没有丝毫怀疑，走前只招呼她明天中午过来吃饭。

回家后，周安然单独清理了个大抽屉出来，把严星茜的CD和周边妥帖放好。

晚上吃完晚饭，周显鸿照旧打开了电视看CBA。

周安然这次期中考和严星茜相反,排名比之前进步了几个名次,何嘉怡就没像平时一样给她规定看电视的时间,一副随她今晚看多久的态度。但周安然想了想,还是先从房间拿了单词书出来,才回客厅坐在爸爸边上跟他一起看。

周显鸿没明白她这个举动:"你这是要跟我看球赛呢,还是要看书啊?"

周安然:"都看啊,暂停的时候可以顺便记单词。"

周显鸿:"你才高一,也不用那么紧张,期中考也才刚考完,今天先好好休息下也行的。"

周安然看着场中奔跑的球员,脑海中又闪出男生颀长清瘦的身影。

"但是我同学好优秀啊,我想赶上他——"周安然顿了顿,怕像上次那样差点儿露了端倪,特意多加了个字,"们。"

别人家都是家长压着孩子学习,他们家怎么好像有种要反过来的趋势?

但周显鸿又怕影响她的学习热情,最后也没再多说什么,只把果盘往她面前推了推:"那先吃点东西再看。"

周安然点点头,拿了个橘子剥开,慢吞吞地吃掉。屏幕上的比赛刚好因为球员犯规,被裁判叫停。周安然趁机低头记了两个单词。再抬头时,她看见裁判比了个手势。

周安然已经陪着周显鸿看了几场比赛,大致知道了这个手势是什么意思:"爸爸,怎么刚才的犯规忽然升级成违体了?"

周显鸿露出一个有点嫌弃的表情:"对方4号垫脚了。"

屏幕上刚好也给出了犯规队员垫脚的镜头细节回放,看着确实是个危险动作。

周安然又摸了颗葡萄塞进嘴里,继续看比赛。她掐算着时间,还是像之前一样,只看了四十五分钟,就拿着英语书回了自己房间。

何嘉怡正在她房间给她换被套,见她进来还有些奇怪:"怎么不看了?"

周安然把椅子拉开:"想再做几道数学题。"

学习大约是最不会辜负努力的一件事。你努力付出,就会有所回报,哪怕不会完全对等,但也从不会让你落空。

日子平淡又不平淡地一天天过去。又一次月考来临时,周安然感觉自

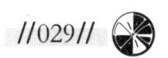

已做题顺畅不少，上次期中考做错的题目，因为被收集到错题本里反复分析重做，这次再遇到类似题型时，已经可以轻松搞定。可能一时还没办法在分数和排名上进步太多，但她已然看到了努力的成效。

　　月考完的第二天下午，周安然和严星茜去外面吃完饭回来，在位子上坐了没多久，盛晓雯就从后面跑过来，直接扑到了她身上。

　　周安然被她扑得往旁边倒了倒，严星茜想在旁边扶一把，但是自己也没坐稳，三个女孩子开始一起往旁边倒去。盛晓雯和严星茜一起"啊啊啊"喊起来。最后是董辰一脸无语地扶了下严星茜，三个人才勉强稳住。

　　周安然撑着桌子，重新坐好："怎么啦？"

　　盛晓雯惊魂甫定，像是想起什么，又"啊啊啊"地叫着圈住周安然。

　　周安然一头雾水，刚想再问一遍，就听见盛晓雯在她旁边说："然然，你这次英语149分，连陈洛白那个学习机器这次都只考了148分，你居然考了149分！"

　　周安然倏然愣住。她是想努力一点能稍微追上他的成绩，也知道自己英语这次考得还可以，但她没想到会这么快就真的超过他。

　　盛晓雯继续说："我不管，你得请我吃东西，不然我这英语课代表的脸真没地方放了。"

　　周安然还在发怔。

　　盛晓雯捏了捏她的脸："你听到没有啊？"

　　周安然被她从思绪中拉回来："啊？"

　　"我说你英语考了149分，要请我吃东西。"盛晓雯重复一遍。

　　周安然终于找回点状态，嘴角不自觉地弯了弯，她点点头："好呀，明早给你带早餐。"

　　严星茜插话："我也要。"

　　周安然继续点头："行，明天你那份我付钱。"

　　董辰也跟着插了句话："周安然，是不是听者有份啊？"

　　说完他还伸肘碰了碰同桌贺明宇。贺明宇扶了下眼镜："我也听见了。"

　　周安然眉眼弯弯："好呀，明天都给你们带。"

　　盛晓雯这才松开她："我再去老师那边探探情况。"

　　盛晓雯一走，他们这片终于安静下来。周安然心里却好像还有烟花在噼里啪啦地四下炸开，完全静不下来。眼前的习题一个字都看不进去。周安然伸手拿起桌上的保温杯，偏头问严星茜："茜茜，我去打水，你要不要？"

严星茜把杯子递给她："那帮我也打点吧。"

打水的地方在这一层的走廊尽头，周安然慢吞吞地走过去，打好水，把杯盖盖严实。

严星茜自觉年纪还小，拒绝用保温杯，用的是一个塑料杯子，装满热水后，杯身有些烫手，周安然仔细拎住杯盖上的绳子，转身折返。快路过中间的楼梯时，周安然忽然听见像是宗凯的声音。

"英语成绩好像已经出来了，听说这次有个女生超过你了。"

周安然瞬间察觉到他在和谁说话，心脏重重一跳。如果再继续往前走，大约会和他们正面碰上。

周安然脑中还在乱七八糟地炸烟花，根本无法正常思考，思绪混乱中，身体好像先替自己作了决定。她转身踏上了三楼的楼梯，避开了即将到来的会面。

宗凯的声音清晰传来："好像就是你们班上次英语考第二的那个女生，叫什么来着？"

周安然刚走到楼梯转角，闻言脚步一顿，呼吸像是也跟着轻了下来。沉默只有很短暂的一瞬，仍像是有无形的丝线将心脏瞬间高高拉了起来。

然后是陈洛白的声音响起："好像叫什么然吧。"

细线断掉，心脏重重坠回去。

宗凯像是笑了下："都快同学一个学期了，你怎么连人家的名字也没记住。"

熟悉的声音低低响起，是漫不经心的语调："我没事记她名字做什么。"

周安然攥在杯盖绳上的指尖发紧，一下没注意，装满了热水的塑料杯子轻晃着贴到她另一只手上，可能是温度烫得人发疼，她鼻子倏然酸了下。

楼下有人在快速走动，"啪嗒""啪嗒"的脚步声。

盛晓雯的声音随后响起："陈洛白，你在这儿啊，英语老师找你。"

周安然在原地站了片刻。一直等楼下再没有任何熟悉的声音传来，她才转身缓步下了楼。

回到教室，她把严星茜的水放到她桌上，像是情绪有点掌控不住，她埋头趴到桌上。可能是她前后状态变化太大，大大咧咧如严星茜都发现了。

"然然，你怎么啦？"

鼻间的酸涩一点点蔓延至眼眶。周安然努力往下压了压，声音听上去还是闷闷的："没什么，就是昨晚没睡好，有点困。"

严星茜知道她这一个月有多努力，丝毫没怀疑："那你睡会儿啊。"

周安然额头压在手臂上，眼睛又开始发酸。她其实也不该意外的。

他所有科目都是年级最高分。她侥幸单科考赢他一次，又有什么好值得他注意的。但知道是一回事，亲耳从他口中听到那番话，又是另一回事。手臂圈出来的这一方昏暗空间里，周安然努力调整着自己的情绪。酸意压下去，又漫上来。

有脚步声从她旁边经过，很快远去。周安然不太想让同学看到她狼狈的模样，哪怕没有人知道她此刻是为了什么而难过。

她趴在桌上，试图把漫上来的酸意再压下去。又有脚步声逐渐接近。周安然等着旁边的这个人快点过去。可这次的脚步声好像就停在了她课桌旁。随后是很轻的两声叩击声，有人轻轻敲了敲她桌子。

周安然也不知自己眼睛红没红，没敢立即抬头，只是把脑袋稍稍从手臂圈出来的一小方空间里移开。光线重新进入视线。她看见一只冷白细长的手微屈着搭在她课桌上，腕处有颗眼熟的棕褐色小痣。

第 7 章

许是发现她已经抬头，那只好看的手在她桌上又轻叩了一下，随后男生清朗的声音响起：

"英语老师找你。"

熟悉的声音近在头顶。这次不再是对祝燃、宗凯或者其他什么人说话，被她意外或不意外地听见。他是在跟她说话。

其实这也不是他第一次跟她说话，之前也有过两次。一次是开学那天，他扶了她一把，跟她说小心。还有一次是某个大课间，去楼下操场做操时，被蜂拥下楼的同学推搡得格外近。他和祝燃就走在她斜后侧，像是在讨论什么。身后有人打闹，男生被推着不小心撞到了她肩膀，他像是看了她一眼，又像是没看，懒懒地跟她说了句抱歉。所以他记不住她名字实在太正常。

他是众星捧月的天之骄子。而她是不敢靠近他的胆小鬼。本就是比陌生人好不了多少的，再普通不过的同学关系。

周安然怕眼睛是红的，没敢抬头看他，犹豫着是简单回他一句"好"，还是胆子再大一点，问他一句"老师找我什么事"。

可他本来也只是过来通知她一声，并不需要她答复，没等她多迟疑，桌上那只手已经移开，随后男生的身影也离开了。清爽的气味很快逝去。

周安然颓然地趴回桌上，又一次为自己的糟糕表现而感到懊恼。可又怕他以为她没把他刚才的话放在心上，她迅速收拾下情绪，从位子上站了起来，脚步停了停，最后还是从前门出去。

走到一半时，周安然才恍然反应过来一件事。他过来帮老师叫她，好像是意味着，他虽然记不住她名字，但应该还是知道她是谁的吧。闷在胸口的那团气终于散了些。

可临到英语老师办公室门口，周安然又想到了另一种可能性——他认错人了。于是只隔了几寸的办公室大门像是忽然变成了某种深渊，她不知道一脚踏进去的会是天堂还是地狱。

有其他班的英语老师迎面朝这边走过来，像是看到她站在办公室附近驻足有些奇怪，多打量了她两眼。周安然不好再迟疑，忙往前跨出一大步。

办公室的门大敞着。二班英语老师叫林涵，是个三十岁出头的女老师，办公桌正对着办公室大门。

周安然刚抬手敲了敲门，林涵就抬起头朝她看过来。周安然生怕她问一句"你怎么过来了"。

好在林涵抬头见了她，就立即冲她一笑，又朝她招招手："快进来。"

周安然在心里长松了口气，抬脚走进办公室，指尖在校服边蜷了蜷。

她其实也不太会跟老师打交道。等她走近后，林涵像是打量了她一眼，随即开口："盛晓雯不是已经跟你说这次的成绩了吗，怎么，英语考了全年级最高分还不高兴啊？"

她的不高兴还很明显吗？

周安然摇摇头，用了刚才的借口："没有，就是昨晚没睡好。"

林涵点点头："那还是要注意休息的，高考是持久战。"

周安然乖巧地"嗯"了声。

"你这次考得很好啊，我们特意在阅读理解里藏了几道陷阱题，陈洛白都粗心错了一题，全年级就你一个人拿了满分。"林涵笑看着她，"你可帮老师赢了半个月的早餐啊。"

周安然其实一直很喜欢这个英语老师，知识点讲得轻松易懂，为人又开朗幽默。

她朝林涵笑了下："是您教得好。"

林涵哈哈笑起来："这话我爱听。"

说完她还不忘偏头跟办公室其他老师炫耀："听见没，我学生夸我教得好呢。"

办公室的气氛一瞬间就被林涵点燃了，满屋都是打趣她的声音。周安然抿抿唇，有点羡慕老师的性格。

林涵转回头来，又跟她交代了几句学习上的事，才让她回教室去。

周安然从办公室出来的时候，天色已全然暗下来。好像不知不觉就到了冬天，这个学期也快要结束了。

回教室的时候，周安然没忍住又走了后门，目光习惯性地朝他的位子落过去。不知道他和祝燃说了什么，祝燃从位子上站起来，一副被他气得要跳脚的模样。男生趴在桌上闷笑，肩膀微微抖动，一截冷白的后颈露在外面。

回到座位，周安然听见董辰在安慰严星茜："数学这次又没考好也不是多大事啊，这不才高一第一学期，后面还有好几年呢，你别哭啊。"

周安然在位子上坐下。

董辰见到她像见到了救星："你可算回来了，快劝劝她吧。"

周安然太清楚严星茜的性格，绝不可能因为没考好而哭的，她偏头瞥见严星茜把扎起来的头发放了下来，就猜到是怎么回事了。

回头看董辰的时候，不免带了几分同情："她戴了耳机。"

董辰愣住："嗯？"

周安然伸手扯掉严星茜一边的耳机。

严星茜这才发现她回来了,她抽抽鼻子:"然然,你回来了,呜呜呜……这个视频真的好感人。"

董辰有点气急败坏的声音从后桌传过来:"严星茜,你是猪吗?"

严星茜莫名其妙地转过头:"你才是猪。"

两个人又吵了起来。

周安然趴在桌上,目光往课桌一角偏了偏。那只好看的手今天短暂地在她课桌上停留了一瞬。她听着旁边宛如小学生的吵架声,又不由得微勾着唇角笑起来。

是啊,还有好几年呢,而且她今天还得到了喜欢的老师的夸奖。他也因此单独和她说了句话,好像也没有那么糟糕。

南城冬季严寒。南方城市没有供暖,高一所处的又是没有空调的老教学楼,因而一进入冬天,二班教室门窗紧闭就成了常态。

高一上学期最后一段时间过得格外平静。周安然从小畏寒,这还是她第一次喜欢上冬天。教室紧闭的门窗密封出一小方天地。她和大家困于其中,埋头为各自的将来奋斗。虽然还不知道将来等着他们的是什么,但总归应该是充满希望的吧。

期末考结束那天,离校前,周安然借着看严星茜和董辰打闹,偷偷观察着后排的动静。男生和同学聊天,她收拾东西的动作就放缓,听见祝燃催他回去,她又匆匆忙忙把桌上的东西一股脑儿地全塞进书包里。最后终于得以跟在他身后一起离校。

路上看到好些人过来和他打招呼。许是因为常去打球,他看起来和不少外班,甚至高年级的人都有些熟络。有过来跟他约着寒假打球的,也有过来随口跟他说新年快乐或下学期见的。

值得庆幸的是,这些人几乎都是男生。他身边至今也没有出现过关系特别亲近的女孩子,他对女生的态度好像更礼貌疏淡一些。班上倒是有女生会大着胆子找他问问题,大部分时候他都不会拒绝。但就和那两次帮她一样,会让人觉得,他帮你只是出于教养,而并非因为你对他来说是特别的。

出了东门,周安然和严星茜要往左走,陈洛白和祝燃他们往右走,有时候是他家里的车来接，有时候他跟祝燃一起搭公交车，还有时会自己打车，但都是往右，都是和她相反的方向。

只是这次会有一个多月见不到。

分道后，周安然忍不住又回头看了一眼，看着男生走远的背影，在心里悄悄和他说了句"下学期见"，顿了顿，又加了句"新年快乐"。

寒假，南城天气冷得厉害，周安然只跟严星茜约着出去逛了次街，就再也不想出门。除夕前一天，她和爸妈按惯例一起回乡下老家陪爷爷奶奶过年。

两位老人家身体都还硬朗，和往年一样，回家的这第一顿饭，总不肯让他们插手帮忙，周安然跟爸爸妈妈被奶奶带着一起去厨房与爷爷打了声招呼。再出来时，周显鸿被住隔壁的堂叔拉去打牌。周安然跟着妈妈去客厅烤火看电视。

没一会儿，外面有车声响起，随后是伯父伯母和人打招呼的声音。和周显鸿一样，伯父周显济一打完招呼也被拉去打牌，伯母贾凤华踩着高跟鞋进了客厅，在她们旁边坐下。

何嘉怡悄悄拿胳膊肘撞了撞周安然。周安然忍着不情愿，开口打招呼："伯母。"

贾凤华冲她笑了下，又把手上的包拿起来在何嘉怡面前晃了晃："我前些天买的包，你觉得怎么样？"

何嘉怡看了一眼："挺好看的。"

贾凤华把包放到一旁，故作随意道："包倒不是太贵，就十几万元，不过得再配个十几万元的货才能拿到，这些奢侈品店就是麻烦。"

何嘉怡清楚她这位大嫂的德行，懒得接话，把果盘往她面前推了推："这橘子挺甜的。"

贾凤华嘴角的笑容淡了淡，随手拿了个橘子，偏头去看周安然："然然这次期末考成绩怎么样啊？"

周安然抿着唇，不用想也知道这位伯母不会有什么好听的话。不太想理她。

何嘉怡偷偷掐了她一下，帮她接了话题："还行，在班上排第八名。"

贾凤华嘴角的笑容弧度一瞬又明显了些，察觉到后，她往下压了压，一副关心的语气:"然然这是退步了吧,我记得她初中不都是班上前三名的吗,不过女孩子越往后面读,是会越不如男孩子的。"

何嘉怡淡声道:"她在实验班,这次年级排第五十五名,二中你也知道的,升学率百分之九十多,这个名次只要稳住,考个双一流大学应该没有问题。"

贾凤华嘴角弧度僵了下:"那还是挺厉害的,不过怎么还是不爱说话,只会死读书,性格这么内向不行的,她伯父的学历你们也知道,能把生意做得这么大就是靠脑子灵活和嘴巴会说,不过也没关系,咱们家就这么一个姑娘,不管以后怎样,都可以跟她爸一样,过来给她伯父打工的嘛。"

周安然其实不太在乎这位伯母说她什么,但乱说她爸妈就不行,她垂着眼,看见何嘉怡垂在一侧的手微微收紧。

"伯母,"她不太习惯撑人,垂在一侧的手也紧了紧,才轻声开口,"堂哥今年是不回来过年了吗?"

贾凤华又笑起来:"是啊,他学业紧,国外又没春节,我就让他别跑来跑去了。"

周安然伸手拿了个砂糖橘,慢吞吞地剥着:"噢,那他还和你们隔壁那个叫吴德的哥哥一起玩?"

贾凤华有些莫名其妙:"在一起玩啊,怎么了?"

周安然把剥好的砂糖橘递给何嘉怡,抬眸看向贾凤华:"那你劝劝堂哥别和他玩了,我前些天看到吴德在网上晒了打游戏的照片,虽然他成年了,但带坏堂哥就不好了。"

贾凤华脸色倏然一变:"你这话可不能乱说。"

周安然拍干净手上的细络:"是不是乱说您自己去看看就知道了。"

何嘉怡接过橘子,心里莫名一阵熨帖,她推推坐在旁边的女儿:"你不是说寒假作业还没做完吗,先去把作业做了吧。"

周安然看她一眼。

何嘉怡拍拍她:"去吧。"

周安然点点头,刚踏出门,就听见贾凤华的声音在后面响起。

"我去看看她大伯打牌,就不陪你看电视了。"

周安然轻轻吐了口气,回了爷爷奶奶单独给她留出的房间。坐下后,她摊开数学试卷,却又沉不下心。

周安然不喜欢她这位伯母,也并不在乎她如何说她。刚才实在忍不住反击,是因为她那样说她爸爸,让她妈妈不开心了,也因为她堂哥虽然浑了点,但对她还可以,她不希望他走上歧途。但周安然知道,不说其他,伯母那个"性格这么内向不行"的观点,何女士心里应该也是赞同的。平日在家就说过她好几次。

她原本以为,性格只有这一种和那一种的分别。但在家长们的眼里,好像变成了好与坏、对与错的分别。外向的就是好的、对的;内向的就是坏的、错的。她也不是没有悄悄试过改变,只是身体里好像有个电量条,看书、写作业或者和喜欢的人聊天打交道,电量可以支撑许久许久。如果强迫自己变得外向,试图跟那些不喜欢的人社交,电量条就会迅速耗空,睡一觉都恢复不过来。

一醒来看到蓝天都觉得是灰暗的,最后都以失败告终。

他呢?周安然脑中闪过一张熟悉又帅气的脸。他应该也喜欢那种开朗又大方的性格吧。

不知是因为忧心远在国外的儿子,还是因为在伯父前面多少会收敛些,接下来几天,贾凤华没再阴阳怪气地说些有的没的。周安然这个年过得也没有太糟糕。

正月初四,周安然随父母回到家中。第二天就被拿了不少压岁钱的严星茜拉出去吃饭逛街,一路上严星茜都在和她吐槽昨天和董辰在网上吵架的事情。

周安然听得发笑,笑完又莫名沮丧。她和陈洛白的社交圈子暂时没有任何重叠,完全不知道他寒假过得如何。

周安然头一次格外盼望早点开学。可她没想到,这次开学后,陈洛白身边会多出一个女生。

第 8 章

开学要调座位,过了元宵节,南城天气还没转暖。开学那天不用早自习,周安然为了早点到学校,一大早就从温暖的被窝中钻了出来,但因为严星茜没能成功早起,她们最终到达教室时,差不多七点半。

进门前,严星茜正挽着她的手在和她聊换座位的事:"我妈之前不是说想让你帮我补数理化吗?她还真给老高打了电话,我们俩的座位估计不会换,就是不知道晓雯和贺明宇会换到哪儿去。"

周安然笑着接话:"董辰你不关心啊?"

严星茜轻嗤了一声:"我关心他做什么,他离我越远越好。"

伴着她最后一个尾音落下,周安然抬脚踏进后门,一时忘了他很可能也换了座位,目光习惯性地就先往第二组第六排看过去。

下一秒,她的脚步倏然停住。陈洛白还坐在原来的位子,一个寒假过去,男生头发剪短不少,清爽又帅气。

但周安然注意力全不在此,因为陈洛白的旁边,那个不知道还属不属于祝燃的位子上,坐着一个陌生又漂亮的女生。女生头发高高地扎成马尾,样貌明艳又夺目。她侧身面向陈洛白而坐,听不清在和他说什么,但眼睛里全是明亮的笑意。男生也是侧坐,背对着后门。

周安然看不见他的表情,可不知为何,明明他的声音不算高,而且混杂在吵闹的教室中,可却轻易地被她的耳朵捕捉到。

"是吗?"懒懒的,带着点笑意的语调。

外面有冷风吹进来,周安然从头到脚忽觉一阵冰凉。严星茜跟在她身后,进门也一眼就看见了这一幕,压着声轻轻地"哇哦"了一句。

她小声凑到周安然耳边八卦:"陈洛白旁边的位子可从没女生坐过。"

周安然不敢去猜想的可能,被她一语道破,心里霎时涌上一阵涩意,她收回视线,不敢再看:"先去看座位吧。"

那天怎么换的座位,周安然事后都想不起来了。只记得换座时不经意或不由自主地往那边瞥过去时,每次都能看见他笑着在和那个漂亮的女生聊天。一直等到座位换好,周安然才发现坐在她前面的是娄亦琪和张舒娴。张舒娴是她们换好位子后才进来的,在此之前娄亦琪一直低着头不知在写些什么。

周安然没有第一时间坐下。桌椅在教室中空置了一个多月,上面全是灰尘,张舒娴过来的时候,她正在用湿巾擦桌子。因为离得近,即便张舒娴稍稍压低了声音,前方的谈话还是不可避免地传了过来。

"什么情况？"张舒娴的语气和刚才严星茜一样八卦。

周安然擦桌子的动作一下没控制好力度，湿巾一路滑过桌子边线，手在桌角上磕碰了一下，有尖锐的疼意传来。

"别八卦。"娄亦琪语气听着有些生硬。

张舒娴好奇："这女生一看就不是我们学校的，长得这么漂亮，我之前不可能没注意，那就只能是陈洛白带来的。"

娄亦琪头也没抬："不是他带来的。"

张舒娴故作不满道："什么情况啊？你知道就赶紧说，别我问一句你挤一句的。"

娄亦琪终于停下笔，像是回头看了一眼，表情很淡："那女生是宗凯的青梅，转校生，跟宗凯一个班，我来的时候，宗凯和祝燃都在后排坐着，他们四个人在一起聊天，后来那女生嗲着声音撒娇说想吃冰激凌，宗凯就下去给她买了，祝燃也想买东西，跟着一起下去了。"

张舒娴："这样啊。"

不知是擦桌子费了点力气，还是听见前面的对话，周安然感觉手脚又开始慢慢回温。

像是为了印证娄亦琪的话，就在周安然刚刚擦完桌子时，祝燃的声音从后面响起。

"阿洛，接着。"

周安然借着擦椅子做掩护，转过头去，看见祝燃站在后门，朝陈洛白的方向扔过去一瓶可乐。男生伸手稳稳接住，靠在椅背上，面向门口的人笑骂："你什么毛病，好好拿进来会死吗？"

祝燃拎着袋子晃晃悠悠没个正形地走进来："不觉得这样比较帅吗？"

陈洛白随手将可乐往桌上一搁："砸伤人赔医药费更帅。"

"你怎么不打开啊，还完你钱我就没剩多少零花钱。就这样，我还记得给你买一瓶可乐，这情谊都够感天动地了。"祝燃说着自己上手，"不然我帮你开了吧。"

陈洛白笑着伸脚去踹他："你当我傻呀。"

祝燃忙跳着躲开。宗凯在后面摇摇头，没掺和到这两人中间去，只走到陈洛白旁边的位子，把手上的冰激凌递给那个女生。

女生笑着接过去，又往旁边瞥了一眼："怎么只买了一个啊？"

宗凯："你以为都像你一样，大冬天的吵着要吃冰激凌。"

女生冲他皱了皱脸："就是要冬天吃冰激凌才对味啊。"

宗凯抬手看了下表："快上课了，我们得回去了。"

女生"哦"了声，慢吞吞地打开冰激凌盖子，往旁边瞥了眼："那……再见啊，陈洛白。"

祝燃站在她后面，不满道："你就和陈洛白说再见啊，我这么大个人站这里你看不到？"

女生吃了口冰激凌，像是觉得冻手，把盒子塞到宗凯手里："你太吵了，还是不要再见了吧。"

祝燃："当我多稀罕似的。"

周安然把椅子擦了又擦，等女生跟在宗凯身后离开后，她才转身把弄脏的湿巾塞进一旁的小垃圾袋里丢掉，心里却怎么也高兴不起来。

陈洛白和祝燃的位子不知为何都没换，仍在第二组最后一排。她和严星茜也换到了第二组，坐在第三排，她在靠里的第四列，他在更靠门的第三列。跟他的距离比之前近了不少，但想回头看他，反而不如之前那样方便。

开学头一天总是闹哄哄的。但二班毕竟是实验班，在老高和各科老师的轮番告诫下，第二天就迅速静下心完全进入了学习状态。所有同学和上学期一样开始埋头奋斗。

但周安然知道有些东西和之前不一样了。她回头时，不再像上学期那样轻易就能看到他了。而包括他在内的早已固定的三人组合，如今变成了四人组合，多了一个女生。

学校总是各类消息流传最快的地方。没几天，周安然就知道了宗凯那个青梅叫殷宜真，据说家里比较富裕，钢琴比赛上还拿过很厉害的奖。但不知是不是周安然的错觉，她感觉殷宜真对陈洛白的关注度，好像要大于和她青梅竹马一起长大的宗凯。

下课路上，他们四人一起出去吃饭时，周安然每每都看见她虽站在宗凯边上，目光却更偏向陈洛白那一边。

宗凯每次来班上找陈洛白时，殷宜真也会跟着一起。祝燃跟她不是太对付，她就经常站在陈洛白身后，或是坐在陈洛白前排男生的位子上，被腕间精致的手链衬得雪白漂亮的手搭在男生乱堆在一起的书上。

不过陈洛白从没单独和她有过任何相处，更没主动去四班找过她。

开学第一周眨眼就过完。到了这学期第二周，南城天气终于大幅转暖，气温从冻得人瑟瑟发抖，只在几摄氏度徘徊，毫无过渡地一下就涨到二十几摄氏度。

周三下午，周安然陪严星茜去了东门外的米粉店吃粉。回教室的路上，严星茜拉开校服拉链，以手作扇在身前扇风："然然，我觉得我快要中暑了，班上好些人都换上夏天校服了，我妈说什么春捂秋冻，只准我换春季校服都算了，还非让我穿秋裤！不行了，我等下要去厕所换下来。你陪我去吧？"

周安然怕冷，没敢直接换上夏季校服，也跟严星茜一样穿着春季校服外套。好在何女士没逼着她穿秋裤。她也没怕冷到那份儿上。周安然也伸手帮她扇了两下，又劝她："现在晚上温度还是挺低的，今天忍一忍就别换了吧，一热一冷容易感冒，明天温度还会再升，你明天就别穿了。"

严星茜指指自己："不行，你看看。"

周安然转头，看见她满头都是汗，不由得有点同情："我先请你喝汽水吧，喝完你要实在忍不了再换。"

严星茜说是热得不行，可一听这话又腻腻歪歪挽住她的手："你说的哈，那我们快去超市。"

两人往学校小超市的方向走去。路过篮球场时，严星茜脚步一停："哎，然然等等，你看那边什么情况，是不是有人在打架？"

刚才还没到篮球场时，周安然就往那边瞥了数眼。确认陈洛白不在球场上，她就没再在意。也不知是不是开学排座的坏运气延续了下来。这学期以来，她在教室外能碰上他的概率大大降了下来。就和他们的座位一样，像两条不会有任何交会可能的平行线。

严星茜向来喜欢凑热闹，此刻秋裤和汽水都顾不上了，拉着她跑到篮球场边。周安然刚才远远看着，像是一群人在打架，近了才发现是一群人围着一个男生。中间被围着的男生还很眼熟，是他们班的体育委员汤建锐。

严星茜显然也认出来了，脸色微变，问她："中间那个是不是汤建锐呀？"

周安然点头，刚想说她们要不要去找老师，就看见祝燃从她边上跑了过去，像个小炮弹似的冲进了球场。

"喂！你们这是在干什么？！"

周安然心里重重一跳，下意识地回过头。果然一眼就看见陈洛白站在她身后不远处。

男生这周也换上了夏季校服，不知是因为热，还是匆匆赶过来的缘故，露在外面的手臂上有细细的汗珠子。他平时挺爱笑的，这还是周安然第一次看他脸色这般沉冷。陈洛白的目光仍丝毫没落在她身上，抬脚从她旁边跨过，大步进了球场，声音也微冷。

"祝燃，住手。"

球场上，祝燃正要去揪对方一个男生的校服衣领，像是没听见他的话。反倒是围着汤建锐的不知是哪个班的那群男生中有好几个略往后退开了点距离。

陈洛白又沉沉喊了声："祝燃。"

祝燃终于松开手，回头看他："你拦我做什么？！咱们班的人白让他们欺负不成？"

陈洛白没有接话，他弯腰捡起地上的篮球，走到人群中间，将祝燃和汤建锐半挡在身后。

周安然那天回教室后，才从班里其他人口中得知事情的原委。

汤建锐下午拿了篮球在第一排第三个球场等着陈洛白他们过来打球，但天气转暖转晴，其他几个球场都被人占满，十班几个人趁着汤建锐捡球的工夫，招呼也没打就抢占了那个球场。汤建锐过去找他们要说法，双方起了冲突。而此刻，宗凯护着殷宜真站在球场边没过去。

陈洛白独自挡在祝燃和汤建锐身前，一个人和十班七八个男生对峙，气势却丝毫没输。周安然站在不远处，看见他回头望了眼汤建锐和祝燃。

"我们班的人当然不能白让人欺负。"陈洛白随手颠了颠手上橙红色的篮球，缓缓又转回去，语气冷淡，"不过既然是在球场上发生的冲突，那就拿球说话。"

夕阳下，穿着蓝白校服的高大男生俊脸微冷，朝十班领头的那位轻扬了扬下巴："打一场？"

第 9 章

十班领头的学生叫胡琨，是二中校篮球队的，他平时在队里训练的时间居多，连班上的人都认不全，更别提二班的人了。带着人去抢球场的时候，他并不知道汤建锐是在帮陈洛白占场子。二中几乎没人不知道陈洛白，他也不例外。

不只因为陈洛白是学校的风云人物，也因为他们教练常在他们面前感叹陈洛白是个绝佳的苗子，可惜校长不肯给人，而且陈洛白本人也不愿意进队。

本来要是陈洛白跟他们打架，不管是冲着对方的成绩，还是对方的家世，胡琨都可能会有所迟疑。但他没想到陈洛白会直接跟他说拿球说话。胡琨也早想看看天天骂他们的教练一再夸奖的这位好学生水平到底如何。

"单挑还是打全场 5v5？"

陈洛白回头看了眼汤建锐："你应该更想亲自上场找回场子吧？"

汤建锐点头："当然。"

祝燃在一旁举手："我我我，我也要打！"

陈洛白又转回来："那就打全场，输了你们所有人当着全校人的面念检讨，给汤建锐道歉。"

胡琨："那要是你们输了呢？"

"我们？"陈洛白眉梢轻轻一扬，语气极为嚣张，"我们不可能会输。"

胡琨被他这张狂的语气哽了下，慢半拍反应过来这场对峙的节奏全被对方带着走了："要是你们输了，我也不为难其他人，你当着全校人的面承认你球打得烂，是根本进不了校队的水平就行。"

因为两边没打架，周安然早被严星茜拉到旁边来近距离看热闹，此刻离陈洛白仅一米远。她看见男生终于又笑了下，但是因为脸上的冷意还没完全退去，这个笑容就显得又狂又挑衅。语气更狂。

"行啊，只要你有这个本事。"

胡琨像是也被他气笑了:"时间呢?"

陈洛白略歪头想了下:"这周我有事,下周五吧。"

周安然和严星茜回到教室时,陈洛白和十班男生约了场球赛的消息已经传回了班上。得知她们刚才围观了第一现场,已经换到第一组的盛晓雯直接跑到第二组,拉着周安然挤到她凳子上,要听她们说八卦。

"我听说十班领头那位是校篮球队的,是不是啊?"盛晓雯问。

十班那群男生,周安然一个都不认识。校队有单独的室内训练场馆,外面露天球场一般都是老师和普通学生打着玩,校队的球员并不会来。

而且高中篮球联赛是赛会制,二中这个赛季不是承办校之一,联赛关注度暂时还不高,没有大的直播平台跟进,他们这批新进校的高一学生目前连校队的一场球赛都没看过。

周安然自然也不认得校队的人。不过领头那位确实挺高的,陈洛白现在是一米八二,他比陈洛白还略高一些,身材也更壮实一些,但对峙的时候,气场却明显被陈洛白压了一头。

"应该是吧,还挺高的。"

张舒娴向来也爱聊八卦,闻言起身反坐到椅子上,搭话道:"十班那个我知道,好像是叫胡琨,今年刚进的校队,应该不算是主力,听说咱们校队的主力一般都是高二高三的,不过能进校队,应该也不会太差,陈洛白居然敢跟他约比赛。"

娄亦琪也转身:"陈洛白打球也很厉害的,有什么不敢约的。"

"那倒也是。"张舒娴又好奇地问,"我还听说陈洛白说十班那些人要是输了的话就当着全校人的面给咱们检讨道歉,是不是真的啊?"

周安然趴在桌上,脑中回想着男生刚刚和人对峙的模样,心跳悄然快了几拍。她小幅点点头。

盛晓雯靠在她肩上笑:"我算是知道咱们教导主任为什么那么喜欢陈洛白了,他今天不赶来,估计两个班这场架可能难免,他这一来把老师们该做的事也一并做了,多省心。对了,他们都被老师叫走了是吧?"

"是被老师叫走了,不过真打起来应该也没事。"张舒娴插话,"我听说陈洛白从小就经常跟他妈一起去律所,是受法律熏陶长大的。"

她说着露出一脸遗憾的神情:"唉,我今天怎么就没能在现场围观呢。"

娄亦琪伸手轻轻捶了她一下,语气嗔怪:"你还好意思说呢,我今天说去东门外吃粉,你非要留食堂吃。"

"我那不是没钱——"张舒娴话还没说完,外面忽然有道男声传进来。

"胡琨挺厉害的,咱们真有把握能赢他们吗?"

张舒娴话锋瞬间一转:"这是汤建锐在说话吧,是不是他们回来了?"

汤建锐嗓门儿大,班上好些人都听到了这声音,不少人转过头去,有男生更是从位子上起身往后边走去。

周安然跟着盛晓雯和严星茜一起转过头去,看见陈洛白被一群男孩子簇拥着走进教室。不知是不是去洗了脸,男生额间碎发微湿,脖颈间有细小的水珠子从凸起的喉结上滑过,一身蓬勃的青春气息。他脸上早没了冷意,笑容中带着惯有的散漫劲儿:"胡琨和他们班的人不熟,十班也没几个会打篮球的。"

"他敢约全场就说明有把握的。"祝燃随口接话,偏头问陈洛白,"不过你这周有什么事啊,我怎么没听你说过?"

陈洛白拉开椅子坐下,背靠着椅背:"我能有什么事,这不是给你们争取点训练时间嘛!"

祝燃一边拉开自己的椅子,一边冲汤建锐道:"我就说了你不用着急吧,他心黑得很,胡琨头脑简单四肢发达根本玩儿不过他的。"

汤建锐反驳道:"可不许这么说我们洛白,他哪是心黑,这叫聪明。"

陈洛白笑着踹了祝燃凳子一下:"听听。"

祝燃差点儿被他踹得没坐稳,闻言干脆直接跳起来勾住汤建锐脖子:"锐锐,你这就不厚道了吧,刚刚明明是我冲在最前面的。"

两个人在后面打闹起来。班上有男生走到陈洛白面前:"你们定好名单了没,没定好的话我能报个名不,早看十班那些人不爽了。"

"还有我,还有我,我也想打。"

陈洛白抬手往旁边一指:"报名你们找汤建锐。"

这下又换成汤建锐和祝燃被一群男生围住。宗凯走到陈洛白面前:"要我帮你们一起打吗?"

周安然怀揣着不为人知的小心思,隐藏在同学中,跟大家一起大大方方地看着他。男生用脚抵住了课桌横杆,椅子脚翘起,前后摇晃了几下。

明知他肯定不会摔，周安然心里仍揪紧了一下，直到他椅脚又落回来，她的心也才跟着落回来。

陈洛白："不用了，现在算是我们两个班之间的恩怨。"

宗凯点点头："行，那到时候你们注意点，胡琨打球的小动作有点多。"

小动作很多吗？周安然心里又悄悄揪紧了。

陈洛白倒是一脸淡定，只随意地点了下头。

"那我们就先回教室了。"宗凯说完拉了拉殷宜真的手臂。

殷宜真跟着他走了两步，回头："我到时候去给你加油啊。"

陈洛白眉梢轻轻扬了一下，不知是因为刚才和朋友说话打闹，还是因为她这句话，男生脸上还带着明显的笑意。

明显得让周安然觉得有些刺眼，心里好像有半个切开的柠檬，被一只无形的手轻轻掐了一下，有酸涩的汁水溢出来。

"欸欸欸……"张舒娴忽然小声招呼道。

严星茜和盛晓雯都转回头看向她。周安然也跟着转回来。

张舒娴压着声道："你们觉不觉得殷宜真老是来找陈洛白？"

严星茜这个粗神经茫然接话："她跟宗凯不是青梅竹马吗？"

张舒娴垂着眼没说话。

盛晓雯还趴在周安然肩膀上笑："他们俩我不知道，但我知道我们班有好几个男生想问殷宜真数学题，每次她一过来，他们眼睛都挪不开。"

严星茜八卦地往后看了一眼，正好看到搬到第一组第四排的董辰像是回头在看殷宜真的背影。她立即转回来，兴奋地看向盛晓雯："你说的那些人里面是不是还包括董辰哪？"

盛晓雯："……"

周安然："……"

张舒娴显然对刚才的话题更有兴趣，又自顾自地拉回来："不过殷宜真倒是更有优势啊，祝燃没听说有什么青梅，也就她一个人能仗着是陈洛白好友青梅的身份，天天光明正大地跟着他们在一起。"

周安然心里那半个柠檬又被轻轻掐了一下。

娄亦琪抬眸往后面看了一眼，淡着神色转回身："老高来了，晚自习要开始了，别说了。"

张舒娴火速转回去，盛晓雯也回自己的座位了。

接下来的一段时间里，周安然就更难有机会在教室外碰到陈洛白了。听说他在学校附近找了个室内篮球馆给班上男生当作训练的秘密基地，中午下午一下课，他们一大群男生就全都不见了踪影。能跟着过去的女生，也只有殷宜真一人。周安然对此并不意外。

令她意外的是，几天后有另一个女生也加入了这个小队伍中。

第10章

那天是周二，离约好的比赛日只剩三天。陈洛白那群人不到接近上课时间是不会回学校的，周安然也就没再妄想能在教室外的其他地方碰上他。

下午她和严星茜、盛晓雯一起去外面吃晚饭，然后径直回了教室。到座位时，见张舒娴正在前排一边记英语单词，一边低头吃三明治。

严星茜顺嘴问了句："你怎么一个人在这儿吃三明治啊，娄亦琪呢？"

张舒娴没抬头："人家跟殷宜真一起去看陈洛白训练了，哪还记得跟我约了一块儿出去吃饭。"

周安然拉椅子的动作停顿了下，盛晓雯和严星茜也是一脸惊讶。

"和谁？"严星茜还以为自己听错了。

盛晓雯也同时问道："她和殷宜真？什么情况？她怎么跟殷宜真玩一块儿去了？"

张舒娴还是没抬头，只是嗤笑一声，情绪明显不好："这我哪儿知道。"

英语老师说了第二天会抽查单词，其他老师也留了些作业，严星茜和盛晓雯也没再多问，各自坐回自己位子上。周安然也慢吞吞地坐下，把数学作业拿出来。

临近晚自习，娄亦琪才回到座位。几乎是同一时间，周安然听见祝燃在后面喊累，也听见陈洛白嘲笑着说"你行不行啊这就累了"，她在后排一片桌椅拖拽声中，余光瞥见娄亦琪脸上有难掩的兴奋。她把一小盒硬糖往张舒娴面前递了递："吃吗？陈洛白请的。"

周安然握着笔的指尖紧了一瞬。

"陈洛白、陈洛白。"张舒娴抬起头，语气很差，"你脑子里只有陈洛白是吧！"

因为一大群男孩子刚回来，教室里面暂时闹哄得厉害，几乎要把自习预备铃都压下去，张舒娴这句话的声音其实很低，离得不近根本听不见，但娄亦琪还是紧张地回下头。

周安然半低着头，娄亦琪的声音又传进她耳朵里。

"你……不吃就不吃，乱说什么呢！"

自习铃声在这时响起。教室前排和后排的吵闹声都在这一瞬止歇。严星茜从旁边把草稿本推了过来，上面写着一句："她们吵架了？"

周安然微微抬头，看见娄亦琪摆在桌上还没收回去的那盒硬糖，她垂下眼，在本子上回："不知道，你好好记单词。"

严星茜给她画了个鬼脸递过来。周安然忍不住笑了下，笑完又觉得心里莫名泛起一团苦味。她低头继续记单词，把没什么规律、容易把字母顺序记混的单词反复在本子上抄写，思绪却不自觉地开始飘移。

什么叫"陈洛白请的"？

回过神时，周安然发现那一排英文单词下，不知何时多了个显眼的汉字——她写了个"陈"字。周安然抬手捂住草稿本，抬头看了眼，发现大家都在认真自习，根本没人注意她。周安然用手半挡着，拿笔一点点划掉那个字。

前排的气氛就这么冷了下来，两个人谁也不和谁说话。一直到第二天上午的课结束，物理老师离开教室后，周安然收拾了课桌上的书，起身打算和严星茜出去吃饭，正好看见张舒娴犹犹豫豫地瞥了一眼娄亦琪："我——"

娄亦琪也不知听没听见，重重地把手上的笔往课桌上一扔。张舒娴没说完的话就这么被打断，后面有甜美的女声传过来："亦琪，你今天还跟我们一起吗？"

周安然不自觉地回了下头，看见殷宜真靠在教室后门，陈洛白像是正好从后门出去。乍一眼看过去，男生的手臂几乎擦着女孩的肩膀。周安然的眼睛像被灼了一下，快速收回了视线。

"去，你等我下。"娄亦琪高声回了一句，匆匆从课桌里拿了手机塞进口袋，快步往后门走去。张舒娴低头趴到课桌上。

严星茜拉拉周安然手臂："然然，我们走吧，我好饿。"

"等下。"周安然轻着声，又跟她指指前排的张舒娴。

严星茜往前看了眼，这才发现张舒娴的肩膀好像在微微抖动，她转向周安然，无声问："她哭啦？"

周安然也用口型回她："好像是。"说完她从课桌里拿出一包纸，抽了几张出来，走到前面，轻轻塞进张舒娴手里。张舒娴微微抖动的肩膀停了下来。

周安然轻声问她："你中午想吃什么？我和茜茜给你带。"

张舒娴没接话，只摇了摇头。班上已经有人好奇地朝这边望过来了，周安然觉得要是自己在哭，肯定是不想被围观的。她抿抿唇，低声道："那我们先走啦。"

在外面吃完饭，周安然顺路去便利店买三明治，想起刚才趴桌上哭的张舒娴，她的手顿了顿。张舒娴昨天还给她们分了糖，应该是更喜欢吃甜食。周安然多拿了一个蛋糕。

两人回到教室，张舒娴正低头坐在位子上，像是在写作业。周安然在她旁边停了停："舒娴，你吃了没，我多买了个蛋糕，你要不要？"

张舒娴抬起头，眼睛还是通红的："行，多少钱，我给你。"

"不用了。"周安然摇头，"你昨天不还给我们分糖了吗。"

张舒娴也没客气，从她手上接过蛋糕："那我明早给你带早餐。"

周安然坐回位子上，又给严星茜仔细讲了上午最后一节课她没弄明白的物理知识点。

张舒娴吃完蛋糕，回过头跟她们吐槽："其实昨天是我生日，说好要和她一起去吃饭的，明明是她先爽约，不道歉就算了，我先服软，她还发脾气摔笔。"

娄亦琪和张舒娴关系向来不错。周安然一时也不知道该怎么接话，只道："那祝你生日快乐呀，虽然晚了点，蛋糕就算我送你的，你明天不用给我带早餐啊。"

严星茜也跟着说："生日快乐啊，舒娴。"

好在张舒娴也只是随口吐槽一句，并没有就她和娄亦琪吵架的话题多聊的意思，顺着她们的话转移了话题："谢谢啊，那我下午能跟你们一块儿去吃饭吗？我不想一个人吃饭。"

周安然点点头："行，不过我们今天下午吃食堂。"

"正好我也快没钱了。"张舒娴停了下，声音很低，后一句话更像是自言自语，"省了好些天，本来打算请她出去吃的。"

娄亦琪又是临近上课才回来。这次手上拿了瓶牛奶，不知道是自己买的，还是又是谁请的。一直到下午的课结束，娄亦琪那瓶牛奶还没动。她把书合上，偏头问张舒娴："今天下午去哪儿吃？"

张舒娴："我和然然她们一起吃，怎么，殷宜真不约你，你又想到我了？"

娄亦琪脸色又冷下来："你爱跟谁吃跟谁吃。"

前排两人的关系就这么僵了下去，一直到球赛当天也没能破冰。这期间，娄亦琪又和殷宜真一起去看了一次陈洛白他们训练，回来的时候手上拿了瓶酸奶。

周安然有时候也很羡慕严星茜的性格。粗神经一点也很好，完全注意不到一些小细节，也就不会在心里胡乱地猜来猜去，连自己都控制不住。

周五当天，全班都很躁动。到了下午最后一节班会课，更是连老高都有点压不住。

"安静点。"高国华拍了拍讲台，"知道你们等下有场球赛，但现在还在上课呢，都先给我收收心思，尤其是祝燃，这已经是我第三次看见你找陈洛白讲话了。"

祝燃在后面笑着接话："高老师，我完全没办法收心怎么办啊，我现在满心都充满着对胜利的渴望，以及对为我们班争取荣誉的向往。"

高国华被他气笑了，朝他扔了个粉笔过去："怎么办，凉拌，还争取荣誉的向往呢，你就这么肯定等下一定能赢？"

班上的人都笑着回头围观。周安然也跟着回头，祝燃现在就坐在她这排的最后，她回头其实也看不到他，但多少能看到一点祝燃旁边那个人。

男生靠在椅背上，坐姿不太端正，他微偏了偏头，避开被高国华扔歪了的粉笔，嘴角勾着笑意："高老师，我们是三军的话，您就是我们的将领，不带在战前这么下我们士气的吧。"

高国华知道上次两个班的男生差点儿打起来就是他拦下的，就没舍得拿粉笔扔他，只笑着隔空拿粉笔点了点他："你也跟着捣乱是吧，等会儿班会课给你们提前五分钟下课算不算给涨士气了？"

祝燃从座位上跳起来："老高万岁。"

"坐下，别吵。"高国华又拍了拍讲台，"我特意跟年级主任申请的，当是你们考了年级最高分的奖励，但有个要求，你们提前下去全员都得给我安安静静的，但凡有一个人吵到其他班同学上课了，就全体给我回来知道吧？"

周安然隔着小段距离，看见后排的男生抬手比了个标准的敬礼姿势，笑容却散漫："遵命。"

高国华说话算话，果真提前了五分钟给他们下课。陈洛白他们要先去卫生间换球服。周安然被严星茜拉着跑去操场占座位。

下楼梯的时候，班上的同学有跑在她们前面的，也有走在她们后面的。所有人都听话地没发出大的声响。所有人脸上都有着难掩的兴奋与笑容。

比赛的地点是那天约球时陈洛白选的，他说不是什么太正式的比赛，就不跟学校申请室内场馆了，既然冲突是在第一排第三个球场发生的，就还在那儿解决。二班上半场的前场在靠近路的那边，二班的学生就大多围在这边半场。

周安然跟严星茜站在挨近第一排第二个球场那边的边线外，盛晓雯和张舒娴本来想跟她们站在一块儿，却被董辰抢先了位置，董辰还顺手勾着贺明宇的肩膀，把他拉了过来。

盛晓雯翻了个大大的白眼儿，没说什么。倒是严星茜嫌弃地看了他一眼："你站我旁边干什么？"

董辰像是才发现她似的，也露出一副嫌弃表情："这地方你家的？"

严星茜懒得理他，往周安然那边又挨近了点。周安然不由得笑了笑。

这边离教学楼已经有点距离，能提前下课加上马上有球赛可看的兴奋劲儿像是再压不住，整个场地都闹哄哄的。

有男生搬了两箱水过来，娄亦琪自然而然地走过去："说好了我和宜真今天帮忙发水的。"

周安然脸上的笑意又浅下来。

"跟谁说好了。"祝燃的声音插进来，"不是你们俩自告奋勇的吗？"

娄亦琪开箱的动作微不可察地停了下，又抬起头，脸上还是带着笑："那你们当时又没反对。"

有其他男生插话问祝燃："怎么就你过来了，他们呢？"

祝燃刚才那句话似乎也就随口一说，闻言一边随意活动着手脚，一边跟着转移了话题："在后面磨蹭呢。"

不知是谁叫了一句："来了来了。"

周安然回过头。

夕阳将落未落，远处天空是渐变的红。男生和同伴一起走进第一排第三个球场，俊朗的眉眼被火红的球衣衬得越发深邃。不知旁边的人和他说了什么，他偏头笑了下，张扬又夺目。

第 11 章

周安然觉得自己还是低估了陈洛白在学校的人气，或者说低估了学校同学对这场比赛的关注度。

周五最后一节课的下课铃一响起，往日直奔校门的学生不知有多少都蜂拥到球场上，把被红白线条切割出来的第一排第三个篮球场围得水泄不通。连十班参加比赛的几个球员都是费力才挤进去的。十班的学生更是被人潮挤得四散，不像他们二班，占了早到的优势，团团围在一起。离得近的教学楼走廊上也挤了不少观众。

两方球员一到齐，比赛就准备开始。

正规篮球赛最多可以报名十二名球员，但二班搞学习厉害，不等于搞体育也厉害，而且也不是所有人都对篮球感兴趣，像董辰和贺明宇就更喜欢足球和乒乓球，因而虽然那天汤建锐差点儿被欺负，导致二班男生群情激奋，纷纷踊跃报名，但最后真跟着陈洛白他们三人去训练的，也就五个人。

此刻比赛开始，陈洛白、祝燃、汤建锐带着班上叫包坤和邵子林的男生首发上场，剩下三人留在场边当替补。三人不知从哪儿弄了三张折叠小凳子过来，坐在场边，其中一个叫黄书杰的男生凳子就在周安然前面。

因为是学生私下约的比赛，学校并未参与组织，和正规球赛相比，眼前这场比赛简陋得不行。没有二十四秒计时器，没有显示球员名单与数据的大 LED 屏，裁判还是体育老师友情客串。但这些丝毫不影响场下观众的热情，两边球员一上场，场边就欢呼加油声四起，十班学生因为来得晚，站得很分散，音浪被二班完全盖过。

　　胡琨站在中线边，脸色微沉。他看向还在活动手腕的陈洛白："别说我欺负你们，让你们一个球，跳球我不上。"

　　周安然就站在靠近前场 45 度角三分线外的位置，场内的对话听得一清二楚。她看见中线附近的陈洛白停下活动手腕的动作，腕间和球衣颜色相同的护腕遮住了那颗棕色小痣，闻言轻抬了下眉梢，语气还是张狂得厉害："让球就不必了，免得你们输得太难看。"

　　胡琨："……"

　　陈洛白说完没再搭理胡琨，他自己也没去跳球，只抬了抬下巴："汤建锐，你去跳球。"

　　和汤建锐一起跳球的是十班穿着 10 号球服的一个瘦高个儿。汤建锐是二班体育委员，打篮球本就不差，心里又憋着一口气，被请过来充当临时裁判的一位体育老师一将球抛起，他就高高起跳，抢先将球拍向了己方球员。球刚好飞向祝燃那边，祝燃跳起抢到球。

　　周安然站在边线旁，手慢吞吞地伸进书包里。

　　二中平日是不让学生带手机进校的。周安然没带过。她自知不算什么天赋型的学生，能在二中实验班维持现在的成绩，全靠努力和还算可以的自制力。但今天是例外，周安然从家里带了相机。此刻大家都一心在看球，暂时还没人拍照片或视频，她又有点犹豫。

　　迟疑间，胡琨已经逼近祝燃。祝燃反应飞快地将球扔给了陈洛白。

　　周安然还是第一次看他正式打比赛，见球到了他手上，一下也顾不上拿不拿相机了，目光一瞬不瞬地望着场中，莫名替他紧张。

　　胡琨毕竟是专业的，反应可谓不慢。陈洛白还没来得及带球进三分线，他已经迅速拦在陈洛白身前了。他们两人的交手本就是这场球赛的最大看点。全场观众的目光都紧盯向场中，盯向三分线附近的两个人。

　　周安然也看着那边。

　　她看见陈洛白先是不紧不慢地胯下运了几下球，动作行云流水般流畅，随即他忽然一个加速的变向，像是要往右突进内线，但胡琨反应也很快,及时拦住了他。随后陈洛白两次尝试突破,但都没成功。

周安然的心高高悬起来,另一侧的手指也慢慢收紧。

胡琨和陈洛白在三分线另一侧45度角的位置,正好斜对着她这边,即使没能突破成功,周安然也没从穿球服的男生脸上看出任何懊恼的表情,只是神色比平日认真了许多,侧脸线条显得更加锋利。

周安然抿着唇,看见一身红球衣的男生忽然一个体前变向,肩膀微微下压,像是想再次尝试突进内线。而胡琨也像是又一次判断出了他的路线。下一秒,场中的男生却忽然抬头冲胡琨笑了一下。同约球那天一样,笑容又狂又挑衅——突破是假动作。

陈洛白脸上还带着笑,他头也没回,用右手将球往后重重一拍。球砸到地上,反弹出去——被祝燃稳稳地接到了手上。

场上大部分人的目光都在胡琨和陈洛白这边,没人注意到祝燃什么时候跑到了陈洛白斜后侧。也没人注意到汤建锐已经在篮下跑出来一个空位。除了他。

祝燃接到陈洛白这个不看人的击地传球后,立即将球扔向了汤建锐,没人防守的汤建锐轻轻松松上了个篮。从陈洛白跟胡琨在三分线对位,到祝燃接球传球,汤建锐上篮成功,其实也不过瞬息间的事。

全场安静了片刻。而后响起了震耳欲聋的欢呼声和尖叫声。二班的学生更是完全沸腾了起来。坐在周安然前面的黄书杰双手搭在嘴边,冲着场中高声大喊:"锐锐好样的,锐锐加油报仇!"

周安然感觉耳朵都快要被他们叫聋了。但不知怎的,好像还能听见自己快得厉害的心跳声。她记得的,他说过,篮球不是个人赛。

场上球权交换。十班准备底线发球时,祝燃笑嘻嘻地过去找陈洛白击掌。

男生一脸嫌弃地笑骂:"刚进一个球击什么掌,快退防。"说着却还是伸手往祝燃伸出的手掌上轻轻一拍。轻轻的击掌声淹没在球场沸腾喧闹声中。

十班发球后,球传到胡琨手里。胡琨带球一过半场,就被陈洛白和祝燃两人一同包夹在三分线外,汤建锐还在一旁不远处候着。

胡琨的路线被挡得死死的,只好把球传给了十班那个10号瘦高个儿。瘦高个儿立即被包坤防住,汤建锐也过去协防,他一个普通学生面对夹击更没办法,下意识地将球往回传。

//055//

场上有些乱，周安然不知道十班这个球员是没传好，还是脑袋蒙，居然直接把球扔进陈洛白怀里了。陈洛白接过篮球，笑得不行："谢了啊兄弟。"

十班10号："……"

全场观众："嗯？"

胡琨也不可置信地蒙了下。等陈洛白一秒没停已经带球迅速往前场压的时候，他才倏然反应过来。

"你们到底会不会打篮球！"胡琨边跑边吼，"发什么蒙，回防啊！"

陈洛白明显是想打快攻。刚过半场，就把球扔给了离球篮更近的汤建锐。但是汤建锐这次投篮没进，胡琨已经及时回防。汤建锐拿到篮球后，把球扔回给三分线附近的陈洛白。胡琨再次迅速挡在陈洛白面前。

两人好像又回到了前一回合的对位局面。

周安然站在场边，看着男生像上一回合那样尝试了两次突破，线路仍被挡着。直到祝燃不知又怎么跑开了十班的防守，溜到了陈洛白斜后侧。

陈洛白左手上的篮球由背后运至右手，肩膀下压，和前一回合几乎一样的动作，像是要往里突破。但前一回合的前车之鉴还历历在目，胡琨下意识地关注着祝燃。而几乎就在同一时间，陈洛白右手的球忽然回到左手——不是突破，也不是传球。

陈洛白借机往后一撤，拉开跟胡琨的距离，随后直接在三分线外起跳。橙红色的篮球在半空划过一道长长的弧线，稳稳落入框中。

全场再次沸腾。

周安然前面的黄书杰更是激动得直接从小板凳上跳起来，兴奋得像是个窜天猴："后撤步三分！！！厉害！！！"

全场欢呼声中，周安然看见场中一身大红球衣的男生高高将手朝天举起，比了个三分的手势。少年眉眼间满是张扬的笑意，耀眼得仿佛会发光。

二班开局打了十班一波5：0。

胡琨面色肉眼可见地难看。他虽暂时还不是主力，但到底是校队的专业球员，有做过针对性的身体训练，比陈洛白他们明显要壮实不少，真要对抗起来，陈洛白和祝燃加起来也许都防不住他。

同样地，二班是陈洛白在打组织后卫，他和上场的几个男生关系都还行，节奏把控得相当不错，大家配合也默契，胡琨一个人也防不了五个人。

开局过后，两班战势开始变得胶着。但因为二班开局拿下了领先优势，最后第一节结束的时候，二班还是领先十班6分。

两边球员各自下场休息。周安然跟着大家一起偏过头，看见早站在矿泉水箱前的殷宜真一脸灿烂的笑。

她是下课后被宗凯护着挤进来的，混在他们班的人群中看比赛，也没有丝毫不自在，眼下更是大大方方地从箱子里抽了瓶水朝陈洛白递过去，语气也甜。

"你打球比我想象中还要厉害啊。"

陈洛白伸手接过她手中的矿泉水。

周安然捏紧了书包。

不远处，陈洛白脸上没什么表情，随手把手中的矿泉水往后一抛，扔到了祝燃手上，漫不经心地问："你怎么挤在我们班这儿？"

他一边说，一边弯腰另拿了瓶水。殷宜真脸上的笑容没了，撇了撇嘴，像是不太高兴："那天不都跟你说了要过来帮你们发水的吗？"

陈洛白已经拧开了矿泉水瓶，他没再接话，微仰着头大口喝水，喉结随着吞咽的动作上下滚动。之前说要帮忙发水的娄亦琪倒是全程没开口，低头给汤建锐几人拿了水递过去。

周安然收回视线。

十班球员不知怎的忽然吵起来了。争吵声传过来，但因为站在斜对面，隔了点距离，争吵的内容听不太清，只能看见几个人面色都不太好看。

第二节比赛很快开始。不知是不是因为节间休息时吵了一架，十班几个球员本就和胡琨没什么默契，这一节开始后，情况不仅没好转，反而几乎变成各打各的，像一团散沙。饶是胡琨依旧在得分，半节过后，二班领先的优势也直接扩大到了两位数。

祝燃和汤建锐还都先后下场休息了一段时间。临近第二节结束时，陈洛白把自己也换了下来。不是正式比赛，换人当然也没那么正式，死球的时候，陈洛白跟裁判比了个换人的手势，就自己走下了场。

周安然站在边线外，看着男生一步步朝她这边走近，最后停在她面前，或者说，停在了黄书杰的面前。他几乎打完整个上半场，黑发湿润，露在外面的脖颈、手臂和小腿都汗涔涔的，即使隔着一点距离，都有热腾腾的气息扑面而来。

周安然没敢看他的脸，但目光又不知该往哪里落，最后只能低低垂着，正好看见他伸脚踢了踢黄书杰："你上去。"

"我上吗？"黄书杰从凳子上站起来，"行啊，不过要是我能把领先的优势保持下来，你刚才那个后撤步三分能教教我不？"

陈洛白笑着又踢了他一下："比赛呢，先上去再说。"他在黄书杰的小凳子上坐了下来。折叠小凳子很矮，男生那双大长腿委屈地屈起来。没等他开口，旁边另一个替补的男孩子拿了瓶水递过来给他。

有风吹过来，他身上的球衣被吹得微微鼓起，有那么一秒，似乎在她的校服裤上轻轻贴了贴。周安然不敢盯着他看，依旧把目光投向球场。但第二节最后那几分钟场上打成什么样，她什么也没看进去。

中场休息时，陈洛白也没起来。二班几个球员全围到他边上，没有小凳子的，就直接坐在地面上。

"下半场我们怎么打？"汤建锐问。

祝燃撩起衣服擦了把汗："我们都领先15分了，下半场随便打打都能赢。"

陈洛白拿喝空了的矿泉水瓶扔他："别骄傲。"

祝燃笑嘻嘻地接过："我这叫自信好吧。"

"下半场胡琨体力肯定会下降，十班其他人打得只会比现在更乱。"陈洛白接着说，"我们照着上半场的节奏打就行。"

汤建锐往后瞥了一眼："能不乱吗，胡琨张口闭口就是骂人，他当他是谁呢，十班那群人心里估计也都憋着火，不过大家都注意着点，我怕胡琨使阴的。"

聊完下半场的战术，祝燃又说："哦对了，打完都别急着走，晚上一起去青庭吃饭啊。"

黄书杰朝他挤眉弄眼："你请啊？"

祝燃："我穷着呢，洛白请。"

"别了吧，这几天训练大家买饮料零食都是他付的钱。"汤建锐接话，"不然今晚咱们AA。"

祝燃搭上陈洛白肩膀:"放心,吃不穷他。"

"滚吧你。"陈洛白笑着把他的手拍下去,"其他人我请,你那份你自己 AA。"

下半场开始时,周安然发现场上有少数人在拍摄,就连她旁边的严星茜都在拍。周安然手指动了动,最后把相机拿了出来。

她心里揣着一个不为人知的秘密,总是没办法坦然,开始拍摄后,镜头故意先一一扫过其他人,最后才对准了想拍的那个人。可比赛一开始,周安然就发现自己的目光,或者说是镜头经常忘了从他身上挪开。

直到一次对抗中,胡琨动作明显有些大,差点儿直接拖拽他手了。但可能只是她的目光一直没离开过陈洛白,才会觉得大,因为体育老师们明显没有注意到。周安然看着胡琨阴沉的脸色,想起宗凯和汤建锐都说过他打球脏,眉头微不可察地皱了皱。

十班其他球员正如他们所料,下半场开始后打得越发乱,跟胡琨几乎零交流,一看就是有矛盾,有一两个甚至像是要放弃比赛了,打得非常敷衍。

两班比分在进一步扩大。球权又一次到二班这边,汤建锐和祝燃轻松跑开防守,给被胡琨防着的陈洛白争取到了一个空位。陈洛白当然没错过这个机会,迅速起跳,球从男生手中飞出去,又一次稳稳落入框中。陈洛白从半空中落地时,胡琨像是赶过来防他,只是晚了一步,他左脚不知是有意还是无意,刚好踩在陈洛白落点的位置。

周安然一下还没反应过来,就从镜头中看见一身红球衣的男生失去重心,摔倒在地上。

她心里倏然一紧。

坐在周安然前面的班上几个替补立即从凳子上站了起来。不知是刚才他们几个人挤在一起,还是胡琨角度找得好,体育老师也没注意到这个犯规,暂时没有吹哨。祝燃沉着脸将陈洛白拉起来。陈洛白起身活动了下脚踝,看上去没什么大碍。

周安然在心里长松了口气。但祝燃刚才不知道是不是看到了什么,一松开陈洛白的手腕,就直接朝胡琨冲了过去。周安然第一次见祝燃气成这样。

下半场的时候,两班互换了场地,二班现在的前场换到了另一边,隔了一小段距离,祝燃充满怒气的声音仍清晰地传过来:"这种废人的动作胡琨你也敢当着我的面做。"

胡琨看着比他淡定得多,但脸色依旧是阴沉的:"什么废人的动作,没凭没据的这么一大盆脏水就往我身上泼?"

周安然刚才光顾着担心了,听到这句话,拿着相机的指尖动了动,她的脚不自觉地往前踏了一步。这时,殷宜真的声音从旁边不远处传过来。

"什么情况,我去看看。"

殷宜真说着像是要往场内冲,没走两步,就被神情复杂的宗凯拉了回来。宗凯说了什么周安然没听清,只看见殷宜真抿抿唇,把脚收了回来。时间紧急,她好像一下想到了很多东西,又好像什么都没想到,只微微侧身,把手上的相机塞到了严星茜校服口袋里,侧头靠近她耳边。

场上的情况乱成一团。祝燃听见胡琨这句话,整个人都快气炸了,几乎是立刻举起了拳头:"我的眼睛就是证据。"

还没挥出去,就被旁边的陈洛白拦住了。

其中一个体育老师这时也赶了过来:"干什么干什么这是,打球呢还是打架啊,要打架我看你们这球也别打了。"

陈洛白将祝燃拉到身后:"怎么会打架呢赵老师,我们这是在友好交流。"

赵老师:"……"

赵老师是二班的体育老师,跟他们平时就熟,知道他什么性格,但也差点儿被他这睁眼说瞎话的本事气笑了。

祝燃也不好当着老师的面就打架,勉强压着气:"赵老师,他刚才垫陈洛白脚了。"

赵老师皱了皱眉,他们刚刚确实没看到什么犯规动作。

胡琨反驳道:"赵老师,我刚刚碰都没碰到他,落地没站稳是很正常的事,但是祝燃刚才当着这么多人的面冤枉我骂我,还冲上来想打我,赵老师,这就算不夺权,怎么着也该吹技术犯规吧?"

祝燃才压下去的那股火气又蹿上来:"你他——"

"祝燃。"陈洛白打断他,"别冲动,他就是在故意激怒你。"

赵老师瞥了祝燃一眼。胡琨说的确实是实情,即便他是二班的体育老师,平日也挺喜欢祝燃,但也不好在这种时候偏私。

赵老师把胸前的哨子拿起来，放到嘴中，打算吹祝燃一个技术犯规，可他还没来得及吹哨，就听见一声尖锐的哨声从另一个地方传过来，场中几人齐齐看向哨声响起的方向。

吹哨的是十班的体育老师，他站在边线旁，高抬双手比了个手势："十班，4号，违体。"十班4号就是胡琨。

胡琨一愣："李老师，我什么都没做，怎么就违体了？"

李老师把双手放下，皱眉看着他："有同学拍到你刚才垫脚了。"

胡琨又是一蒙。他刚才动作做得非常隐蔽，自认为应该没人发现，内场虽然有少数人拿着相机，几乎全是女生，应该都是冲着陈洛白那张脸，真懂球的估计一个也没有，而且要拍也不会对着脚下动作拍，所以他才有恃无恐。

事情忽然峰回路转，连陈洛白都稍稍怔了下，祝燃更是觉得胸中那股恶气瞬间散了个干净，他看了眼神色难看的胡琨，乐道："哪位英雄拍到的呀？"

汤建锐几人也赶到了他们这边来劝架，闻言往李老师那边看过去："李老师边上站的女生好像是咱们班的，是叫严星茜吧？"

"严女侠，谢了啊。"祝燃冲着场边喊了声，又转向赵老师，"赵老师，您看我真没冤枉他吧，垫脚这种动作有多危险您也知道，阿洛今天没受伤已经算是走大运了。"

赵老师把嘴里的哨子拿下来，看向胡琨，沉声道："学生打球就是锻炼身体图个放松，别把不该有的东西带到场上来。"

胡琨脸色变了几变，又缓回来："赵老师，我刚才真没注意，您也知道球场上对抗和冲突都是难免的，可能是我刚才防守的时候没注意，不好意思啊，陈洛白。"

陈洛白笑着瞥他一眼："没事。"

祝燃听胡琨这么一说，本来就冒出一肚子气，但看旁边这位同学这么一笑，他又觉得胡琨等下应该不会太好过。但祝燃还没等到陈洛白让胡琨不好过，就听见他们班那个叫严星茜的女生忽然又大声问旁边的李老师。

"李老师，所有冲人不冲球的动作是不是都算违体啊，还有，如果球员一场球赛满两次违体，是不是就要被赶下场啊？"

李老师点点头。

严星茜看向场中，声音加大，像是故意说给谁听："行，那您放心，我们会继续帮您时刻盯着场中动静的，谁要是再做这种小动作我们立刻告诉您。"

祝燃瞅了眼面色已经难看到极点的胡琨，乐得不行："咱们班姑娘行啊。"

陈洛白往场边看了一眼，又缓缓收回目光。

第 12 章

严星茜说完那句话，就趁着场上的比赛还处在暂停状态，赶紧跑回了原位。

董辰一脸狐疑地看着她："严星茜，你还懂什么是违体？你什么时候关注起篮球比赛了？"

严星茜张了张嘴。周安然忙一把将她拉过来："比赛又要开始了，别站在边线里面。"她太清楚严星茜这大大咧咧的性格，指尖在她腕上暗示般捏了捏。

严星茜反应过来，在自己的位置上站好，看也不看董辰："你管我懂不懂。"

董辰："……"

场上，赵老师的视线缓缓扫过面前的学生们，在胡琨身上停了停："刚才都听见了吧，旁边学生都看着呢，有小动作的都给我收一收，打架跟吵架就更别想了。再有第二次，你们这比赛也别打了。好了，继续吧。"

赵老师走回场边。

祝燃搭上陈洛白的肩膀，小声问："你刚那句'没事'是什么意思啊，你是打算等下也搞一下胡琨吗？"

陈洛白把他的手扒拉开："一手的汗，离我远点！我搞他做什么？要赢比赛也要赢得堂堂正正。"

"你不也一手的汗。"祝燃翻了个白眼儿，"你说要赢得堂堂正正我倒是信，说不搞他我可不信，我平时吵到你睡觉，都要被你整一下，你今天会这么大方？"

陈洛白活动了下脚腕。今天没受伤，确实算他运气好。他当然也没这么大方。

"打人要打痛点知道吧。"

祝燃还想问打什么痛点，李老师已经在喊陈洛白接球。刚才胡琨被吹违体，二班这边获得了一次罚球和一个掷球入界的机会，陈洛白接了球就去了罚球线。祝燃就也没再问，但没过多久，他就知道了答案。

十班在赛场上搞起了内部矛盾，剩下几个人和胡琨各打各的，本来就已经落后二班不少。现在胡琨被他们班的妹子盯死加当场警告，完全不敢再做任何小动作，甚至连普通的进攻防守都变得束手束脚起来，他这个点一出问题，就等于十班全面崩盘。

刚进入第四节没多久，二班的分数就超过了十班30分，直接提前打花了比赛。陈洛白跟裁判比了个换人的手势，自己走向场边，朝他们偏了偏头。

"祝燃，锐锐，你们也下。"

祝燃和汤建锐跟着他一起走到场边，就见他开口问："你们谁想上去打？"

黄书杰有点没明白他的话，从凳子上站起来问："你们三个都下了，那不是我们仨都得上？"

"没问你。"陈洛白笑着冲他身后抬抬下巴，"我是问班上其他男生，反正现在都已经是垃圾时间了。怎么样，有没有兴趣上场的，去跟咱们校队的球员交交手？"

祝燃几乎立即就明白了他所谓的"打人要打痛点"是什么意思。胡琨是怕跟他们打架呢，还是更怕输比赛？答案当然是后者。

他一个校队的，输给他们，脸可丢大了。更何况分差还这么大，大到陈洛白可以放心让二班连替补都算不上的普通学生上场。这是完完全全把他脸面摁在地上踩，简直是杀完人还要诛心！平心而论，胡琨这场打得不差，十班的分数起码有90%以上是他拿的，但篮球比赛确实不是个人赛。

祝燃回头看了一眼，胡琨的脸色果然沉得都能滴出血来。祝燃看着可太开心了，他转回来，看戏不怕台高地高声起哄："机会难得啊，想打的赶紧上去,反正比分被追上一点也没事,陈洛白还能再赢回来。"

"砰"的一声重响从身后传过来。紧接着二班这边的议论声响起。

"啊,胡琨居然砸球了。"

"啧啧啧,垫脚的时候不要脸,这时候怎么又要脸了。"

陈洛白眉梢轻轻一挑,回过头。祝燃也跟着回头看戏。橙红色的篮球砸在地上后,朝他们这边反弹过来,陈洛白顺手接住,看见胡琨头也不回地朝对面场边走去,挤开人群,像是要离开。

祝燃长长"哟"了声:"胡琨你这是要不打了吗?要弃权也可以啊,记得下周一当着全校人的面检讨道歉。"

隔了点距离,祝燃看见那个背影明显僵了下,祝燃直接笑趴在了陈洛白肩膀上。被陈洛白嫌弃地推开,他又笑趴在汤建锐肩膀上。

胡琨这一走,相当于比赛提前结束。陈洛白推了推祝燃:"别笑了,拿瓶水给李老师送过去,再问问他要不要跟我们一起去青庭吃晚饭。"

这场比赛赢得痛快,祝燃也乐得给他当跑腿。等他屁颠屁颠送完水过来,场外的观众也已经散了大半,他目光不经意扫过不远处的一张侧脸。

"严女侠。"

对方没反应。祝燃跟前排那群女生完全不熟,回想了下她名字:"严星茜。"

正挽着周安然的手往外走的严星茜微微一愣,回过头:"你叫我?"

"是啊。"祝燃手上还拿着瓶矿泉水,笑眯眯地看向她,"我们晚上去青庭吃饭,你要不要一起去?"

严星茜:"不了吧,我晚上还有事。"

祝燃看她说完,就重新转过身,头也没回地挽着旁边的女生继续往前走,眉梢不由得扬了扬。他走到刚给赵老师送完水的陈洛白边上,笑说:"那位严女侠竟然会关注到胡琨垫你脚这种小细节,我邀请她跟我们一块儿吃晚饭,结果人姑娘不只没兴趣,连看都没多看你一眼。"

陈洛白懒得搭理他,换了话题:"李老师不来?"

"他只接了水,说吃饭就不用了。"说起吃饭,祝燃也顾不上跟他聊女生了,"赵老师也不去是吧,那咱们赶紧过去吧,我都快饿死了。"

严星茜走了一小段路,才慢半拍地反应过来:"刚才祝燃喊我一起吃饭,是不是因为胡琨违体的事啊?"

她说有事,并不是撒谎,今天她爸妈都不在家,早说好让她今晚到周安然家吃饭睡觉。而且今晚八点半,她偶像还有个活动要播,刚才她就在和周安然聊这个活动的事,满脑子都是即将见到偶像的激动,所以祝燃一问,她想也没想就拒绝了。

"那他们其实是想请你吃饭吧,我刚才都没反应过来。然然,你想不想去吃,不然我再回去和他们说一声?"

周安然稍稍回了下头,看见陈洛白他们收拾好了球场,一大群人正朝着校外的方向走,殷宜真和娄亦琪也在他们一群人中。周安然收回视线:"不用了,我妈妈说给我们留了大半桌子的菜,虎皮鸡爪也给我们做了一大碗。"

严星茜脚步立即加快:"那我们快点走。"

周安然被她拽着,只能跟着加快脚步,跟身后那一大群人的距离越拉越远。

"对了,然然。"严星茜像是想起什么,"你怎么忽然这么懂篮球规则了?"

周安然的心跳像是随着脚步加快也加了些速度,她轻着声:"我爸不是喜欢看吗?在家陪他看了几场,觉得还挺有趣。"

"难怪了。不过你自己怎么不过去啊?"这个问题严星茜早就想问了,但之前球场上人多,周安然明显不想她多问,她就没开口。

周安然抿了抿唇。

为什么自己没过去啊?其实做出决定那一瞬间想了什么,她已经想不起来了,也可能真的什么都没想,也可能是因为看见殷宜真跨出去的那一大步。有些下意识的反应太容易出卖一个人内心的真实情绪。她怕她藏不好。压在心底的那个秘密一旦被曝光,等着她的只会是尴尬。

"你知道我有点怕跟老师打交道的嘛。"周安然低声说,"而且,要大声当着这么多人说话,我也有点不好意思。"

严星茜被她这一提醒,又忙问她:"那你最后交代我的那几句话,我没说错吧?"

周安然:"没有。"

"那就好,要是当着这么多人的面说错了规则,就太丢脸了。"严星茜顿了顿,语气更兴奋了,"不过看到胡琨当时那个脸色,就真的很爽。"

周安然跟着浅浅笑了下:"是吧。"

她稍稍回了下头,男生的身形和样貌已经被距离和悄然降临的暮色彻底模糊了。

第 13 章

过完周末,南城气温突然降回到十摄氏度出头,周一早上返校的时候,周安然还被何女士叮嘱着多加了件衣服。到教学楼后,周安然和严星茜照例手挽手从教室后门进去。

一进门,周安然的目光习惯性地先在第二组第六排落了落,听见后排有不相熟的男生开口跟严星茜打招呼。

"严星茜,你挺厉害啊,上周五那个视频和那几句话真的太解气了,没想到你还挺懂篮球的。"

严星茜摆摆手:"没有没有,只是碰巧前些天陪我爸看球的时候听了一耳朵,我其实不怎么懂的。"

"听了一耳朵能记住,还能在关键时候用上,那也挺牛了。"

回到座位,严星茜轻轻吐了口气:"还好你猜到会有人说这件事,提前给我准备好了台词,不然我还真怕穿帮。"

周安然没立即坐下,而是从书包里拿出纸巾来擦课桌。

严星茜压着声,继续说:"其实他们真正该夸的是你,真的不用我告诉大家视频其实是你拍的,那些话也是你告诉我的吗?"

周安然擦桌子的动作停了停。她周五只是想帮他而已,并没有想要得到谁的夸赞,而且她也不想因此受到太多关注,否则会让她有种藏着的秘密即将要无所遁形的感觉。

"不用了。"周安然小声回道,"他们过几天就会忘了这件事,而且现在再说总有点邀功的感觉,没多大事,我也不太会应付这种情况,你就再帮帮我吧,晚上我请你喝奶茶。"

"行,不过今天太热了,晚上我想喝冰柠茶。"严星茜打了个哈欠,说着就想往课桌上趴。

周安然扯住她:"等下再趴,我先帮你擦擦。"帮严星茜把课桌擦好后,周安然走到后面把纸巾丢掉,又出去洗了个手。回来时,她看到娄亦琪刚好在座位上坐下。

娄亦琪斜转过身,看向严星茜的目光隐约有一两分打量之意:"严星茜,你什么时候对篮球规则这么了解啊?"

严星茜抬起头:"不了解啊,就是碰巧前些天陪我爸看的那场比赛里有球员垫脚,解说重点说了下这方面的规则,我就记下了。"

"这样啊。"娄亦琪顿了顿,"正好你又碰巧拍到陈洛白被垫脚,这样看来,我们班运气挺好。"

严星茜:"球在他手上,我又没盯着他脸拍,拍到脚下动作也正常啊。"

娄亦琪手往周安然桌上一搭:"也是,不过祝燃周五叫你一起去青庭吃饭,你怎么没去啊,我当时还想着你要去了,我还有个伴儿。"

这个话题就不在周安然提前跟她对台词的范围中了。但没涉及篮球,严星茜也就不怕穿帮,她抬头莫名其妙看了娄亦琪一眼:"你不是和殷宜真一起去的吗?"

娄亦琪沉默了下。

"那也就我和她两个女生嘛,其他都是男孩子。"她又把话题拉回来,"所以你为什么不去啊?"

严星茜还是一脸莫名其妙:"我为什么要去啊,我和他们又不熟,而且那天我偶像有活动呢。"

"就为这个啊?"娄亦琪听到这话明显有些惊讶。

严星茜:"什么叫就为这个啊,我偶像都多久没活动了,天塌下来也没他重要。"

"行吧。"娄亦琪说完转回了身。

周安然坐在旁边听完全程,在心里轻轻松了口气。严星茜对陈洛白全无兴趣,才可以这样大方坦荡。刚才如果换了她,可能就做不到。

周安然把笔拿出来,打算记会儿单词,但可能是有些心不在焉,打开笔帽时,不小心甩了出去。她弯腰捡起,抬头时,看见换到旁边跟她隔着过道的贺明宇像是在看她,也不知道是不是刚才听到了什么。

周五那天场上冲突骤起,大家目光都看向陈洛白那边,她把相机塞给严星茜的动作做得挺隐蔽。即便贺明宇站在她们旁边，应该也不会发现什么吧。

"怎么了？"周安然问他。

贺明宇摇摇头："没事，本来想问你个题，忽然自己又想明白了。"

周安然没再说什么，把笔帽盖好，低下头记单词。

严星茜在旁边用手肘推推她："我好困，趴一会儿。然然，你帮我注意下老师啊。"

周安然没答应："宋阿姨让我早上盯着你记单词。"

"我就趴五分钟。"严星茜跟她撒娇，"好然然，我这不都帮你——"

周安然轻声打断她："就五分钟。"

严星茜给她比了个OK的手势，然后就趴下了。

周安然翻了翻英语书，不时回头往后面看一眼。看班主任有没有悄悄从后面进来，也看他有没有到。五分钟快到的时候，董辰从后面顺着过道走到严星茜旁边，忽然在她桌边敲了下。

严星茜吓了一跳，抬起头看见是他："董辰，你没事敲我桌子干什么，吓我一跳。"

董辰语气欠欠的："收数学作业啊，你不好好学习只顾睡觉还怪我吓你。"

严星茜没好气地瞪他一眼："这还早着呢！现在收什么数学作业？"她说着从课桌里抽了张卷子出来往桌上重重一拍。

董辰："我想什么时候收，就什么时候收。"

严星茜懒得再搭理他。

董辰摸了摸鼻子："周安然，你的呢？"

周安然把卷子递给他，又轻声补了一句："你别老吓她，她禁不起吓。"

董辰沉默了下，撇开视线："谁老吓她了。"

周安然没接话："五分钟到了，快记单词。"

"呜呜呜……我妈妈给了你什么好处，我给你十倍。"

"给一百倍也没用。"周安然把她英语书拿出来，"快点记单词，等下默写没写出来，你别跟我哭。"

不过严星茜最终也没能记两个。因为盛晓雯和张舒娴一起进了教室，这两人上周五最后跟她们挤散了，周末已经在社交软件上问过她们一遍，来教室后，又八卦地找她们聊了聊上周五的球赛。

临近自习开始的时间，周安然还是没能从后面听到熟悉的声音。她趁着后排往前传作业的时候，回头往后看了一眼，第六排他那个位子仍然空着。怎么还没来啊。

周安然接过后排的作业，缓缓转回来，然后一眼看见那个人出现在教室前门。气温降低，男生重新穿回了春季校服，外套拉链没拉，松松垮垮地套在身上，书包挂在单侧肩膀上，身形颀长又挺拔。手上拎着一个透明袋子，不知道里面装的是什么。

他侧着头，正在和被他挡了半个身子的祝燃说话。不知是不是因为祝燃说了什么，陈洛白忽然转头朝她这边看过来。周安然慌忙移开视线，但余光还是能看见他那边的情况。

她看见他和祝燃一起进门，看见他走进第一组和第二组间的过道，看见他……停在了她们这一排。

周安然忍不住稍稍抬了下头，清楚地看见他抬起了手，腕骨上那颗小痣撞进她视线中，也看清了他手上提的是学校小超市的袋子，里面装了一堆零食，还看见他把那袋零食放在严星茜的课桌上。

男生熟悉又清朗的声音在很近的地方响起："上周五的事，谢了。"

祝燃顺着他的话补充："这是我们几个人一起请你的，严女侠你可以啊，上周五要不是你那个视频和那几句话，我们赢还是会赢，但肯定赢得不会这么轻松。"

严星茜愣了下。这一出也不在周安然跟她对台词的范围内。严星茜稍稍偏头，只看见周安然低垂着脑袋，她眨了眨眼睛，只好自己胡乱瞎扯："不用谢我啊，就是碰巧拍到，又刚好知道那个规则而已！你不是说你们是在给班上争取荣誉吗，换了班上其他人也会这么做的，真不用谢我啊。"

"行，不过零食你还是留着吧，也没多少东西。"祝燃没啰唆太多，"反正你以后有什么事需要帮忙，就跟我们说一声。"

旁边两个又高又大的男生走后，严星茜才悄悄松口气。她把课桌上的零食放到腿上，本来想问问周安然要怎么处理这些东西，一侧头，就看见周安然不知什么时候趴到了课桌上。

"然然。"严星茜忙问,"你怎么啦?"

周安然声音听上去闷闷的:"没事,就是肚子好像有点疼。"

严星茜:"怎么啦,要不要我陪你去校医那里看看?"

"不用。"周安然说,"应该是例假要来了。"

严星茜瞬间放下心:"那你先趴着休息会儿啊,老师来了我帮你说一声。"

周安然"嗯"了声,声音轻得自己都快听不见。她整张脸埋在胳膊中,感觉有股酸意在一点一点往鼻间冒。可又有什么好难过的呢,她周五选择把相机给严星茜时,就应该也预知到这一幕的。这一句客套的感谢,本来她有机会听他亲口跟她说的。是她自己拱手让出去的。可能是因为,她心里清楚那所谓的怕尴尬、怕秘密无所遁形,都是她为自己所找的借口。

实际上,她就是一个胆小鬼。

那天上午的大课间,胡琨等人当着全校人的面给汤建锐道了歉。那天在学校不管走到哪里,周安然都能听见有人在讨论上周五的那场球赛,讨论陈洛白那个后撤步三分和不看人的击地传球。但因为他早上那句客套的道谢,周安然一上午都有些提不起精神,中午趴在教室午睡都不太安稳。

半梦半醒间,她听见有人在前排说话,声音格外甜美,像是殷宜真。

她说:"你说我这周末要不要约陈洛白出去玩啊?"

第 14 章

"你确定了?"接话的是娄亦琪。

殷宜真轻轻"嗯"了声。

"那宗凯呢?"娄亦琪又问。

殷宜真沉默了一下:"他跟我一起长大,就和我亲哥一样啊。你别多想,也别说他啦,快说我这周要不要约陈洛白出去玩啊?"

娄亦琪也沉默了一下:"我觉得你暂时先别约他。"

"为什么啊?"殷宜真问。

娄亦琪说:"我们出去说吧。"

拖拽椅子的声音响起。等脚步声逐渐远去之后,教室里重新归于安静。

周安然却怎么也没能再睡着。严星茜没要那袋零食,周安然那天上完晚自习后,将那些东西拎回了家。她单独空了个抽屉出来,把里面的东西一一放了进去。

也不知道是不是他挑的,或者说,算不上挑,大概是因为几乎没和严星茜打过交道,袋子里的零食看上去像在超市一排排顺着拿的,里面有软糖、硬糖、饼干、巧克力、辣条、汽水和牛奶等各式各样的东西,几乎装满了一个大抽屉,可惜没一样是能久放的。

周安然盯着满满当当的抽屉看了片刻,最后一点一点合上,就像把心里那些纷乱的思绪也一点一点全关进去。然后她从书包里抽出物理试卷,摊开到书桌上。

这学期第一次月考马上就要到来。她做不到像其他女生一样勇敢大方,起码该做好一个学生的本分。虽然事实证明靠单科成绩超过他从而引起他的注意是一个烂透了的主意,但她努力学习是因为她也有自己想考的大学。

周四、周五两天月考考完,压力稍稍降下来一点,这几天一直被她压在心里的情绪,像触底的弹簧一样,骤然来势汹汹地全反弹了回来。

整个周末,周安然都在猜殷宜真到底有没有去约他,如果约了,他会不会答应,答应了他们又会去哪里。但猜上一万遍,也不可能有答案。她没地方可以打听,也不敢打听。心里像是被细细的线缠得满满的,勒得有些透不过气来,周安然索性给自己找了点事情做。

她把抽屉里的糖吃了一些,把糖纸拆出来,清洗好后折成了糖纸花,试图将这些唯一和他有关联的东西长久地留下来。这种不需要怎么动脑的纯手工活也无法阻止她继续乱想。于是甜得腻人的糖在嘴里化开后,不知怎的,好像绵延出了一点苦味来。

周一早上去学校时,严星茜察觉出了她的不对劲。

"然然,你怎么啦?"严星茜偏头打量着她,"周末闷在家里不肯出来,今天一大早也一副没精打采的样子。"

周安然抿抿唇:"没事,就有点担心成绩。"

严星茜一脸不解:"你上周五不是说考得还行吗,要担心也该是我担心才对吧。"

周安然心里有秘密瞒着她,本就已经有些愧疚,也不想她因此再为自己担心,她勉强扬了扬嘴角,装作开玩笑的样子:"就是担心你的成绩啊。"

"好啊,你居然取笑我。"严星茜伸手去挠她痒。两人打打闹闹到了公交站。

到学校后,周安然刚擦好桌椅坐到座位上,张舒娴就风风火火进了教室,她将书包随便往椅子上一放,转身趴在严星茜的课桌上。

"我有消息要跟你们分享。"

周安然心里重重一跳。学校关于陈洛白的消息永远是传得最快的。

严星茜一副大感兴趣的模样,也趴在课桌上,眼睛亮晶晶的:"快说快说,什么消息?"

张舒娴卖起了关子:"你们先猜猜。"

"这怎么猜得出来啊。"严星茜说,"你就别吊我们胃口了。"

"那我说了啊……"张舒娴故意拖长了调子。

周安然垂在一侧的指尖紧了紧,生怕接下来会从她口中听到平日很想听到的那个名字。

张舒娴吊足了胃口,才接着说:"就是听说上周五有高三的学姐学长放学后在学校很晚才走。"

周安然悄悄松了口气。

"他们干什么了啊?"严星茜好奇地问。

张舒娴瞥瞥旁边,看男生都没注意她们这边,才压低声揭晓。

严星茜一脸失望:"这有什么啊。"

张舒娴:"你别急嘛,我还没说完呢,他们好像被几个学生和教导主任一起撞个正着,听说请了家长,两个人都记过了,今天好像还要通报批评。"

"这么严重啊?"严星茜惊讶。

张舒娴叹口气:"被抓典型了吧,不然怕有样学样,毕竟咱们学校一向管得严。"

周安然心里还惦记着另一件事,抿了抿唇,小声问:"还有别的吗?"

"别的什么?"张舒娴愣了一下才反应过来,"你是问还有没有别的消息?然然,你什么时候也开始好奇这些八卦了呀?"

她一脸惊讶,甚至上手捏了捏周安然的脸:"然然,你脸好软啊。"

周安然："……"

张舒娴趴在严星茜的课桌上看着她："咦，然然，我发现你挺漂亮呢。"

周安然捂了捂被捏的脸颊，莫名感觉脸有点热。

一直坐在她前面没参与话题的娄亦琪这时回头看了她一眼，又转回去。严星茜小小地翻了个白眼儿："你才发现哪？"

"我平时要看也是看帅哥呀，没事盯着我们女同学看做什么。"张舒娴理直气壮，"而且然然平时太低调了，之前没跟你们坐一块儿的时候，我真的没怎么注意她。"

张舒娴没说的是，他们班上刚好有个长得还可以，会悄悄打扮，又会来事儿的娄亦琪，还有一个能把其他人的光环都掩盖掉的超级大校草，周安然这种过于安静的姑娘，确实容易让人不小心就忽略的。

张舒娴趴在严星茜的课桌上，继续盯着周安然看，越看越觉得好看。是很纯很耐看的那种好看。皮肤白，眼睛大，笑起来还有两个小梨窝，就是脸上还稍稍有点婴儿肥。

"然然，我中午还跟你们一块儿吃饭啊。"

前排忽然传来一点响动，像是娄亦琪将书重重丢在课桌上。严星茜眨了眨眼睛。

张舒娴倒是一脸没事人的模样："行吗？"

周安然点点头："可以呀，不过你别再盯着我看了。"

"我不。"张舒娴笑说，"多看美女有益身心健康。"

周安然："……"

陈洛白是临近自习开始才进的教室。周安然看见他身后照旧只跟着祝燃，心里悄悄松了口气。之后的那一上午仍半悬着心，生怕看到殷宜真单独来找他，或是听到什么风声。偶尔又想，要是他是真心的，让殷宜真早点知道也好。

可后者都是一闪而过的念头，"生怕"的情绪明显占足了上风。

直到中午意外在食堂撞见他。他们那群人比她们到得早，张舒娴占的位置正好在他们后面一桌，他和祝燃背对着她们，殷宜真和宗凯坐他们对面。她们几人，包括临时加入的盛晓雯，都和他们不熟，没人过去打招呼，各自低头吃饭。

中途，宗凯的声音传过来。

"你们俩这周末怎么突然去 D 市了啊？"

周安然夹排骨的动作停了一瞬。

接话的是祝燃："阿洛的亲戚给了他几张 CBA 门票，本来想喊你一起去，结果还没开口，你就说周末要陪殷宜真去逛街，我们就没叫你了。"

"怎么不叫我们啊。"殷宜真嗔道。

祝燃："就三张门票，而且我们兄弟几个出去玩，带个女生多麻烦。"

"又没让你带。"殷宜真说。

"票是阿洛的，他也嫌带女生麻烦。"祝燃伸肘撞了撞陈洛白，"是不是啊阿洛？"

男生像是很低声地笑了下："是挺麻烦的。"

殷宜真拉着宗凯的手晃了晃："宗凯，他们欺负我。"

宗凯揉了揉她脑袋："祝燃这次说的倒是真的。"

张舒娴把手上的鸭架骨头丢掉，拿纸巾擦了擦手，声音压低，语气八卦兮兮的："我们校草哪里是嫌女生麻烦，估计是还没碰上吧。"

严星茜点头："我觉得也是。"

"哎——"张舒娴继续八卦，"那你们觉得陈大校草会喜欢什么样的姑娘啊？"

盛晓雯："那就不知道了，我感觉他对篮球和学习比对女生有兴趣多了。"

"我要是他的话——"张舒娴撑着下巴想了想，目光转向周安然，"应该会喜欢然然这种模样又纯、性格又温柔的姑娘。"

严星茜往对面看了一眼，像是想起了什么，突然转移话题："咦，娄亦琪怎么没跟他们一块儿啊？"

张舒娴脸上的笑容浅下来："殷宜真也不是次次都叫上她的。"

盛晓雯："你们俩还没和好啊？"

"和好什么啊。"张舒娴撇撇嘴，"殷宜真一叫她，我就得往后面排。"

第二天月考成绩和排名出来。周安然这次总成绩的年级排名没变，还是和上学期期末考一样。名次虽没能再继续进步，周安然也没太失望，二中毕竟是省内最好的中学之一，年级排名靠前的都是尖子生中的尖子生，名次越往前，想要前进就越难。

不过严星茜这次数学又考砸了，班上排名又掉了几名。好在她向来心宽又乐观，并没有为此太难过。只是这天晚上，周安然回家没多久，家里的门就被敲响，何女士过去开了门，到访的是严星茜和她妈妈宋秋。

周安然还没进卧室，听见宋秋说有朋友送了些樱桃，过来送一箱给他们家。何女士跟她是几十年的朋友，也不客气，接过东西，说："怎么还自己跑一趟，刚才让然然顺路带过来就是了，快进来。"

周安然从客厅过来跟宋秋打招呼："宋阿姨。"

宋秋进门换了拖鞋，冲她笑着点点头："刚好要过来找然然拿点东西。"

何嘉怡奇道："找然然拿什么东西？"

严星茜也不解："妈，你要找然然拿什么东西呀？"

宋秋瞥她一眼："你藏了一堆CD和周边在然然这里，你当我不知道呢，这次老老实实都给我交出来，我不骂你。"

周安然："……"

严星茜："……"

"妈——"

严星茜刚想撒娇，就被宋秋打断了："别讨价还价，我之前给你留了一部分，你看看你成绩退步成什么样了，再讨价还价我连你手机也收了。"

严星茜闭嘴不敢说话了。

"宋阿姨。"周安然看严星茜一脸不高兴，想帮她求情，"我——"

宋秋也打断她："然然，这次你求情也没用了，你要真想帮忙，有空的话，就帮阿姨给她补补数学，要是她的成绩比之前有进步，我自然会把东西还给她。"

周安然点点头。严星茜也忙补充："您说的啊。"

宋秋没好气："你先把掉下来的排名追上来再说吧，期中考后要开家长会，你好歹给我留点面子。"

这次宋秋没给严星茜留任何可乘之机，亲自动手收了周安然给她空出来的那个抽屉里的所有东西，连一张小贴纸都没给她留下。

周安然看严星茜一脸生无可恋的表情，小声问她："你今晚要不要住我这儿？"

严星茜正一肚子苦水想吐，猛地点了点头。

周显鸿在公司加班还没回来，宋秋收了东西也没立即走，留在客厅跟何嘉怡聊天。周安然陪严星茜回对面楼拿书包和换洗的衣服。在门口换鞋时，她听见何女士安慰宋秋说："孩子还小，现在才高一呢，也别逼得太紧了。"

"高一马上就结束了，剩下两年也很快的。"宋秋叹口气，"还是你们家然然省心。"

何女士："然然还是内向了点，要像你们家茜茜那样活泼就好了。"

严星茜拉开门，出去后，她小翻了个白眼儿："她们俩每次一聊起我们就是这套说辞，她们没说腻，我都听腻了，大人可真虚伪。"

周安然把门带上，挽住她的手，有些心不在焉。

内向真的是缺点吗？可是好难改，比学习难太多太多了。

想着想着，不知怎么又转回到今天张舒娴问的那个问题上，转回到自己也在心里想过无数次的问题上。

这天晚上，严星茜跟她吐了大半夜的苦水。第二天一早，倒迅速恢复了精神。一到学校，严星茜就埋头趴在课桌上写起了计划书，她把计划书最终命名为"拯救偶像大作战"，还抄了一份给周安然，让周安然帮忙监督她。

早自习前的教室总是有些闹哄哄的，读书的、走动的、聊天的，各种声响都有。后座往前传作业的时候，周安然趁机往后面看了一眼，正好看见陈洛白从后门走进来。

上周那波倒春寒过去之后，南城天气重新回暖。男生穿着宽松的夏季校服，书包拎在手上，只是脸上没有了平日那股散漫笑意，流畅的下颌线绷得死紧，看上去像是很不高兴的样子。

后排男生的声音忽然响起："周安然，我的试卷是有什么问题吗？"

周安然回过神儿，不敢再继续看下去："没有，是我以为有道题和你的答案不一样，结果看错了。"

她转回身，把自己的卷子拿出来，一起递给前面的娄亦琪，满心只被一个问题占据——

他怎么了？

第 15 章

周安然还是第一次见他这样不高兴，她不由得有些担心。可现在坐的位子实在不方便看他。

离早自习开始还有一小段时间，周安然想了想，干脆一口喝光了杯子里剩下的豆奶，这样就能以洗杯子、接水为由，大大方方经过他身边，再由后门出去。可周安然拿着空杯子、转身后，就发现他已经趴到课桌上了。

教室里有些闹腾，但路过他身边的时候，周安然还是放轻了脚步，她瞥见男生的黑发有几根不听话地翘了起来，但是看不见他的脸，自然也没办法再分析他心情如何。不过好像哪次不经意间听见祝燃说过他睡不好就会有起床气，每每这时候心情和脾气就会变差，会是这个原因吗？

周安然打完水回来，男生还趴在课桌上睡觉。后排又开始往前面传其他作业，周安然趁机回头悄悄再看过去时，他还是在睡。

等重新见到他抬起头，她以去洗手间为由，再次从后门出去。

男生微歪着头，侧脸线条流畅，不知祝燃跟他说了什么，他眉梢轻轻一扬。是和平常相仿的模样，看不出有什么不开心的。再回到教室，从他边上路过的时候，他已经低头去看书了，脸上表情浅淡，嘴角也不像之前那样紧抿着。

之后周安然又偷偷找机会观察了他几次，并未再见他有任何不高兴的迹象，才慢慢放下心。只是心里某一处地方像是仍被看不见的细线高高吊了起来。

殷宜真这周没约他，并不代表以后不约他。不管如何，殷宜真都是目前跟他距离最近的女生。

接下来的一个月过得格外平淡。没再听说有谁半路拦下陈洛白问他数学题。就连偷偷往他课桌里塞进去的礼物好像都变少了。

张舒娴还是热衷于打听学校里的各类八卦，但暂时还没有哪一个和他有关系。

严星茜这一个月倒是拿出了十万分的努力,"拯救偶像大作战"的计划书执行得分外到位,甚至都不用周安然怎么监督她。期中考到来的前一天,严星茜还在辛苦地跟数学奋战,额前的刘海都被抓乱了。

"啊!人类为什么要学这种东西?"严星茜把桌上的书往周安然面前推了推,"然然,你再帮我看看这题怎么解。"

董辰刚好从她旁边经过,脚步停下,语气像是带着点不经意:"什么题,你怎么不问我?"

严星茜不解地抬头:"问你做什么?"

董辰撇开视线,语气淡下来:"你爱问不问。"

"莫名其妙。"严星茜奇怪地看他一眼,重新低下头,"然然你快帮我看看。"

周安然:"……"

刚才那番对话过于简短,又没提起相关的关键词,没引起任何人的注意。但周安然还清楚记得,上学期因为某个人,学校曾掀起过一阵"问数学题"的风潮。虽然一个多学期过去,热度早已降温,但其间的含义却没法抹去。

周安然看严星茜一副全没开窍的模样,想提醒她,又怕自己猜错,到时给她和董辰都造成困扰。最后到底没说什么,只接过她手中的笔,给她讲起了题。

期中考安排在周四和周五,考完是周六,周安然一早就跟父母去了同城的表姐家做客。表姐女儿这天三岁生日。到达后,刚一进门,周安然还没来得及跟人打招呼,奶乎乎的一小团就扑了过来。

表姐的女儿小名叫团团。小姑娘抱住她的腿,仰起小脑袋,声音奶声奶气的,就是口齿还不是太清楚。

"小姨,礼物。"

"小姨都还没进来呢,你就拦着她要礼物,羞不羞。"表姐哭笑不得地跟过来,先捏了捏女儿的小脸,又笑着看向周安然:"上次你答应她过生日时带她去商场挑个礼物,惦记到现在,一大早起来就在问小姨怎么还没来。"

表姐是周安然大姨的女儿,跟他们一家关系很近。周安然常过来做客,丝毫没有不自在。她牵过团团的手:"那我正好就不换鞋了,先带团团去商场逛一下。表姐,你有什么要买的吗?"

表姐摇了摇头,蹲下身给女儿换鞋,顺口叮嘱她:"乖乖听小姨的话,礼物只许挑一个,不许多要,知道吗?"

团团牵着周安然的手没放:"几(知)道啦!"

小区外面就有个大型商场,周安然向来也不是跳脱的性格,大人们一向放心她,就没跟着去,只临出门的时候,何嘉怡低声问了句:"带钱了吧?"

周安然点点头。

何嘉怡拍拍她:"行,回家妈妈给你报销。"

周安然牵着团团去了商场。在一楼挑好礼物后,小姑娘又拉着她往另一个方向走:"小姨,超四(市)。"

"是超市。"周安然纠正她的发音。

团团跟着学:"敲(超)市。"

周安然不禁莞尔。小姑娘字还不认得几个,超市卖糖的地方在哪里倒记得一清二楚,一进去,就直接拉着她去了那个货柜,小手一指。

"糖糖。"

周安然顺着她指的方向,给她买了好几包不同口味的糖。出了超市,团团就催促她拆开。周安然拆了其中一包递给她:"今天上午只能吃两颗,不能多吃知道吗?"

团团乖乖地从袋子里只拿了两颗糖出来,歪着脑袋想了想,又递一颗到周安然面前:"给。"

周安然以为她是要她帮忙拆开,撕开糖纸,半蹲下身喂给她,又叮嘱:"不能直接吞下去哦。"

团团点点脑袋,又把手上的另一颗糖递给她:"小姨也七(吃)。"

周安然对糖兴趣不大,顶着小姑娘眼巴巴的眼神,还是拆开吃进了嘴里。口感却是出乎意料地好。像柠檬汽水。有小小的气泡在口中炸开,柠檬的微酸中和了糖的甜。想着严星茜应该也会喜欢这种口味,她牵着团团又折返超市,照着包装多买了两包。

第二天何嘉怡和周显鸿都要加班。中午周安然去严星茜家吃饭的时候,顺便带上了前一天买的那两包糖。吃完饭,严星茜留她在家看电影。期中考刚过,宋秋也没太管着她们。只是一场电影没看完,周安然带过来的那两包糖就被严星茜给吃完了。电影临近尾声,严星茜伸手往袋子里一摸,摸了个空:"怎么就没了啊,你在哪儿买的?"

周安然:"我表姐家那边。"

"那等下我们去附近超市也找找看。"严星茜抱着她的手。

周安然点头。看完电影,两人出门去逛附近的超市,却没找到包装一样的糖。

"我记得包装上面写的是外文吧,你买的时候有没有看到品牌叫什么?"严星茜问。

那边超市的这款糖就摆在很显眼的位置。周安然摇摇头:"没注意。"

严星茜的脸微微垮下:"早知道这样,刚才不把包装袋扔垃圾箱里了,指不定还能去网购平台找一找。"

"没事。"周安然安慰她,"我五一还会去表姐那边,到时再给你带。"

期中考成绩是在周二出来的,周安然发挥依旧平稳,名次比之前前进了一名,倒是严星茜也不知是不是潜能全被逼了出来,辛苦奋战一个月后,一下在班上前进了六个名次。周安然替她长松了一口气。进步这么大,宋阿姨那里应该可以过关。

许是因为下周一就要开家长会,没人敢在这种时候节外生枝,这一周也过得格外平静。

周五早上,周安然在家吃早饭时,何嘉怡像是忽然想起什么似的,对她说:"对了,上周六我洗衣服的时候,从你外套口袋里翻出来几颗糖,给你放到你插着糖纸花的那个汽水罐子里去了。"

"糖。"周安然不解抬头,"什么糖?"

何嘉怡好笑:"你自己口袋里的东西还问我?"

周安然放下筷子:"我去看看。"

回了卧室,周安然小心地把糖纸花拿出来,将空汽水罐子倒转,里面的东西掉落在桌面上,居然是四颗汽水糖。可她上次明明包装也没拆就直接拿去严星茜家里了啊。

何嘉怡直接从外面推门进来："找到没有？"

"找到了。"周安然想起上周六回表姐家后，团团还一直黏在她边上，忍不住笑起来，"可能是团团塞进去的。"

何嘉怡瞥了眼她桌面，笑道："别人想从团团手上拿一颗糖都难，她对你倒是大方。"

周安然把四颗糖塞进口袋里，背上书包："妈妈，那我去学校了啊。"

下楼跟严星茜会合后，周安然从口袋里拿了两颗糖出来给她，摊开手心一看见随手拿出来的是一颗葡萄味的和一颗橘子味的。那她口袋里剩下的两颗应该都是柠檬味的。

严星茜惊喜接过："哪儿来的啊？"

周安然不由得笑了下，颊边小梨窝若隐若现："我小外甥女偷偷塞在我口袋里的。"

去学校的一路上，严星茜都在吃糖，跟她说话都含含糊糊的。

到了教室，周安然照例先把桌椅都擦了擦，去后面丢完纸巾，打算由后门出去洗手时，却正好看见陈洛白走到门口。男生书包挂在右肩上，下颌线绷得比上次还紧，深邃的眉眼间满是明显的躁意。

周安然没想到他今天会来这么早，看他的目光应该比平时要大胆一些，但他也全然没发现。在后门擦肩而过的时候，他像是根本没注意到旁边还有个人。难得和他有距离这么近的时候，周安然满心只剩下一个问题——他怎么了？又是没睡好吗？

可洗完手回来，再从后面进教室的时候，周安然却没见他像上次一样趴在课桌上补觉，而是低着头在写作业。面向她这一边的下颌线仍绷得死紧。周安然悄悄观察了他一天，几乎能确定他今天是真的很不高兴。就连平日话多得不行的祝燃今天都分外安静，像是不敢打扰他。

这天轮到周安然打扫卫生，下课后她去教室后面拿扫把，看见陈洛白被不知什么时候来到班上的高国华堵在教室后门口。

"你爸妈下周一确定不过来？"高国华问。

陈洛白懒懒地倚着门边，低垂着眼，有些辨不出情绪："不来。"

高国华又说："那你下周一留下来帮我接待其他家长？"

"我留下来做什么，让其他家长看着羡慕嫉妒恨吗？"

周安然大着胆子往后门那边瞥过去一眼，正好看见男生微微抬眸，冲高国华笑了一下。可不知怎的，周安然莫名觉得他明明在笑，那笑意却完全未达眼底，看着好像比早上进教室的时候还不高兴。

高国华可能是被他这句有点狂的话气笑了，也没注意他表情："想偷懒就直说，乱找什么借口。"

"走了。"陈洛白直起身，"高老师。"

高国华一副眼不见为净的模样，摆摆手："走走走，赶紧走。"

陈洛白冲他挥了挥手，转身大步下了楼梯。

高国华又笑着摇了摇头："臭小子。"

祝燃抓着书包从后门跑出去，声音嚷得老大声："陈洛白，你走这么快做什么，等等我。"

"还有些班没下课呢。"老高在后面气急败坏地教训他，"祝燃你嚷那么大声做什么！"

"高老师，我错了，下周见。"祝燃敷衍的声音远远传过来。

同学们一个接一个离开，教室很快安静下来。周安然心不在焉地扫着地，仍不自觉地揣摩他今天为什么这么不高兴。

是因为父母不能来参加家长会吗？可上学期的家长会他父母也没来参加，那时候也没见他有丝毫不开心。但是刚才班主任和他提及家长会的时候，他的情绪确实比今天任何一个时候都要糟糕。

直到严星茜都打扫完了，周安然也没揣摩出什么结果。

"然然，你还没好吗，要不要我帮你？"严星茜出声问她。

周安然回神："不用了，我马上就好了。"

她静下心快速把剩下那一小部分区域打扫完。倒完垃圾，两人又折回教室收拾好书包。严星茜指指前面："还是我锁前门，你锁后门？"

周安然点头。当走到第六排他的位子旁边时，周安然脑中不禁又回想起他那个不达眼底的笑。

她很轻地叹了口气。不知道他为什么不高兴，她就帮不了他，不过就算知道原因，以他们近乎陌生人的关系，她应该也是没办法帮他的。周安然这样想着，攥在书包背带上的手不由得懊恼地垂落下来，不经意地碰到了校服裤子的口袋，里面传来一点窸窣声。

是那两颗柠檬汽水糖。

今天一天都在担心他,她完全忘了吃这两颗糖。周安然把手伸进口袋,指尖触碰到糖纸时,心里不禁轻轻一颤。

他平时也喝汽水,不知道会不会喜欢这款糖?那一瞬间,周安然也不知道自己在想什么,或者说,不知道她哪来的胆子。

前门那边有动静传来,应该是严星茜正在锁门,周安然又往两边窗户各看了一眼。确认外面完全没有其他人后,她攥着两颗糖,快速塞进了他课桌里。虽然只是一个短短不到一秒的动作,但周安然从未做过这样的事,手收回来的时候,掌心里都冒起了细汗,因为过于慌乱,手腕还在他桌角上磕了一下。一颗心更是快悬到了嗓子眼儿,连呼吸都停了几拍似的。

"然然——"严星茜忽然叫她。

周安然已经悬到嗓子眼儿的心差点儿直接跳出来,慌乱回过头,看见严星茜站在外面窗户边看着她。

"你怎么还没出来?"

应该是没看到吧?以严星茜的性格,看到了估计现在已经在问她了。

"鞋带散了。"周安然嗓子发紧,"马上出来。"

出去前,周安然又瞥了一眼他的课桌。桌上书稍稍有些凌乱,和往日一样。但仍乱得厉害的心跳又在提醒着她,她刚刚竟然鬼使神差地往里面塞了两颗糖。

她知道他课桌里经常有精心准备的小礼物。听说署了名字的他都让祝燃他们私下帮忙退了回去,没署名的好像被他一起全锁进了家中一个柜子里。

她给他塞这两颗糖当然不是为了想要得到什么。她只是希望,如果他真的是因为父母不能来参加家长会而不高兴的话,如果有千万分之一的可能性,他周一回来拆开吃掉这两颗糖,也刚好喜欢这款味道的话,那时他能稍微高兴一点。

周安然收回目光,走出后门。锁门的时候,严星茜在旁边好奇地问她:"你刚刚脸色好差,怎么一副被吓到的样子?"

周安然手腕刚刚被撞的地方后知后觉地传来疼意,也不知道会不会变青。她垂着眼回道:"教室太安静,你又突然叫我。"

严星茜笑道:"你这胆子也太小了。"

周安然不敢跟她继续聊这个话题,她用还有些发汗的手锁好门,转过身:"走吧。"

"走走走。"严星茜挽住她的手。

两人边聊边慢吞吞走出学校,周安然的心跳也一点一点慢慢平复下来。可她不知道的是,她和严星茜一上公交车没多久,陈洛白和祝燃就一起回了学校。

第 16 章

祝燃低头拿钥匙开教室门:"你怎么突然又要回来,到底落了什么东西啊?"

陈洛白:"作业。"

"作业啊,作业那是——"祝燃说着话音忽然一顿,惊讶回过头,"你居然会忘带作业?"

一个看球半夜气清醒了,不搞别的消遣,还写了几张试卷的人,居然会忘带作业?

"别废话了,先开门。"陈洛白说。

祝燃转头开了门,想着他从早上持续到现在的一身低气压,不由得回头问:"叔叔阿姨这次吵得格外厉害?"

陈洛白没接他的话,伸手推开门,侧脸看着格外冷。祝燃心里有数了,怕是吵得比他预想中的还要严重些。他难得没再多话,跟在陈洛白身后进了教室。

陈洛白伸手拉开椅子,手伸进课桌里去摸试卷,掌心却意外碰到了什么东西,很小的两颗。

祝燃看他动作忽然停下,又忍不住开口:"怎么了?"

陈洛白把摸到的东西拿出来,摊开掌心后,看清上面是两颗糖。

"这是糖?"祝燃一脸好奇,"你桌子里怎么会有糖,是谁给你塞的吗?也不对呀,你课桌里的礼物哪回不是包装得漂漂亮亮的,连外面的蝴蝶结都恨不得系得一丝不苟,怎么会有人随便给你塞两颗糖,会不会是谁不小心放错了？"

陈洛白也是第一次碰见这种情况："可能吧。"

"那给我吃了吧，我正好饿了。"祝燃说着就伸手想去拿他手里的糖。

陈洛白手指一收，避开伸过来的那只爪子。

"你小不小气啊。"祝燃翻了个白眼，"我看多半是谁放错了，或者是锐锐他们谁分吃的，往你这儿放了两颗吧。"

陈洛白把手里的东西塞进校裤口袋里："下周问问。"

"我看看我桌子里有没有。"祝燃走到自己课桌边，也伸手进去摸了摸，"没有啊，奇怪。"

陈洛白已经把试卷拿了出来："走吧。"

出了校门，陈洛白在路口拦了辆出租车。祝燃家离学校近一些，车先停在他家小区门口。车门打开，祝燃偏头多问了句："要不你今晚去我家？"

"不用。"陈洛白大半张脸隐在阴影里，微抬了抬下巴，"快下去吧。"

祝燃下车后，出租车又行驶片刻，才在另一个小区门口停下。陈洛白到家后，才发现家里今天格外安静，往日随时在家的保姆阿姨也不见人影，厨房里一片空荡。他倚在厨房旁边，拿出手机，打开通话记录，指尖上下滑动几下，又停住，眼微垂着，最终哪一个号码都没拨出去。

陈洛白拎着书包进了书房，打开书桌上的台灯，从书包里抽出试卷在桌上摊开。两套试卷写完后，外面的天色早已经暗下来。落地窗外亮起的一盏盏灯仿佛夜星，最底下的路面上车来车往，是一派川流不息的繁荣景象。

陈洛白将笔放下，后知后觉感觉到饿。他拿起一直安静着的手机，起身走去厨房，拉开冰箱门，里面居然也是一片空荡。手机就在这时候响了起来，瞥见屏幕上的名字后，陈洛白接电话的动作停了一拍。隔了几秒，他的指尖才滑向接听键。

"你到家了吧。"女人的声音在电话里响起，"刘阿姨今天家里出了点事，临时跟我请了假，说是冰箱也没来得及补充。妈妈一忙就忘记告诉你了，你吃饭了没？"

陈洛白靠着冰箱："还没。"

"怎么还没吃啊？"方瑾在电话里问，"我给你叫个餐送过去？你想吃哪家的，律所这边新开了一家——"

陈洛白微垂着眼，打断她："妈。"

"怎么了？"方瑾问他。

陈洛白倚着冰箱，却没再开口说话。

"洛白？"方瑾又叫了他一声，"你还在听吗？"

陈洛白隔了几秒才开口："你们是打算离婚吗？"

电话那头沉默下来，过了片刻，方瑾才问："你昨晚听见了啊？"

陈洛白低声："嗯。"

"抱歉啊，吵到你睡觉了，下次妈妈会注意的。"方瑾顿了顿，"昨天说离婚是一时气话，但我和你爸爸之间确实出了点问题，你放心，不是我们哪一方犯了什么不可饶恕的错误，就是性格磨合上的一些问题，你先给爸爸妈妈一点时间，让我们都各自冷静一下。我向你保证，如果真有可能走到离婚那一步，我们会先征求你的意见，不会瞒着你做决定。你看这样行吗？"

陈洛白握着手机的手缓缓松下来："行。"

"那晚餐你想吃什么？"方瑾说回之前的话题。

陈洛白听见电话那头像是有敲门声响起："你先忙，我自己叫吧。"

挂了电话，陈洛白点进外卖平台，看了几家常吃的店，配送时间基本都超过半小时。他又退出App，空出来的左手垂落下来，不经意碰到校裤口袋，听见里面传出一点窸窣声响。

是那两颗糖。

陈洛白伸手拿出来，两颗一模一样的糖静静地躺在手心上。糖纸上简单印着几个外文单词和一个柠檬。连个包装都没有，就这么两颗小糖，随意塞在他课桌一角。看着确实不像是哪个女生会送他的礼物，大概真像祝燃猜的那样，是汤建锐或谁分零食的时候往他课桌里放的。

陈洛白饿得厉害，也懒得再想，随手拆了一颗，吃进嘴里时还以为会是甜腻的一股味道，口感却比预想中要好上不少，像柠檬汽水。

说不上是因为方瑾的保证，还是嘴里这股意外又清新的味道，在心底压了一天的躁意好像瞬间散了大半。

陈洛白重新点开通讯录，拨通了祝燃的号码："出来吃东西？"

"吃什么东西？"祝燃在电话里问，"你请？"

陈洛白舌尖将硬糖抵到一边，反问："不然你请？"

电话那头，祝燃犹豫了两秒，算了下这个月剩下的零花钱，像是下了什么极大的决定，语气格外沉痛："我请就我请吧。"

陈洛白笑了下："我请，自己打车来我家楼下。"

周安然一回到家就后悔了。

哪有给人送东西就送两颗糖的，这也太不像样了。也不知道他看到了会怎么想。可现在再折回去拿回来，她又没那个胆子了，万一碰上哪个同学，还有暴露的风险。

吃晚饭的时候，何嘉怡看她手上青了一块，还一副神游太空的模样，不由得担心问道："然然，在学校是不是有人欺负你了？"

周安然回过神儿，忙摇摇头："没有。"

"真的？"何嘉怡跟她确认，"那你手是怎么回事啊？"

周安然低头看了眼手上那片因为紧张而在他桌上磕出来的青色，心里越发羞窘："搞卫生的时候不小心磕了一下，我们班同学都挺好的，茜茜也一直跟我在一块儿呢。"

何嘉怡这才放下心："下次注意点，等下拿冰块稍微敷一下。"

吃完饭，周安然没像以往那样陪周显鸿看CBA比赛，她借口这周作业多，从何嘉怡手上接了冰块，就躲回了房间里。可之后写作业也全不在状态，心里想的是A，最后勾的却是B。周安然最后也没再勉强自己，早早洗了澡躺上床。关了灯，她扯着被子慢慢往上一点一点盖住自己的脸，整个人躲在里面，长长叹了口气。

一整个周末，周安然都在忧心忡忡与懊恼中度过，周一早上还起晚了。平日都是她等严星茜居多，由于严星茜偶像的CD和周边都还在宋秋手上握着，她现在每天都比之前勤快了许多，这天在家等了她十来分钟。

下楼会合后，严星茜还有些奇怪："你今天怎么起这么晚啊？"

周安然挽着她往小区外走："昨晚没睡好。"

是真没睡好，她做了个荒诞的梦。她梦到陈洛白返校后就发现了课桌里的糖，还把那两颗糖拿出来直接摆在桌子上，祝燃站在他边上高声起哄：

"哟，谁送的糖啊？"

坐在她旁边的严星茜这时忽然站起身，爬到椅子上，居高临下地用手指着她："就是她！"

她大声说："就是周安然这个小气鬼只送两颗糖！"

全班的人齐刷刷地朝她看过来。周安然回忆到这儿，不自觉幽怨地看了严星茜一眼。严星茜察觉到她的眼神："你这样看着我做什么？"

"没做什么。"周安然说，"就是昨晚梦到你骂我了。"

严星茜好奇："梦到我骂你？我骂你什么了？"

"骂我小气鬼。"周安然也觉得自己周五的行为确实挺像个小气鬼的。

"梦都是反的，我肯定不会骂你小气鬼的。"严星茜抽出被她挽着的手，转而搭在她肩膀上，笑嘻嘻地看着她，"所以你今天下午肯定会大方请我喝奶茶的吧？"

周安然："嗯？"

平日上学，周安然总盼着能快些到学校，这样也能早些见到他，今天还没进校门，她心里就莫名产生了一股抗拒心理，等到了教学楼楼下，这股抗拒心理越发明显。

也不是不想见他，就是有点害怕他发现那两颗糖，更不敢想他发现后会是什么态度。但她以前总是拉着严星茜走后门，到教室后，严星茜几乎想也没想就挽着她进了后门。而且大约是越害怕什么，就越会来什么。

周安然一进教室，就发现陈洛白今天已经来了。男生侧身坐在椅子上，手搭着椅背，伸着长腿踢了踢斜前方汤建锐的椅脚："锐锐，你上周五往我课桌里塞糖了？"

周安然闻言感觉自己的心跳都停了。

第 17 章

汤建锐茫然地转过头："什么糖？"

坐在陈洛白旁边的祝燃接话："上周五有人往他课桌里塞糖了。"

"什么？有人往他课桌里塞糖？"汤建锐明显来了兴趣，"他怎么问起我来了？是在跟我炫耀吗？"

祝燃说这句话的时候声音不算低。大约是嗅到了八卦气息，不只是汤建锐，周安然看见前排好些人都齐刷刷地转头朝他们这个方向看了过来。

周安然一瞬间只觉得心跳得比上周五下午还厉害，随时都可能跳出嗓子眼儿。

陈洛白伸脚又往汤建锐椅脚上踹了下，笑骂："炫耀个屁。"

"那怎么问起我来了？"汤建锐八卦中掺杂了几分不解，"我怎么可能往你课桌里塞糖。"

祝燃给他解惑："不是，就两颗。"

汤建锐没听明白："什么两颗？"

祝燃指指陈洛白课桌："上周五有人往他课桌里塞了两颗糖，没包装没礼盒的那种，就两颗普通的糖，随便塞在他课桌里的。"

"啊？就两颗吗？"汤建锐瞬间丧失兴趣，"那应该不是哪个女生送的吧，那些女生送东西哪个不是恨不得包装都搞出朵花儿来。"

祝燃："这不才问是不是你们谁随便塞给他吃的。"

"不是我。"汤建锐摇头，"可能是谁不小心放错了吧。"

显然其他等着听八卦的人也是这么想的，又都把好奇的脑袋全转了回去。

周安然看见连严星茜都是一脸失望的模样。

陈洛白已经把腿收了回去，周安然忙拉着严星茜低头快步回了座位，连桌椅都忘了擦，就直接坐了上去。

有人往陈洛白课桌里塞了两颗糖这件事很快就传遍了全班，但好像所有人都认可了汤建锐那个猜测，就连盛晓雯和张舒娴也不例外。

第二节课的时候，外面忽然下起了雨，上午的大课间他们就不用下去做操。张舒娴反身趴在严星茜桌上，盛晓雯过来挤坐在周安然的椅子上，找她们说小话。

"有人往陈洛白课桌里塞糖的事，你们听说了没？"张舒娴微微压着声音。

严星茜点点头："他早上问汤建锐的时候，我正好听见，不过我觉得不可能是哪个女生送的，谁没事就送他两颗糖啊，估计还真是谁不小心塞错了。"

周安然："……"

盛晓雯接话:"不是女生送的我也赞同,不过把糖塞错课桌是不是有点离谱了呀?"

"不离谱。"张舒娴说,"之前九班男生那件事你们应该都听过吧?"

严星茜立即来了兴趣:"没听过没听过,什么事啊?"

盛晓雯:"我也没听过。"

"是咱们上学期刚开学时候的事了,就九班有个男生有天中午跑去打球没午睡,下午上课回教室的时候直接多上了一个楼层,刚好楼上那间教室坐他那个位子的同学那天请假了,他直接坐到别人位子上就开始睡觉。"

张舒娴说到这儿,忍不住笑了起来,缓了缓才继续:"然后楼上那个班的班主任过来看见有同学铃响了还在睡觉,直接拿课本敲了几下讲台,九班那个男生被震醒,抬起头,班主任发现是个不认识的人,就问他你是谁,怎么会在我们班,那个男生可能是没睡醒,看到一个不认识的老师,也很蒙,反问了一句你又是谁,怎么会在我们班。"

严星茜笑点低,在位子上哈哈大笑起来。

盛晓雯笑趴在周安然肩膀上:"我想起来了,我听过这事。"

周安然也忍不住笑了起来。张舒娴看见她颊边的小梨窝,不由伸手过来捏了捏她的脸:"然然,今天你都不怎么说话,怎么还一副没精神的样子啊?"

周安然用早上用过的同样的理由:"昨晚没睡好。"

"难怪了。"张舒娴说。

严星茜擦了擦笑出来的眼泪:"这么说,陈洛白课桌里的糖应该真是谁塞错的。"

周安然:"……"

没像昨晚梦里一样"被拆穿",她心里是松了一大口气的。但是事情发展成这样,让她实在有点出乎意料,又多少有点不算太明显的失落。也不知道那两颗"被塞错"的糖是不是被他扔掉了。

周安然趴在手臂上,听着她们说话,目光不经意间瞥见殷宜真从他们教室前门走了进来。

女生扎了个蓬松的丸子头,明艳又漂亮,进别班教室大方自然得像进自己班教室,手上提着一把湿淋淋的雨伞和一个沾了水珠子的购物袋,像是刚从外面买东西回来。

殷宜真一路径直走到他们这一列旁边的过道，停在娄亦琪旁边，从购物袋里拿了瓶汽水出来放到娄亦琪桌上："给你买的。"

娄亦琪的语气像是带着笑："谢谢。"

殷宜真抬手往后面指了指："我还给陈洛白和祝燃也买了饮料，先过去找他们了，中午我们去老地方说话。"

娄亦琪："好。"

殷宜真就拎着东西走向了后排。

周安然扯了扯校服外套的袖子，睫毛低低垂下来。是啊，像这样落落大方地跟人示好，才不会被误解吧。可她那天也并不是想跟他示好。

张舒娴的声音压得更低："欸欸，你们看后面。"

她这句话给了周安然一个不引人怀疑的理由，她跟着盛晓雯和严星茜一起转回头。殷宜真从他们这边的过道走到后面，却也没在坐这列最后的祝燃身边停下，而是从祝燃他们身后绕过，最后停在陈洛白课桌一侧的位置，才从里面拿饮料出来递给他们。

陈洛白靠在椅背上，像是跟她说了句什么，声音消失在距离中，但脸上的笑容是可见的。

他像是在对她笑。

周安然又转回头。她在心里安慰自己，起码他今天看上去是又高兴回来了，没再像上周五那样不开心。

张舒娴小声八卦："你说她是不是真的有那么点意思啊？"

一直没跟她们说话的娄亦琪这时忽然开口，她没回头，但语气明显不太友好："你管别人什么意思。"

张舒娴脸色也沉下来："你当初跟我八卦她多少次都忘了，怎么，跟人家成了好朋友，就管着别人都不许聊了？"

娄亦琪的背影像是僵了一下："我才懒得管你们。"

张舒娴的性格是挺爱八卦的，但周安然知道她并不带半分恶意，之前不管是和她们聊起殷宜真，或是和其他女生聊的时候，基本都是带着夸赞的语气。但许是因为当初和娄亦琪确实是关系很近的朋友，张舒娴没再撑回去，不过眼圈却突然红了。

周安然不太会安慰人。上周五试图安慰他，现在都快成了班上的笑话，还好没人知道是她塞的糖。她抿抿唇，只好笨拙地转移话题："今天中午咱们去食堂吃吧，下这么大的雨不好出去，而且听说食堂今天会有鸭架。"

张舒娴最喜欢食堂的鸭架，注意力果然被转移了："真的吗？"

周安然点点头："嗯，早上来的时候听见食堂阿姨聊天了。"

"那我们下课了早点过去。"张舒娴高兴起来。

这天下午的家长会召开得很顺利。但许是之前被期中考和家长会两座大山压得稍微有点久，家长会一结束，被迫乖巧了一段时间的学生们就又躁动起来。

一周之内，周安然听到了好几个八卦消息。从张舒娴那儿得知五班班长和他们文娱委员的事，到陈洛白课桌里的礼物，礼物是谁塞的不得而知。想来那些礼物多半不是被悄悄退了回去，就是也被锁进了某个抽屉里不见天日。

这周过完就迎来了五一。小长假第一天，周安然又和父母去了表姐家，这次是表姐本人生日。

一进门，周安然就被团团拉着坐到客厅沙发上陪她看动画片。

小姑娘今天脑袋上扎了两个小揪揪，看着格外可爱，周安然从书包里拿出前些天在学校门口买的草莓夹子，轻轻夹到她头发上，在心里悄悄给她道歉。

对不起啊，小姨把你悄悄塞的糖送人了。而且送出去的那两颗多半还被扔进了哪个垃圾桶里。

团团抬起脑袋："小姨，你在我头向（上）夹了森（什）么呀？"

周安然从书包里拿一面小镜子出来，照给她看："一个草莓夹子。"

团团接过小镜子，自己又照了几下，然后从沙发上跳下来，迈着小短腿跑到表姐身边，指着脑袋，一脸高兴的小模样："妈妈，夹几（子）。"

周安然被逗得笑起来。

表姐扶了团团一下："哪儿来的夹子？"

团团小手指她："小姨。"

表姐笑着朝她看过来:"你自己都还是学生,怎么又给她买东西?"

"在学校门口刚好看见了,也不贵。"周安然说。

表姐捏捏女儿的脸:"跟小姨说谢谢没?快去陪着小姨玩。"

团团又拿着镜子跑回来:"小姨谢谢。"

周安然把她抱回沙发上坐着。手机这时轻轻响了声。周安然从口袋里拿出来,看见是严星茜给她发了条微信。

茜茜:"记得帮我买糖啊!!"

虽然她那两颗糖被所有人误认为是被人错塞进他课桌里的,但即便他要扔掉,在那之前,应该也会看见外包装。而这款汽水糖在学校和他们家附近的大小超市中都没能找到,想来也不是多大众的品牌,周安然更是没在学校里见其他人吃过,要是严星茜带去学校吃,她还是会有暴露的风险。

可若买了的话,她又没有理由不让严星茜带去学校。那不如让这件事永永远远地成为一个误会吧。

周安然低头打字:"刚去超市看了,这边也没有那款糖卖了。"

茜茜:"那边怎么也没有了啊?"

茜茜发了一个大哭的表情。隔着屏幕,周安然都能感觉到她的失望。

她抿了抿唇:"对不起啊。"

茜茜:"超市没的卖又不是你的错,你跟我道什么歉。"

周安然心里愧疚,她想了想:"我表姐小区这边有家热卤还不错,我晚上给你带点回去,再给你带几瓶汽水,想喝什么口味的?"

茜茜:"要橘子味的!!"

茜茜:"刚好我妈今晚要炸鸡腿,我给你留几个,你晚上来我家我们一起做作业。"

周安然:"好。"

五一小长假一过去,一年一度的高考就近在眼前。

高三的老师不敢再给准考生们施加太大压力,叮嘱他们也要适当休息,但没人敢在这时候放松下来,高一、高二的老师则完全相反,一个个都在给学生上发条,耳提面命地提醒他们不要以为高考离你们还很远,一两年很快就会过去。

于是整个五月就在悄然蒙上的紧张情绪中迅速过去。

高三学长学姐放假前一天，下午最后一节课的铃声响起后，广播站里就播放起了一首首励志的歌曲。从"逆风的方向，更适合飞翔，我不怕千万人阻挡，只怕自己投降"一直放到"奔跑吧，骄傲的少年"。

不知是因为晚上学校要组织他们给高三的学姐学长们喊楼，还是因为受歌曲中的情绪所感染，周安然几人回到教室后，没有像往常一样埋头写作业，而是坐在一起聊起了未来。

话题是张舒娴起的头，她反坐着，趴在严星茜桌子上，撑着下巴问："对了，你们将来想做什么啊？我爸不是消防员吗，有时候出任务难免受点伤，我想考医学院，将来当医生。"

盛晓雯回答得毫不迟疑："我的梦想你们都知道的啊，进外交部当外交官啊。"

严星茜摸着下巴想了想："我可能想学传媒吧，以后说不定有机会能接触到我偶像，嘿嘿嘿。"

"然然你呢？"张舒娴看向周安然。

周安然也趴在桌子上，有个念头从心底涌上来，滚到舌尖，最后还是没好意思说出口。

她摇摇头："我还没想好。"

董辰刚好从旁边经过，被盛晓雯叫住："董辰，你将来想考什么学校啊？"

"我啊。"董辰停下脚步，回答也没迟疑，"考航大。"

盛晓雯"哟"了声："当飞行员吗，挺酷啊！"

严星茜抬头瞥他一眼，不可置信地问："你？当飞行员？"

"我当飞行员怎么了？瞧你这一副不信的表情。"董辰手撑在她桌上，"要不要打个赌，我真考上航大了，你就答应我一件事。"

严星茜："赌就赌。"

周安然："……"

严星茜这冲动的性格啊。董辰都没说是什么事，她就答应了。

严星茜也终于反应过来："不过你要我答应你什么事？"

"还没想好。"董辰说，"总不会把你卖了，你也不值几个钱。"

严星茜被他气到:"我还不信你能考航大呢,要是你没考上,也答应我一件事。"

"行啊。"董辰爽快答应。

严星茜看他一脸笑容,皱着眉:"你笑什么?"

"没什么。"董辰又抬眸看向坐在第三组的贺明宇:"明宇,你以后想考哪个学校啊?"

贺明宇抬头,手扶了扶眼镜,也没犹豫:"A大。"

可能是因为董辰这句话声音大,以致引起了其他人的注意,最后不知怎么回事,这场关于将来的小谈话,教室里的所有同学都参与了进来。

"我可能会当建筑师。"

"我啊,我将来有点想参军。"

"我想学金融吧。"

周安然借着听后面同学说话的机会,回头看了眼第六排空着的那个座位。

他呢?不知道他将来想做什么。

广播站里的歌声仍没停,清楚地传到教室里每一个人的耳中——

  所有青春无悔 烦恼与成长
  所有奔向未来的理想与张扬……

周安然伴随着歌声,趴在桌上听着同学们讲述着梦想,心中莫名生出一种激荡澎湃感。

"年轻"这个词永远伴随着许多憧憬。因为他们还有无限未来,所以也拥有无限希望。她希望她能考到理想的学校,不辜负自己的梦想,也希望以后能大胆一点。她还有点自私地希望在她变勇敢之前,他可以等等她。

可她忘了,希望有时候也是虚幻又易碎的。

第18章

高考结束之后,学校一下子少了三分之一的人,瞬间变得空荡不少,去学校食堂或校外小店吃饭都不再像以前那般拥挤。

进入六月中旬，南城天气已经分外炎热，蝉鸣开始喧嚣，路面被高温烘烤得炙热滚烫。不开一整夜空调根本睡不好觉。可周安然晚上开空调睡觉的时候不小心踢了被子，感冒了一场，症状断断续续一直到六月下旬才完全消失。

天热连食欲都受影响。感冒一好全，周安然就不再强迫自己吃清淡的饭菜，这天下午跟严星茜她们一起去了校外小店吃卤粉。

卤粉端上来后，周安然把调料拌匀，夹起一块特意要老板加的豆泡，刚咬了一口，就听见张舒娴压低了声音说："对了，我今天下午听说殷宜真在他们教室公开说她和宗凯就跟亲兄妹一样，让大家以后不要再打趣他们了，她这是什么意思啊，难道和陈洛白有关？不然以前也没见她这么正经地辟谣。"

周安然心里一紧，忘了豆泡一直在卤汤里泡着，里面吸饱了汤汁，刚吃到嘴里就被呛了个正着。她忙抽了几张纸巾挡着嘴，一连咳了好几下，眼泪都咳了出来。

严星茜忙帮她端起冻柠茶递过来："你怎么这么不小心。"

周安然含住吸管，喝了一大口冻柠茶，才勉强将喉间那股呛人的辣意压下去。

"难得见然然听八卦听得这么认真，居然都呛到了。"见她不再咳嗽，张舒娴这才笑着打趣了一句。

周安然不知怎么接这句话，只是握着杯子冲她笑了下，然后又喝了两口冻柠茶。

倒是盛晓雯好奇问了句："你今天中午也跟我们一块儿吃的饭，一天又都在教室，哪来的消息啊？"

张舒娴眨眨眼："去厕所时听到的啊，四班有个女生是我初中同学。"

严星茜吃了口卤粉，像是想起什么："说起来，你们有没有发现宗凯好像最近来我们班的次数变少了好多。"

张舒娴猛点头："是的是的，上学期他经常过来，这学期刚开始的时候，也是他经常带着殷宜真过来，最近反而是殷宜真自己过来的次数多，宗凯倒是没怎么过来了。"

盛晓雯失笑："怎么被你说得好像是什么狗血剧情一样。"

"哈哈，还是竹马战天降的经典戏码。"张舒娴摸了摸下巴，"不过这三个人都好看。"

周安然默默吃着豆泡，没插话，但不知道是不是豆泡在卤汤里泡了太久，她吃出了一嘴的涩味。

吃完卤粉，四人拿着没喝完的饮料一路聊着天步行回了学校。刚进校门没多久，盛晓雯忽然感慨："啊，高一居然这么快就要过完了，下学期还不知道能不能跟你们这样一起吃饭了，咱们班不会拆班，舒娴和然然还能在一个班，我和茜茜打算转文科，下学期就不知道要被分到哪儿去了。"

严星茜丧着脸："咱们先不要提这件事了，想想就好烦，但凡我理科成绩好一点我都不想去学文科，呜呜呜……"

周安然安慰她："没事，反正咱们还是一起上学呀。"

"是啊，反正你和然然肯定是分不开的，吃饭还会在一起。"张舒娴也安慰道，"你到时候下课了也一起过来找我们就是了，又不是不在一个学校了，没什么不方便的。"

卤粉店在东门外，周安然听着她说话，目光习惯性瞥向篮球场那边。虽然还隔着一段距离，她依旧轻易地在第一排第三个球场中找到了那个熟悉的身影。男生好像断了谁一个球，看上去有点像祝燃，周安然不是那么确定。怕被朋友们注意到，她偷偷看了他几眼，又悄悄收回了视线。

等到距离近了，张舒娴才注意到球场上的人："欸欸欸，你们快看，是陈洛白他们在打球吧，宗凯也在，殷宜真在旁边看着。刺激！"

周安然这才大大方方地看过去一眼。刚好看见陈洛白投了一个三分球。篮球架背对着她们，她看不到这个球有没有进，但她看见三分线外的男生下一秒忽然勾唇笑了起来，少年笑容中满是掩不住的意气风发。

肯定是进了吧。

张舒娴也感慨："我们校草打球是真的帅，所以竹马赢天降也是真的很有可能。"

周安然咬了咬吸管，感觉今天这杯冻柠茶格外酸。

可能是因为马上就要期末考，接下来这段时间，殷宜真没怎么再来他们班上，连张舒娴都埋头苦学，无心八卦。周安然也只是偶尔去人多的地方时，才会听见几句小声议论。

迄今为止,陈洛白没有去四班找过殷宜真,也没有在学校和她有过任何独处。这点安慰使周安然也埋头钻进了复习中。

期末考的前一天,周安然来了例假。她例假头一天身体会格外不舒服,好在以往每到第二天基本就不会有太明显的痛感,她想应该不会影响这次期末考。只是不知为何,这次例假的第一天疼得格外厉害,她一整天都没什么精神。

下午的课上完后,严星茜说会帮她带饭回来,让她留在教室里好好休息。周安然趴在课桌上,强撑着复习历史考点。等到要换卫生巾的时候,她才忍着疼,从椅子上起身。

下午饭点这段时间,教学楼里总是尤为安静,周安然捂着腹部,慢腾腾地挪到厕所,换好后,她刚站起身,就听见有声音传来。

"每天这个时候教学楼的洗手间都静得可怕,还好有你陪我一起过来,不然我都不敢进来。"很甜的一道声音,是殷宜真。

接话的是娄亦琪,她笑着说:"好些教室里都还有人呢,而且你也就进来洗个手而已,这有什么好怕的。"

"那我也怕嘛。"殷宜真撒着娇。

周安然正想开门,听见她这句话,怕突然开门会吓到她,就停了停,犹豫间,外面的说话声继续传过来,夹杂着流水声。

"对了,"殷宜真说,"我昨晚约了陈洛白期末考结束后一起出去玩。"

周安然已经放到门把上的手蓦然一僵。

"你怎么还是约他了呀,我不是跟你说了让你先别约他吗——"娄亦琪语气听着像是有些不赞同。

流水声停止,殷宜真打断她的话。

"我知道,但是——"女生顿了顿,"他答应我了欸。"

娄亦琪的声音听着像是极其震惊,声音都比刚才大了好几倍:"他答应你了?"

"对啊,他答应我了。"殷宜真的声音里满是笑意,"你说他甚至都没单独和哪个女生在学校一起走过路,那他答应了我,应该是对我印象还挺好的吧。"

洗手间里安静了几秒，娄亦琪的声音才响起："是吧。"

"我也觉得是。"殷宜真笑嘻嘻地说，"那你说我……"

后面的话，随着脚步声的远去，也消失在距离中。洗手间重新归于安静，静得像是空气停滞了一般。

过了片刻，周安然才缓缓打开门。可能是肚子真的太疼太疼了，刚一出洗手间的门，她的鼻子就倏然酸涩起来。离教室越近，这股酸涩感就越发明显，她完全控制不住自己的情绪。

可她刚才从教室出来时，贺明宇还在教室没走，还有另外两个同学也留在教室里安静地复习。

周安然不想让别人看到自己这副模样。她转身踏上了教室旁边往上的楼梯，但每走一步，都会牵扯到腹部，疼意于是更加明显。

等到了空无一人的天台，周安然不知是太累还是太疼，几乎站不住似的，她半蹲在了门口附近，眼睛眨了眨，就有眼泪掉到地上。

教学楼的天台比刚才的洗手间还要安静，这股安静给了周安然暂时放纵自己的勇气。她趴在膝盖上，先是无声无息地哭了一会儿，后来忍不住小声抽泣起来。被这股情绪和腹中疼意所左右，周安然完全没注意到有脚步声接近，直到她听见有声音在头顶响起。

"同学，你怎么了？"

是再熟悉不过的声音，她不用抬头就能确定声音的主人——陈洛白。

周安然觉得自己的运气可能真的不太好。偏偏在考试前一天来了例假，偏偏在最狼狈、最不想遇见他的时候，刚巧单独遇见了他。

周安然哭声一停，连肩膀都僵硬了起来。周遭的动静忽然变得明显起来，她听见了天台的风声，夹杂着夏天燥热的气息。

可能是因为她没有答复，她听见了他逐渐远去的脚步声，先是轻的，后面可能是因为快步下楼梯，变得重了些，随后缓缓消失。天台再次安静下来。

明明不想被他看见自己此刻糟糕的模样，但确定他离开，周安然却又有种说不出地失落。

可能是怕再有其他人上来，她也不敢再继续放任自己，花了片刻工夫，强迫自己收拾了一下情绪，起身的时候，腹部忽地又是一疼，脚也麻了。

周安然勉强站起身，却在这时又听见急快的脚步声响起。她心里重重一跳，下意识地抬头朝门口望去——

身形颀长的少年从天台门口跑进来，校服衣摆被风吹得微微鼓起，就像第一次见他那天一样。他停在她面前，许是因为这次看到了她的脸，语气和刚才明显不同。

"是你呀。"

不再是客套而生疏的"同学，你怎么了"。"是你呀"三个字明显带着几分熟稔，是作为他同班同学才有的一点特殊待遇，但也只能到此为止了。

周安然视线又模糊起来，她一点都不想在他面前哭，但完全忍不住。

"怎么又哭了呀。"男生声音难得有些无措，他说着朝她抬起手。

即便视线模糊，周安然也依稀看清了他手上拿的是一包纸巾。大概这就是他去而复返的原因。

她该猜到的，毕竟第一次见面就受过他的帮助。他从来都是很有教养的人，会礼貌地跟所有女生保持距离，却也会在别人需要帮助的时候，毫不犹豫地伸出援手。仅此而已。

陈洛白对面前的女生其实没什么印象。

一方面，他受方瑾影响，自小就目标明确，很清楚自己想要的是什么，也清楚高中时期自己该做的事情是什么；另一方面，这样想可能是有些自恋，但事实是他要真在学校对哪个女生多关注一些，大约当场就会被人起哄，没两天就能有乱七八糟的绯闻传出来。

这还是他第一次认真看她的脸。其实挺漂亮的：肤白脸小，眼睛尤其漂亮，哭得泛红都不显狼狈，反而显得楚楚可怜。

陈洛白从没碰到过这种情况，可毕竟是同班同学，她哭得这样伤心，也不好放着不管转身就走。

"是家里有什么事吗？"

周安然泪眼蒙眬地看着他。许是怕刺激到她的情绪，男生声音压得有些低，听着似乎有几分温柔的意味。

她以前总盼着能天降个什么契机，比如她捡到他的学生卡或是调座后变成他的前排或同桌，这样就有机会可以光明正大地和他说话，但她没想到最后等到的会是这样一个契机。

不知道是老天爱捉弄人,还是在惩罚她不够勇敢。

周安然知道他问的不是她家里有没有什么事,而是在问她为什么哭,可这个问题,却偏偏是她完全不能回答的。

哪怕是看在他帮了她这么多次的分儿上,她也不能再给他造成任何一点困扰。可她心里一团乱,也想不出什么合适的原因,只胡乱地摇了摇头。

陈洛白有些头大,他跟面前的姑娘完全不熟,根本没办法猜原因。

"那——"陈洛白顿了顿,"因为期末考压力大?"

周安然咬着唇,犹豫了一下,最后点了点头。就让他这么认为吧。就让她的心事和那两颗柠檬汽水糖一样,永永远远地成为一个无人知晓的秘密吧。

陈洛白松了口气,是因为学习,那就稍微好办了点。

"咱们都还没进高二,你也用不着这么紧张,实在压力大的话,你要不翘掉晚上的自习——"

不知是不是错觉,陈洛白感觉他每多说一句话,面前女生的眼泪就掉得越厉害。他试图回想了一下,但也只能勉强想起她在班上好像一直安安静静的,话不多,存在感也极低,隐约感觉是挺乖的一个女生。

可能是太乖了,被他提的翘课建议吓到了。

陈洛白轻咳了声:"我是说晚自习可以请个假,要是老高占了今天的晚自习讲题目,我回头借你笔记。"

有那么一瞬间,周安然几乎都要点头了。可她不能这么做,她不能在他毫不知情的情况下,卑劣地利用他的好心。

周安然垂在一侧的手指缓缓收紧,指尖刺着掌心,尖锐的一点疼意让她勉强找回了对情绪的控制权。

"不用。"她摇摇头,哽咽着说,"我哭完发泄一下就好了。"

陈洛白:"真的?"

"真的。"周安然点点头,指尖又掐紧点,才说出后一句话,"你有事就先下去吧。"

"行。"陈洛白也挺尴尬的,他把手上的纸巾又往前递了递,"那纸巾你拿着。"

　　周安然这次没再拒绝。她从教室出来时，并未预料到在洗手间会听到那一番话，并没有带多余的纸巾出来。只是接纸巾的时候，她小心地避着，没有碰到他的手。

　　陈洛白又仔细看了她一眼，见她确实没再继续哭，于是朝门口抬了抬下巴："那我先下去了。"

　　周安然捏着手里的纸巾。他下去之后，他们以后大概也不会再有更多的交集了。鼻间的酸涩感又涌上来，周安然怕声音满是哭腔，没再开口，只勉强点了下头。

　　男生没再多说，转身大步走向楼梯。

　　看见他抬脚踏入门口的那一瞬，周安然不知哪来的勇气，忽然叫了他一声。

　　"陈洛白。"

　　陈洛白转过身。女生站在不远处看着他，个子不算太高，身形被宽松的校服衬得尤为纤细，眼睛还红得厉害，像是随时能哭出来。

　　可她没哭。陈洛白看见她朝他挤出了一个有点难看的笑容。

　　周安然看着他。前两次都错过了，但她总归还欠他一声谢谢。周安然努力压住声音里的哭腔："谢谢你啊。"

　　陈洛白刚才只顾着看她哭了，此刻才注意到女生的声音，轻轻软软的，又微微夹杂着一点沙沙的细微颗粒感，是独特又好听的一道嗓音。在记忆中的某一瞬间，好似他也这样认真听过一道类似的声音。可陈洛白实在想不起除了今天，他和她还有过其他什么交集。好像是有帮英语老师叫过她一次，但那次她话都没和他说一句。大概是记错了吧。

　　"不用，走了。"陈洛白朝她摆摆手，转身下了楼。男生颀长的身影消失在视线中。

　　周安然攥着他给的纸巾，缓缓蹲下身，重新将脸埋在手臂中。如果当初她能再勇敢一点，如果前两次她能像今天这样，大胆地叫住他跟他道谢的话，会不会能有一个和今天不一样的结局？

　　可这个问题已经永远不会有答案了。

第 19 章

周安然收拾好情绪后，先下楼去洗手间洗了个脸，等眼睛红得不那么明显了，才慢吞吞折返回教室。

临近后门时，她脚步稍停了停，而后径直走过去，从前门进了教室。只是刚一进门，周安然的目光还是不自觉地往第二组第六排落了一瞬，他的位子是空的。

周安然的脚步倏然停顿了下，而后垂眼撇开视线。

等回到座位，周安然才发现严星茜不在位子上。

张舒娴和盛晓雯倒是都回来了。见她进来，一个立即转身看过来，一个干脆走过来坐到严星茜的位子上。张舒娴反身，手搭在她桌上问："然然，你去哪儿了啊？"

"眼睛怎么这么红？"盛晓雯也关心地问了句。

周安然此刻又庆幸今天来了例假，让她能有现成的借口可找："肚子太疼了，去了趟厕所。"

"这次怎么这么严重。"张舒娴皱皱眉。

盛晓雯："疼成这样，你要不跟老高请个假，今晚就回去休息算了？"

周安然不能跟她们说实话，却也不想让她们为她担心，她摇摇头："没事，现在已经好多了，茜茜呢？"

"你怕影响到班上的同学，不让我们给带粉、面这些东西，茜茜怕你单吃三明治没胃口，刚刚看到班上有同学带粥过来，想起还能给你买粥，就又去食堂打包去了，应该马上就回来了。"盛晓雯指指她桌前的杯子，"舒娴还给你泡了杯红糖姜茶，我给你开了盖子稍微放凉了点，现在应该差不多可以喝了。"

周安然鼻子又酸了酸。这次倒不再是为了他。

"谢谢你们啊。"

"客气什么呀，你平时也没少帮我们啊，我上次跟她吵架——"张舒娴用下巴指了指娄亦琪的空座位，"要不是你给我塞纸巾，又帮我带晚餐，我还不知道会多难过呢。"

周安然抿唇笑了下。她端起杯子喝了口姜茶，又甜又辣的味道一路暖到心底。幸好她还有这么多的好朋友。

周安然慢吞吞喝了几口姜茶后，严星茜也拎着打包好的粥回来了。盛晓雯给她让出了位置。

明天就要考试，周安然也不想耽误她们时间，一边从严星茜手里接过粥，一边说："我真没什么事了，你们赶紧复习吧。"

张舒娴这才转回身，盛晓雯也回了自己的座位。但严星茜大约是被她眼眶泛红的模样吓到了，等她喝完粥，严星茜连垃圾都没让她去扔。

离晚自习开始只剩十分钟时，张舒娴忽又转过身来。她趴在严星茜的桌子上，声音压得极低，像是要讲什么大秘密："我刚刚得知了一个超级大八卦。"

周安然正恹恹地趴在桌子上，强撑着继续复习历史考点。她实在没什么心情和力气，只勉强抬了下眼睛。

严星茜对这种事一向兴趣颇高，瞬间把笔一放："什么超级大八卦？"

张舒娴凑近点，趴在严星茜桌子上："听说上周五有人看见陈洛白和殷宜真两人单独出去了，没带祝燃和宗凯，就他们俩。"

周安然倏然抬起头。

"我说是超级大八卦一点没夸张吧，瞧把我们然然都惊讶到了。"张舒娴说着目光忽然往后，"说曹操，曹操就到。"

周安然从天台下来前，其实已经在心里跟自己承诺过，以后要忍着不再去偷偷看他。但张舒娴刚才的话实在太令她惊讶，她全然忘了自己的承诺，下意识地转过头去。

站在后门口的男生穿着校服，额前黑发微湿，左臂间夹着一个橙红色的篮球，右手抓着罐可乐，一边侧仰头喝了一口，一边漫不经心地听身后的人说话，笑容散漫。

周安然心里一涩，连忙将视线转回来。只是教室此刻相对安静，刚进来那几个人说话的声音也没刻意压着，于是毫无阻隔地传到她这边。

"哥以后也是会后撤步三分的人了。"说话的是黄书杰。

祝燃语气嫌弃："你一个球都没投进，不是三不沾，就是全打板了，也好意思叫后撤步三分。"

黄书杰辩解："投进后撤步三分那是需要核心力量的，你以为谁都像陈洛白一样，我能学成这个样子已经很不错了，是吧？"

"是还不错。"陈洛白声音明显带着笑。顿了顿，他笑意更明显，"不过别跟人说是我教的，丢不起这脸。"

黄书杰不满地哀号。

男生依旧在忍笑："好了，别吵大家复习。"

教室又安静下来。张舒娴还趴在严星茜桌上，又小声地八卦道："这消息要是真的，那我们陈大校草还藏得挺好。"

周安然心里一团乱，但仍明显察觉出不对。从下午听到的那番对话不难推测出，殷宜真应该还是第一次单独约他出去，怎么会有人周五看见他们单独出去？

周安然忍不住轻声问："你是从哪儿听到的消息呀？"

"我在四班的一个初中同学给我发的。"张舒娴回她。

周安然："她亲眼看见的吗？"

"不是。"张舒娴摇摇头，"她应该也是听别人说的。你也知道的，但凡跟陈洛白有关的消息，学校总是传得飞快。"

周安然心下仍奇怪。难道宗凯和祝燃当时也在，只是没被看见？

娄亦琪匆匆从外面走进来，拖椅子的动作有点重，椅脚摩擦地面的声音打断了她的思绪。

张舒娴没朝娄亦琪那边看，大概还记得上次因为殷宜真而跟她吵了两句的事情，也没跟她们再多八卦，转身在位子上坐好。

周安然重新低头继续复习历史，可课本上的字又开始发飘。她强迫自己静下心努力调整情绪，过了片刻，终于沉浸进去。

只是没等她复习两页，祝燃的声音忽然从后面响起：

"怎么都在传上周五阿洛和殷宜真一起出去？"

周安然思绪一停。看来张舒娴那句话完全没说错，关于陈洛白的消息学校确实传得飞快，尤其这次的消息无异于重磅炸弹，这才几分钟过去，居然直接传到了祝燃这边。

周安然强忍着没让自己回头，但不知是大家都还在埋头复习，还是等着听八卦，明明晚自习还没开始，教室此刻仍相对安静。后面的对话声清

//105//

楚地传过来——

"老祝你这么大声，是真不怕把老师给招来啊。"好像是汤建锐的声音。

祝燃的声音有点气急败坏："怕什么，上周五是我跟陈洛白一起出去的，谁把我看成殷宜真了啊？"

"哈哈哈哈哈哈……"汤建锐笑得忍不住拍桌子，"快让我看看你哪里像女生了，别说，屁股是挺翘的。"

祝燃："滚吧你。"

"我朋友也发微信过来问我情况了。"好像是黄书杰的声音，听声音也像是在忍笑，"所以传闻是假的对吧？"

祝燃还是没好气的语气："陈洛白一心只有学习。"

张舒娴应该也是听见这番对话了，又忍不住转头趴过来，小声找她们讨论："欸欸欸，所以现在这是什么情况，我都糊涂了。"

严星茜："我也没明白。"

周安然比她们多知道一点内情，此刻比她们更糊涂。

下午殷宜真语气中的欣喜雀跃不似作假，应该真的是他答应了她的邀约。而且之前，他也确确实实没单独跟哪个女生有过接触，确实一个都没有，更别提答应单独和哪个女生出去玩了。所以她下午听到那番对话时，心里也只得出了和殷宜真一样的结论。

可祝燃这句话又是什么意思？是因为他没把对殷宜真的心思告诉祝燃？但他刚才也没出声反驳……

周安然没敢继续放任自己想下去。希望彻底破灭的心情，她不想再体会第二遍。

张舒娴这时忽然推了推她手肘。

"欸欸欸，殷宜真来了。"张舒娴收回手，她回头看了眼娄亦琪，声音压得几乎变成气音，"这是有人给她透露消息了吗？"

不知是不是绯闻当事人聚齐，教室忽然比刚才又静了几分。于是殷宜真明明不大的声音，也极清楚地传到前面来。

"陈洛白，我想跟你聊聊。"

周安然看见前面好些人都转过头。她到底没忍住，也跟着转头看向后排。

殷宜真就站在后门口，天色早已暗淡，门外光线有些不足，模糊了她脸上的表情。

陈洛白的表情和周安然想象中有些不一样。准确地说，此刻他的脸上并没有什么表情，他平时爱笑，不笑时就显得有些冷淡。男生往后门瞥了一眼，语气冷淡："等考完再说吧。"

殷宜真脸仍隐在暗处："我想现在就聊。"

陈洛白脸上表情没变，他转动着手上的笔，没说话。

周安然捏着书页的一角，感觉时间好像忽然又被拉长成细细的线，缠绕在她心脏上，又感觉心脏好像变成了他手上的那支笔，全由那只纤长的手掌控。然后看见陈洛白随手将笔往桌上一丢，站起身："那走吧。"

第20章

男生和女生的背影消失在后门口。

教室里不少人开始交头接耳，细小的交谈声四起，明显不如刚才安静。坐在汤建锐旁边的黄书杰直接把脑袋从窗户里探出去看情况，不过很快又收回来。

"好像跟她下楼梯了，不知是要去哪儿聊。"黄书杰说着转头看向祝燃，"这到底什么情况啊老祝？"

祝燃这次倒没再像刚才那样直接否认："你管别人什么情况呢，这么八卦干什么，明天就要考试了，好好看你的书吧。"

黄书杰低头看了眼桌上的书，一秒后，又抬头："这时候谁还看得进去书啊，老祝，你给剧透一下啊？"

"透个啥。"祝燃说，"这么好奇，等下陈洛白回来了你自己问他。"

黄书杰："我不敢问，我还等着他继续教我后撤步三分呢。"

祝燃瞥他一眼："你不是说你已经会了吗？"

"你懂什么，我这叫精益求精。"黄书杰说。

两人居然就着这个话题聊起了篮球。

张舒娴一脸瓜吃到最精彩的地方被换台的失望表情，小声吐槽："黄书杰怎么就不继续问了，我这吃不完整的瓜，也没心情看书啊。不行，我得让我四班那个朋友帮忙注意一下动静。"

桌上的书周安然也没能再看进去一个字。

她没回头,但始终不由自主地注意着后排的动静。

可直到自习课的铃声响起,陈洛白也没回来,倒是高国华慢悠悠地溜达进了教室。

高国华走到讲台上,立即发现班上少了个人。

"陈洛白呢?"

祝燃在后面高声说:"报告高老师,他去厕所了。"

高国华也没怀疑,直接收回视线:"趁着自习的时间,下午讲的那几个题型,我再给你们仔细讲一下。"

还真被他给猜中了,班主任又占了自习的时间给他们讲题。

周安然把桌上的政治课本收起来。不知怎的,她莫名有了一种"一切皆有安排"的宿命感。即便她下午真利用了他的好心,他现在跟殷宜真一起在外面,最后也不会有笔记可以借给她。

周安然也庆幸高国华占了这节自习课。高国华喜欢点人回答问题,她从来不敢在他的课上不专心。一道题讲完的间歇,后面有熟悉的声音传来。

"高老师。"

高国华往后面瞧了一眼:"进来吧。"

班上的人可能是还惦记着之前的大八卦,陈洛白这一回来,不少人立即就转过头去看他。

高国华满脸不解:"都转头看他做什么,都同学一年了,还没看够啊?"那些脑袋又齐刷刷迅速转回来。

后座那道熟悉的声音这时又懒洋洋响起:"那高老师您看够了没有,我下学期可还在您班上。"

高国华一副"这臭小子居然连老师都敢打趣"的表情,直接被他气笑了:"知道还在我班上不老实点。"

不少人又转头去看热闹。周安然还是没忍住,也悄悄回了下头。男生眉梢眼角都带着懒洋洋的笑意。

这么开心……是因为刚和她单独聊完天吗?

周安然心里闷了一下,重新转回来。

高国华敲了敲讲台:"好了,明天就要期末考了,你们下学期就上高二了,都给我收收心。"

大概还记得他们明天就要期末考,高国华这次只占了第一节自习课,连堂也没拖,下课铃声响起时,他刚好讲完,临走前交代大家第二节自习课好好复习,别交头接耳讲小话,他随时还会过来查看。

高国华前脚一走,张舒娴转头就趴在严星茜课桌上。

"老高终于走了,憋死我了。"张舒娴顿了顿,瞥了一眼娄亦琪的背影,声音几乎压低成气音,"殷宜真没回教室,不知道什么情况。"

严星茜叹气:"这个瓜怎么吃出了一点扑朔迷离的感觉。"

"欸欸欸——"张舒娴像是看见了什么,忽然激动起来,声音都忘了压低,"陈洛白出去了,不过祝燃好像也跟着出去了。"

周安然胸口还闷闷的,心脏像是仍被看不见的长线紧紧缠绕着,呼吸都有些不顺畅。

坐她前面的娄亦琪这时一言不发地起了身,直接走前门出了教室。张舒娴看了一眼她的背影,又收回目光,随口嘀咕了一句:"她出去干什么?"

周安然心里闷得厉害:"我去趟厕所。"

严星茜偏头看她:"我陪你去?"

"不用。"周安然摇摇头,"你好好复习吧,我肚子已经不痛了。"

周安然从前门出了教室,却也没去厕所。她就是想出来透透气,但又不知道该怎么跟严星茜她们解释,只好拿去厕所当借口。

周安然一路下了楼,只是没走多远,小腹就一阵隐隐作痛。刚好教学楼前小花坛里的花开得灿烂,周安然就没再继续往前走,索性蹲在花坛前看花。许是因为夏季晚风过于燥热,吹了片刻,心里的烦闷也丝毫未减,手臂上倒是多了两个蚊子包。周安然正想着要不回教室算了,就听见祝燃的声音响起:

"你跟殷宜真到底怎么回事?"

周安然所在位置刚好被灌木丛完全挡住,虽然看不见外面,但不用猜,她也知道祝燃是在和谁说话。也不知道她今天运气怎么就差成这样,听见殷宜真的话还不够,现在还要再听他亲口承认一遍吗?

愣神间,男生熟悉的声音响起,语气有些淡:"和她说清楚了。"

周安然倏然怔住。"清楚"两个字等于"明明白白"。

脚步声逐渐接近，周安然现在再出去，估计会直接和他们正面碰上，那样就太尴尬了。好在这边光线暗，他们应该也看不到她。

祝燃笑着说："那倒是要谢谢下午这个传言了，就是不知道到底是谁把我错认成殷宜真的。"

陈洛白像是被他后一句话逗得笑出了声，而后顿了一秒，才继续说："她其实昨晚就约我了。"

"她昨晚约你了？"祝燃语气惊讶。

可能是正好走到灌木丛附近，男生的声音变得清晰了许多，他"嗯"了声："约我考完后单独见面，我正好想跟她说清楚，就答应了。"

祝燃问："她约你单独出来，也终于算是要挑明了，你怎么不直接在手机上就跟她说清楚？"

"这不是马上要期末考了。"陈洛白说。

"你以为谁都跟你一样把学习放在前面啊，我看她完全没把心思放在学习上，本来我们三个好好的，她偏把你扯进来，我之前就觉得她……"

祝燃的声音随着距离的拉远慢慢变小，直到完全听不见。

周安然半蹲在花坛边，有片刻没回过神来。她完全没想到，同一件事，从他口中说出来，会是一个截然相反的版本。可能是夹杂了点花香，此刻燥热的风竟然吹出了一丝甜味。只是蚊子仍旧毒辣，手上被咬出第六个包的时候，周安然揉了揉发麻的膝盖，起身回了教室。

周安然回到教室后，刚在位子上坐好，严星茜就朝她转过头来。

"你去个厕所这么久？"严星茜停顿了下，像是在打量她，"然然，你这是在厕所外面捡钱了吗？"

周安然没明白："啊？什么捡钱？"

"没捡钱你嘴角怎么翘那么高？"严星茜好奇地看着她。

周安然自己都没察觉到，她敛下唇角的弧度："有吗？"

"不信你自己拿镜子看看啊。"严星茜说。

周安然："……不用了，可能是因为肚子终于不痛了吧。"

"不痛了就好，不过你这次怎么这么严重啊？"严星茜问她，"都疼哭了，今天下午真的吓到我了。"

周安然之前一直都沉浸在另一种情绪当中，此刻才后知后觉地窘迫起来。她下午怎么就轻易相信那番话了呢，还在他面前哭成那副傻样子，好丢脸，丢脸丢到家了。

"我也不知道。"

"下个月再瞧瞧，还疼成这样，就让何阿姨带你去医院看看。"严星茜趴在桌上，"欸，然然，你脸怎么红了？"

周安然此刻觉得从脖子到脸都好像在发烫。

她心虚地找了个借口："太热了。"

"是好热。"严星茜也没多想，"那我看书啦。"

周安然轻轻"嗯"了声。她把额头抵在课桌上，但夏天温度高，桌子也都是热的，起不到一丝缓解作用，脸越来越烫。也不知道他今天下午撞见她哭的时候是什么想法，她肯定哭得很难看。对了，还有他的笔记。她本来有机会可以借到他笔记的。

周安然懊恼地闭上眼，搭在课桌上的手垂落下来，无意间碰到校裤口袋。像是想起什么似的，她把手伸进去，触摸到了口袋里的东西。周安然缓缓吐了口气，还好下午没拒绝他递过来的纸巾，还好期末考她和他不在一个考场。

期末考过后，就是接近两个月的暑假，等下学期再返校，无意间撞上女生在天台偷哭这种小事他应该也不会再记得了吧，毕竟她对于他来说，比陌生人也熟悉不了太多。

他应该还没记住她的名字。人在意外碰上熟人时，下意识地叫出对方名字的可能性更大。但是下午在天台，他看清她脸后，只有语气熟稔的一句"是你啊"。不过……至少是熟稔的，至少他还记得她。希望下学期再见的时候，她能比现在更勇敢一点。

但周安然完全没想到，她和他的下一次交集会来得这么快。

第 21 章

考试的时间总比平时上课要快。最后一堂考的是英语，陈洛白试卷做完时，还剩四十多分钟。他低头检查了一遍，确认无误后，抬手看了下表,还剩三十分钟。

下午四点,外面日光正烈。陈洛白要等祝燃,就没提前交卷,直接把做好的试卷和答题卡往旁边挪了挪,人往桌上一趴,开始闭眼睡觉。

二班的英语老师林涵恰好是这一考场的监考老师之一。别的同学都在奋笔疾书的时候,第一列第一座那位趴着睡觉的同学就显得格外显眼。第一列第一座不用看脸,大家都知道坐的是谁。

林涵从讲台上走下来,瞥了一眼陈洛白手边的试卷,摆在外面那一页上勾选的所有答案都是正确的,林涵又回了讲台。

考试结束时,另一位监考老师接到家中电话说临时有事,林涵就揽下了收卷子的活儿,让对方先走。英语是最后一堂考试,暑假在即,学生收东西的动作都飞快,考场里很快就空了一半。第一列第一座的那位还睡得正香。

林涵从后往前缓缓收试卷。收到最后一列第一排的时候,坐在这位子的学生抬头问她:"林老师,要不要我帮您一起收啊?"

林涵抬头,看见是二班的班长廖延波,她摇摇头:"不用。"

收走他的卷子,林涵像是想起什么似的,又看了眼第一列。陈洛白还在睡。林涵不由得有些奇怪。第一考场二班的学生不少,陈洛白平时人缘也挺好,居然没一个人去叫他,这帮孩子就这么着急回家吗?

林涵抬手指了指第一列:"你去把陈洛白叫醒吧。"

廖延波往那边看了一眼,语气迟疑着,一边说一边撤退:"那什么……他有起床气,我不敢叫,林老师您自己叫他吧,我就先走了,林老师拜拜。"

林涵:"嗯?"陈洛白有起床气,你不敢叫,就让我这个老师去叫?"尊师重道"四个字全忘了是吧?

廖延波已经飞快地跑走了,林涵被气得笑出了声。等收到陈洛白试卷的时候,考场已经全空了。林涵抽走他的卷子,又抬手在他课桌上敲了两下,没反应。

林涵加重动作多敲了几下。趴在课桌上的男生抬起头,眉眼间满是被吵醒后不耐烦的躁意,睁眼看到是她愣了愣,躁意稍敛。

"林老师。"

行,起码这位还知道尊师重道,有脾气也没冲她这个老师发。

"我这英语卷子就这么简单?"林涵抱着一沓试卷,一副兴师问罪的模样,"别的科目不见你睡觉,就考英语你睡了大半个小时?"

陈洛白揉了揉眼睛,语气平淡:"不是卷子简单,是我厉害。"

林涵又被气笑了:"你就狂吧,这卷子除了作文,你要是还有别的题扣了哪怕一分,下学期我再一起跟你算账。"

"那林老师您没这个机会了。"陈洛白站起身,"林老师拜拜。"

陈洛白去后面拎起书包,从后门出去,径直走向第三考场去找祝燃,在经过第二考场第二扇窗户时,他的目光不经意地往里瞥了一眼,脚步稍顿。

教室已经空了,只有靠着这扇窗户的位子上还坐了个人。女生慢吞吞地拉开书包拉链,抬手拿起桌上的笔袋,齐肩的短发夹在耳后,露出半张雪白的侧脸。和那天满脸是泪的模样全然不同,她唇角微微扬起,颊边有个浅浅的小梨涡。原来她真心笑起来的时候并不难看,还挺甜的。

"考得还行?"

周安然考完这场的时候,不小心把很喜欢的那支笔的笔帽弄掉了,找笔帽耽搁了点时间,就留到了现在。旁边窗户多出来一片阴影的时候,她就有察觉到,来不及侧头去看,就突然听见了他的声音。

他在第一考场,是会经过她这边的。他是在跟谁说话?她记得祝燃应该在第三考场,汤建锐他们可能还在更后面的考场,是班上其他同学吗?

周安然一边继续拿着笔袋往书包里塞,一边忍不住悄悄抬头看过去。下一秒,她的目光直直撞进男生略带笑意的眼中。

下午的阳光掠过扶手照进走廊,有一束刚好停留在男生校服的肩线上,但好像都没有他脸上的笑容来得耀眼。他旁边没有其他人,那他是……在和她说话?

周安然完全愣住,手上动作忘了停,但因为她目光移开了,笔袋没能准确落进书包里,反而擦着书包滑落到了地上。周安然蓦然回过神。

她的表情先是呆了一下,而后像是多出一丝紧张,想去捡笔袋,动作不知怎么又忽然停住。

看到她这样,他也没想到自己随口跟她搭句话,她反应会这么大,他不由得笑出了声:"吓到了?"

怎么每次单独碰见他,她都表现得这么糟糕啊。好在刚才想弯腰去捡笔袋的时候,拨到耳后的头发掉了下来,刚好挡住了略有些发烫的耳朵。

她攥着笔袋,强忍紧张,但仍有点不敢看他带着笑的眼,只摇摇头,小声回他:"没有。"

陈洛白目光在她颊边落了一秒,方才那个浅浅的小梨窝已经不见了。有什么念头在脑中一闪而过,快得他没抓住。

祝燃的声音这时忽然响起:"陈洛白,你站那儿做什么?"

陈洛白转过头,看见祝燃拎着书包站在第三考场门口。

他没再多想,朝窗户里的女生随意摆了下手:"走了啊,下学期见。"

周安然再抬头看过去的时候,男生的身影已经完全消失在窗户外。

教室的空调早已关上,夏季燥热的风从窗户缝隙里钻进来。走廊上树影摇曳,太阳光线在窗边跳跃,空气里有细细的尘埃在浮动。周安然愣愣地坐在椅子上,只觉心跳像是比蝉鸣声还要喧嚣。

陈洛白走到祝燃边上:"走吧。"

祝燃一边走,一边把书包往肩膀上一挂,又回头看了眼他刚才站的地方:"你刚在和谁说话啊?"

"班上一个女生。"陈洛白回他。

"你?和班上一个女生搭话?"祝燃脚步倏然停住,"谁啊,我去看看?"

"看什么看。"陈洛白勾住他脖子把人继续往前面带,"还赶不赶车了。"

祝燃还是好奇:"到底是哪个女生啊?"

"就是跟那个严什么——"陈洛白停了下,没想起对方的名字,"就是跟上次在球赛帮我们那姑娘同桌的那个女生。"

"跟严星茜同桌?"祝燃也想了下,"好像是叫周安然。"

陈洛白终于把人和名字对上:"是她。"

"不是,"祝燃这下更好奇了,"你连人名字都记不住,你找她搭什么话?"

"考前刚好撞上她因为学习压力大偷偷在天台上哭,刚刚路过看到她——"陈洛白脑中闪过那个浅浅的小梨窝,"笑得挺开心,就顺口问了句是不是考得还行,没想到——"

祝燃顺口接道:"没想到人家根本不理你。"

陈洛白松了松勒在他脖子上的手,笑骂:"滚吧你。"

祝燃理直气壮地反驳:"严星茜那群女生是不怎么搭理你吧,上次帮忙后,我叫她吃饭她就没去,当时周安然好像就在她边上,平时见到咱们也从不打招呼。"

陈洛白眉梢一扬:"你天天跟我屁股后面,为什么不是她们不愿意搭理你,顺便连累到我了?"

"行。"祝燃点头,"那就是她们不愿意搭理我们俩行吧,所以你到底没想到什么?"

陈洛白想起刚才那姑娘一系列的小表情,顿了一秒:"胆子也太小了。"

周安然从考场出来后,想起他们离校前,是要回班上开个班会的。那他为什么要跟她说下学期见?明明等下回教室应该就能见上面的。

下了楼,严星茜几个都躲在一楼的阴凉处等她。一见她下来,严星茜就咋咋呼呼地问:"然然,你怎么这么慢啊?"

"是啊。"盛晓雯也说,"我从第二考场路过的时候都没看见你,还以为你先走了,茜茜说你肯定不会不跟我们说一声就先走的。"

周安然走到她们边上,抿抿唇,最后还是没好意思提陈洛白,只说:"掉了个笔帽,找了一会儿,可能你经过的时候,我刚好蹲下了。"

盛晓雯:"难怪了。"

严星茜拉住她:"那快回教室吧,好热啊。"

考试结束,离放假只差一个班会,班上比平常任何时候都要热闹。周安然跟着朋友们从后面进去,目光下意识地又看向他的位子。他人不在,桌子上的书也都搬空了。周安然心里想着他那句"下学期见",又想起那天下午他教她的事,心不由得稍稍往上提了提。

他不会翘课了吧?可是班会课班主任肯定会来的。

没等经过他座位,就有人帮她解惑了。班长廖延波站到他位子旁,问汤建锐:"锐锐,陈洛白还没回来吗,不会是林老师没叫他吧?"

"什么林老师?"汤建锐回头。

廖延波:"他英语提前写完了,后面一直在考场睡觉,我走的时候还没醒,我没敢叫他,就让林老师帮忙叫了,现在还没回来,林老师不会真没叫吧?"

"应该不会吧。"汤建锐说,"林老师就算叫了,他也不会回来的,他跟祝燃要出去玩,早跟老高请假了。"

原来是这样,周安然悄悄松了口气。

班会课开始后,高国华站在讲台上絮絮叨叨讲了一大堆,无非是一些假期不要太放松、别把学习完全抛到脑后、出去玩也要注意安全之类的话。周安然一句也没听进去,满脑子都是男生那句"下学期见"。

手肘被推了推。周安然看见严星茜推了个小本子过来,上面写着:"你又捡钱啦,怎么笑得这么开心?"

有吗?

周安然偷偷瞥了严星茜一眼,有点想跟她分享,但笔落到纸上,却没好意思写关于他的字,最终还是放弃了。周安然在本子上回她:"感觉考得还行,等下请你喝饮料。"

班会课结束,盛晓雯和张舒娴听严星茜说周安然要请喝饮料,一左一右挽住她的手。

"听者有份吧。不请我们今天不放你回去啊。"

周安然唇角弯了弯:"没说不请啊。"

从小超市路过时,四个人进去一人拿了一瓶汽水。周安然不知出于什么心思,拿了瓶柠檬口味的,酸酸甜甜的小气泡先在冰冰凉凉的汽水瓶里沸腾,而后一路沸腾到了心里,再一点点炸开。

那天的风和阳光都是热烈的,也是温柔的。

第 22 章

天气太热,张舒娴把汽水瓶盖盖好,拿沁着冰凉水珠子的汽水瓶子在脸上贴了贴,缓解热气。

缓解完,她躲到周安然伞下,腻腻歪歪抱住周安然手臂:"明明放假挺开心的,但想到两个月见不到你们,又没那么开心了,我今天跟你们一起走东门好了。"

周安然心情也稍稍降温。是啊,这两个月都见不到朋友,也见不到他。

盛晓雯一只手拿着遮阳伞，拿另一只手当扇子在面前扇风："咱们几个家里好像都离省图不远，要不我们暑假一起去省图看书好了，早上早点出门，也不会太热。"

严星茜哀号："你们要不要这么努力啊，我还想约你们暑假出去玩呢，结果你们只想着学习。"

周安然提醒她："你偶像的 CD 和周边都还在宋阿姨手里呢。"

严星茜立即做握拳状："不就是去看书嘛，我去就是了。"

盛晓雯补充说："也不是天天都要学习啦，我们也可以约着去玩，过几天我过生日，到时候请你们去唱歌啊。"

"行。"张舒娴说，"那就这么说定了。"

出了校门，周安然和严星茜跟盛晓雯和张舒娴在公交站上了不同的车。

等进了小区，周安然又跟严星茜在楼下分开，各自进了自家楼。

晚上吃饭的时候，何嘉怡忍不住问："然然，你今天怎么了？"

周安然眨眨眼："什么怎么了？"

何嘉怡指指她唇边的小梨窝："回家后一直在笑，今天发生什么开心的事了？"

跟严星茜她们，周安然是不知道怎么开口，也不好意思开口。面对家长，她更是完全不敢让他们知道半点心思。

周安然胡乱夹了一筷子菜，趁机胡乱想了个借口："就是感觉今天考得还行，然后路上茜茜又给我讲了个笑话。"

"什么笑话？"周显鸿好奇地问，"也说给爸爸听听。"

周安然回想了下严星茜前些天跟她讲的笑话："为什么哆啦 A 梦的世界一片黑暗？"

周显鸿："为什么？"

周安然唇角又弯起来，颊边的小梨窝若隐若现："因为哆啦 A 梦伸手不见五指。"

何嘉怡："……"

周显鸿："……"

暑假前一个月，周安然大部分时间都是跟朋友们一起泡在省图里学习，偶尔撞上盛晓雯和张舒娴都有事，她就和严星茜留在家里一起写作业。

周安然还从网上买了个日历回来，摆在书桌上，就邻着那罐糖纸花。每翻过一页，就离开学近一天，也离再见他近一天。周安然还以为整个暑假都会这样平稳度过，但她忘了"生活并非一成不变，时而就会横生出一点波澜"。

那天离开学只剩不到一个月的时间，她照旧跟几个朋友约好一起去省图看书。结果下午两点时，省图那一片却因为故障突然停电。

省图的自习室采光好，没有灯也不影响光线，但夏天的午后，没有空调和风扇的室内与蒸笼无异。四个人连商量都没，便齐齐决定各自提前回家。

这天正好是周末，周安然到家的时候还没到两点半。平日这个时间点，周显鸿在家经常看着电视，就直接在客厅沙发上睡着了。周安然怕吵着他睡觉，进屋开门的动作刻意放轻不少。门打开，里面有爆炸声传出来，听着像是家长在看什么历史战争剧。玄关看不到客厅，周安然不确定周显鸿有没有在睡觉，进门时也轻着动作。刚打算关上门，就听见周显鸿说话声传过来。

"我今天上午碰到铭盛的江董了，他说他们公司打算在芜城搞分公司，想让我过去当总经理。"

周安然按在门把上的手一顿。可能是刚才电视里的爆炸声掩盖了开门的那点动静，客厅里的家长完全没发现她已经回家。

周安然听见何嘉怡的声音响起："你答应了？你这要去应该也不是半年一年，我跟然然怎么办？"

"还没答应。"周显鸿说，"江董说我要去的话，你的工作也可以安排到那边，然然他也可以帮忙转到芜城一中。"

"那边的一中怎么样啊？"何嘉怡问。

周显鸿说："不比附中差，去年的省理科最高分就是他们学校的。"

"那这学校可以啊。"何嘉怡又问，"工资呢？"

周显鸿报了个数。

"比你现在高不少，铭盛又是全国有名的大公司，你还犹豫什么呀。"何嘉怡说，"我可忍你大嫂好些年了，张口闭口就是帮你大哥打工，好像这些年公司做大你没一点功劳,我们在他们家讨饭似的,要不是你大哥这个人还过得去,就算你去其他地方钱少一点,我也早劝你不干了。"

周显鸿轻轻叹了口气:"但是然然马上就进高二了,突然换到别的城市别的学校去,我怕她不适应,她性格又被动,融入新环境肯定也没那么快,万一影响学习怎么办,工作的机会以后多的是。"

"也是。"何嘉怡也叹了口气,"那再想想。"

两人又聊起了别的事。

周安然趁着电视中又一次爆炸声响起,轻着脚步出了门,假装重新开锁的时候却故意加重了动作,佯装刚回家的样子。周安然再踏进房门时,客厅里已经听不见两位家长的对话声。她换好鞋,绕出玄关,看见何嘉怡和周显鸿并排坐在客厅沙发上。

"今天怎么这么早就回来了?"何嘉怡语气关心。

周安然低下头:"省图那边突然停电了,我们就提前回来了。"

"冰箱里冻了西瓜。"何嘉怡指指冰箱,像是想起什么似的,干脆又站起身,"好像还没切,你去把东西放下洗个手,我去把西瓜切了。"

周安然摇摇头,忙说:"你们想吃就现在切了,不想吃就等下再切吧。妈妈,我想先回房把今天没写完的卷子写了。"

何嘉怡又坐下:"那等下再切。"

周显鸿看着她的背影匆匆往房间走,忍不住多交代一句:"你们正放假呢,也别太辛苦了,睡个午觉再做也不迟。"

周安然鼻间一酸,没回头,应了一句:"好的爸爸。"

进了房间,周安然打开空调,从书包里拿出卷子摊开,但是一道题都看不进去。她低头趴到书桌上。

周显鸿和何嘉怡从不主动跟她讲工作或生活上的糟心事情。在她年纪还小的时候,他们讲话也不会太避着她,家里亲戚聚会聊天时,也时常会提起,周安然多少知道一些。

她伯父周显济挣第一桶金,靠的确实是自己的眼光、胆识和运气,但她伯父文凭不高,能把生意做到这么大,她爸爸在其间功不可没。她爸爸一开始并不想掺和到伯父的生意中来。只是当初为了她将来读书能进更好的学校,在这边买学区房,还差些钱时,是伯父二话没说主动借了笔钱过来。

为此，她爸爸后来帮着伯父做大生意后，都没要公司的分红，只是照着职位拿自己应得的工资。就这样，她伯母还觉得他们家占了她家天大的便宜。公司步入正轨后，她爸爸其实有辞职过，但好像最后都被伯父劝了下来。只是这两年，她伯母变本加厉，见面了总要刺上两句，以彰显她的优越感。

所以周安然刚才装作什么都没听见。虽然她舍不得离开生活了十几年的城市，舍不得离开自己的朋友，更不想以后再没机会见到他，但她也做不到自私地去要求父母因为她而委屈自己。可她好不容易才跟他有了那么一点交集，去外地她应该也确实会比较难适应，她同样也做不到大方地丢掉这一切，去跟父母说不管做什么决定都完全不用考虑她。

所以她只能装作什么都没听见，把决定权交给两位家长，是去是留，全由他们决定。

整个八月，周安然都过得有些惴惴不安。每天都在担心父母会突然跟她说我们要换工作了，要搬去芜城，你也要换个学校上学。

可到临近开学，她所担心的事情都没有发生。周安然隐隐猜到了什么，又不敢相信。悬着的心始终没有着落，开学前两天，周安然忍不住试探了下家长的态度。

那天是周末，周显鸿被叫回公司加班，就何嘉怡在家。周安然下午心不在焉地看了会儿书，心里始终惦记着可能要转学的事，就假装出去吃水果，走到客厅贴着何嘉怡坐下。她叉了块西瓜吃掉，装作不经意说：
"妈妈，我们马上要开学了。"

"我知道你要开学了呀。"何嘉怡瞥她一眼，"怎么，学习累了，想休息几天？"

"没有。"周安然顿了顿，转头看向何女士，"我这次还可以叫上茜茜一起去学校？"

何嘉怡好笑地看着她："你哪次不是跟茜茜一起？"

"二中今年开学的时间选得好奇怪。"周安然轻声细气说，"开学上两天课，就又是周末了。"

何嘉怡笑："周末放假你还不开心啊？正好可以跟我们一起去你表姐那里见团团。"

周安然有点笑不出来，试探到这儿，她已经完全可以确定父母的决定了。她当然更希望他们最终决定留下来，可一想到爸爸又因为她放弃一个大好的工作机会，心里还是止不住地发酸。

"妈妈。"

何嘉怡："嗯？"

周安然把脸埋到她肩膀上蹭了蹭。

她当初没告诉他们她意外听到了那番对话，现在也就不好跟他们表示感谢，而且越是亲近的人，越是重大的事，她反而越是别扭地不太会表达情感。一句轻飘飘的感谢好像也不足以表达她现在的心情。

我以后也会对你们很好很好的，周安然在心里默默地跟妈妈承诺。

何嘉怡摸了摸她的头发，声音带着明显的笑意："今天怎么回事，怎么突然跟妈妈撒起娇来了？"

不知是因为心里紧了近一个月的弦忽然松下来，还是因为晚上睡觉不小心踢了被子，周安然第二天感冒了，嗓子也有些发炎，直到开学都还没好全。开学当天，周安然跟严星茜进校后，照旧边聊天边挽着手往里走，一路走到一教学楼门口，才想起他们已经换了新教学楼。

眼前的一教学楼现在是高一新生的地盘了。两人又笑着折返，去了高二所在的二教学楼。到教学楼后，周安然就要和严星茜分开。周安然的新教室在一楼，严星茜转去文科班，教室在六楼。

严星茜挽着她的手没放："呜呜呜……不想跟你们分开，早知道我硬着头皮也要坚持学理科了。"

要是一个月前没听到父母那番话，周安然估计应该会跟她一样不舍，但是被有可能转校的猜想折磨了近一个月后，她现在觉得还能跟严星茜同在一个学校，已经是她的福分与幸运了。

"可是你文科厉害呀，而且晓雯刚好和你一个班。"周安然安慰她，"我下课后都会等着你来叫我吃饭的，就只是上课分开一下。"

"那说好了啊。"严星茜抱着她手臂，跟她多聊了几句，才依依不舍地上了楼梯。

真跟她分开，周安然独自进教室时，还是好一阵不适应。好在二班除了有几人转去文科班，全是熟面孔。周安然进门后，下意识地又往第二组第六排看过去，而后才忽然想起新学期是要重新排座的。周安然背着书包上了讲台，她刚低下头去看上面贴好的排座表，就听见底下有人在叫她。

"然然。"张舒娴坐在第一组第四排朝她挥手，"别看啦，你坐这里，跟我同桌。"

周安然就不好再继续仔细看。她匆匆瞥了一眼，只一眼就看见了想看的那个名字——还在第二组第六排。一次两次可能是巧合，这都三次了，他还在同一个位置，就不可能再是巧合了吧。

是他自己跟老师要求的吗？不过他身高腿长，坐在最后一排，不用被后座挤着，是会舒服些。

周安然趁着下讲台往后走的工夫，又往第二组第六排的位子上看了一眼，空的。他还没来吗？

放假时，她总天天盼着开学，可现在真开学了，又有某种类似于近乡情怯的情绪。他那天最后那句话多半只是随口一说，并不是真的期盼这学期跟她再见面的意思。兴许两个月过去，他甚至全忘了那天和她有过那么一点短暂的交流，他们会再次退回到和陌生人无异的普通同学状态。

周安然在这种忐忑情绪的影响下，差点儿走过座位。还是张舒娴及时出声，她才堪堪停下。

"位子帮你擦了，可以直接坐。"张舒娴笑着说。

周安然把书包放好，在位子上坐下："谢谢啊。"

"谢什么谢。"张舒娴挽住她的手，"我们这学期运气都还不错啊，我跟你成了同桌，晓雯和茜茜去了同一个班。"

周安然低头笑了下："是啊。"

能跟好朋友同桌，她那些忐忑不安的情绪好像都缓解了不少。

张舒娴靠过来一点，朝第二组抬了抬下巴，声音压得极低："而且我终于不用跟那谁同桌了，也不是我对她有什么意见，是我明显感觉她对我挺有意见的。"

周安然顺着往那边看了眼。娄亦琪的位子还是离她们很近，就在第二组第三排，跟她只斜隔着一条过道。

"我感觉她好像挺想跟你和好的。"周安然小声说。

张舒娴不信:"怎么可能,她上学期对着我整天一副苦大仇深的模样,好像我欠她几万块钱似的,算了不说她。我跟你说啊,我打听到了我们陈大校草的八卦。"

周安然心跳漏了一拍:"什么八卦?"

张舒娴压着声:"他应该没答应殷宜真。"

周安然悬着的心落下来一点:"还有别的吗?"

"你问陈洛白?"张舒娴顺口问了一句。

周安然点点头,怕心思被张舒娴看穿,她到现在还是没想好怎么和她们说。但张舒娴好像明显觉得大家好奇陈洛白的八卦是一件非常自然而然的事情,自顾自地接道:"没有了,哎……陈大校草的心思仍然是一个谜,不过其他人的八卦倒是有,你要听吗?"

周安然对其他人的八卦没什么兴趣,但看到张舒娴一脸兴致勃勃的模样,她就没有拒绝:"你说吧。"

张舒娴就和她聊起了其他的八卦。张舒娴说话时喜欢手舞足蹈,之前坐在斜前排,周安然感受还不深,此刻变成同桌,聊着聊着,她就感觉张舒娴的手不小心碰了她一下。

周安然:"……"

"啊——"张舒娴动作一停,丝毫没有不好意思,反而凑过来贴在她耳朵边上说,"然然,你多大啊?"

周安然愣了下才反应过来,脸一下红透:"我不和你说了,我去打水。"她今天正好没带豆浆。

"要我陪你去吗?"张舒娴打趣地看着她。

周安然忙摇头,张舒娴趴在课桌上哈哈大笑。周安然从包里抽出空瓶子,往后门走的时候,不禁又瞥了一眼第六排的空座位。

他怎么还没来啊?

周安然心里想着事,到后门口时,差点儿和人碰上。

清爽的洗衣液香味钻进鼻端,周安然倏然抬起头,看见一张熟悉的脸。可擦肩而过时,陈洛白却像是完全没注意到她。周安然也没有预想中的低落。

因为男生脸上此刻的表情，几乎和她偷偷给他塞糖那天如出一辙，她甚至能感觉到他的心情比那天还要更糟糕。

第 23 章

周安然打水回来后，就看见男生趴在课桌上睡觉，书包随意挂在凳子一边。

又是因为没睡好吗？

周安然一边轻下脚步往自己位子上走，一边在心里默默揣摩。可经她偷偷观察发现，补完觉后，他情绪并没有丝毫好转的迹象，坏心情明显到汤建锐等人都过去找他询问状况，不过都被祝燃挡了回去，显然像是发生了什么事情。

周安然有些担心，却又无计可施。连平日跟他关系还不错的朋友都插不了手，像她这种跟他基本不熟的普通同学就更不知道能做什么了。总不能再像上次那样偷偷地往他课桌里塞几颗糖吧，那已经被证明了是一个糟糕透顶的决定。

这天的晚自习陈洛白没参加，下午最后一节课结束，他就背着书包出了教室。祝燃也跟了出去，没多久又单独回了教室。好在晚上高国华过来时，并没有对他的缺席表示出任何意外。

高二开学的第一天，周安然完全在忧心忡忡的情绪中度过。周安然想着他上学期就算心情不好，好像也都没有持续太久，就以为第二天再见他时，他的情绪会有所好转。

没想到第二天他的心情看着又差了不少，连一向聒噪的祝燃都安静了一天，一副完全不敢开口吵他的模样。

新学期第一周只上两天的课。周安然什么都做不了，就只能盼着他放假后能遇到点开心的事，又担心放假没朋友在身边，他心情会变得更糟糕。沉浸在这股情绪中，下午最后一节班会课上完后，她放学收拾东西时都有些心不在焉。

等晚上回家吃饭洗澡过后，回房间打算写作业时，周安然才发现她落下了数学作业没带回家。

周安然懊恼地鼓了鼓脸,把身上的睡衣换下,随便找了白T恤和裙子穿上,拎起校牌和空下来的书包出了房门,对在客厅里的何嘉怡说:"妈妈,我数学作业落教室了,回去拿一趟啊。"

"怎么这么马虎。"何嘉怡看她匆匆忙忙往外走,忍不住补了一句,"你去叫上茜茜陪你一起回去。"

"您忘了茜茜这周要跟她爸爸妈妈回乡下看外婆吗?"周安然身上的T恤和裙子都没有口袋,她一边走一边把校牌塞进书包里,声音还有些沙哑,"没事,天还没黑呢,学校里还有好多人。"

回学校后,周安然先去女生宿舍那边跟副班长借了教室钥匙。等从教室拿完数学作业出来,外面天色已有六七分暗。

周安然没跟何嘉怡撒谎,周五晚上的学校依旧有不少人在,高三的学长学姐周五也要留下来上晚自习,竞赛班的学生会留下来补课,体育生有时也会留下来加训,没回家的住宿生偶尔也会在学校操场上散步。

但毕竟高一、高二的学生全都放假了,整栋二教学楼静得落针可闻,教学楼外的操场上今天一个人都没有,现在天色一暗下来,周安然还是有些害怕。她匆匆锁好门,快步跑出教学楼。刚一出去,周安然就看见不远处站着一个高高瘦瘦的身影。她脚步倏然一停。

他怎么也回学校了?

不远处的男生穿着没有一丝花纹的白T恤和黑色运动短裤,显得格外清爽,他左臂夹着个篮球,右手拿着手机,正低头单手打字。光线还不算太暗,周安然看见他抬起的右手手肘上一片刺目的鲜红,像是蹭破了一块皮。

周安然略略平缓下来的心脏轻轻揪了一下。

怎么还受伤了?是打球不小心摔了吗?

周安然手伸向书包侧边的口袋。何女士在这里面给她备了不少碘伏棉签和创可贴。周安然从里面拿了两根碘伏棉签和两个创可贴出来,想给他送过去。

可这个念头一生出来,脚好像就变得有千斤重,抬都抬不起来,捏着棉签的手开始发汗。

周安然深深吸了口气,在心里悄悄给自己打气。不是跟自己说好了这学期要努力变得大胆吗。他都帮了你这么多次,你帮他也是应该的,而且就算现在站在不远处的不是他，是班上其他同学，你也不会袖手旁观吧？为什么对象变成他，你反而胆怯了呢？

陈洛白给祝燃回完消息，低头把手机收回口袋，余光瞥见左脚鞋带松了大半。他半蹲下身，将篮球放到一旁。重新将鞋带系好后，陈洛白刚打算起身，就看见一只纤细漂亮的手伸到了面前，指甲修剪得干干净净，手上拿着两根棉签。

头顶同时有声音响起，说话的人好像感冒了，嗓音有些沙哑，还带着明显的鼻音，语气是温温怯怯的："棉、棉签里面有碘伏，可以消毒，折一下就能用。"

陈洛白没立即接，他微微抬眸，想看一眼对方是谁，可视线中却先撞入了两条笔直修长的腿，皮肤在黑色短裙的映衬下，白得近乎晃眼，而小腿内侧那一颗黑色的小痣也格外显眼。

猝不及防的场景，陈洛白瞬间撇开了视线。

身后这时有声音传来。

"阿洛。"听着像宗凯的声音。

陈洛白回过头，几乎是同一时间，手上多了一抹柔软温热的触感，有什么东西被塞进了他手里。

他重新转回来，只看见一个纤瘦的背影跑进了教学楼，黑色裙摆微微荡漾出一个漂亮的弧度。手心里的东西还带着不属于他的体温，陈洛白低头看了一眼，是两根棉签和两个小小的创可贴。

"阿洛。"宗凯已经走到他身后。

陈洛白起身，转头看见殷宜真跟在宗凯旁边，眉梢微不可察地皱了下。他没管殷宜真，回头看了眼教学楼门口，低声问宗凯："刚才给我递东西的女生你看清是谁没有？"

宗凯张了张嘴，刚想说话，感觉有一只手在背后扯了扯他T恤，他沉默了一秒："没看清。"

周安然贴墙站着，心跳一声重过一声，她咬了咬唇，不由得懊恼。

她刚刚躲什么啊，她和他是同班同学，路上撞见他手受伤，送两根棉签是再正常不过的事，她这一跑倒更像是做贼心虚。

但跑都跑了——周安然不由自主地又挪到了更隐蔽一点的地方，这样万一他们也打算回教室找东西,也就看不见她了。他刚刚应该没看清她的模样吧?

周安然后脑勺轻轻在墙上懊悔地敲了两下。早知道今天来学校会碰见他,她就换条更漂亮点的裙子了。

等了片刻,没听见有脚步声进来,周安然不由得有些好奇。他到底为什么回学校?刚刚他手上拿了个篮球,是约了宗凯他们回来打球吗?殷宜真怎么也来了呀?

周安然忍不住轻着脚步往旁边多走了几步,一直挪到五班教室门外的走廊,悄悄从墙边探头出去往外看了一眼,宗凯和殷宜真已经不见了。

男生手臂夹着篮球,背向教学楼,站在操场边,可能是因为天色又暗了几分,也可能是因为他边上总是一大群朋友,周安然总觉得,此刻那个背影看上去颀长又孤单。

他怎么没要朋友陪啊?是还不开心吗?

周安然抿了抿唇,从书包里拿出手机,先开了静音模式,而后给何嘉怡发了条消息过去:"妈妈,我在学校碰上同学了,晚一会儿再回家啊。"

何嘉怡很快回她:"别太晚啊。"

周安然回了个OK的小表情过去。

她什么也帮不了他,就悄悄陪他一会儿吧,虽然他看不到她。

外面的天色已经暗了下来,男生身影被暗色模糊,只隐约看到一个高高瘦瘦的背影。但能看见他就在不远处,周安然待在依旧静得落针可闻的教学楼里,也不觉得害怕了。只觉得这天晚上的风也格外温柔。

过了不知多久,手机屏幕又亮起来。是何嘉怡发消息过来催她回去:"都八点了,你还没跟同学聊完?太晚回家不安全。"

周安然咬了咬唇,想着看能不能再找个什么借口多留一段时间。但可能是见她没立即回消息有些担心,没过多久,何嘉怡直接打了个电话过来。

周安然手一滑,不小心挂掉了,可也心知不好再继续留着陪他了。

她低头回了条消息过去:"刚刚不小心挂了,聊完了,我马上就回去了。"

周安然从门口悄悄溜出去,陈洛白没回头,自然也没看见她,原本该松口气的,可她的心却始终微微悬着。

他一个人待着应该没事的吧？可他心情到底为什么这么不好呀？

直到看见祝燃迎面朝这边走过来，周安然才终于放下心。可能是路上没什么人，快经过她时，祝燃好奇地往她这边瞧了一眼。

不知是今晚朝陈洛白手里塞棉签这件事花光了她所有的勇气，还是偷偷留在教学楼陪他的事让她在见到他朋友时变得格外心虚，其实祝燃离她还有点距离，但在他看过来的那一瞬，周安然又快速往旁边避开了一大步，然后快步跑走了。

祝燃有些莫名其妙地回头看了一眼，也没多想，等看到陈洛白一个人站在操场前时，才纳闷地问道："怎么就你一个人，宗凯不是说他已经过来了吗？"

陈洛白看着灯光下半明半暗的操场："他把殷宜真带过来了，我让他们先回去了。"

"他什么毛病。"祝燃皱了下眉，"怎么老把殷宜真往你面前带。"

陈洛白没接话。

祝燃略略偏头，看见他唇线抿直，侧脸线条也绷得死紧，犹豫了一下，还是开口问了句："叔叔阿姨真打算离婚？"

陈洛白"嗯"了声："我妈打算拟离婚协议了。"

祝燃挠了挠头，在心里叹口气。碰上这种事他也不知道要怎么安慰才好，好像怎么安慰都没用，想了想，最后也只能挑个轻松点的话题来转移他的注意力。

"对了，我刚在前面的路上碰到一个奇怪的女生，一看见我就躲得老远，我难道长得很吓人吗？她穿着件白衣服，皮肤也白，我看明明是她比较吓人吧，头发再长一点都能扮女鬼了。"

陈洛白忽然想起刚才跑进教学楼的那个女生："她是不是穿了条黑色裙子啊？"

"是啊，还好是黑色，要裙子也是白色——"祝燃话音突然一停，"等等，你怎么知道她穿了条黑色裙子，你也碰见她了？"

陈洛白没回答他的问题，只问："你看清她长什么样子了吗？"

第 24 章

"没有啊,我不是说了吗,她一看到我——"祝燃话还没说完,陈洛白的手机铃声响起,他住了嘴。

陈洛白瞥了一眼来电提示,唇线抿得更直,接起电话。

"洛白。"早在商界练就一身处变不惊本事的男人现在在电话里的声音听起来有几分明显的急慌,"你妈的律所起火了,你快过来一趟。"

祝燃还等着陈洛白挂断电话,好继续跟他聊刚才的话题,却见他脸色倏然一变,手上的篮球都没拿稳,电话一挂,就直接朝校外的方向跑。篮球在地上滚了几圈,祝燃忙弯腰捡起,追了上去。

到校外上了出租车,祝燃才知道律所起火了。他干巴巴地安慰:"你别担心哈,你妈律所附近就有个消防站,应该不会有什么事的。"

陈洛白握紧手机,没说话。

好在附中离律所很近,快到的时候,祝燃提前把打车的钱付了。等出租车一停下,就忙跟他一块儿下了车。

盛远中心A座大楼前停了一辆显眼的消防车,外围站了一圈人,其中不少着装相对正式,多半是楼里加班的白领,因为火灾被迫停止工作,滞留在楼下。

陈洛白一眼看到了律所的人。他跑过去,叫住其中一个中年女人:"张姨,律所情况怎么样,着火严重吗,我妈呢?"

被他叫作"张姨"的女人回过头:"洛白啊,什么律所着火严重吗,律所没着火啊,是律所下面的一层楼烧了,消防车来得及时,没出什么大事。"

她停顿了一下,像是想起什么:"是你爸通知你过来的吧,他刚打电话到律所找你妈,电话被我接到了,我跟他说律所楼下着火了,他错听成律所着火了,刚刚也跟你一样着急忙慌地跑过来,现在跟你妈在那边呢。"

张姨抬手给他们指了下。祝燃跟陈洛白一齐顺着她指的方向看过去。

其实挺打眼的,楼下所有人都站着,唯独那两位是抱在一起的,只是他们刚才过于着急,没往那边看。

"阿洛。"祝燃默默收回视线,"我怎么觉得你爸妈这婚好像离不了。"

陈洛白定定盯着不远处仍抱在一起的两个人看了两秒，不禁偏头笑了声："走吧。"

"去哪儿？"祝燃问。

陈洛白朝对面抬了抬下巴："那边有家店不错，请你吃夜宵。"

祝燃因为他心情不好，憋了两天都没怎么敢说话，此刻危机解除，忙搭上他肩膀，高兴道："走走走。"

陈洛白跟张姨打了声招呼，跟祝燃一起去了对面。点完菜后，祝燃才发现他手肘上的伤："你手怎么了？"

陈洛白低头看了一眼："没事，下午打球摔了一下。"

"这附近好像就有个药店？"祝燃问。

陈洛白正要点头，脑中忽闪过个画面，他动作微顿，手伸进运动裤口袋，把里面的东西拿了出来。

祝燃看着他手上的棉签和创可贴："你买药了呀。"

"没有。"陈洛白低头看着手里的东西，"一个女生塞给我的。"

祝燃好奇心顿起："女生？"

陈洛白脑中浮现出那个匆匆跑进教学楼的纤瘦背影："她躲什么？"

"躲什么？"祝燃没明白。

陈洛白"嗯"了声："把东西塞到我手里就跑了，应该就是后来你碰见的那个。"

祝燃想也没想说："害羞吧。"

说完他又觉得不对："你说是我后来碰上的那个妹妹，那也不对呀，她给你塞完东西就躲还能说是害羞，躲我干什么，除非——"

陈洛白接上他的话："除非你也认识她。"

祝燃摸了摸下巴："我在学校认识的女生也不多啊，外班就不认识几个，难道是咱们班上的？她给你塞了东西，都没跟你说话吗？声音你听着耳熟不？"

"说了，但嗓子是哑的，应该是感冒了。"陈洛白把手上的东西塞回口袋，"算了。"

祝燃调侃道："怎么，人家一片爱心给你送东西，你都不打算用一下？"

"我连她是谁都不知道，用什么。"陈洛白朝门口抬抬下巴，"我去趟药店。"

祝燃摆摆手:"去去去,记得回来结账就行。"

"滚吧你。"陈洛白笑骂。

周安然这周六又跟两位家长一起去了表姐家。这次不是表姐家谁过生日,是表姐去外地出差,带了一堆当地的特产回来,特意喊他们过去吃饭。

吃完中饭后,周安然跟何嘉怡和表姐一起带着团团去逛超市。小姑娘一进超市,还是直接拉着她走到了卖糖的货柜。

周安然一眼看到了之前那款汽水糖。严星茜因为去了文科班不太习惯,这一周都有些闷闷不乐。周安然犹豫着伸出手。

当初她偷偷往他课桌里塞糖的事情因为被错认成被谁误塞,并没有被大家放在心上,不带暧昧性质的一件小事好像被当成茶余饭后的谈资都不够格,早被大家抛到九霄云外去了。现在估计也只有她自己还记得了。

陈洛白和祝燃就算当时有见过这款糖,想来现在印象也早淡了,而且严星茜所在的文科班在六楼,与他们现在的教室中间隔了四层楼。他虽然不算规规矩矩的好学生,但平时也都有在努力学习,有点空闲时间也都和祝燃他们打球去了,一般不会往不相熟的班级跑。

现在再给严星茜买这款糖回去,应该安全了吧?

周安然伸手拿了好几包。何嘉怡见状还好奇地问了句:"你买这么多糖做什么?"

"茜茜喜欢吃。"周安然回她。其实她也有一点点想吃了。

下午回去后,周安然就先去了趟严星茜家,送完糖直接被宋秋留下吃了顿晚饭。饭后严星茜抱着作业来到了她家,晚上都没回去。剩下的一天假期也很快过完。

周一返校后,周安然想到周五晚上他独自站在操场前吹风,就止不住担心他。记英语单词时,留了点注意力在后面。很快听见他和祝燃有说有笑地从外面进来。她现在的位子离他们近了不少,只要他们不压低声音说话,基本都能传到她这里。

祝燃像是忽然想起什么:"对了,你手没事了?"

"能有什么事。"男生语气漫不经心,"就擦破点皮。"

祝燃叹了口气:"就是可惜了妹妹那两根棉签和两个创可贴,一片心意只能白白浪费了。"

两根棉签和两个创可贴?好像和上周五晚她塞给他的东西正好对上。祝燃说一片心意只能浪费,是指他没用那些东西吗?

周安然捏着笔的指尖紧了紧,有一点难过,但也不多。其实能猜到的。那天她要是大大方方留下来,就像普通同学路过那样正好帮他,说不定他还会用一下。但她做贼心虚地跑掉了,他应该连她脸都没看清,来路不明的东西不用才是对的。

"什么妹妹?什么一片心意?"汤建锐的声音忽然响起,满满的八卦语气。

"就是——"祝燃回他。

后座这时刚好在往前传作业,周安然趁机回头看了一眼,正巧看见男生伸肘撞了祝燃一下,眉眼间带着点警告之意。

祝燃改口:"没什么。"

汤建锐换到了第三组去,可能是没注意到他的动作,明显不信祝燃这个说法:"什么没什么。"

周安然不好再多看,又转回来。

汤建锐的声音稍稍有些大,继续清晰地传过来:"老祝你跟我有秘密了吗,我们的兄弟之情变了吗?"

"我们的兄弟之情永不变质。"祝燃说,"哥哥永远爱你,是洛白跟你有了秘密。"

汤建锐一副告状的语气:"哥,他占你便宜。"

周安然没听见他回话。但下一秒,祝燃的哀号声传过来:"陈洛白,你想勒死我呀?"

他心情好像好回来了。周安然悄悄吐了口气,悬着的心终于放下来。只是放下这一个担心,另一个被压着的担心又浮上来。上学期期末考考完他说的那句话,他真的就是随便说说,完全没有放在心上吧?

开学也有两三天了,她和他好像还跟上学期一样,并没有一丝半点的交集,虽然也有可能是他受心情影响?周安然在心里小小叹了口气,努力压下胡思乱想,继续记单词。

下午第二节是体育课,老师提前给他们多留出一段自由活动时间。张舒娴正好在例假期间,她一副蔫巴巴提不起精神的模样,找了个阴凉的地方坐下。

周安然跟着她在旁边坐下,担忧地望向她:"你还好吧,不舒服刚刚怎么不跟老师请假?"

张舒娴摇头:"没有不舒服,就是好热好渴想喝饮料。"

"想喝什么?"周安然问她。

张舒娴丧着脸:"可我还不想动。"

"我帮你去买。"

"呜呜呜……然然,你也太好了吧,我要是男的我就把你娶回家了,又漂亮又温柔。"张舒娴瞬间抱住她手臂,停顿了一下,目光稍稍往下落,"还有……"

周安然的脸腾的一下烧起来。

"不喝算了。"

"喝喝喝,你别生气嘛。"张舒娴晃了晃她手臂,"我想喝冰汽水。"

周安然也没真跟她生气:"你能喝冰的吗?"

"可以。"张舒娴点头,"我经常这时候喝冰的,没什么影响。"

周安然点点头:"那你坐这儿等我。"

到了小超市,周安然径直走到冷柜前,刚打算开冷柜门,一大群男生忽然蜂拥过来,打头的汤建锐一拉开冷柜门,就有七八只手霎时一齐伸了进去。

周安然被他们挤得往旁边退了退,最后干脆让到一边,打算等他们都拿完了,她再去拿。

旁边这时忽然响起一道极熟悉的声音。

"喝什么?"

周安然:"……"

其实刚才看见祝燃和汤建锐进来时,她就不意外他也会来。让她意外的是,这道声音响的位置实在有些近,近到……像是就在她旁边响起,像是在和她说话。

周安然不自觉地侧头朝声音的方向望过去,和期末考那天下午一样,瞬间就撞进了一双带着笑意的黑眸中。

男生就站在她旁边，跟她靠着同一个冰柜，刚运动完，他冷白脖颈上全是细细密密的汗，蓝白校服和笑容清爽干净。少年气与荷尔蒙碰撞出一种极强的矛盾感，配上他本就优越的样貌，让人完全挪不开眼。

周安然愣在原地。超市里的喧闹倏忽间远去，她好像又听见那天下午的蝉鸣声。

陈洛白在门外就看见她站在冷柜前，像是想伸手开门拿东西，却被班上突然冲进去的那群男生挤得一退再退，最后退到冰柜和墙面构成的角落里。她好像也没说什么，就安安静静地站在那里，身形被宽大的校服和旁边的男生们衬得越发纤瘦，一副乖得让人很想欺负的模样。

陈洛白过来时就鬼使神差地问了那么一句话，没想到她又一副吓得愣住的模样。他们之间好像也确实没熟到可以请客的地步，但话都说出口了，陈洛白也不好反悔。

"他们让我请客。"陈洛白指了指那群拿完饮料又开始抢零食的男生，"多你一个不多，喝什么自己拿，我一起结账。"

周安然早上还在担心他早忘了上学期那句话，下午就忽然被这突如其来的巨大惊喜砸中，大脑一片空白，勉强下意识答道："不、不用了。"

说完她就反应过来了，周安然忙又低下头。一方面是有些懊恼，另一方面是怕眼神泄露出点什么。好在她来超市前被张舒娴打趣了一番，脸一直是红的，至少不会露出太明显的端倪。

陈洛白见她连头都低下来，不由得有些好笑。他有这么吓人吗？连看都不敢看他了？

陈洛白直起身，往前走了几步。旁边热腾腾的气息忽然消失，周安然懊恼地咬了咬唇。她干吗……要拒绝啊！

周安然悄悄抬起头，看见男生停在冷柜前，拉开门，从里面拿了瓶可乐出来。看见他像是有转身的迹象，她忙又低下头，懊悔的情绪在一层层叠加。

那罐被细长手指拿着的可乐却忽然递到她面前，男生腕骨上的那颗小痣近在眼前，他的声音再次响起，很低很近地就在她头顶。

"喝这个行吗？"

是给她拿的？周安然一下也顾不上什么泄不泄露痕迹，倏然又抬起头。

陈洛白看着她这一副惊讶的模样，不由得有些好笑。胆子怎么这么小，像是某种戳一下就会有明显反应的小动物，一惊一乍的，还挺好玩。

说不清是不是想再试验一下这个猜想，陈洛白缓声开口："就当是贿赂。"

许是那种被惊喜砸中的晕乎感已经过去，周安然终于获得了一丝对情绪的掌控权，大脑也开始迟缓地运转起来，她勉强镇定下来："什么贿赂？"

声音轻得都快听不见了。

陈洛白将可乐塞到她手里。

周安然忙接住，男生却没立即松手，反而朝她靠近了几分，其实仍保持着安全距离，只是略微低下了头。但还是太近了，从没有这样近过。

周安然几乎能从男生那双黑眸里清楚地看见自己的倒影。心跳喧嚣间，她看见陈洛白忽然冲她笑了下，男生清朗的声音微微压低，像是耳语：

"教你逃课的事别告诉老师。"

第 25 章

四班这节也是体育课。开始自由活动后，殷宜真想吃冰激凌，就让宗凯陪着她一起去小超市，因为角度刚好，她远远就看见了里面那一幕，脸色瞬时变得煞白。她认识站在陈洛白面前的那个女生。

在上周五看到她给陈洛白塞创可贴之前，殷宜真对她的印象其实不算深，只知道是娄亦琪的后座，叫周安然，成绩还不错，性格安静话不多，不太和班上的男生玩在一起，更从没和陈洛白搭过话。

上周五意外撞见她给陈洛白塞药，殷宜真其实并没有太放在心上。可此时此刻，超市里正发生的情景，只要长了眼睛，都能看出谁才是更主动的那一方。

殷宜真垂在一侧的指尖收紧，觉得里面的场景分外刺眼，她瞥开视线，看向宗凯："陈洛白认识她？"

宗凯收回视线，到了嘴边的话，在看到她煞白的脸色时，又咽回去："阿洛给她递瓶饮料而已。"

"陈洛白什么时候主动给女生递过饮料了，我上学期跟你们一起吃了

//135//

一学期的饭,你见他主动给我递过一样东西吗?"殷宜真说着,眼眶不由得一红,"你帮我问问他。"

宗凯指尖蜷了蜷,想像小时候那样哄她帮她擦泪,最终却也没动,他垂下眼:"宜真,你到底把我当什么?"

殷宜真抿了下唇,错开视线:"我把你当亲哥哥啊,是你自己说要像哥哥一样照顾我一辈子的。"

殷宜真抬头看向他:"你再帮我一次。"

张舒娴等了许久,才等到周安然回来。女生在她旁边坐下,塞了瓶橘子汽水过来。

张舒娴话都没顾得上和她说,打开瓶盖,仰头喝了一大口,冰凉的液体夹杂着炸开的小气泡一路顺着食管往下落,终于有种再次活过来的感觉。她盖上瓶盖,转过头,本想跟周安然说汽水的事,结果却看到她的脸仍红得透透的:"然然,你脸怎么还这么红啊,不至于害羞这么久吧?"

周安然:"没有。"

她抬手捂了捂脸颊,手心上沾了可乐罐子上沁出来的水珠子,贴在脸上冰冰凉凉的,可一想起这罐可乐被男生那只细长的手拿过,她脸上的温度再度升上来,手心的凉意根本起不到一丝降温的效果。

周安然把手放下来:"就是太热了。"南城的九月和盛夏几乎没差别,确实热得不行。

张舒娴也没多想:"汽水的钱我等下回教室给你。"

周安然摇摇头:"不用给。"

"那行。"张舒娴性格爽快,"回头我再请你。"

"也不用请我,不是我付的钱。"周安然慢吞吞地回完这句,只觉脸上的热度又涨了几分。

她其实还有些晕乎乎,甚至都有些想不起自己当时是怎么回他的,是说了"你放心",还是"我不会的"?

只记得陈洛白听完她的答复,终于松开手,可乐罐子的重量全部落到她手上。男生脸上的笑容仍然明显,声音倒是没再压低。

"行,那说好了。"他说。

周安然不知道怎么接话。他也没再多说，转身再次走向了冷柜。等跟他的距离拉开后，周安然才觉得大脑重新恢复清醒，心跳速度也稍缓下来，这时才想起来超市是帮张舒娴买汽水的。

可他还站在冷柜旁。那群男生还在挑东西，他一时半会儿估计还不会走。周安然只好又鼓起勇气走到冷柜前，也走到他身边。

像是察觉到她过来了，男生转头看了她一眼："还想喝别的？"

周安然心跳又开始不受控制，她小幅摇摇头，小声回他："我要帮同学带汽水。"

陈洛白伸手又拿了罐可乐，把冷柜前的位置让出来给她。他懒散地靠在冷柜边上，单手开了易拉罐，仰头喝了一口，喉结轻滚了几下，而后他转头笑着看向门口的收银台："张叔，可乐我先喝了啊，等下给你付钱。"一副和老板挺熟络的模样。老板冲他应了声好。

周安然快速拿了瓶汽水出来，关上冷柜门。他又拿空着的手指指她，目光像是在她脸上落了下，又像是没有，周安然没敢看他，只听见他声音仍带着笑："她手上这两瓶等下我也一起结。"

"不是你付的？那谁付的？"张舒娴的声音响起。

周安然回过神，犹豫了一下，也没瞒她，她小声说出那个名字："陈洛白付的。"

其实可能也瞒不了，因为他说完那句话后，汤建锐他们已经开始在超市里起哄了。

"等等，我刚听见什么了？"

"什么情况啊？"

男生手里还捏着那罐和她手里同款的可乐，转过头去，笑骂："乱吵什么，买你们的东西，再磨磨蹭蹭就自己付钱。"

说完他又转头看她，语气还带着笑："还要买别的？"

周安然忙摇了摇头，也不敢再多待，更不敢多看他，快速出了超市。现在才想起来……好像又忘了跟他说谢谢。

张舒娴刚打算再喝一口汽水，瓶盖开到一半，露了点气出来，就听见她的答案，被震得怔了两秒，才惊讶地问："谁，陈——"

她声音一下就变大了，周安然忙打断她："你小点声。"

张舒娴脸上还满满都是震惊，声音倒是听话地压低了："你刚说谁付的，陈洛白？我没听错吧？"

周安然摇摇头。

张舒娴追问："什么情况，陈洛白怎么忽然帮你付了？"

周安然张了张嘴，有点不知道怎么跟她解释。她其实自己都没弄明白是什么情况。

上学期偷偷在天台哭被他撞见的事，现在想起来还是觉得有点太丢脸了，她不想再让任何人知道。

"就是——"周安然略掉"贿赂"那一部分，简单道，"我去买汽水的时候，他刚好在请班上一大堆男生吃东西，顺便帮我一起把账结了。"

张舒娴还有点没缓过神："就这样？"

"不然还能怎么样啊？"周安然轻轻接了一句，不知道是在问她，还是在问自己。

张舒娴想了想："也是啊，听那些男生说他好像挺喜欢请客的，经常请一大群人，董辰他们跟他不熟，好像都被他顺带着请过，而且你跟他话都没怎么说过吧？"

周安然眼睫低低垂下。

是啊，他们话都没说过几句。他对着超市老板也那样笑，他跟超市老板好像都比跟她要熟。应该不可能有别的意思。

从小超市出来，零食和饮料都已到手，"自己付款"的警告不再有任何效用，汤建锐那群男生又围到了陈洛白边上。

"你刚刚怎么忽然请女生喝东西？"汤建锐手搭到陈洛白肩膀上，语气八卦兮兮的。

其他人也七嘴八舌地插话。

"你们看清是谁了吗？我没看到脸。"

"周安然吧，我们班的姑娘，挺漂亮的。"

"漂亮吗？我怎么没什么印象。"

"平时太低调了吧，我就记得她成绩挺好的。"

"不是，你们有点儿眼力见儿没有，还当着哥的面讨论漂不漂亮。"

陈洛白就知道这群人会是这种反应，他扒拉开汤建锐的手，失笑：

"乱说什么呢。"

"那你没事请女生喝什么饮料啊？"汤建锐冲他挤眉弄眼。

"就是——"陈洛白顿了顿。

那天她一个人偷偷跑到天台上哭，想来应该是不想让别人知道。他意外撞见，上学期一时没多想就跟祝燃提了一次，都已经过去了，现在再告诉这一大群人就不合适了。

"封口费。"

汤建锐一愣："什么封口费？"

"之前我说要逃课，不小心被她听到了。"陈洛白随口扯了个差不多的理由，"今天刚好撞上她买东西，就顺便帮她一起结个账，让她别跟老高说。"

汤建锐一脸失望："就这样？"

陈洛白瞥他一眼，眉梢轻轻扬了一下："不然还能哪样？"

汤建锐回想了一下："也对，之前连话都没见你和她说过一句。"

其他人大概也是差不多的想法。蜂拥在他边上的人又散开，互相聊起了篮球和游戏等其他话题。

可能是因为刚才听过温软好听的嗓音，陈洛白忽然觉得这群人实在有些吵。他慢下脚步，缓缓落到了人群后面。祝燃也跟着他留在了后面，他刚才一直没开口，此刻才拿手肘撞了撞他："说吧，到底什么情况，你糊弄得了他们，可糊弄不了我。"

陈洛白还抓着那罐可乐，语气随意："上学期不和你说过吗，我期末考前一天撞见她在天台上哭，好像是因为学习压力大，我又不知道怎么安慰，就让她翘课去放松一下。"

"然后呢？"祝燃追问。

"然后——"陈洛白停顿了一下，脑中浮现出女生那天在他面前低头落泪的模样。

还挺奇怪的，明明已经过了两个多月，他居然还能清楚地回想起她当时的模样，眼眶泛红，眼泪大颗大颗往下落。可能确实是长得漂亮，模样显得格外可怜。

"然后她就哭得更厉害了。"

祝燃脚步一停，狐疑地看向他："你是不是当时还做什么了？"

陈洛白好笑地看他一眼："我能对她做什么。"

"那你怎么越安慰，人家还哭得越厉害？"祝燃不信。

陈洛白也停下来，他其实到现在也没想明白："我哪知道，胆子小吧，乖巧好学生，被翘课的建议吓到了？"

祝燃对他的人品还是很信得过的。祝燃对周安然仅有的印象也确实就是"乖巧好学生"这个标签。想了想，好像觉得这个理由也说得过去："所以你请她喝饮料还真是封口费呀，那她答应没？"

陈洛白捏了捏手上的可乐罐子，想起女生握在罐身上的细白手指和不停轻颤的卷翘睫毛，以及她当时轻得发飘的嗓音。

"不会的。"

他蓦地笑了下。

"算是答应了吧。"

第 26 章

下午上体育课的时候，陈洛白跟祝燃他们一起打了场球，晚自习前的休息时间他们就没再去球场，去外面吃了晚饭后，就和祝燃一起早早回了教室。只是祝燃不知是不是吃坏了什么东西，进教室刚坐下没几秒又跑去了洗手间。

汤建锐那群人倒是又去了球场，前面位子的其他人也还没回教室，陈洛白抽出作业本，打算趁清净先把作业写了。没过几分钟，旁边椅子被拖动，有人坐了下来。应该不是祝燃，祝燃回来不可能有这么安静，人还没坐下，估计就已经开始念叨了。

陈洛白转过头，看见宗凯坐在祝燃的位子上，旁边难得没跟着殷宜真，他眉目舒展开，笑着问："怎么突然过来了？"

宗凯放了罐可乐在他桌上："过来八卦。"

"八什么卦？"陈洛白眉梢一扬。

"下午体育课，超市，我也看见了，什么情况啊？"宗凯开了手上另一瓶汽水，冲他晃了晃瓶身，"我还是第一次见你主动请女生喝饮料，以前最多是顺带。"

又来一个。

陈洛白笑着把笔一丢,知道这作业是写不下去了:"今天也是顺带。"

"得了吧。"宗凯揶揄地看向他,"顺带到亲自拿饮料递到她手里,我以前可从没见你有这么贴心过,还主动靠过去跟人家说话。"

前排正好都没人在,宗凯声音不大,倒也不会有人听见。

陈洛白张嘴想回他。宗凯又打断他:"别拿什么封口费敷衍我,我可不信。"

"就是封口费。"陈洛白单手开了他放在桌上的饮料,细长的手指微微一用力,细小的气泡从开口里钻出来又炸开,他语气散漫,"你爱信不信。"

宗凯刚想接话,目光不经意看到教室前门进来的人,话锋瞬间一转:"是她吧?"

陈洛白正仰头喝可乐,闻言抓着罐子抬眸朝门口望去。

女生跟人挽着手从门口进来,目光像是往他这边望了一眼,还没跟他对上目光,又像是有点受惊似的立即垂下脑袋,齐肩的短发在雪白的脸颊旁边轻轻晃了晃。不知同伴和她说了什么,她忽然笑了一下,上次见过的小梨窝在颊边若隐若现。

没等回到座位,第三组有个男生叫了她一声。戴着眼镜,应该是叫贺明宇,说是有个英语题想问她。女生抬起头,松开同伴的手,从讲台绕过去第三组,在贺明宇前面的位子坐下。颊边的小梨窝不见了,却也没有像跟他说话时的一惊一乍,挺淡定的模样。

可乐的气泡在嘴里炸开,陈洛白眯了下眼,将易拉罐放下来。手肘被人轻轻撞了下,陈洛白收回目光,看见宗凯一脸打趣地望着他。

"盯着人家看了快一分钟,也是顺便?"

看了一分钟吗?没那么久吧。陈洛白手指拨了下易拉罐的拉环:"就是有点好奇。"

"我也挺好奇。"宗凯接话。

陈洛白偏头看他:"你好奇什么?"

"之前高一报到那天,我还以为你想认识这姑娘,结果后来也没见你跟她有过任何接触,同班大半个学期更是连人家名字都没记住。"宗凯笑着问,"怎么突然对她感到好奇了?"

陈洛白从他话里捕捉到了一个意外的信息点:"高一报到那天?"

"你不记得了?"宗凯有些惊讶,"那天张老师不是找我们帮忙整理点东西,我在楼上等你半天,没见你上来,去楼梯处一看,正好看到你和一个女生,你当时说她差点儿摔了,你扶了一下。"

陈洛白忽然被拉回到记忆中那个湿漉漉的雨天。

张老师是他们初中班主任的爱人,那天刚好碰到他们,就顺便找他们帮下忙。他当时在楼下又碰上另一个老师,耽搁了片刻,怕宗凯多等,一路小跑上二楼,刚巧看见一个女生差点儿摔倒。

情况紧急,他没来得及多想,就顺手扶了一下,电光石火的那一瞬间,他同样也没太顾得上避开对方相对敏感的位置——手臂搂住了她的腰身。

少女身上清淡的馨香也盈了个满怀。

陈洛白迅速松了手,再去特意看对方的模样好像也不合适,刚好宗凯从楼上探头看过来。那一点除了他没人察觉到的尴尬气氛瞬间被打破。

只是随手帮了个忙,陈洛白没再多想,也没再多看对方,回完宗凯那句打趣,就径直转身跑上了三楼。原来那天居然——

"是她?"陈洛白有些意外,目光不自觉地朝前排落过去。

女生已经坐回了自己的位子,背朝着他,齐肩的短发把脸和脖颈尽数遮住,校服宽宽松松,只有一截细白的手臂露在外面。

"你居然真不记得了呀。"宗凯顿了一下,像是回想起来了什么,"球场那次是不是也不记得了?"

陈洛白把视线缓缓收回来:"什么球场那次?"

宗凯:"也是高一刚开学没多久吧,有次周五你约我们去打球,结果下课你就被你们老高给叫走了,后来汤建锐球没传好,直接飞出球场,差点儿砸到一个女生,你刚好过来,就伸手帮她拦了下来。"

陈洛白大概记得有这么回事。那天汤建锐他们好像还让他请客了,但当时他只是顺手拦了个球,汤建锐和他关系不错,他拦球本来就是应该,甚至连帮忙都算不上,他根本没放在心上,就同样没去看边上的女生,连对方是高是矮都没注意过。

陈洛白稍稍怔了下:"也是她?"他原以为在天台撞见她哭之前,他和她的交集仅仅只有那次帮英语老师叫她去办公室。

"高一上学期那姑娘英语有次超过你,我还跟你提了一嘴,你当时连人家名字都没记全。"宗凯捏了捏罐身,顿了顿,笑看向他,"所以你给人家买饮料,我能不好奇吗?"

陈洛白之前是不太注意班上的女生。一来确实没兴趣;二来注意了确实会引来麻烦。但今天这个"麻烦"真的到来的时候,好像并没有像他预想中的那样令他觉得困扰。

"到底什么情况?"宗凯又追问了一句。

什么情况?陈洛白回想了一下。但他下午去找她说话时好像真没多想,就是——

"就是之前意外有了点交集,觉得她反应挺好玩,今天就逗了她一下,真没什么。"

"没什么你还逗人家,那有什么还得了。"宗凯撞了撞他手肘,"要帮忙吗?"

"帮什么忙。"陈洛白抓着可乐罐子,无奈笑了下,"你们一个个想得比我还多。"

宗凯盯着他眉眼间的笑意看了两秒:"那你帮我个忙吧。"

陈洛白:"什么忙?"

宗凯沉默两秒,指尖无意识捏皱了易拉罐:"帮我写封感谢信,你知道我的字有多难看。"

陈洛白讶异地望向他:"给谁写?"

捏皱的易拉罐有一小块尖锐的凸起,手指摸过去的时候,有极轻微的刺痛感,宗凯垂下眼:"外班的。"

宗凯摸着那一小块尖锐的凸起:"帮吗?"

陈洛白没拒绝:"行啊,你拿信纸过来。"

宗凯抬手从他桌面上拿了一个活页笔记本出来,从里面抽出张纸,摆在他面前:"就拿这个写吧。"

陈洛白不由得好笑:"就随便从我笔记本里抽张纸啊?"

"过了这个冲动劲儿,我怕我就会后悔了。"宗凯说。

"行吧。"陈洛白拿起桌上的笔,随手转了几下,"名字叫什么?"

宗凯:"不知道。"

"名字都不知道?"陈洛白无语地看向他。

宗凯:"你不是也才刚记住人家名字,就请人家喝饮料了吗?"

"怎么又扯我身上了。"陈洛白停下笔,"内容写什么?"

"就写——"宗凯的手指又在易拉罐上凸起的那块儿摸了下,"谢谢你那天的药,我很喜欢。"

陈洛白低头在纸上写完,等了片刻,没等到他继续说话:"然后呢?"

"没然后了。"

陈洛白:"……"

手指像是不经意间多用了点力,刺痛感明显了一点,宗凯移开手:"我语文成绩不好你不是不知道。"

陈洛白失笑:"你名字总要写吧?别让人误会。"

宗凯往纸上看了一眼:"写吧。"

陈洛白空了几行,在底下靠右的位置写完"宗凯"两个字,指尖夹起纸张,往旁边递了过去。

纸张轻晃了两下,却没立即被人接过去。陈洛白转头看向旁边的人:"发什么愣?又不要了?"

"没什么。"宗凯接过那张纸。

那瓶可乐周安然下午没舍得喝掉。晚自习结束后,她侧身挡住桌子,悄咪咪地从课桌里将可乐拿出来,往书包里塞。但这点小动作躲不过同桌的眼睛。

"你是要带回去吗?"张舒娴忽然问她。

周安然心脏重重一跳。

张舒娴声音不大,他应该听不见的吧。下午他和宗凯在后面聊了许久,她一句也没有听见。而且张舒娴也没指明她带什么回家,就算他听见了,好像也没什么要紧的!

周安然心跳慢慢恢复平稳,飞快地把可乐塞进书包里:"嗯,不冰了,带回去冰一下。"

"也是,可乐不冰就没有灵魂了。"张舒娴背好书包,"那我先出去等晓雯啦,你记得和茜茜说一下我们明天中午是去吃火锅啊。"

张舒娴明天生日,早几天就说好要请她们吃饭,但是一直没想好是去吃火锅还是吃干锅牛蛙。临到今晚晚自习快结束时,她才最终决定下来。

周安然点点头,给她让出位置。侧身的时候,看见坐在第二组第三排的娄亦琪像是回头朝这边看了一眼,又很快收回。周安然不确定是不是自己想多了,就没说什么,她拉上书包拉链,起身时也没敢往后面看。

下午跟张舒娴从前门进来时,她照旧下意识地往他的位置上看过去,差点儿被他撞个正着。周安然想起了下午男生抓着可乐朝她望过来时的模样,心跳又悄然快了几拍。

可惜现在的教室是前门更靠近教学楼出口,不再像高一那样,有光明正大的借口从后门进出,也不知他走没走。

周安然背着书包走到楼梯口。没一会儿,严星茜就从楼上飞快跑下来,挽住她手臂:"走吧。"

周安然跟她说了张舒娴决定明天吃火锅的事。

"太好啦!"严星茜语气雀跃。

周安然被她情绪所感染,嘴角也略弯了弯:"就知道你是想吃火锅。"

严星茜"嘿嘿"笑了声:"其实牛蛙我也想吃的,不然我们三个明天下午再一起请舒娴吃个牛蛙怎么样?"

"行啊,我没问题。"周安然赞同,"你明天去问问晓雯的意见。"

严星茜点头:"明天一回学校就问她,你先别告诉舒娴,到时候我们给她个小惊喜。"

出了教学楼,周安然意外看见陈洛白就走在她们前面不远处。边上还是围着祝燃、汤建锐那一大群人,不知道走在他边上的祝燃说了句什么,男生好像偏头笑了下。

周安然背着书包走在他后面,感觉书包里的那罐可乐也同时在她的心里轻轻晃动似的,有细细密密的小气泡不停在炸开,难以平静。从下午到现在,她都好像在做梦。

到家后,周安然把可乐从书包里拿出来,立在书桌上。去年他拿给严星茜的那袋零食保质期都不长,虽然不知道是不是他亲自挑的,但喜欢的不喜欢的,她都一一吃掉了,只是包装没留下来。

何女士哪儿都好，就是像很多家长一样，感觉在家里，尤其是对着自家孩子，并不需要任何边界感，经常自由进出她房间，不过大多时候倒不是为了查看她隐私，就是纯粹帮她收拾屋子。那些包装她要是留下来，也会被何嘉怡丢掉。她就留了一部分糖纸下来，折成了糖纸花插在罐子里。

但今天这罐可乐，周安然舍不得喝，也舍不得不喝。下午就一直在犹豫，到现在还在两个选择中反复横跳，完全无法抉择。周安然轻轻叹了口气，把可乐收进抽屉里。反正还有时间，她先慢慢犹豫着吧。

第二天周安然早早到了教室。从前门进去时，还是悄悄往后面看了一眼。他还没来，张舒娴也没来。

周安然在自己位子上坐下，刚打算背语文课文，就看到桌上多了一个小礼盒。她抬起头，看见娄亦琪站在她旁边。

"你帮我给她。"娄亦琪语气有点生硬，"去年说好了今年还要给她送礼物的。"

周安然问她："你怎么不自己给她？"

娄亦琪脸色一沉，一把拿走礼盒："不帮算了。"

周安然是觉得礼物还是亲自送比较合适，但她跟娄亦琪不算熟，也就没多解释。只是张舒娴过来之后，她还是小声跟她说了这件事。

张舒娴把书包放好，抬眸看了眼娄亦琪的背影："算了，你别管她，她这个人有时候就是很别扭。她要送的话，回头我给她再补份礼物，要不送，就当没这回事。"

周安然想起娄亦琪昨晚回头看的那一眼，还是轻声问了句："那我们中午吃饭要不要叫上她？"

张舒娴沉默了一下："还是不叫了吧，就算是友情，也没人希望自己是一遇到什么事就会被往后靠的那一个，你和茜茜从小玩到大，你们有事不能跟我和晓雯一起吃饭的时候，都还记得跟我们打声招呼呢，而且她跟你们都不熟，去了大家反而可能都拘束了。"

周安然没再多说，从书包里把自己准备好的礼物拿出来递给她："生日快乐呀。"

张舒娴高兴地接过去："我现在能拆吗？"

周安然点头："可以啊。"

她挑的是一条手链。

张舒娴看上去很喜欢的样子，拆完就戴到了手上，又直接抱住她手臂："呜呜呜……真好看，然然你也太好了，好想一直跟你同桌啊，你说我要是让我妈也跟茜茜妈妈一样找老高说让他别换我们的位子，我要跟你学英语，他会不会答应啊？"

"可能会吧。"周安然也不确定。

张舒娴往后瞥了一眼："应该会吧，陈洛白和祝燃的位子可三学期都没换过，肯定是找了老高，不过他那最后一排的位子也没人跟他抢。"

周安然心跳莫名快了少许。已经过了一个晚上，昨天下午那种轻飘飘落不到地面的感觉却丝毫没减轻，总还感觉像是做了一场美梦。毕竟她之前最多认为他们这学期可能会比陌生的普通同学关系再稍稍往前进一点点，完全没料到他会突然请她喝饮料。

但可能美梦总是易碎的吧。

后来周安然再想起这天，只记得天气格外闷热，厚厚的云层堆积在天上，日光照不进来，天阴阴的，像是要下雨，却又始终下不来，闷得让人几乎透不过气来。几个科目的老师也像是约好了似的，这一天齐齐拖堂，本就不多的下课时间被一再压缩。

她都没机会往后看。

第 27 章

那天上午最后一堂课是高国华的数学课。继前面几科老师一个个拖堂后，高国华也"不负众望"地拖堂了。

吃火锅费时，虽然火锅店就在学校附近，但一来一去也要花点工夫，张舒娴急得不行，可讲台上的高国华还在不紧不慢地讲着知识点。

严星茜和盛晓雯早已从六楼下来，就站在窗户外面等她们。许是等得无聊，在周安然目光不经意看出去的时候，那两个人就在外面冲她做起了鬼脸。

周安然不由得莞尔，余光瞥见高国华像是要转过身，忙又敛起嘴角的笑，继续认真听课。

外面那两位动作越来越夸张。她们本就是二班转出去的，教室里的学生不说全和她们相熟,起码都是认识的,好些都被逗得笑了起来。

　　高国华发现端倪,朝窗户外看过去。严星茜和盛晓雯两个人忙一个望天,一个看地,装出一副乖巧等人的模样。

　　拖了有五六分钟,高国华才宣布下课。周安然被张舒娴急急忙忙拖着往外跑,都没来得及找机会回头。

　　跑出教室时,周安然看见严星茜和盛晓雯在和高国华打招呼。高国华手里抱着教材,语气有那么点警告的意味,脸上却带着笑:"下次过来等人可以,不许再打扰大家上课。"

　　盛晓雯胆子向来大,丝毫不怕他:"我们是下课了才来的,高老师您不拖堂,我们也没有打扰大家上课的机会啊。"

　　高国华故意板起脸:"不当你们班主任就管不住你们了是吧?"

　　"怎么会呢。"盛晓雯和严星茜齐齐摇头。

　　高国华又问了几句她们在文科班的近况。等他一走,张舒娴才急忙催促:"快点快点,不然吃饭时间都不够了。"

　　张舒娴早就订好了位置。四人到达后,被服务员引着坐下,开始点单。点到饮料时,盛晓雯像是想起什么似的,忽然抬起头:"对了,然然,听说陈洛白昨天请你喝饮料了?"

　　盛晓雯昨晚有事,没和她们一起吃饭。周安然心里一跳,端着酸梅汤的指尖蜷了蜷:"对啊,顺带的。"

　　"要不是陈洛白那个人狂得要死,又连话都没和你说过两句,我都要怀疑他有点别的意思了,不过他好像确实挺喜欢请客的。"盛晓雯说着又低下头,"喝酸梅汤行吗?"

　　张舒娴投票:"我OK。"

　　严星茜附和:"我也OK。"

　　周安然轻声:"我也没问题。"

　　前一个话题就这么轻飘飘揭过。

　　昨天汤建锐他们打趣了几句,后面再回教室,好像就没有人再提起过这件事。就连她自己的朋友似乎也觉得这是一件不可能的事。周安然垂眼喝了口柠檬水,有略微酸涩的口感。所以你也别想多了,他真的就是顺带。周安然在心里轻轻对自己说。

吹着空调，算着时间吃完这顿火锅，几人快速往学校赶，最后踩着预备铃响起的声音进了教室。

下午最后一堂课是英语课。林涵一进教室就笑："听说你们其他科老师今天都拖堂了是吧？"

"是啊。"祝燃在后面高声接话，"林老师，您就别拖了吧，陈洛白姑姑的女儿的表哥的大嫂的妹妹的奶奶生病了，我们打算过去医院看望一下。"

这话一听就在瞎扯，林涵明显没信，笑着打趣："陈洛白，有这么回事吗？"

听见老师点他名字，周安然不自觉地坐直了点。

"没这回事，林老师。"陈洛白声音从后面传过来，明显带着笑意，"是祝燃脑子有病，让我陪他去医院看看。"

"喂，你才脑子有病。"祝燃回骂了一句。

全班哄堂大笑。连带张舒娴在内，好些人都回头去看热闹，周安然也趁机跟大家一起回头。

陈洛白刚从祝燃那边转回来，脸上的笑容将散未散，于是显得有些漫不经心。不知是不是他稍稍转偏了一些，周安然的目光忽然和他的视线在半空撞了个正着。周安然还来不及反应。下一秒，她就看见男生眉梢像是轻轻扬了一下。周安然慌忙转过头来。

他是发现她在看他了吗？还是刚刚他其实看的是别人？

她前面坐的男生跟他好像就挺熟，班上大半的男生跟他都挺熟的，起码比她跟他熟悉多了。多半不是冲她吧。

等怦怦乱跳的心脏稍稍平缓下来，周安然才后知后觉懊悔起来。她躲什么啊，大家都在看他那边，她跟着看过去很正常，一躲才显得不正常。不过他向来也注意不到她，应该没什么关系的吧？只是这两天也不知道怎么回事，明明之前从没被发现过。昨天和今天都没怎么敢看他，居然有两次差点儿被发现。

"好了。"林涵笑着敲了敲桌子，"别吵了，上课了，再吵我今天真的也要拖堂了。"

周安然轻轻晃了晃脑袋，把别在耳后的头发晃下来，挡住微红的耳朵，也压下那些胡思乱想，抬头认真听林涵讲课。最终林涵成为这天唯

//149//

——一个没拖堂的老师。

准时下课后,周安然也没敢再往后面看,匆匆忙忙拉着张舒娴快步往外走。

"然然,你今天怎么回事,难得下课这么积极?"张舒娴奇怪。

出了教室,周安然松了口气:"没什么,赶着带你去吃牛蛙。"

"吃什么牛蛙啊?"张舒娴问。

周安然:"茜茜她们和我说好下午一起再请你吃顿牛蛙。"

张舒娴愣了下,脸上漾开笑容,又故意去挠她痒:"好啊,你们什么时候瞒着我偷偷商量的?"

周安然笑着躲开她的攻击:"那你去不去呀?"

"去去去。"张舒娴重新拉住她的手。

干锅牛蛙的店也在学校附近。吃牛蛙没有吃火锅耗时,四人吃完回来时,离晚自习开始还有一段时间。

进教学楼后,严星茜和盛晓雯一起回六楼,张舒娴在门口被她三班的小姐妹叫住聊天,周安然一个人进了教室。

走到位子边,周安然看见自己的英语书斜斜摆在课桌边上,有一小半越出课桌,要掉不掉的状态,周安然不禁有些奇怪。她下课时一向都会把书摆好再走,从没有乱放东西的习惯。

这本英语书是怎么回事?是谁不小心弄掉了,又帮她捡起来随手这样一放?也不知道沾没沾到地上的灰?

周安然站在桌边,伸手随便翻了下书。可书里像是夹着什么东西,她一翻,就翻到那一页,里面夹着一张字条——

谢谢你那天的药,我很喜欢。

没有落款。但和某张脸、某道声音一样,笔迹她同样也在心底反复回想过无数次,太过熟悉,以至于根本没有认错的可能。是陈洛白的字。

教室内外的声音像是倏忽间全然消失,周安然只听见自己一声快过一声的心跳。

陈洛白写给她的?这怎么可能呢?可是,如果不是写给她的,为什么会出现在她的课桌上?夹在她的英语课本里?还有上面那一句话:"谢谢你那天的药。"是说那天她给他的碘伏棉签吗?所以那天他还是认出她了?

认出她,所以才有了昨天请她喝饮料的事,有了今天这张字条?但是这也不可能啊。给他送东西的女生那么多,而且她跟他同学一年多,他几乎从没注意过她,怎么可能因为她给他送了次药就专门写字条感谢她。

"然然。"张舒娴的声音忽然在耳边响起,"你站在那儿发什么愣啊?"

周安然心里重重一跳,倏然回过神,蓦地将英语书合上。

"想什么呢,怎么一惊一乍的?"张舒娴看她一副呆呆的模样,不由得多问了一句。

周安然满脑子都还是那张字条,连她说什么都没听太清,只胡乱应了一句:"你要进去吗?"

"要进去。"张舒娴说,"你稍微让一下。"

周安然机械地往后面退了一步,站到后一排课桌旁边。

娄亦琪不知什么时候也回到教室了,殷宜真跟着她一起,两个人站在座位边打闹。张舒娴被她们挡了一下,没能立刻过来。

那边娄亦琪不知是因为什么,笑着推了下殷宜真,殷宜真往后退了一大步,手无意识地往后摆了一下,像是不小心把什么东西打翻到地上了。

殷宜真回过头,看见是一本英语书。

"不好意思不好意思。"她蹲下身去捡。

"不用——"周安然慢半拍想起来书里夹着东西,想要阻止,可是已经晚了一步。

殷宜真蹲下身,捡起那本英语书后,才想起刚才那个位置是周安然的,这本书应该也是她的。

她心情复杂了一瞬。听见周安然的声音,殷宜真本来想回过头,却先看见了书的下面还有一张字条,像是夹在英语书里不小心掉出来的。

纸的正面朝上,上面只有短短的一句话,字迹却无比熟悉。她曾经让宗凯帮忙借过他的笔记。即便想到那天在超市门口看到他笑着凑到周安然面前说话,殷宜真此刻仍觉得不可置信。

殷宜真拿着那张字条站起身,看向周安然,像是还存着什么侥幸似的,轻声问:"陈洛白写给你的?"

周安然还有些没反应过来,这时却陡然再生变故。

原本站在一边没动的娄亦琪在听见这句话后,倏然将殷宜真手上的字条扯了过去。瞥了一眼上面的内容后,也是极为惊讶。

"怎么可能。"娄亦琪抬头直直看向周安然。

她声音比刚才殷宜真那句话大了无数倍,离晚自习开始没剩太多时间,班上人到了大半,此刻齐齐朝这边看了过来。

周安然从没经历过这种场景,像是有眩晕感袭来,大脑瞬间一片空白。

"你们在说什么东西?"张舒娴察觉不对,也靠过去看了一眼。

这一看,她也瞬间愣了。

娄亦琪脸上却还满满都是惊讶的表情,她看了看周安然,又仔细看了下手上的字条,像是发现了什么似的:"是你仿他的字给你自己写的吧?我就说陈洛白不可能用这种普通笔记本里的纸,更何况这纸还裁了一截,看不出来啊周安然——"

"娄亦琪你乱说什么呀?"张舒娴打断娄亦琪,她终于有点搞明白状况了——这张从周安然英语书里掉出来的字条上的笔迹明显是陈洛白的。

但周安然显然不可能干这种事,张舒娴想起昨晚的事,接道:"陈洛白昨天还请然然喝饮料了呢。"

被她打断后,娄亦琪的态度像是比之前更激动:"陈洛白还请过我喝饮料呢,这算什么,你现在跟她玩得更好,你当然偏帮她,但你问问她,她要是不心虚的话,为什么一句话都不反驳?"

周安然站在原地,只觉得大热天的,温度却像是在不停流失,手脚一阵冰凉。

她不是不反驳,而是根本不知道怎么反驳。她从来就不擅长跟人吵架,每次都是吵完后才想起当时应该怎么骂回去,娄亦琪态度强硬又有些激动,语速飞快,连珠炮似的,根本没给她机会反驳。更何况此时此刻连她自己都完全没搞清楚状况。

她不知道这张字条是怎么来的,甚至连她自己都不相信会是陈洛白写给她的。而且在娄亦琪说之前,她都没注意到那张字条被裁了一小截。怎么会被裁了一小截呢?

许是见她没立即接话,娄亦琪语气明显更笃定了几分:"再说了,同学一年多,你看见陈洛白跟她说过一句话吗,陈洛白估计连她叫什么名字都不知道吧。"

"我不知道谁的名字?"熟悉又低沉的声音忽然响起。

周安然蓦地抬起头,看见陈洛白站在后门口,身后跟着祝燃他们一大群人。她脸上最后一丝血色消失殆尽。

他怎么偏偏这时候回来了?

从刚才到现在不过一两分钟,接连的变故已经让周安然运转迟缓的大脑越发迟钝。她还没来得及想好怎么应对,娄亦琪就晃了晃手里那张字条。

"陈洛白,这是你写的吗?"

娄亦琪这句话一问完,周安然就看见陈洛白像是愣了一下,脸上有显而易见的惊讶。她心里最后那一点微乎其微的妄想霎时间碎成齑粉,在他偏头朝她这边看过来的一瞬,忙难堪地低下了头。

陈洛白站在后门口,看见不远处的女生半低着头,脸被垂下来的头发挡了大半,只有巴掌大小,不像昨天下午站在他面前时,那副又乖又安静的模样,她当时应该是刚运动完,脸上微微泛着粉。而此刻这张小脸看上去比那天他在天台撞见她哭时还要白上不少,几乎不见一丝血色。

陈洛白皱了下眉,大步走过来,将那张字条拿到手上,看清上面的内容后,眉梢皱得更紧。

娄亦琪观察着他的反应,最后悬着的一点心也终于落下,她稍稍转过脸:"周安然,陈洛白人来了,你敢当着他的面说是他写给你的吗?"

周安然努力让自己镇定下来。但她到现在也确实没弄明白这张字条到底是怎么一回事,只能从他刚才惊讶的反应中分析出,不管事情的真相是什么,这都不可能是他写给她的。

要怎么解释?和盘托出?他会相信她吗?

周安然紧咬着唇,但娄亦琪却没给她更多思考的机会,马上又追问:"怎么,不敢问,我就说——"

陈洛白此刻也没太明白情况。手上这张字条明明是他帮宗凯写的,怎么会出现在他们教室,而且好像还是出现在她手上。

落款怎么不见了?怎么又会被其他人发现?

耳边又传来一道咄咄逼人的追问，陈洛白皱眉抬眸。斜前方的女孩子睫毛低低垂下来，细白的手指绞在一起，嘴唇咬得发白，像是尴尬难堪得随时要哭出来。那一瞬，陈洛白也不知道自己想了什么，他打断道："是我写给她的。"

陈洛白这句话说完，教室里像被按了暂停键，连空气都静止了。娄亦琪没说完的话僵在嘴边。

周安然倏然抬起头，目光隔空撞进男生的视线中，还没来得及看清什么，一道威严的声音忽然响起。

"怎么回事？"

教导主任不知怎么出现在前门口，脸色沉得厉害："你们当这是什么地方，陈洛白，还有另外一个叫周安然是吧，跟我去办公室。"

两个"当事人"被叫走后，教室才从静止的状态中恢复过来。

张舒娴担心地从门口收回视线，目光落到娄亦琪脸上，冷着声："这下你满意了？"

娄亦琪张了张嘴，想说她不是故意要诬蔑周安然什么，她是真的太过惊讶，也是真的觉得仿冒是唯一的可能，可是怎么会呢。

陈洛白怎么会承认呢？

汤建锐几人一副担忧的模样："老祝，什么情况啊？"

祝燃也没弄明白："我哪知道什么情况。"

"什么情况？"

另一边，到达办公室后，教导主任也问了同样一个问题，他目光扫过低着头、脸色雪白的女生，最后落到陈洛白身上。从刚才听见的情况来看，好像陈洛白才是主动的一方。

"陈洛白，你先说。"

陈洛白不知道这张字条怎么会出现在她手上，他甚至不知道自己刚才为什么要当众承认是他写给她的。

刚才那一瞬间他好像并没有多想，可能是因为，不管这张字条是怎么到她手上的，但确实是他写的，是他让她陷入刚才那种被人怀疑指责的尴尬境地中的。

陈洛白不怕应对老师，刚才来的时候已经想好了解决方法，差不多实话实说就行。字条是他帮别人写的,不知怎么会到她手上,整件事都和她没关系,一来把她择出去;二来也是跟她解释一下刚才当众承认的原因。

但进门的那一瞬,他的目光不经意瞥见字条上的话后,心中蓦地闪过一个刚才在教室里没有想到的猜测。他忽然就有些犹豫要不要实话实说。要是他猜得没错的话,要解释的话,是不是最好不要当着老师的面,还是私下跟她说比较好。

迟疑片刻,陈洛白突然看见旁边的人动了。连话都不太敢和他说、身高大约就比他肩膀位置高一点、纤纤瘦瘦的女孩子忽然就挡在了他面前。那道温软好听的、带点细微颗粒感的声音听上去还是很轻,但不像在他面前那样怯生生的,听上去轻,却很坚定。

"赵老师,这件事和他没关系。"

陈洛白倏然一愣。

从教室到办公室有一小段路,没了其他人的干扰,周安然总算冷静了不少。不管那张字条是怎么出现在她书里的,都不可能是他写给她的。也许在乍一看见那张字条时,她心里还存在过一丝妄想,但这一丝妄想后来也被彻底击碎。

除了怀疑是她仿冒他的字迹,她几乎认同娄亦琪的每一句话,这也是她刚才在教室不知怎么反驳的原因。他进来后,听见娄亦琪那番话时,脸上那溢于言表的惊讶也足以证明这个事实。

虽然不知道他为什么要承认,可能又是他的教养使然,不忍看她像刚才那样尴尬。但不管是因为什么,他刚才确确实实又一次帮了她,确确实实把她从刚才那种极度难堪的状态中拉了出来。而正是因为帮了她,他现在才会和她一起被叫进办公室。他虽然不是什么规矩的好学生,却一直深受老师喜欢,连普通批评都没有过,怎么能因为帮她而陷入可能要被通报批评的境地中。

周安然抬起头,大脑在这一瞬间像是很清晰,又像是格外混沌,她垂在一侧的手缓缓收紧:"赵老师,真的和他没关系,是我自己仿他的字写着玩的,没想到会被同学发现。您要是不信的话,可以去我们班上打听,他跟我完全不熟,同学一年多,他也就跟我说过五次话,加起来总共也才二十三句,他连我名字都不记得。"

她说的每一个字陈洛白都听懂了,但每一个字都在他预料之外。或者说,从她站在他面前的那一刻开始,好像有什么事情就已经完全超出了他的控制。

他怔然站在原地,目光直直落在那道纤细的背影上。面前的女生说完这一段话好像用完了全部的勇气和力气似的,她忽然蹲了下来,声音隐约带出了一丝哭腔。

"他连我名字都不记得。"

第 28 章

陈洛白走到四班后门,抬手敲了敲后门。此时已经是晚自习,好些人听见动静后都转头看过来。陈洛白没管其他人的目光,只看向第一列最后一排的宗凯:"聊聊。"

宗凯放下笔:"正等着你来找我呢,走吧。"

沉默着一路走下楼梯,宗凯先开口:"去哪儿聊?"

陈洛白也没想好,他抬头看了眼前面的操场,今晚没有体育生加训,操场上显得格外空荡。

"就去操场聊吧。"

宗凯点头:"行。"

到操场后,陈洛白走到足球球门边,背倚在架子上。天气闷了一整天,晚上才刮起了风,像是终于要下雨了。

"为什么?"陈洛白低声问。

宗凯沉默了一下:"不是说了吗,想帮你。"

陈洛白抬起头:"我以为我们是兄弟。"

操场安静了片刻,只有风吹着路旁树叶摇晃的声音。隔了许久,宗凯才低声回他:"我想让宜真早点儿死心。"

"是你天天把人往我面前带的。"陈洛白踢了踢脚边不知哪儿来的小石子,"不管是知道她心思前,还是在猜到她心思后,我都没主动和她说过一句话,你想让她死心不会直接跟我说?"

宗凯从听说二班发生的事情后,或者说从他把那张字条放到周安然书里后，就一直在等陈洛白过来找他。他期望陈洛白知道后找他吵架也好，甚至打架也行，他们可能以后还能继续当朋友，但陈洛白态度这么平静，他就知道有什么东西应该已经完全无法挽回了。

"对不起。"

他不是没犹豫过，不是没想过直接找他帮忙，但那点可笑的自尊让他怎么也开不了口。

"是我自私，我没想到——"

他设想了许多可能性，唯独没想到会被教导主任撞个正着。

"……对不起。"

陈洛白脑中晃过一张毫无血色的小脸："你最该说对不起的不是我。"

"她现在怎么样了？"宗凯问，"回教室了没有，我去给她道歉。"

陈洛白："被老赵留下来了。"

附中教导主任姓赵，叫赵启明。

"怎么会是她被老赵留下来，这件事和她没有关系，你没跟老赵说实话？"

宗凯意外地看向陈洛白，但操场光线太暗，男生表情显得有些晦暗不明。

"没来得及。"

宗凯没太明白："什么叫没来得及？"

陈洛白没接他的话，忽然回头看了一眼。从这个位置，还能看到他上周五蹲下来系鞋带的地方，以及后来那个穿着黑裙子的纤瘦身影跑进教学楼的门口。

"那晚给我送药的是她吧。"

"是她。"宗凯这次没再说记不清，陈洛白语气肯定，明显也不是问句。

"你怎么没留在教务处陪她？"宗凯忽然又问。

陈洛白："她情绪不太好。"说完那句带着哭腔的话就真哭了。他一开口，她就哭得更厉害，就像……就像那天在天台上一样。

老赵带了这么多届学生，应该也看出来了，就让他先出来。

他从教务处出来后，心里乱得厉害，随意走了走，稍微冷静下来后，才想起自己该过来找宗凯一趟，先得把情况弄清楚了，他才好知道下一步要怎么办。

//157//

宗凯闭了闭眼："我跟你一起过去给老赵解释吧，这件事说到底和你们两个都没有关系。"

"我不知道——"陈洛白停顿了一下。

宗凯从没听他语气这样犹豫茫然过："你不知道什么？"

"算了。"陈洛白单手插到兜里，直起身，"先过去看看她，怎么解释到时候再说。"

去到赵启明办公室，却发现门已经关上，里面灯都是暗的。好在旁边办公室的门忽然打开。

陈洛白叫住出来的人："李老师，赵老师不在办公室了吗？"

"你们找赵主任啊？"李老师回说，"赵主任有事回家了。"

陈洛白："那刚才被他叫来办公室的女生呢？"

"那个女生好像被家长接走了吧。"李老师说。

陈洛白愣住："怎么会被家长接走？"

"好像是情绪不太好，老赵就叫了她家长过来，刚好家长就在附近。"李老师还有事，也没心思和他们多说，"具体的我也不清楚，你们明天直接问赵主任吧。"李老师背影匆匆往楼梯走去。

办公楼比教学楼要静上许多，一时间，周围好像只剩下急快的脚步声。宗凯看向陈洛白，他的脸还半隐在暗处："你先别担心，明早我再跟你一起过来跟赵主任解释。"

脚步声远去，办公楼完全安静下来。过了许久，宗凯都没听见他回话。

这晚南城果然下起了暴雨，到第二天雨依旧没停，只是雨势稍稍缓和下来。雨天容易交通阻塞。

陈洛白刻意比平时早出发，却在路上堵了许久。到学校时，离早自习开始只剩十分钟。他从后门进去，将雨伞放下，看到第二列第四排的位子是空的。

陈洛白不知道她平时什么时间点到学校。在前天以前，他甚至都没注意她这学期坐在哪个位子。她同桌也没在，前排的男生倒是来了，陈洛白走到她位子边。女生桌上的书按着长短和颜色摆得整整齐齐，只有一本英语书散乱地放在课桌中间。

陈洛白靠在她书桌边，伸手拍了拍她前排男生的肩膀。

她前排的男生叫杨宏，转过头看见他有些意外："怎么了，有什么事吗？"

"周安然还没来？"陈洛白问他。

杨宏没想到他问的是周安然，稍微蒙了下，但想起昨天下午那桩还没定论的绯闻，又觉得好像也在意料之中："还没有。"

陈洛白："她平时一般都什么时候过来？"

杨宏想了想："我也不太清楚，我和她不熟，之前也不坐一块儿，不过前几天她来得都挺早的。"

陈洛白垂着眼没说话，不知在想什么。

杨宏平时跟他还算熟，有点想打听一下他和周安然到底什么情况，但看他脸色很淡，不像平日总带着笑的模样，又不敢多说。倒是他旁边的男生这时转头问了一句："你找周安然啊？"

陈洛白点头。

男生说："她平时都跟严星茜一块儿来，不过我今天来的时候看到严星茜是一个人来的，刚刚张舒娴……就是周安然同桌，她来的时候好像接到个电话，慌慌忙忙把书包一放，听着像是去六楼找严星茜了。"

"严星茜在哪个教室？"陈洛白问他。

"严星茜现在在文科一班，六楼右手边第一间教室。"

"谢了。"陈洛白直起身，刚打算从前门出去，就看见有人拦在了他前面。

娄亦琪大着胆子拦住他，是想跟他解释昨天下午的事，她张了张嘴："我昨天——"只说了三个字，话就被面前的男生冷冷扫过来的一眼打断。

娄亦琪因为跟殷宜真玩在一起，也有机会跟他一起吃过几顿饭。陈洛白对女生虽然不热络，但会保持距离，态度再疏离也都是礼貌的。娄亦琪还是第一次见他这样冷淡，语气也是冷的。

"我记不记得谁的名字，你怎么好像比我还清楚？"

娄亦琪呼吸一窒。陈洛白却没再多看她一眼，侧身从她边上走过去，径直出了前门。

祝燃刚走到前门，就看见他大步往楼梯上走。

"阿洛，你这是要去哪儿？"

祝燃叫了一声，没见他回头，忙回教室随便放下伞，快步追了上去。

陈洛白上了六楼，还没走到右边第一间教室，就远远看见有三个女生背靠在栏杆上说话，中间那个低着头，像是在哭。他心里忽然有种不太好的预感。

走近时，陈洛白才发现不只中间那个在哭，三个女生眼睛都是红的，只是站在中间那个明显哭得最厉害。他虽不太记班上女生的名字，但毕竟同学了一年，大概对得上人。陈洛白目光看向中间那个："严星茜，周安然今天还没来吗？"

话音刚落，就见哭得上气不接下气的严星茜抬起头瞪向他："她要转学了，你满意了？"

"你说——"陈洛白停顿了下，像是没听懂这句话似的，"什么？！"

周安然昨晚被何嘉怡早早接走了，严星茜没能跟她一起回去。到家时还特意去了周安然家一趟，却被何嘉怡告知周安然已经睡了。

她有些担心，今天早早起床，没像往常一样等在楼下，特意去周安然家里找她一起来学校，却从何嘉怡那儿得知周安然要转学的事，也从周安然那儿得知了她藏了一年多的秘密。

她们昨天还跟周安然说好过段时间一起再去吃火锅的，今天毫无预兆地，她最好的朋友就突然要转去外地的学校了。她从小学到现在，从没和周安然分开过太久。

严星茜知道周安然转学还有她家里的因素，也不能完全怪陈洛白，但除了怪他，她好像此刻也不知道该怪谁了。她抽了抽鼻子："我就说上学期球赛她怎么会想要偷偷帮你，怎么会无缘无故地就跟周叔叔看起了球赛。"

"你是说——"陈洛白倏然又抬眸看她，喉间微涩，"上学期球赛是她帮的我？"

盛晓雯比严星茜冷静一些，闻言忙扯了扯严星茜手臂。

严星茜哭了一早上，大脑有些发蒙，此刻才忽然反应过来："没有，你听错了，我们要进去了。"

陈洛白站在原地，看见严星茜走动时，有什么东西从她校裤口袋里掉了出来。他本来没在意，直到那个小东西一路滚到了他脚边。

陈洛白微垂下视线，看见那是一颗糖，糖纸上面有一个小小的柠檬和几个外文单词。

张舒娴拉了拉严星茜:"茜茜,你掉东西了。"

严星茜转回头,看见地上的糖时,情绪一瞬间又突然崩溃,她半蹲下身,声音哽咽得厉害:"呜呜呜……这还是然然买给我的。"

祝燃追到二楼没看见陈洛白人影,又回教室问了一下,问出他是上六楼找严星茜,这才跟着找过来。

到文科一班教室前,祝燃就看见陈洛白站在走廊上,头低垂着,看不清神色。祝燃也不知道现在什么情况,只能开口提醒他:"阿洛,快早自习了,先下去吧。"

"祝燃。"陈洛白抬起头,"那天,就是上学期期末考前一天,我和殷宜真出去的谣言是什么时候传出来的?"

祝燃愣了一下:"怎么忽然问这个?我想想啊,给我发消息的人当时好像是说已经传了有一会儿了,应该是下午下课没多久就开始传了,怎么了?"

"没什么,就是……"陈洛白垂在一侧的手缓缓收紧,他声音轻下来,低得像是在自言自语,"我可能知道她那天为什么会哭了。"

第29章

周显鸿向来很有行动力。周二决定搬家转学,周四就已经带着全家搬去了芜城,房子是铭盛那位江董提供的。

后来周安然才知道铭盛那位江董当时给了两套房让周显鸿选择,一套在铭盛芜城新分公司附近,一套在芜城一中附近,周显鸿选了后者。

离开得匆忙,周安然留在二中的东西是严星茜帮忙拿回来的。何嘉怡不太想让她回学校,周安然其实也并不怎么想回去。

那天下午的尴尬历历在目,虽然严星茜过来给她送东西的时候,顺便帮她解了惑。

那张字条是他帮宗凯代写的,宗凯第二天拿着裁掉的那小半截去找赵主任解释了,也找了严星茜帮他转达歉意。至于为什么选择塞到她书里,宗凯说是因为那天殷宜真看到陈洛白请她喝饮料。

事情虽已明朗，周安然还是不太想回去面对同学们打量的目光。她更不敢回去面对陈洛白。

那天在教导主任办公室，她当时不知真相，一心只想将他择出去。她觉得私下模仿同学的字迹乱写，听上去"罪名"会比较轻，毕竟后者只影响她自己，最多被私下批评几句。

只是她从没做过这样的事情，她甚至都不知道当时自己哪来的勇气，只记得满手心都是汗，大脑一片蒙，该说的不该说的，一股脑儿全说了，事后才反应过来。她也没想到自己后来会情绪失控，导致赵启明临时决定给何嘉怡打电话。

陈洛白那么聪明，她那点心思应该已经在他面前暴露无遗，连他跟她说过几句话，她都记得一清二楚，他可能会觉得她挺像个变态吧。

因为决定是临时下的，周显鸿和何嘉怡原本的工作都没那么快交接，接下来的几天过得兵荒马乱。但周安然的转学却办得很顺利。

铭盛那位江董就是芜城人，这些年芜城的市政建设他一直都有出资出力，芜城一中的新图书馆也是由他捐资建造而成。加上周安然成绩虽不是顶尖，也算得上是拔尖的那一拨。

次周周一，周安然就正式加入了芜城一中理科实验班。巧的是，她这次的班级仍是二班。只是这个二班再没有熟悉的人。

周显鸿细心，请江董帮忙跟一中校长打了招呼。新班级的班主任和各科老师因此对周安然都多有照顾，同学倒也还算友善。但这个二班也没有拆班，里面的学生大多都是已经相处一年的熟人，新加入的那些人也早和大家有了一周的相处，周安然作为新来的插班生，又不是外向主动的性格，只觉难以融入。

中午和下午吃饭时再不会有人风风火火地从六楼跑下来，拉着她就往外跑。教室第二组第六排坐的是一个高高的陌生女孩子，她还是改不了目光不自觉地往那个位置看过去的习惯。

在新学校的第一次晚自习结束后，周安然独自走到校门外，就看见何嘉怡已经等在门口。路很短，何嘉怡只问了问她在新学校习不习惯，在班上有没有受欺负，就已经到家了。可连家也是陌生的。

周安然洗完澡，坐在陌生的新书桌前，把新领的数学书抽出来。这边的教学进度和二中差不多，但也不可能完全一致，数学就讲得比二中快了少许。周安然想趁着晚上的时间，将落下的进度补一补。补到一半，何嘉怡从外面推门进来，放了一杯牛奶在她桌上。

周安然略抬了抬头："谢谢妈妈。"

何嘉怡却没立即出去，站在旁边垂眸看着她。其实才过了不到一周，不知是不是错觉，家里这姑娘的脸好像小了一圈。

"你要跟茜茜聊聊吗？我把手机暂时拿给你。"

一中在手机方面管得比二中严格，完全不让带，何嘉怡就把她手机暂时收走了，连她从相机拷贝到手机里的那段他打比赛的视频也被删了，不知是不是高一上学期开家长会的时候，何嘉怡和他打过照面还有印象，还是当初她那段视频对焦他的镜头多得过于明显，让何嘉怡猜出了点什么。

周安然觉得何女士想得有点多。她根本没有陈洛白的联系方式，完全没可能联系他，就算有，她现在也不会去打扰他。不过她也没反对，在二中她其实从不带手机的。

听到何嘉怡这句话，周安然抿了下唇，犹豫两秒。她搬家转学的事太过突然，严星茜到现在还有点接受不了，一跟她聊天就哭。她一听她哭，自己也忍不住。

"算了吧，太晚了，茜茜估计该睡了。"

何嘉怡叹了口气，抬手摸了摸她的脑袋："然然，你也别怪爸爸妈妈，你这个年纪，学习更要紧，对于现在的你来说，没什么比考上一个好大学更重要了。"

周安然摇了摇头："我没怪你们。"

何嘉怡也是前些天才知道她在心里藏着少女心事，有心想跟她多聊聊，但想起那天她哭得那样厉害，最终没多说什么，时间确实也不早了："那就好，你喝完牛奶早点睡吧，身体要紧，别熬太晚。"

周安然点头："我看完这一点就会睡了。妈妈你们也早点睡吧，你们明早还要赶回去呢。"

何嘉怡又摸了摸她头发，最后还是没说什么，转身离开，门被轻轻带上。

周安然重新低下头，可书上的内容却怎么也看不进去。她没骗何嘉怡，她真的没有怪他们。这个机会，爸爸妈妈已经为她放弃过一次了。周安然埋头趴到书桌上，鼻尖泛酸。

她就只是……只是很想家，很想很想朋友们，也很想很想……

周安然抬起头，伸手拉开抽屉，把里面那罐没开封的可乐拿出来，跟桌上的糖纸花摆放在一起。何嘉怡不知道这两样东西的来由，不然可能不会让她留下来。

周安然盯着那罐可乐看了许久，一直看到视线逐渐模糊。她只是没想到，她会连继续跟他当同学的缘分都没有了。

第二天早上，周安然刚醒来就觉得眼睛不太舒服。她从床上坐起来，打算去洗手间看一眼，下床后，她下意识往左走，险些撞到墙面上，才想起已经搬来了新家，现在的洗手间在床的右边。

周安然在原地怔了片刻。新家和他们在南城的房子一样，也是三居室的格局，也和在南城的家一样，周显鸿和何嘉怡不肯住主卧，把主卧让给了她，说是她朋友过来玩也会更方便些。

周安然进主卫照了照镜子。昨晚哭得有点久，眼睛果然微微肿了起来。周安然接了点冷水在脸上拍了拍，缓过仅剩的那阵困意，走出主卫，拉开卧室的门。外面一片冷清，门板上贴了张字条。

周显鸿和何嘉怡的工作都还没交接完，又不放心留她一个人在这边，暂时每天都开车在两个城市间往返。每天起得比她一个高中生还早，睡得比她还迟。

周安然有些心疼，又稍稍松了口气。要让两位家长看到她眼睛这样，他们心里可能要更愧疚了。周安然伸手把字条揭下来，上面是何嘉怡的字。

"爸爸妈妈回去上班了，厨房蒸锅里有玉米和鸡蛋，吃完记得把插头拔掉，不想吃就自己去学校附近吃粉也行。"

在家吃完早饭，周安然本想找点什么东西来敷一下眼睛，想到学校一个熟人都没有，她又歇了这个念头，应该没人会注意到她。她最希望被注意到的那个人也已经不再是她的同学了。

从家里步行到学校只需五六分钟。进校时，时间还有些早，日光只有稀薄的一小层。周安然原本打算一路直接去教室，路过公告栏时，却不经意间被上面的一张照片吸引了视线。她脚步停顿下来。

//164//

照片上的女生扎着干净的马尾,眉眼清冷,五官算不上太优越,但组合在一起却有种莫名的吸引力。走近一看,周安然才知道这就是上上届的那位理科最高分,名叫俞冰沁。

"在看俞学姐吗,她可是我们学校好多人的女神,当然也是我女神。"身后忽然有一道女声响起。

周安然回过头,看见一个同样扎着马尾的女生站在她身后,脸圆圆的,有些可爱,是很讨喜的长相。和她对上视线后,女生歪头朝她一笑:"是不是觉得我有点眼熟,我也是理二班的,昨天和你见过面,新同学你好啊,我叫岑瑜。"

周安然昨天心里一团乱,其实没太注意班上的同学,没什么印象,但也不好明说。她抿抿唇,有些拘谨:"你好。"

岑瑜笑着问她:"你现在是直接去教室吗?"

周安然点点头。

"其实我昨天就觉得你挺漂亮的,偷偷看了你好几眼,还想跟你搭话,但你听课好认真啊,我没好意思打扰你。"岑瑜说着邀请她,"没想到今天早上就碰上了,那我们一起去教室吧?"

周安然是慢热性格,也不知道该回她什么,只又点了点头。两人一起往教室方向走,岑瑜热心地跟她介绍了学校和班上的一些大致情况。

周安然从她这儿得知这边的座位是一个月一挪。岑瑜说她现在在第四大组,到十月,她会挪到第一组,到时候会跟她只隔一条小过道。

那天中午和下午,岑瑜主动邀请她一起吃饭。

一天过后,在周安然毫无预料的情况下,在进入新学校的第二天,就迅速多了个新朋友。周安然以为照她的性格,需要花很长一段时间才能融入这个新集体中。但因为岑瑜的主动相交,这一段时间直接缩成了短短几天。

岑瑜性格外向又大方,是周安然最羡慕的那一类型。被她引领着,周安然很快和班上大半的人熟悉起来,连学校周围的小店她也很快不再陌生,有的岑瑜跟她介绍过,有的带她去吃过逛过。

整个九月就在熟悉新家、新学校、新朋友和新城市的过程中慢慢熬了过去。

国庆假期岑瑜跟父母去了外地，周安然哪儿也没去。周显鸿和何嘉怡在南城的工作早交接完毕，铭盛这边的新公司刚刚成立，两人假期都不得空闲，并没有回南城的打算。

国庆第一天，严星茜过来芜城看她，还帮不能过来的盛晓雯和张舒娴给她带了礼物。严星茜爸妈也一同过来游玩，周显鸿和何嘉怡下午从公司回来待客。

周安然跟严星茜关在屋子里聊了一整个下午。晚上出来吃饭时，两个小姑娘眼睛都是通红的。何嘉怡看着在心里轻轻叹了口气，开始怀疑他们这个决定是不是做错了。但不管错不错，现在都已经没有回头路。

二中这次比一中多放一天假，但严星茜也没能在芜城多待，她家里还有亲戚趁着假期结婚，留在芜城陪了她两天就和爸爸妈妈一起回去了。

剩下的几天，周安然都待在家里写作业。假期结束的第一天，周安然依旧早早返校，进教室就发现里面的桌椅乱成一团。她站在门口愣了一下，才想起这边每过一个月会挪一次位置。

"然然。"

出神间，周安然听见有人叫她。

她抬起头，看见岑瑜在第一组朝她招手，又跟她指指第二组的位子："快过来，你位子我们帮你搬好啦，座位也给你擦了一下。"

周安然走过去，一边放下书包，一边跟她道谢："谢谢。"

"谢什么。"岑瑜摆摆手，指指她的课桌，"给你带了礼物。"

周安然低头看了眼桌洞，有些意外："怎么有两份啊？"

岑瑜摸摸鼻子："我喜欢送人两份礼物啊。"

周安然还是第一次听说有人送礼喜欢送两份。

但后来不管是节日还是她生日，每次她都确实会从岑瑜手里收到两份礼物。

"我们也有两份。"坐在周安然前排的女生是岑瑜的好朋友，叫楚惠，出于岑瑜的缘故，也早跟周安然熟络了起来，"然然，你快拆开看看。"

周安然把礼盒拿出来拆开。第一个礼盒里面是一小盒巧克力。第二个礼盒里面是……一个兔子玩偶挂件。

"欸，为什么我们的礼物是珠串手链，然然的是兔子啊？好可爱啊。"

楚惠伸手过来摸了摸，腕上的手链轻晃。

岑瑜哼了声："你不喜欢手链就还我。"

"谁说我不喜欢了。"楚惠把手缩回去，"我就是问问嘛。"

岑瑜瞥了一眼周安然手上的兔子："你不觉得这个兔子和然然挺像的嘛，又白又软。"

"是挺像的，哈哈。"楚惠莫名被戳到了笑点，"都好可爱，哈哈。"

周安然："嗯？"

不过手上的兔子小玩偶确实挺可爱的，她顺手挂到书包上，又跟岑瑜道了声谢："谢谢啊，我都没给你们准备礼物。"

主要是她没想到岑瑜会给她带礼物。

岑瑜摆摆手："刚好出去旅游啊，就顺便带了，你又没出去，没事啦。"

"是啊，我们也没带。"楚惠说。

周安然想了想，还是接道："我中午请你们吃饭吧。"也算是谢谢她们这段时间的照顾。要不是那天早上岑瑜主动相交，之后做什么都带着她，她很难想象上一个月她会有多难熬。

"这倒是可以。"岑瑜爽快应下，"那我们中午去陈记卤味吃凉面吧。"

楚惠眼睛一亮："陈记终于要开门了？"

岑瑜点头："是的，我今早碰到老板了，感天动地，他们终于又要开门了！"

周安然早听岑瑜提过这家店。据说是远近闻名，口味好是一方面，另一方面是老板实在太过随意，天气不好不开门，心情不好不开门，还时不时出去旅游。这次就出去玩了将近一个月。

上完上午的课，周安然就跟着岑瑜她们一起去陈记。陈记离一中稍微有一小段距离，中间要经过一个十字路口。到十字路口时，正好碰上红灯，几人就停下等候。

周安然被岑瑜挽着走在前面，听见后面挽着另一个女生的楚惠说："对了，我昨天在网上看到一个冷笑话。"

"什么冷笑话？"岑瑜回过头。

周安然也回头。

楚惠："你们猜哆啦A梦的世界为什么是黑的？"

周安然倏然怔了一下。上次她跟人说起这个笑话，还是上学期结束的那天，因为他站在窗户边笑着跟她说"下学期见"，就晴朗了她大半个暑假。其实离现在也不过是几个月的事，想起来，莫名却有种恍如隔世的感觉。

"什么？"岑瑜明显没理解，"哆啦Ａ梦的世界怎么会是黑的？"

楚惠："哎呀，都说了是冷笑话啦，你往脑筋急转弯那个方向去想。"

岑瑜想了片刻，摇摇头："想不出来。"

"因为——"楚惠伸出手，"哆啦Ａ梦伸手不见五指啊。"

岑瑜："……"

"冷死了。"她拍了拍手臂，"现在已经降温了，不需要这种冷笑话了好吗。"

楚惠很受伤："不好笑吗？我觉得好好笑啊。"

岑瑜转过头，看周安然垂着眼，嘴角抿得直直的："你看，然然也觉得不好笑啊。"

"行吧。"楚惠丧着脸，"绿灯了，我们走吧。"

周安然正要转回头，目光不经意间却在人群中瞥到了一个颀长的身影。黑Ｔ恤黑裤子，黑色棒球帽压得很低，脸被完全挡住。但身形却很熟悉，是隔了很远很远的距离都能在篮球场一堆人中辨别出的熟悉身形。

楚惠和另一个女生这时往前走了一步，周安然的视线被挡住。

岑瑜还挽着她的手，走了一步，发现她站着没动，也停下来："然然，你怎么了？"

周安然急忙错开一步。

一中在芜城繁华地带，中午时分，十字路口人来人往，刚刚那个黑色身影早淹没其中，入目全是陌生的面容。

岑瑜见她神色不对："怎么了？"

"没事。"周安然收回视线，"以为看到个熟人。"

岑瑜有点意外："你不是之前都没来过芜城吗，在这儿还有熟人吗？"

周安然垂着眼。这里是芜城，陈洛白怎么会在，应该是一个和他身形相似的男生。

"没有。"周安然摇摇头，"认错人了，走吧。"

之后的日子好像忽然就过得快了起来。周显鸿和何嘉怡的工作也越来越忙，这一年过年他们一家没回南城。但忙归忙，周安然明显感觉周显鸿在新公司比之前在伯父那边要开心不少，何嘉怡因为之前的工作就干得不错，在这边倒是没差，而且再不用听伯母那些夹枪带棒的话，她明显也是高兴的。

这样也好，反正她和陈洛白之间本来也没有其他可能。

一中这边对学生头发长短没有要求，一个冬天过去，周安然头发长到及背的长度，但等天气稍稍回暖，她又将头发剪短了。

那天到教室时，岑瑜坐到她旁边的位子，一脸惊讶地问："然然，你怎么又把头发剪短了啊，你长发多好看啊。"

"省事。"周安然轻声回她。长发太难打理了。

岑瑜一脸可惜："那你也找个好点的店剪啊，你不会在你们小区随便找家店剪的吧。"

周安然："……"

"还真是啊。"岑瑜伸手捏了捏她的脸，"剪了这么个傻乎乎的发型，万一碰到帅哥怎么办？"

周安然沉默了许久，说道："不会的。"

她再也碰不到比他更好的人了。

一中其实也不乏八卦，都是最青春肆意的年纪，但因为这里少了个人，周安然再没体会过为一点捕风捉影的小消息就牵肠挂肚、寝食难安的心情。

可能也是因为如此吧，她在一中的成绩进步得比在二中时还要快上不少，高二上学期进校的时候还在年级四五十名徘徊，到高三下学期已经能稳稳保持在年级前十名。只是这边的第一考场也再没有她想见的人。

一中常年占据第一宝座的是一个小个子女生，成绩稳得可怕，十分厉害。周安然和她不在一个班，但几次同考场下来，也算是成了点头之交，没想到后来还有缘跟她去了同一个学校。

高考那两天，周显鸿和何嘉怡双双请假来陪她高考。周安然运气还可以，考点就分在一中，不用早起，也不用担心交通阻塞。

当天早上，何嘉怡紧张得不行，反复帮她检查各类证件和文具有没有带全。临出门前，何嘉怡还不放心，打算再帮她检查一遍。

周安然哭笑不得："妈妈，你都已经检查五遍了，真的都带齐了，就算落了哪样，咱们家离学校就几分钟路，回来拿也来得及的。"

"就是。"周显鸿也提醒她，"别影响孩子情绪。"

何嘉怡这才作罢。

周安然自己倒是出乎意料地平静。两天考试平平顺顺考完，她自觉考得还可以，后来成绩出来，分数也确实很不错。

695分。

高过她之前每一次考试。超了这年一本线100多分，照各大高校近几年在芜城的录取分数线，报A、B两所大学应该基本都没什么问题。

周显鸿和何嘉怡那天一起在家陪她查成绩。等成绩出来后，周安然看见妈妈的眼眶一瞬间就红了起来，爸爸脸上也露出了如释重负的笑容。

她知道这两年他们对她心怀愧疚。见到父母这般欣慰，周安然心里也轻松了。明明是该高兴的，但可能是压在心底那座名为高考的大山一下子移开，又像是不习惯似的，总觉得某个地方空落落的。

之后几天又忙碌起来。

亲戚朋友来电询问祝贺，岑瑜她们约她出去玩了一趟，聊的无非也是分数、志愿和即将到来的分别，最后是回学校填志愿以及谢师宴。

一切尘埃落定后，严星茜从南城过来看她，这次张舒娴和盛晓雯也一起来了。两位家长那天都要上班，周安然在芜城待了两年，对这座城市早不再陌生，自己去附近城铁站接人。

把三人接回来，在家里匆匆将行李一放，张舒娴就风风火火地拉着她往外走："好饿，我们快点去吃饭吧，我惦记你说的那家店很久了。"

"你们刚坐车过来，不先休息一下吗？"周安然问她，"要不要先喝杯水吃点西瓜再去？"

盛晓雯摆手："西瓜哪里没的吃，你当我们真来看你的呀？我们就是过来蹭饭的。"语气熟络得仿佛和她从来没分开过。

周安然笑了，由着她们拉着她的手："那走吧。"

几人出门打车去了市中心。周安然带她们去的是一家做本地菜的饭店,当初还是岑瑜带她过来的,原本是小苍蝇馆子,后来生意太红火,老板就在市中心盘了个大店面。

她们来得还算早,勉强赶上了最后一桌,不用排位。点好菜,张舒娴才皱着脸看了周安然一眼:"然然,你也太狠心了,这两年都不怎么联系我们。"

服务员刚好这时把她们点的饮料送来。这次点的还是酸梅汤,她们四人都爱喝。

周安然先倒了一杯给张舒娴递过去:"周末有联系啊。"

"周末你也最多跟我们聊五六分钟。"盛晓雯拆穿她,"还有你为什么先给舒娴倒,不先给我倒。"

周安然失笑:"这就给你倒。主要平时学校不让带手机,我妈也不太喜欢我玩手机。"

"我呢?最后一个给我倒是吧。"严星茜装出一副不高兴的模样。

"你跟着闹什么。"周安然好笑地瞥她一眼,继续说回刚才的话题,"以后就不会啦!成绩出来,我妈就不管着我玩手机了,以后可以约着一起玩了。"

张舒娴"哼"了声:"也就你们一起约着玩吧,你们都考去北城了,就我一个人还留在南城。"

这年夏天,她们几人运气都还不错。严星茜和盛晓雯各自如愿考去了传媒大学和外国语大学,张舒娴分数也不低,只是没能够考上A大的医学院,最后报了南城大学。

"寒暑假我们都要回南城的嘛。"周安然安慰她。

张舒娴一喜:"你要搬回来了吗?"

周安然点点头:"不过今年还不会搬回去,可能要到明年,明年我爸大概会调回总部。"

"太好了。"盛晓雯接话,"不过看茜茜这一脸淡定的模样,估计早知道了。"

严星茜"嘿嘿"笑了声:"那没办法,谁让我爸跟然然爸爸是好朋友呢,然然还是先给我说的。"

周安然点点头。事情还没确定,周显鸿怕说了最后没成,会让她失望,当初并没有第一时间告诉她。

张舒娴又随口说:"咱们班这次考得都不错,董辰还真考上航大了。茜茜,你还记不记得你和他的赌约啊?"

严星茜烦躁地抓了抓头发:"你别说了,我正烦这事呢,姓董的居然还真考上了。"

周安然笑:"谁让你那时想也没想就答应。"

严星茜:"……"

"其他人也不错,贺明宇也考上了Ａ大。"张舒娴吃着店里免费送来的瓜子,继续和她随口说班上的情况,"还有陈洛——"

她话音倏然顿住,餐桌上安静了一瞬。

张舒娴缩了缩脖子:"对不起啊然然,我刚没注意。"

周安然睫毛低垂着,她摇摇头:"没事。"

她知道的,他是今年他们省的理科最高分,裸分712,连一中的人都在讨论他,想不知道也难。但当初肆意飞扬的少年这次却格外低调,没接受任何一家媒体的采访。周安然只知道他最后选了Ａ大的法学院。

张舒娴看她安安静静坐在一侧,忍了一下,还是没忍住:"然然,你现在还喜欢陈洛白吗?我是说,他这两年一心学习,也没跟哪个女生走得近,当初……算了,你当我没问。"

周安然抿了一口酸梅汤。不知怎的,和两年前那次跟她们吃火锅一样,莫名又尝出了一点涩味。她看着几个好朋友担忧的神色,轻轻摇了摇头:"不喜欢了。"

盛晓雯偷偷掐了张舒娴一把:"不喜欢更好啊,我们然然这么漂亮,去大学了肯定不缺人追,专心搞学术更好,美女学霸谁不爱!"

周安然被她逗笑了。

就在这时,身后远远像是有个女生喊了一声:"阿洛。"

周安然的笑容在嘴角僵了一秒,反应过来后,又觉得自己好笑。

明明这里是芜城,明明已经过去了快两年,听见一个可能只是发音相似的名字,她都像是仍有某种条件反射似的。像严星茜她们应该也都听见了,但她们明显就没把这当回事。

周安然心知如此,却还是忍不住回头看了一眼,入目只有一张张陌生的面孔。

严星茜三人这次在芜城玩了三天才回去。离开那天，周安然去城铁站送完她们，独自返回家后，不知怎的，她忽走到书桌前坐下，拉开抽屉，从深处拿出那罐可乐摆在桌上，指腹轻触着上面的拉环。

怎么可能不喜欢呢。她只是不想严星茜她们再为她担心。要是那天她被人怀疑的时候，他站在一旁袖手旁观，也许时间一久，她还能彻底放下他。

可是他没有。

虽然他当时被朋友利用，也算半个受害者，但像前几次帮她一样，他那天依旧朝她伸出手，将她从那个泥淖中拉了出来。哪怕她心知肚明那张字条绝不可能是他写给她的。

可当她那天下午抬起头，目光和他的视线在半空中相撞，周安然在那一瞬就清楚地知道，她这一辈子都忘不了了。

卷二
初恋

仍然我说我庆幸，你永远胜过别人。
——《无条件》

LEMON

SODA

SUGAR

第 30 章

大学报到那天艳阳高照。周安然到校门口的时候，收到岑瑜发来的微信。岑瑜考得不错，去了南城另一所985，也是今天报到。

周安然在太阳下解锁手机。

岑瑜："到了没？"

岑瑜："我表哥和他朋友都已经到门口等你啦。"

岑瑜："我把你照片发给他了，你到了就站在门口等一下，他应该能找到你。"

前几天，岑瑜跟她说有个表哥在A大，今年大三，会让他帮忙带她报到。周安然是个怕麻烦人的性格，但又架不住岑瑜的热情，最后还是稀里糊涂地答应了下来。

她低头回了条消息："到了。"

刚发出去，周安然就感觉面前多了片阴影，有陌生的男声随之响起："是周学妹吗？小瑜的朋友？"

周安然抬起头，看见面前站着一个戴眼镜的男生，微胖，很有亲和力的长相，和岑瑜发给她的照片看着是同一个人，应该就是岑瑜的表哥徐洪亮。

她点点头："学长好。"

徐洪亮热情地跟过来送她的周显鸿、何嘉怡打招呼："叔叔阿姨好，我是周学妹朋友的表哥，叫徐洪亮。"

他一边伸手去接周显鸿手里的行李，一边转头往后看："沁姐，人来了。"

沁姐？岑瑜刚才好像是说她表哥和朋友一起来接她。

周安然顺着那个方向看过去。

校门口不远处的大树下有个瘦高的女生从阴凉处走出来,她穿着一身黑,头发扎成清爽的马尾,阳光下隐约能看出发尾挑染着一抹紫色,和一中公告栏上的照片一样,五官不算太完美,真人单眼皮看着更明显,但组合在一起却有种独特的美。

女生停在她面前,脸上不见一丝表情,声音也是凉的,丢出来三个字:"俞冰沁。"

周安然没想到岑瑜表哥的朋友就是那位在一中大名鼎鼎的前理科最高分,愣了两秒,才想起该跟人打招呼:"俞学姐好。"

俞冰沁冲她点了下头,又淡着神色跟她的两位家长打了声招呼。

她旁边不知从哪儿又蹿出来个男生,热络地边打招呼边接过何嘉怡手里的那点行李。周安然还有点在状况外,就见俞冰沁朝门口一抬下巴:"走吧,带你去报到。"

进校后,徐洪亮和另一位学长领着周显鸿和何嘉怡到家长等候区休息,俞冰沁独自带着周安然去办手续。

俞冰沁话不多,路上只和她说了一句话:"我也是生科院的。"

周安然从没见过这么酷的女生,忍了一路,还是没忍住,快到报到处的时候,偷偷看了她一眼,却不小心被俞冰沁抓了个正着。

"我脸上有东西?"她说话还是没什么语气,但声音很好听,很低,带着某种金属质感,是格外有辨识度的好听。

周安然赶忙移开视线,耳朵尖悄然红了点,想夸一句学姐好看,又没好意思,最后只胡乱摇了摇头。

然后就听见俞冰沁很低地笑出了声。周安然这一路就没见俞冰沁有过任何表情,更别提笑了,她忙转头看过去,小声问:"怎么啦?"

"没事。"俞冰沁脸上的笑容一闪而逝,迅速恢复了面无表情的模样,"进去吧。"

报完到,周安然意外发现她是宿舍里第一个到的。她宿舍在三楼,但因为有徐洪亮和另一个学长的帮忙,行李一趟就全都搬了上来。

放下东西后,徐洪亮称有事要忙,婉拒了周显鸿要请他们吃饭答谢的请求,带着另一个学长出了宿舍,俞冰沁也跟着他们一起离开了。

周安然其实有点想认识一下这个酷酷的学姐,但没好意思叫住她。可没过片刻,她还在跟两位家长一起收拾床铺卫生时,就见俞冰沁去而复返。

女生手里多了个袋子,她从里面拿出两瓶饮料递给周显鸿和何嘉怡,最后把一瓶可乐丢到周安然怀里,语气仍淡:"我手机号码记一下?"

周安然愣了一下,然后迅速点点头,嘴角不自觉翘起来,唇边小梨窝若隐若现。她忙拿出手机,记下俞冰沁报出的号码。

"微信也是这个号码,加的时候记得备注。"俞冰沁言简意赅,"我住五楼,有事打电话,走了。"

女生身影很快消失在门外。

何嘉怡笑着感慨:"这姑娘看着冷冰冰的,没想到是个热心肠,她也是小瑜的朋友吗?"

周安然摇摇头,她刚才一直没找到机会说:"她是小瑜表哥的朋友吧,也是我们一中的学姐,就是一中大前年那个省理科最高分。"

何嘉怡惊讶:"这么厉害啊。"

周显鸿倒是淡定多了,笑着插话:"你也不看看这是什么地方。"

没过太久,周安然剩下三个室友也陆续到来。应了周显鸿那句"你也不看看这是什么地方"的话,周安然这三个室友没一个是简单的。

一个是C省今年的理科第三名,一个是生物竞赛保送生,最后一个最让周安然惊喜——是芜城今年的市最高分,一中那位常年霸占最高分的小个子女生于欣月。

周安然知道于欣月也进了A大生科院,但没想到能有缘和她分到同一个寝室。

周显鸿和何嘉怡工作都忙,不放心她才一起请假送她过来,在看见她先碰上一位热心学姐,又和同校学生成了室友后,两人双双把心放回肚子里,也没工夫多待,当天就飞回了南城。

周安然在高中时,不管是在南城二中,还是在芜城一中,都没少听说住宿生在寝室经常出现矛盾。她是头一次住宿,过来前,心里还有些忐忑,但可能是她这次运气也不错,分到的几位室友都不难相处。

于欣月不用说,在一中本就算是点头之交,又一心只有学习。进校第二天就在图书馆泡了一天,到晚上才回来。人都不怎么看得见,别说闹矛盾了。

C省那位理科第三名叫柏灵云，性格和岑瑜有点像，很是开朗大方。

走生物竞赛被保送的那个姑娘叫谢静谊，戴着副眼镜，看着一脸书卷气，实则八卦程度比张舒娴还有过之而无不及。

周安然第一次见识到她的八卦程度是在军训的第一天。军训头一天晚上，周安然没睡好，一晚上睡睡醒醒好几次。新生军训都聚集在一起，院系之间不会隔得太远。也就是说，她应该会见到陈洛白。周安然想见到他，又怕见到他。

但可能是她和他真的没什么缘分吧，第二天去了训练场地，周安然发现就数法学院离他们院最远。她没敢靠近，但碰上机会合适的时候，还是忍不住往那边看过去，只是最终也没能在一片迷彩绿里找到他。不知是距离有些远，还是因为两年过去，男生身形已经有所变化，早不是她记忆中无比熟悉的模样了。

下午吃完晚饭，周安然才知道她的两个猜想都不正确。

当时她们宿舍几个人坐在一块儿休息，谢静谊买完水回来，一脸遗憾地在她们边上坐下："你们南城那位省理科最高分居然没来军训，不知道什么情况，我还想看看他到底长得多帅呢。"

周安然握着水瓶的手一紧。没有特殊原因，新生一般不会缺席军训，他这是……出了什么事吗？

"对了，"谢静谊又问，"你们见过他没？"

于欣月摇头，一副没多大兴趣的模样："我和然然在芜城一中，都不和他在一个城市。"

谢静谊拿矿泉水瓶贴着脸："我去比赛的时候碰上过他们南城二中的人，一个个都说得巨夸张，说什么陈洛白是断层校草，就是他来二中之前，所谓的校草也都是自封或小范围认可，更多情况下是菜鸡互啄，但他来之后，不管男的女的基本就没有不认识他这校草身份的，他一出现，剩下的就没一个能打了。"

"有那么夸张吗？"柏灵云不太信。

"我也在怀疑，所以这不是想见识一下到底长什么样吗。"谢静谊说着，发现周安然一直低着头，"然然，你怎么了？"

周安然回神："没事，就是有点累。"

"确实好累,这么大的运动强度,希望我这一个暑假胖出来的十斤肉能掉回去。"柏灵云丧着脸,说完捏捏周安然胳膊,"然然,你好瘦啊,有什么减肥小妙招吗?"

周安然心里乱得厉害,勉强想了想:"可能是因为我不爱吃甜食?"

柏灵云:"……算了,我这辈子都戒不了甜食,你当我没问。"

几人又聊起了减肥的话题。

周安然紧握着水杯。

算了,他有什么事情反正她也打听不到。就算打听到了,她也帮不了他什么。离他远远的,不再打扰他,就是她现在唯一能做的事情了。

再听到陈洛白的消息,已经是正式开学。那天她们是第一天上课,结束下午的课程后,谢静谊去其他院找高中同学一起吃饭,周安然跟另外两位室友去了食堂。

吃完晚餐,于欣月照旧去了图书馆。周安然有两双鞋子想洗,就和柏灵云一起回了宿舍。

洗好鞋,在阳台晾晒好,周安然一进到宿舍,就看见谢静谊满脸兴奋地从外面进来。

"啊!"她眼睛亮亮的,一进来就拉住周安然的手,也不知道碰到了什么让她兴奋的事情,"我见到你们南城那位省理科最高分了,真的巨帅!我第一次看见有人瘸着腿还能帅成那样。"

周安然听见谢静谊提起他,心里先是一颤,再听到她最后一句话,又倏然揪紧:"瘸着腿,他受伤了?"

谢静谊点头:"是啊,他没来军训据说就是因为腿伤了。"

周安然脑袋一蒙:"严不严重啊?"

"看着不太严重。"谢静谊说,"要是真严重,估计肯定继续请假,也不能来上课啊。"

周安然稍稍放下心,这才反应过来自己问了个傻问题。

好在谢静谊还沉浸在这股兴奋的情绪中,并没有发现什么端倪,仍在继续和她说着陈洛白:"真的是超帅,南城二中那帮人居然一点没夸张!"

柏灵云刚才坐在位子上听听力,这会儿才拿下耳机,只听到最后半句:"什么一点没夸张?"

"就陈洛白啊,他们南城那个省理科最高分。"谢静谊松开周安然的手,又跑去柏灵云面前,"我下午看见了,巨帅!"

"巨帅是怎么个帅法?"柏灵云问。

谢静谊想了想:"怎么跟你形容呢,就是你看过明星和路人一起拍的那种照片吧,就是那种感觉,我下午在篮球场附近看见他时,周围一大群人,我一眼就看见他了,也只能看见他,你懂我意思不?"

柏灵云:"真有这么夸张?说得我都想见见了。"

"你见他做什么。"谢静谊冲她眨眨眼,"你的谢学长不要了?"

柏灵云前些天在食堂不小心撞上一个院内师哥,道歉时,两人加上了微信,一来二去迅速有了点暧昧苗头。

柏灵云冲她翻了个白眼儿:"要真有你说得这么夸张,我这个段位也搞不定啊,就看看而已。"

接下来那一段时间,周安然过得格外忙。

新学期正式开始后,学生会和各大社团的招新活动也随即开始。周安然本来都没兴趣,但想到何女士总说让她不要太内向,要跟朋友学得开朗一些,最后她还是跟室友去了趟社团招新现场。于欣月态度坚定,只想搞学习,并没有过来。

到了招新现场,周安然跟谢静谊和柏灵云还没往里走几步,就有一个穿着红色球服的男孩子拦在她们面前。

"大一学妹吧,有没有兴趣加入我们篮球社啊?"

听见篮球社,周安然怔了下,脑中闪过另一抹穿着红色球衣的顾长身影。

"要有兴趣就填下这张表。"

谢静谊和柏灵云对了个眼神。对方听着像是问她们三个人,目光却自始至终只看向周安然,表也是递到周安然面前的,一看就是醉翁之意不在酒。

周安然长得漂亮,是那种又纯又乖的漂亮。军训的时候就没少被要微信,但她看着挺好说话,却一个都没答应。

谢静谊还是头一次见她盯着一个男孩子发怔,正想开口,却见周安然像是突然回过神似的,摇了摇头,说了句"不好意思"。对方盯着她看了两秒,也没勉强,转身走了。

谢静谊这才松口气,小声跟她说:"这应该是篮球社社长杜亦舟,长得是还可以,但挺渣的,据说换女朋友跟翻书似的。我刚看你盯着他发呆,还以为你也被他那张脸迷惑了。"

周安然眨了眨眼,她连刚刚那人长什么样都没看见。

"我没盯着他看。"

柏灵云不解:"那你刚才发什么呆?"

周安然也不知道该怎么解释,最后胡乱找了个借口:"就是忽然想不起我们有没有锁门。"

"锁了吧?"谢静谊忽然也有些不确定。

柏灵云一脸"服了你们俩"的表情:"锁了。"

小插曲过去,柏灵云和谢静谊继续看起五花八门的招新海报。周安然心里存着事,一不小心就和她们两个走散了。她独自站在人来人往的招新现场,忽然有些犹豫。

小时候也不是没参加过兴趣班,但不知道为什么一个也没坚持下来,周安然目光扫过去,想不出对什么特别有兴趣的,也有点怕跟那些看上去很热情的学长学姐独自打交道,想到可能要对着一群人自我介绍,更是有些头皮发麻,她开始后悔没跟于欣月一起去图书馆。

正打算折返,耳边忽然响起一道好听的女声。

"想进社团?"

周安然一听声音就知道是谁,其实也不算熟,但是对方的声音太有辨识度了,听过一次就很难忘,她转过身,有点惊喜:"俞学姐。"

报到那天过后,周安然还没再见过她。

虽然俞冰沁给她留了手机号码,说有事可以找她,但周安然也不太好意思主动去麻烦她。

俞冰沁脸上还是没什么表情:"来我们社?"

周安然:"欸?"

到饭点,周安然才在食堂跟两位室友碰上头。

柏灵云和谢静谊各加入了社团,打好菜,柏灵云顺口问她:"然然,你走这么早,是一个社团都没加吗?"

周安然摇头:"没有,加入吉他社了。"

"是大吉他社吗?"谢静谊问。

周安然茫然地看向她:"什么大吉他社?"

难不成还有个小吉他社?

谢静谊跟她科普:"我们学校是有两个吉他社:一个是创办挺久的大吉他社,也是我们学校真正的吉他社;还有一个是我们院俞学姐他们乐队自己搞着玩的,人很少,基本不怎么招人,但据说能进去的都挺厉害,所以我才问你进的是不是大吉他社。"

周安然更茫然了,俞学姐还有个乐队吗?

"好像不是。"

谢静谊:"?"

柏灵云:"!"

两人齐齐抬起头,看向她的目光有那么点儿肃然起敬的味道。

谢静谊:"看不出来啊然然,你怎么没跟我们说你还是个吉他大神?"

"不是。"周安然拿着筷子忘了夹菜,"我完全不会弹吉他。"

谢静谊想起下午那位醉翁之意不在酒的篮球社社长,又看了看眼前的乖巧室友:"然然,你是不是被骗了,是哪个男生主动来招的你吗?"

"不是。"周安然又摇摇头,"是俞学姐招的我。"

谢静谊:"嗯?"

"不可能啊,难不成谁给了我错误情报?"

谢静谊的情报是对是错周安然不清楚。俞冰沁那天说社团有活动会通知她,之后周安然也并没有再收到她的消息。柏灵云和谢静谊还进了学生会,两人那段时间忙得不可开交。周安然加入了一个社团,又好像没加入,但也没闲着。

初入大学,对新的学习体系还不熟悉,周围又全是各路大神,她多少有些压力,丝毫不敢懈怠,下了课就跟于欣月一起去泡图书馆。一忙碌起来,倒也没工夫再想陈洛白。但周安然自己也分不清楚,自己究竟是因为忙碌而没空想他,还是因为不敢想他而故意让自己忙碌起来。

也许都有。可即便这样,她还是时常能从谢静谊那儿得知他的消息,也不知道谢静谊消息的渠道怎么就这么多。

从正式上课到国庆假前的一周多，周安然起码有四五次从谢静谊那儿听说有女生找他要微信或表白。而且如果谢静谊的消息无误的话，其中还有个大二学姐在失败后并未立即放弃，据说这段时间一直风雨无阻地在想方设法给他送饭。

周安然以为两年过去，再听到他的消息时，她能比以前淡定，但好像还是会有那种心脏被看不见的细线缠绕住，闷得有些透不过气的感觉。可听了这么多消息，周安然却一次也没碰上过他，连他现在和高中相比有没有变化都不知道。

A大说大当然大，比二中大了好几倍，不同学院的学生在不同的楼上课休息，碰不到是再正常不过的事情。可说小其实也小，毕竟还在同一所学校，就连谢静谊都遇见过他。

说到底，还是没缘分吧。所以周安然有时又庆幸还能从谢静谊这里得知他一星半点儿的行踪与消息，起码能知道他过得还不错。

很快就到国庆假期。周安然从没离开家这么久这么远，有点想家，也想见朋友们，假期就没留校也没出去玩，和严星茜几人约着一起回了趟家。

刚好周显鸿和何嘉怡这次也不用加班，周安然时隔几年，终于又回南城住了几天。和留在南城的张舒娴见了两面，在家休息看了看书，几天的假期一晃而过。

返校那天，周安然特意带了些特产和何嘉怡做的虎皮鸡爪回来。听说周安然带了好吃的，几个没回家的室友都在晚上八点半之前回了宿舍，就连一向在图书馆泡到关门时的于欣月都提前回来了。

几人坐在谢静谊的位子上边吃东西边看电影。说是看电影，有两个人一直没专心过。柏灵云大约是在和那位姓谢的学长聊天，脸上不时露出一个甜蜜的笑。谢静谊比她更忙，看着像是在和好几个群的人聊天，一只手拿着鸡爪在啃，另一只手飞快地用九宫格打字。

东西快吃完时，周安然正打算取下手套，收拾下桌子，谢静谊这时不知收到条什么消息，忽然"哇"了声。

她像是又惊讶又兴奋，鸡爪停在嘴边都忘了吃："大二那学姐去陈洛白寝室楼下公开表白了！好勇敢啊！"

第 31 章

"陈洛白，我喜欢你。"

又一声告白传上来，元松被吵得游戏都玩不下去了，刚好手上这把结束，他把手机往桌上一丢，椅子往后挪了挪，偏头看过去。

他被吵得心烦，被告白的那位当事人倒是淡定得很，手上拿着一本《刑法学》，看得那叫一个全神贯注、聚精会神、心无旁骛。

元松干脆站起身，走到他身后，踢了踢他椅脚，问他："真不下去？"

陈洛白头也没回："下去做什么？"

"人姑娘跟你告白呢，你说下去做什么。"元松打量着他的神情，没看出什么来，"真的一点儿兴趣都没有？"

陈洛白漫不经心地回："没，你这么有兴趣你自己下去。"

元松被他气笑："又不是跟我告白，我能有什么兴趣。"

说完这句，就见旁边这位室友根本懒得搭理他了，手上的《刑法学》又翻过一页，继续认真看他的书。

元松忽然想起他第一天见到这位室友时的情景。

那是正式开学的前一天，他和室友从食堂吃完晚饭回来，看见一直空着的床铺整齐铺好了被褥，床下的书桌前坐了个男生，个子明显很高，长腿随意屈着，手上当时拿的是一本《法学方法论》。

听见他们进门的动静，那男生就只回头看了他们一眼，态度格外淡定："回来了呀。"

然后也没再搭理他们，继续低头看书。

元松知道没来的那位室友是南城的省理科最高分，也听说对方是个大帅哥，当时看到那一幕，心里多少觉得对方是有点装的。直到次日他意外从隔壁寝室的男生口中得知他新室友当时戴在手上那只表的价格。

他们宿舍另一个室友叫周清随，家境不太好。元松无意间窥见过院里另一个男生戴着个两三万元的表就暗地里拿周清随当贼在防，而他们这位新室友在来寝室的第一天晚上，洗漱时就将那只手表往桌上随便一搁。

元松这才觉得他可能多少是有点误会对方了，也许新室友家是真不缺钱。但再寻常，那毕竟也不是三十块钱，对方大大方方随便放在桌上，起码说明人敞亮，不像有些表面跟你聊得热络，背地里却看不起你的人。

后来相处几天后，元松就发现这位新室友有钱是真的，没什么架子也是真的，那天不怎么搭理他们完全是因为看书看得正起劲儿。而且A大这地方，什么都缺，就是不缺学霸，真要装，拿他那堆贵得要死的行头出去装，也比拿学习来装有用的多。

况且从开学到现在，敢主动跟他表白的女生哪一个不是在学校小有名气的，哪个带出去都倍儿有面子，元松就没见他对哪一个稍微表示出一点特殊。

别说特殊了，元松甚至觉得他都没怎么把女生看在眼里，倒不是看不起人的那种不放在眼里。他有时看到班上哪个女生需要帮忙，也会顺手帮一下。但就好比你在公交车上给一个老奶奶让座，你并不会去关心她是高是矮姓甚名谁芳龄几何一样。他连班上女生的名字都不怎么记。

能考上A大的，也没几个蠢人，所以大部分女生在试探出他的态度后，就放弃了，只有这位大二的学姐格外有毅力。在堵人、送餐等各种招数使完都不管用的情况下，今天终于又发了新大招。

"真不下去？"元松又问了一遍，"我之前出去的时候上上下下就有不少人在围观了，再过会儿估计全校都知道了，说不定生——"

这次话没说完，认真看书的那位终于有了点反应，他一脸烦躁地将手上的《刑法学》往桌上一丢，从椅子上站起身。

元松见他打算要下去，又多问一句："脚真没事了？"

陈洛白转了转脚踝，不知怎的，忽又笑了下："没事了。"

"啊啊啊！"谢静谊一脸兴奋地看着手机，"陈洛白下来了！"

柏灵云凑过去："什么情况？这是要答应？"

"不知道。"谢静谊说，"我朋友就在楼下，他说他先认真听一下，等下告诉我。"

周安然目光盯着平板屏幕。

她们今晚看的是1974年那版《东方快车谋杀案》，现在已经临近最后的揭秘阶段。波洛说的台词周安然好像都听到了耳朵里，却没有听进心里。她的心正高高悬起，里面又只剩下那一个人。时间被拉长，心跳的间歇却在缩短。

过了也不知道多久，谢静谊才重新开口："我朋友发消息了，他说陈洛白说——"像是想卖关子，她拖了个长长的音。

柏灵云被吊起了胃口，干脆作势伸手去抢她手机。谢静谊这才继续接上："陈洛白说他觉得喜欢应该是尊重，是希望对方好，而不是罔顾对方意愿的纠缠和打扰。"

"这算是拒绝了吧？"柏灵云问。

谢静谊点头："他好像后面还说了什么，但我朋友没听清，只看见那位学姐红着眼走了，啧啧啧，那位学姐当初在校花评选中呼声也挺大的，陈洛白这都看不上啊。"

周安然心脏重重落回来之余，又觉得膝盖好像中了一箭。不过……

不管是当初还是现在，她都是一个不怎么敢付诸行动的胆小鬼。不算当初她偷偷送的那两颗糖，勉强算得上"罔顾"他意愿的行为，应该只有给他塞药那一次？

这样一想，又好像还好。

柏灵云这时不紧不慢接了句话："不过我觉得他说得挺对的，这种纠缠式的追求方法，前提是起码得知道对方对你有那么一点好感，陈洛白是个男生还好点，不然转换一下性别，要是一个女生被一个不喜欢的男生天天这么围追堵截，怕是又烦又怕，连觉都要睡不好了。"

"你这么一说好像也是，我一个朋友就被人这么追过，那男生吃饭上下学都缠着她，她都快被烦死了，那男生还觉得我付出了这么多你怎么还不感动，确实不敢动了，从那之后她上下学都让她哥接送，不然自己不敢回去。"谢静谊还想再说点什么，目光不经意看见了坐在一侧的周安然。

女生长发及肩，微卷的发梢在雪白的脸颊边轻轻晃悠，侧脸看着又乖又纯。

谢静谊一下忘了要说什么，反而生起了另外的八卦心，忍不住问她："然然，你这么漂亮，应该没少被人追过吧？"

周安然回神，忙摇摇头："没有的。"

"不可能吧。"谢静谊不信，"他们是眼瞎吗？"

一直在认真看电影的于欣月这时终于插了句话:"你们是没见过她以前的发型,反正比锅盖头好不了太多吧。"

柏灵云和谢静谊齐齐震惊地盯向周安然。

周安然回想了一下,她当时换了小区外面另一家店,没想到还不如之前随便找的那家。

周安然弱弱地反驳:"那还是比锅盖头好很多的,没那么短,就是我们小区楼下的托尼老师把我的刘海剪得有点短也有点齐。"

"那你不会换另一家店再修一修。"谢静谊说。

周安然:"当时哪有工夫再找其他店去重新修理呀。"

她也完全没心思。

柏灵云谴责:"暴殄天物。"

谢静谊附和:"浪费颜值。"

周安然:"……"

"她又低调得要死。"于欣月起身伸了个懒腰,"电影看完了,我去洗漱睡觉了。"

"什么?"谢静谊转过头,"就放完了,凶手谁啊?"

于欣月:"我还以为你们对凶手是谁不感兴趣呢,自己拖回去看吧,剧透就没意思了。"

谢静谊把电影进度条拖回去,周安然跟两位室友一起重新补了下后面小半段。

周一接近满课,几人也没搞得太晚,看完电影早早洗漱睡觉了。

周安然国庆休息了几天,回学校之后就不敢再放松,周一晚上吃完晚饭,她和于欣月一起去了图书馆。

看书时,她把手机调了静音,等回到宿舍,周安然才看见手机里多了条新消息。

俞冰沁:"下周六社团聚会。"

发于二十一点零五分。一个小时前的消息了。

周安然忙把手上的书放下,也顾不上坐下,低头给她回消息:"不好意思啊学姐,刚在图书馆,手机静音了没看见。"

周安然其实有点没明白她的意思,是让她一起去参加聚会吗?但直接这样问好像也不太好。周安然想了想，多加了一条："什么聚会啊？"

回完这条，她想着已经过了这么久，俞冰沁不一定会立即看到消息，正打算放下手机去洗手间洗漱，就看见俞冰沁打了电话过来。

周安然接起电话："俞学姐。"

俞冰沁应了声，话仍旧简单："吃饭唱歌，地点等下发你。"

这应该就是让她一起去的意思。周安然想起那天谢静谊打听到的情报，犹豫了下，还是小声补充了一句："那个……俞学姐，我一点吉他都不会的。"

"另一个新人也不会。"俞冰沁说，"回头有空一起教你们，还有事，挂了。"

谢静谊床铺跟她同边，见她挂断电话，好奇询问："是在跟俞冰沁学姐打电话？"

周安然点点头。

谢静谊后来又问了问情报提供人，对方说俞学姐的社团确实只招很会玩吉他的人，就算不会吉他，也得精通别的乐器，只是不知今年怎么就破例了。

"你跟她说你不会吉他，学姐说什么了？"

周安然："她说另一个新人也不会。"

"所以今年居然招了两个不会吉他的人吗？"谢静谊摸了摸下巴，实在没想通，她盯着周安然看了几秒，"可能是见你长得好看吧，招回去当门面？"

周安然脸一红。

"俞学姐自己就很好看了。"

谢静谊还是好奇："那回头你帮我再打听一下另外那个新人会不会其他乐器。"

周安然点头应下。

还好还有一个新人，不然周六她一个人过去参加一群熟人的聚会，想想就很尴尬，就是不知道另一个新人是男是女，好不好相处。

洗完澡躺上床，周安然收到俞冰沁分享过来的两个位置，分别是一家饭店和一家KTV，离学校都不远。

接下来几天，周安然上完课就跟着于欣月一起去泡图书馆。泡到周六下午，她觉得肩膀有些发酸，想着饭店离学校不远，干脆步行过去，她就没坐车。

周安然特意提前一点出发，被服务员领着进入包厢时，却发现里面基本已经坐满了。位子正对着门的一个男生一看见她就吹了声口哨："哟，这就是我们的新人吗？欢迎新人。"

说完还带头鼓起了掌。

周安然蒙在门口。背对着这边的俞冰沁转过身，可能包厢里都是她朋友，她嘴角挂着点极浅淡的笑意："别吓她。"

里面的人好像都挺听她话的，喧闹一下止住。

俞冰沁拍了拍她旁边的空位："进来吧。"

周安然走到她旁边坐下。俞冰沁好像懒得说话，朝包厢里的一个人抬抬下巴："你介绍一下。"

周安然这才发现徐洪亮也在。包厢里十五六个人，徐洪亮一一给她简单介绍了一遍，听着都是大三大四的学长学姐，那个新人好像没在。

周安然来的时候还有些害怕自己要当着一群人的面做自我介绍，但徐洪亮介绍完其他人，又简单介绍了一下她，这一个环节就这么简单过去了。

俞冰沁推了个菜单过来："看看有什么想吃的，打钩的就是已经选了。"

周安然看了下，上面已经点了不少菜，她没什么特别想吃的，也不好意思再多点，把菜单推回去了。

"这些就可以了，我不挑食。"

俞冰沁嘴角的笑意又明显了些："不挑挺好，另一个就嘴挑得厉害。"

周安然眨眨眼。另一个？是说另一个新人吗？

"俞学姐。"周安然小声叫她，"另外那个新人还没来吗？"

俞冰沁随手把菜单搁在一边："他有事耽搁了，等下唱歌的时候来。"

周安然只是性格内向慢热，不太会主动社交，到了陌生地方碰上陌生人一开始会有些拘谨，但也没到社恐的地步，察觉到这群学长学姐都在释放善意，也都挺照顾她，她慢慢放松下来。这顿饭吃得比预期中愉快不少。

吃完饭，一群人转战KTV。周安然不太会唱歌，又是新人，就主动坐了个最靠边的位置。

俞冰沁一开始坐在她旁边，后来有个学长找她有事，她就换去了中间，周安然旁边的位置换成了一对刚去买零食回来的情侣。

那位学姐看她一个人坐着，又乖又安静的模样，低声问了句："想唱什么歌，我帮你点。"

周安然冲她笑了下，摇摇头："谢谢学姐，我不太会唱歌。"

学姐被她唇边的小梨窝甜到，从零食袋子里拿了罐乌梅拆开塞到她手里："那你吃东西吧，这个梅子不错。沁姐等下可能会唱，你可以听听。"

周安然接过来，道了声谢。

她听谢静谊说过，俞冰沁是他们乐队的吉他手兼主唱，谢静谊还给她看过俞冰沁以前唱歌的视频，女生穿着一身黑站在舞台上，又酷又飒，声音比说话时还抓人。

乌梅酸度适中，味道确实还行，周安然一边吃一边听大家唱歌，中途俞冰沁像是接到电话，拿着手机起身出了门。

周安然自己的手机也响了响。谢静谊大概是学习完了，给她发消息打听八卦。

谢静谊："你们另一个新人会不会其他乐器啊？"

周安然咬着梅子："还没来。"

周安然："是男是女我都还不知道。"

门这时忽然被推开，周安然以为是俞冰沁回来了，下意识地抬头看过去——

包厢里正播放着一首安静的慢歌，轻缓的前奏过去，微低的男声响起，不知谁在唱："怎么去拥有一道彩虹，怎么去拥抱一夏天的风……"

是那年高一，严星茜把耳机塞到她耳朵里时，她听到的那首歌。

周安然愣愣看着从门口走进来的高大男生，一瞬间觉得自己好像在做梦。

梦里她回到高一那天，看见他手上抓着个橙红色的篮球，和朋友有说有笑地从前门走进来。

她坐在自己位子上偷偷看他时，听见耳机里的歌声，也听见自己悄然加快的心跳声。

第32章

可眼前的男生并没有穿二中的蓝白校服。他穿着灰色连帽卫衣、黑色运动裤，个子比之前又高了几分，眉眼间的青涩也少了些，轮廓线条更分明锋利，于是那张脸看上去也更加夺人眼球。

不知是不是灯光昏暗的缘故，他的气质好像也沉稳了少许，冷白细长的手抓着门把手，手腕处那颗小痣被距离和灯光模糊。

周安然大脑一阵迷糊。陈洛白怎么来了？

周安然幻想过很多次再见他的场景，可能会在图书馆、食堂、体育馆、哪条常经过的小路，又或者是某个选修课的教室，她会不经意间偶遇到他。但怎么也没想到会是今天，是在这么猝不及防的一个情况下。

她手里还抓着那位学姐塞给她的乌梅罐子，却好像怎么也抓不到一丝真实感。直到不知哪个学姐的声音响起："我们校草终于来啦，快进来坐，你姐刚出去了。"

门口的男生松开门把手，像是以前在二中的无数次遇见一样，完全没注意到角落里的她，抬脚往里面走去。门在他身后缓缓关上，周安然低下头，看见他在离她不算太远的位子上坐下。大概是她旁边的情侣学长学姐旁边的旁边。

唱歌的人不知怎么刚好停下了，于是另一个学姐的声音格外清晰地传了过来："你怎么没说我们另一个新人就是他呀？"

"你现在不是知道了吗！"前一个学姐回。

"我这段时间可没少听说你的事，都说你微信特别难要。"后面那一位学姐又转过去跟他说话了，声音带着笑，"不知道我有没有这个荣幸。"

周安然感觉刚塞进嘴里的这颗乌梅格外酸。

隔了一秒，或者更久，那道久违的声音终于响起，也带着笑，明明有两年没再听过他的声音，却还是熟悉无比。

"加我微信算什么荣幸。"

"那什么算荣幸？"那位学姐顺着他的话问。

他的声音多了点熟悉的散漫劲儿："对国家做贡献？"

唱歌的学长像是突然被他逗笑了,"扑哧"一声透过话筒传出来,格外大声。

"这格局一下拉大了。"

那位学姐不知是随口开个玩笑,还是真想加他微信,但也没纠缠,顺着这个台阶漂亮地下来了:"那学姐就借你吉言了,希望以后能有幸给国家做点贡献。"

周安然慢吞吞把嘴里那颗乌梅嚼碎咽下,酸涩一点点由嘴里蔓延至心底。她以为过了两年,再见到他,多少能比以前坦然些,但缠在心脏上的长线始终没有消失过,而那长线的控制权也始终在他手上。

这个话题过去,包厢里恢复了之前的热闹,唱歌的唱歌,聊天的聊天,那道声音也没再响起,就好像和他没来之前一样。但周安然却觉得四周空气似乎变得稀薄了,闷得人透不过气。

包厢其实挺宽敞,但再宽敞也有限。周安然有点怕被他发现,怕看见他发现她后的反应,怕知道他不想见她,更怕他已经完全不记得她。

她有些坐不下去,周安然把手机拿出来,低头给俞冰沁发了条消息:"学姐,我忽然有点急事,能不能先回去?"

俞冰沁没立即回她。

周安然抿抿唇,又伸手轻轻杵了杵旁边的学姐。学姐转过头。周安然往她那边靠近一点,把乌梅塞回去给她,压着声跟她说:"学姐,我有点急事要先走,你等下帮我跟俞学姐说一声。"

学姐点点头:"那你路上注意安全啊。"

周安然拿着包包起身时,感觉身后像是有目光朝她落了过来,不知有没有一道是属于他的。她也不敢回头看。

从他进门后,她就没敢往他那边看过。

周安然低着头,快速出了包厢。等从 KTV 走出来,被外面的冷风迎面一吹,周安然忽然有点后悔刚才没再多待几分钟,因为下次再见他不知道是什么时候了。

冷风吹过来。周安然才过来一个多月,还不太适应这边的天气,南城这时候多半还在穿短袖。她拢了拢外套,低头往学校走,心里却还在想着刚才包厢里的情景。

不再跟他同处一个房间,周安然的思维从迟钝回归正常,后知后觉反应过来他应该就是俞冰沁口中的另一个新人。

不会弹吉他,嘴挑得厉害,原来说的都是他吗?还有他进来的时候,那位学姐说了句什么话来着。好像是"你姐刚出去了"。中途出去的人只有俞冰沁学姐一个,"你姐"指的是俞学姐吗?他是俞学姐的弟弟?姓不一样,那是表弟?又或者是她听错了?

沉浸在这股思绪中,周安然没发现身后的巷子里拐出一辆小电动车来。骑电动车的人一只手握着手把,另一只手拿着手机,也没注意到前方有人。等周安然听见动静,转回头时,那辆电动车几乎已经要撞上她了。

电光石火的一瞬间,有只温热的手攥住了她手腕。下一秒,周安然撞进了一个气息清爽的怀抱中,险险避开了那辆电动车。她下意识地抬起头,想道声谢,还没来得及开口,就看见了那张朝思暮想过千百回的脸。

周安然倏然愣住。

直到陈洛白先出声。男生一只手还握在她手腕上,另一只手虚扶在她后腰上,声音有些低:"吓到了?"

周安然回过神来,又像是没完全回神,脑中好像有一堆问题,又好像只剩下一个,直到听到自己的声音,她才发现自己不假思索就问出口了:"你怎么也出来了?"

"没意思。"陈洛白语气浅淡,说完他松了手,退开距离。

腕间的温度和鼻间清爽的气息一瞬远去,却又好像仍残留着些什么,于是鼻子和手腕都有轻微的痒意。

周安然想伸手去碰一碰被他拉过的地方,又忍住,她低下头,不敢再看他,脑子完全是乱的。

那辆电动车早已经走远。骑车的人有没有道歉,她刚才都没注意。这是条小路,本就安静,一时间好像只剩风吹树叶哗啦作响的声音。

过了一两秒,周安然听见那道熟悉的嗓音又响起,语气有些平,像是随口一问,听不出情绪。

"回学校?"

周安然脑子里"嗡"的一声,乱得更厉害。他觉得聚会没意思提前出来,她能理解;他路过看到她有危险,顺手帮她一下,她也能理解,他本来就是很有教养的男生。但在帮完她之后，他怎么还会主动再和她说话？

她那点心思，早在被教导主任叫去办公室那天，就在他面前暴露得一干二净了。按照他以前的习惯，知道哪个女生喜欢他，只会越发保持好距离，不让对方有一丝多想的可能性。还是说……

他其实根本没认出她来，只是刚刚在包厢里不经意瞥过一眼，认出她也是社团的人，所以才这样顺口一问？

这样好像就说得通了。毕竟她现在的模样和高中相比还是有些小变化，个子高了点，头发也长了不少，暑假被岑瑜教会了化妆，今天为了给大家留个好印象，她出来前还抽出点时间化了个淡妆。毕竟他们当初总共也没说上几句话，是比陌生好不了多少的普通同学。他认不出她来，实在是再正常不过了。

得出这个答案，周安然的心忽然像整个泡在了一汪酸水里。可与此同时，好像再面对他的时候，终于能够坦然一点了，可能是因为，这已经是她预想中最坏的答案，她也没什么别的好怕的了。

周安然点了点头：''嗯，回学校。''

''我也回学校，一起？''他语气听着仍然很淡。

周安然又是一愣，忍不住抬头看他。男生站在暗处，大半张脸隐在夜色下，像是在垂眸看她，神情却又看不分明。面前的小路周安然倒是看清了，路灯昏黄半亮，除了他们，再没其他行人。

下午过来的时候还是白天，此刻再看，倒确实有些偏僻。要不是刚才心里想着事，没看路就闷头过来了，周安然估计她都不敢单独走这条路，可能会选择绕去热闹的大路或者坐车。所以他才会这样提议？

周安然在收回目光前，留恋又克制地多看了男生一眼。

男生单手插兜，锋利的轮廓模糊在夜色中，还是能让人一眼心动的模样。两年过去，他好像变了一些，又好像没变，依旧是当年那个匆匆跑上楼，看见她差点儿摔倒，而会顺手扶上一把的少年。

还是很好很好、很值得喜欢的人。

即便他不喜欢她，即便他们的关系应该已经从不能准确叫出她名字的普通同学退回到了见面认不出她来的陌生人，她也不后悔喜欢上他，从来没后悔过。

周安然没舍得拒绝他的提议,朝他点了点头。就再卑劣地利用一次他的好心吧,等陪他走完最后这一段路,她就去跟俞学姐申请退社,之后就真的再不打扰他了。

像是验证了她的猜想,接下来的一路,陈洛白都没开口说话。周安然心里还是一团乱麻,走到一半,才想起他前段时间腿受伤了,也不知道有没有好全。有心想问一问他,最终还是没开口。以她现在"陌生人"的身份,好像并不合适问他这种问题。

周安然还是第一次跟他一起同行,心想应该也是最后一次。

男生身高腿长,现在个子应该都超过一米八五了,因而即便他好像刻意照顾着她这个"陌生人",略微放慢了脚步,步伐仍比她大上不少,周安然还是有点跟不上,时不时会被他落在后面。

这样看来,腿伤确实没事了?周安然跟在他后面又仔细观察了片刻,终于放下心来。

她其实也情愿像这样被他落在后面的。高中时,虽然知道照他们的身高来说几乎不可能,但她偶尔也会盼着也许哪天班主任能把她排到他后面的位置,这样她就不用每天偷偷找机会回头看他,可以光明正大地看着他的背影了。

今天终于有了这样一个不被打扰的机会。可惜这段路好短好短,很快就到了头。校门远远出现在眼前的时候,周安然停下脚步,看见他们的影子有一瞬重叠在一起,亲密得像一个虚幻的拥抱。

就到这里吧。

从小路转出来的时候,路上行人就多了,再进去校门,他被认出的可能性就该大了。就算看在他今天又帮了她一次的分儿上,她都不应该再给他造成任何困扰。

许是察觉到身后的人没跟上来,前方的男生停下脚步,微转过身,大半张脸仍隐在夜色中。

"怎么了?"

周安然胡乱指了指校门另一边:"我要过去帮室友买点东西,就不跟你一起进去了,谢谢你刚才的帮忙。"

说完她不知怎的,很没出息地酸了鼻子。

周安然勉强忍住这股酸涩，没敢再看他，也没等他答复，转身闷头朝她刚指的方向走过去。快走了几步后，她才想起来，刚刚忘了跟他说再见，但好像应该没什么再见的机会了，决定了不再打扰他的。

周安然低着头，往前走了一步，然后听见陈洛白的声音在她身后响起。

"周安然。"

他声线没怎么变，还是高中时偷偷听过千百次的熟悉的声音。可这三个字从他口中叫出来，却又好像无比陌生。从高一报到那天遇见他到现在，上千个日子里，周安然还是第一次从他口中听到自己的名字。以至于有那么一个瞬间，她都觉得自己是不是幻听了。

周安然在一片茫然中转过头，看见陈洛白还停在原地没走。

男生单手插着兜，看见她转身后，忽然抬脚朝她大步走过来，最后停在她面前。

"周安然。"他又叫了她一声。

昏黄路灯下，陈洛白那张在夜色中隐了一晚上的脸终于清楚地出现在她眼前。

就像那年九月的小超市里，他站在她面前，垂眸很近地看着她，只是此刻脸上没有带着那股散漫又莫名勾人心动的笑意。

男生下颌线微微绷紧，于是神情无端多了几分专注的意味，那双眼也显得格外深邃，像能把人吸进去。周安然在加快的心跳声中，听见他再次开口。

陈洛白插在兜里的那只手伸出来，黑色的手机在他手里随意转了一圈，半抬起来时，手腕处的那颗小痣在她眼里清晰了一瞬，声音也低沉清晰。

"难得在大学再碰上，加个微信？"

第33章

周安然提着四杯奶茶回到宿舍时，大脑还处于发蒙状态。她从KTV出来得早，现在还没到九点，柏灵云和于欣月都还没回来，只有谢静谊一个人在。周安然走到谢静谊旁边，把手上的奶茶放到她桌上："给你们带了奶茶。"

"谢谢然然宝贝。"谢静谊把手机放下,打开包装袋,"这瓶奶绿是给我的吧?"

周安然机械地点点头。

谢静谊把奶绿从袋中拿出来,插了根吸管进去。

周安然也顺手拿了一杯出来,插好吸管,喝进嘴里后第一时间没尝出什么味道来。

还是谢静谊先察觉出不对,她看了眼周安然杯子上的小贴纸,一脸疑惑地轻轻"咦"了一声:"然然,你今天居然喝全糖?你不是喝少糖都觉得甜吗?"

周安然慢了好几拍察觉到嘴里满是一股腻人的甜味,低头看了一眼,才发现刚刚自己拿的是给柏灵云买的那杯乌龙奶盖。

谢静谊看她表情,猜道:"拿错了?"

周安然点点头。

"你什么情况啊,一副完全心不在焉的模样。"谢静谊问她,"而且嘴角还一直弯着,是碰到什么好事了吗,怎么忽然请我们喝奶茶了?"

周安然咬着吸管:"没什么,就是,我有一个朋友——"

她说着顿了顿。

谢静谊一副恍然大悟的表情:"我朋友就是我系列,我懂,有情况了是吧。"

周安然本来是想拿刚才的事问她意见的,但没想到谢静谊这么敏锐,她又不好意思问了。

"不是。"她摇摇头,随便扯了个理由,"就我朋友给我讲了个笑话。"

谢静谊:"什么笑话?"

周安然就对一个笑话印象深刻:"哆啦A梦的世界为什么一片黑暗?"

"因为伸手不见五指嘛。"谢静谊一脸失望,一副"就这?"的表情,"这么个老掉牙的冷笑话你也笑得这么开心,还是说——"

她也顿了顿,语气又八卦起来:"还是说这个冷笑话是某个异性朋友跟你讲的?"

周安然忙否认:"不是,是我闺密和我讲的。"

谢静谊不信:"真不是?"

谢静谊要是追问她为什么开心,她可能还会不小心露一点点馅,但这个冷笑话确实是严星茜最先和她讲的。

"真的不是。"

"行吧。"谢静谊盯着她看了两秒,"看在奶茶的分儿上,今天先放过你,反正你要真有什么情况,迟早也瞒不过我们。"

周安然:"真没有。"

"对了,"谢静谊像是想起什么,"你们社团那个新人你帮我问了没?会乐器吗?"

周安然见到陈洛白后,大脑到现在都是一片混乱,哪里还记得这件事。

"对不起啊,忘记帮你问了。"

"没事。"谢静谊无所谓地摆摆手,"也不是什么急事,我就是随便八卦一下,你什么时候记得再帮我问也是一样。"

周安然慢吞吞地喝了口奶茶。都加上他微信了,应该是会有下一次的吧。

周安然喝完这杯甜得发腻的奶茶,时间仍不算晚,另外两个室友还没回来。但想着自己今晚也不可能有任何心思看书,周安然就直接拿了东西去洗澡。

洗完澡躺上床,周安然慢吞吞地打开微信,主界面列表上多了一个新对话框。周安然指尖轻点上去。

其实之前买奶茶的时候,她就已经仔仔细细看过好几遍了。他的头像是一个NBA[①]球员的卡通背影照,微信名是一个大写的字母C,个性签名只有一个句号,朋友圈空空白白什么都没有。

周安然盯着对话框里那行"你已添加了C,现在可以开始聊天了"的系统小字看了好久好久,还是感觉好像在做梦。

陈洛白怎么会记得她名字?他记得她名字又怎么愿意再和她说话?怎么还会主动加她微信呢?

[①] 美国职业篮球联赛。

周安然躺在床上，百思不得其解。她感觉自己刚才喝的可能不是一杯甜得发腻的奶茶，而是一大瓶汽水，酸酸甜甜的滋味盈满胸腔，绵绵密密的小气泡不停冒上来，再不停炸开，怎么都无法平静下来。

周安然退出他的对话框，点进和严星茜她们的四人小群。点开虚拟键盘的一瞬，她指尖又停下来。

要怎么和她们说？说她今天无意间碰到了陈洛白，他还主动加她微信，问问她们他到底是什么意思。

但也可能他什么意思都没有。可能真像他自己所说的那样，只是觉得难得在大学再碰上以前的同学，所以跟她加个微信。告诉她们，反而会让她们又替她担心。也会让她自己忍不住想得更多，还是算了。

周安然又退出来。细密的小气泡却好像还在胸口不停炸开，始终平静不下来。想了想，周安然最终决定发条朋友圈，就当是纪念一下。她挑了一张今天下午出门时路上随便拍的花，又把刚才给柏灵云和于欣月拍的奶茶照片挑一张出来。配文犹豫半天，最后只写了短短一小句："今天的小幸运。"

只是她今天的幸运不是路上偶遇的鲜花，也不是甘甜的奶茶，是他还记得她，是加上他的微信，是以为往后只能做路人之后，忽然天降一丝还能跟他当朋友的曙光。

朋友圈发出去后，立即跳出消息提醒。

是严星茜给她点了赞，又在下面回复说："呜呜呜……我也想喝奶茶。"

周安然躺在床上回她："下周末聚会的时候给你买。"

回完严星茜，周安然就看见盛晓雯也给她点了个赞，还在下面回道："我看见了！还截图了！"

周安然莞尔，也回她一条："也请你。"

很快，张舒娴也来凑热闹，也不知道她们三个今天怎么都在这时候看手机。

张舒娴："知道你们下周末要聚会，就不能照顾一下我这个留守儿童吗！去私聊吧！！"

盛晓雯："谁让你不来呢，都说了我们一起帮你出机票钱，而且我们聚会群也拉了你，私聊你不也看得见。"

张舒娴："你以为我不想吗！是没空啊！医学狗不配有周末。"

严星茜:"没事,我让然然多请一杯,到时你那份我帮你喝掉。"

这几人就在她朋友圈瞎聊起了天。

周安然因此消息提示不断,中间还夹杂着其他同学给她的点赞。又一次有消息提示出现的时候,周安然看见头像显示的是严星茜的偶像,只当那三个人还在继续聊天,随手点开。

下一秒,周安然的心跳倏然漏了一大拍。夹在严星茜几人的评论中,还有一条消息提示是属于今晚才添加的那个新头像的——陈洛白给她点了个赞。

周安然睁大眼睛,确认了好几遍,才敢相信自己没有看错。她盯着点赞列表里他的头像看了多久心跳速度就乱了多久。

他不是向来很会跟女生保持距离的吗?怎么会给她点赞?是因为忘了当年的事,还是觉得已经过去两年了,她高中那点喜欢可能早不作数了?

周安然的指尖忍不住又轻轻戳了下他头像,刚一打开,就看到顶上显示着"对方正在输入"。她的呼吸不自觉地停下,他在给她发消息?

周安然感觉,她今晚这场梦好像做不完了一样。几秒后,又像是过了更久,手机响了一下。

C:"你明晚有空吗?"

虽然知道他多半是找她有事,不可能是约她,周安然已经乱得厉害的心跳还是又快了几拍,几乎要跳出胸腔一般。

周安然缓了下呼吸,回他:"有空,怎么了?"

"怎么了"语气会不会有点生硬?周安然删了后面一句,重新打字:"有空,是有什么事吗?"

C:"有个东西在我表姐那儿,她明晚有事不在学校,但我只有明晚有空,我让她放你那儿,明晚找你拿?"

周安然猜他说的应该是俞冰沁,为了稳妥起见,她还是多问了一句:"你表姐是俞学姐吗?"

C:"是。"

C:"行吗?"

周安然的心跳快得厉害,想也没想:"可以的,我明晚有空。"

C:"明晚九点左右,我应该会路过你们宿舍那边,到时给你发消息。"

周安然:"好。"

手机安静下来，好像是话题就这么结束了。周安然盯着对话框，有点懊悔刚才最后一条消息没有多发几个字。不然再主动找个话题和他聊聊？问问他腿伤是不是真的都好全了？

周安然指尖落向屏幕，又撇开，她泄气般叹了口气。不行。万一他真的是觉得她已经不喜欢他了，才愿意跟她当朋友呢？现在的情况已经比她预期中所有的结果都好上太多太多，她不敢再冒险，还是算了。

手机却在这时又振了一下，周安然的心脏像是也跟着震了震。

C："你课表能发一份给我吗？"

周安然一怔，怎么忽然问她要课表？没等她多想，他又一条消息发过来。

C："有个朋友想去你们院听课。"

周安然轻轻吐了口气。

这样啊。周安然也没失望，还能跟他当朋友已经是意料之外的惊喜。

周安然先回了他一句："可以的，你等一下，我找找。"

回完，她找出课表发给他。一秒后，手机又振动了一下。

C："谢了。"

周安然看着对话框上的最后两个字，唇角一点点弯起来。

那一年，她不后悔给他送糖，不后悔把药塞到他手上，更不后悔那天在办公室挡在他前面自己将事情揽下。她只后悔篮球赛那次，她因为胆怯没敢站出来，最后只能趴在课桌上，听着他跟别人道谢。那份遗憾在今天好像终于得到了一点点弥补。

次日一早，周安然就收到了俞冰沁送来的东西，被一个小纸袋装着，挺轻的，她也没打开看，拿进寝室后就仔细收好放在她柜子里。随后，周安然跟于欣月一起去了图书馆。

傍晚吃完晚饭，一看时间才六点出头，周安然在"回寝室等他"和"继续回图书馆"两个选项中迟疑片刻，最后选了后者。

要是这么早就回寝室，她肯定又会像昨晚一样，不停揣测他的心思，那就完全无法学习了，虽然这时候回图书馆，她也很难静下心，但多少还能再看几页书。在图书馆待到八点十分，周安然才提前回了宿舍。原以为这个时间点，宿舍里多半是没人的，结果一进门，她看见谢静谊在位子上写作业。

周安然本来是想回来悄悄化个妆的。可谢静谊在寝室，她就不好意思了。不过，昨天是去社团聚会，她化妆很正常，今天已经提前跟他约好，她再化个妆去见他，会不会多少有点刻意？

周安然犹豫片刻，最终还是放弃了化妆的想法。她对着镜子照了照。皮肤状态还行，但是头发好像有点干燥？那洗个头发去见他总没问题的吧。

谢静谊中途去洗手间洗手，见她又在洗头发，还有些好奇："你昨天不是洗过了吗？"

周安然揉着泡泡，也不知怎么和她解释，只好胡乱找了个借口："刚刚不小心蹭到墙上，怕有灰。"

"行，那你慢慢洗。"

周安然才不敢慢慢洗，她昨天确实洗过，今天只简单洗了遍，但吹头发花了点时间。

吹好后，她算着应该还没到九点，又不敢完全确认，第一时间拿起手机。八点五十分，确实还没到九点，但手机里已经有一条他的消息了。

周安然心跳又快起来，迅速解锁屏幕。

C："到你寝室楼下了。"

就在一分钟前。怎么还提前来了啊。

周安然忙回他："不好意思，刚洗头发去了。你等我下，我马上下去。"

C："不急。"

C："是我提前到了。"

周安然嘴角翘了翘，将手机放下，把俞冰沁给她的纸袋从柜子里拿出来。

临下去前，周安然又停下脚步，正对向镜子，打算再确认下头发有没有整理好，坐在旁边的谢静谊这时忽然站起身，一把紧紧抓住她手腕。

"啊！陈洛白在我们楼下等人！！"谢静谊的语气格外激动。

周安然："……"

"我就说我们学校，甚至外校一些大大小小美女想撩他怎么都铩羽而归。"谢静谊一脸发现了天大八卦的模样，"我们陈大校草莫非早有女朋友了，而且女朋友就在我们这栋楼？"

周安然也没想到他才在楼下站了一两分钟，消息就这么快传到她们寝室了。她弱弱回了一句："他大概是来找普通朋友的。"虽然她也不知道他们现在算不算得上是普通朋友，但好像也没有更合适的说辞了。

"你怎么知道？"谢静谊有些奇怪。

"可能是因为——"周安然顿了顿，她没想再瞒谢静谊，主要是应该也瞒不住，"他是来找我的。"

谢静谊愣了一秒，然后哈哈大笑起来。她抬手捏了捏周安然脸颊："然然，你居然也会开这种玩笑了。"

不信那她也没办法了。

怕他多等，周安然也没跟谢静谊再多说："我先下去给同学送点东西。"

谢静谊松开她的手："去吧。"

周安然拎起桌上的袋子，正要走，就听见谢静谊继续说："我去阳台看看。"

脚步一顿，周安然问她："你去阳台看什么？"

谢静谊冲她眨眨眼："看看到底是哪个漂亮的小妖精把我们陈大校草勾走了。"

周安然："……"

第 34 章

周安然从宿舍楼出来后，就看见陈洛白站在她们宿舍前的花坛旁。

男生今天穿了一身黑，黑色运动裤搭黑卫衣，卫衣帽子松松挂在脑袋上，站姿有些随意，一条腿直立，一条腿微屈着抵在花坛边，脊背却是笔直的。

他身形和样貌都过分出众，来来往往的人都朝他注目，他却低着头单手拿着手机在看，和当初在高中时一样，全不在意周围人的目光。离他不远处有两个女生犹犹豫豫，像是想朝他那边走过去。

周安然脚步停顿了一下。

陈洛白在这时恰好抬起头。她的目光瞬间隔空撞进他那双黑眸中，心跳不争气地快了一拍。

陈洛白将手机往口袋里一收，保持着单手插兜的姿势，依旧没在意周围其他人，大步径直走到她面前："这么快就下来了？"

周安然在加快的心跳中点点头，把手上袋子递给了他。

陈洛白抬手接过，语气中带着熟悉的散漫："谢了。"

周安然一站在他面前就不自觉地紧张，说了句"不用谢"，就不知道该说什么了。也不敢跟他对视太久，半低下头，想着送完东西是不是要和他说再见了，这时听见男生又叫了她一声。

"周安然。"

周安然听到他叫她名字，还是觉得不真实，不禁抬起头。

陈洛白卫衣帽子已经没戴在头上，不知是不是自己掉了下去，他头发不长，还是很纯粹的黑色，一点短碎发搭在额前。

"不着急上去吧？"

周安然有点没明白他的意思，不过还是诚实地摇了摇头。

陈洛白朝她晃了晃手中的纸袋："不白谢，请你吃个夜宵？"

从昨天他加她微信到现在，周安然一直觉得自己在做一个漫长的梦，但即便是梦，她好像也从没梦到过他会单独请她吃饭。

周安然怔了下，呆呆地看着他，有那么短暂的一瞬都忘了反应。

面前的男生却不知怎的，忽然笑了下。

重逢以来，周安然还是第一次见他笑。他这一笑，身上那股少年气又尽数冒了出来。她心跳再次怦怦加快。

"去吗？"陈洛白又问了她一遍，他抬手看了下腕表，"不过时间不早了，只能请你吃食堂。"

周安然回过神儿，压下心里那些又不停炸开的小气泡，朝他点点头。跟他一同去往食堂的路上，周安然也跟着收了不少注目礼。

她一直知道他很受欢迎，但还是第一次以这种视角来感受，以前她也只能和其他人一样在旁边看着他，甚至她还不如其他人那样大方，她只敢偷偷躲在人群里，偷偷看着他。

而现在，每一道落在他身上的目光，都会分一半到她身上。

周安然稍微有些不自在，更多的是开心与雀跃。倒不是因为受关注，她不喜欢受关注。开心只是因为他，因为走在她身边的是他。

只是没走几步，她手机就响了起来，是微信消息的提示音。周安然低头解锁屏幕，看见消息是谢静谊发过来的。

谢静谊："什么情况？！！"

周安然刚打开对话框的时候，还只有这条消息，随即，手机一响再响，里面又飞速跳出一条接一条的新消息。

谢静谊："陈洛白居然真的是来找你的？"

谢静谊："你还跟他一起走了？？？"

谢静谊："你今晚还回来吗？？？"

隔着屏幕都能感觉到谢静谊的惊讶与激动。

许是接连的响动吵到了旁边男生，周安然余光瞥见他忽然偏头朝她这边看了过来。她生怕他看到谢静谊最后那句话，想也没想，就迅速伸手按了锁屏键。

陈洛白看了眼她黑下来的手机屏幕："有事？"

即便知道他们应该最多止步于朋友关系，周安然也下意识不想他误会什么，忙摇摇头："没有，是我室友，她看到了一个娱乐八卦，有点激动。"

说完周安然莫名有点心虚，不过她这也不算跟他撒谎吧？就是稍微把事实夸张了那么一点点，加了"娱乐"两个字。

谢静谊的消息依旧没停，周安然怕她又发些乱七八糟的话过来，没敢打开看。好在手机响了几声后，终于消停了下来。

到了食堂，周安然被男生一路领着去了二楼的一个点餐区，这里价格相对一楼要贵上一些，但环境要好上许多。

陈洛白在点餐台前停下："想吃什么？"

周安然抬头看了一眼上面的菜单。她其实完全不饿，暂时并不想吃东西，想着俞学姐昨天说他嘴挑得厉害，她摇摇头："我吃东西不怎么挑，你选吧。"

陈洛白："真让我选？"

周安然又点点头。

男生不知怎的，忽然又笑了一下，他朝不远处的隔间抬抬下巴："行，那你先去隔间坐着等我。"

周安然应下，转身去隔间的时候，心里仍觉得有些神奇。没想到报到那天认识的学姐居然会是他表姐，这样看来，他们也不算太没缘分。

陈洛白点好餐，转过身，背倚在点餐台上，看见女生很乖地坐在隔间里看手机。跟高中相比，她变化不小，个子高了，也更漂亮了，黑色过肩的长发垂在雪白的颊侧，发梢微卷，素着一张小脸，却显得更加乖巧恬静。

食堂好几个男生频频朝她注目。

"同学，你的汤、虾饺这些都好了。"食堂阿姨在后面叩了叩桌板，"烧烤那些需要现做的还得再等等。"

陈洛白转身接过餐盘："行，麻烦您了，其他的我等下再过来拿。"

周安然其实在苦恼怎么回谢静谊，见他进来，就先把手机放下，打算回宿舍再直面暴风雨。

她低头，看到他餐盘里装得满满的："怎么点这么多啊？"

"多吗？"陈洛白将餐盘放下，语气随意，"还有几样没做好。"

周安然不知道他饿不饿，不好直接说让他退掉，只提醒说："我吃不了多少。"

"吃不完我回头打包回宿舍。"陈洛白在她对面的位子上坐了下来。

周安然稍稍放下心，不浪费就行。她确实一点都不饿，勉强吃了一个虾饺、一串烤串和一小碗牛丸汤就停了下来。

见她放下筷子，陈洛白抬眸："不吃了？"

周安然点点头，看见他也顺手将筷子放下："你也不吃了吗？"

陈洛白"嗯"了声。

气氛沉默下来，不像刚才都低头吃饭，现在沉默对坐着，好像有点尴尬。

周安然想找个话题跟他聊聊，又不知道说什么合适，她到现在都没想明白他为什么会主动加她微信。但就这么直接结束，下次再见也不知是什么时候了。

"周安然。"

犹豫间，周安然忽然听见对面的男生又叫了她一声。

周安然愣愣地抬起头。高中和他同班一年多，她从没在他口中听到过一次叫她的名字，和他说话的次数都少之又少，但就这两天，他叫她名字的次数，好像已经有些数不清了。

陈洛白把手机抵在桌面上，翻来倒去地转着玩，语气很随意："这周六有空吗？"

这个问题有些猝不及防。虽然知道他多半又是有什么事情，周安然的心跳仍然在一瞬间完全乱了节奏，有些反应不过来："啊？"

"祝燃你还记得吧？"陈洛白问她。

周安然不知道他怎么会突然提祝燃，还是诚实地点点头。他最好的朋友，她怎么会不记得。

"他周六来A大，听说你也在——"陈洛白仍在转着手机，表情看着有些漫不经心，"想喊你一起吃顿饭。"

周安然心里重重一跳。她刚刚还在心里想下次再有机会见他不知道是什么时候，没想到这个机会来得这么快，但是……

"我周六有个同学聚会。"她努力压住语气里的失望。

陈洛白停下转手机的动作，抬眸看她："同学聚会？"

周安然还是不敢跟他对视超过一秒，她低下头，轻轻"嗯"了声："就是和严星茜、张舒娴、盛晓雯她们，还有董辰和贺明宇。"

"贺明宇。"陈洛白重复了最后这个名字，语气听着仍散漫，像是随口一问，"你和他一直有联系？"

周安然不知他为什么会问这个问题，她不敢多想，但莫名不想让他误会什么："也没有，毕业后才联系上的，茜茜和董辰关系不错——"

这两个人上高中时见了面就吵，但好像越吵关系越好。

"贺明宇又和董辰玩得好，刚好他也考上了A大，就在物院。"不过她和贺明宇话都不多，加上微信后，到现在一共也没聊过几句。

小隔间里安静了一两秒。周安然忍不住稍稍抬起头，看见对面男生又开始转起了手机，表情很淡，看不出什么情绪。她觉得自己解释这么多有点莫名其妙。他怎么可能在乎她和别的男生有没有联系。

陈洛白的声音恰在这时又响起。

"那你们同学聚会介意再多两个人吗？"

周安然隔了一秒才反应过来："你们也要去？"

陈洛白"嗯"了声："不是同学聚会吗，我和祝燃也算你的同学吧？"

周安然点头："当然。"

"那你问问他们?"陈洛白的手机在桌面上轻轻抵了下。

"嗯。"

周安然应完这声,就把手机拿出来,打开前几天严星茜为聚会新拉的小群。这几天严星茜和董辰一直在群里吵架,她就开了消息免打扰。此刻这两人还在吵周六下午要玩什么项目。

董辰:"我还是投密室。"

严星茜:"我坚持选 KTV。"

董辰:"去 KTV 就变成你一个人的演唱会了,无非是听你把你偶像的歌从第一张专辑唱到最后一张,有什么意思。"

严星茜:"那密室逃脱又有什么意思,无非是你想炫耀一下你那不怎么高的智商,就不能跟人贺明宇学着低调点吗?"

周安然指尖点开虚拟键盘,忽然停住。要怎么和他们说?说陈洛白也想参加我们的同学聚会?"陈洛白"三个字一出现,群里估计就要炸锅。

许是见她迟迟没动,陈洛白又问了句:"怎么了?"

周安然心里一跳,忙摇摇头:"没什么。"

"不然——"她大脑有些蒙,"我把你拉进群里,你自己和他们说?"

"你们有个群?"陈洛白转手机的动作又停了下。

周安然点了下头,在群里先发了一条:"我拉个人进来啊。"

严星茜:"拉啊,不过你要拉谁啊?"

周安然:"……"

她在群里突然提陈洛白,和她忽然把陈洛白拉进群,好像结果也差不了太多?但是话都说了,也没法再反悔。

周安然先胡乱回了一句"也是我们班的同学",然后她一狠心,迅速把拉人的步骤搞完了。

系统提示"C 加入了群聊"。

严星茜:"C 是谁?"

张舒娴也在群里,此刻冒出来:"你们学校的?A 大吗?"

张舒娴可能是一下没反应过来:"咱们二中不就然然和贺明宇在 A 大,还有谁在?"

盛晓雯:"确实还有一个。"

盛晓雯："而且这头像和名字我在班长那儿看过，应该就是他。"

严星茜反射弧线也很长："他？谁啊？"

董辰："陈洛白。"

这个名字一出来，刚刚还热闹不已的小群忽然陷入了一片死寂。

周安然拿着手机，忍不住悄悄往对面看了一眼。

陈洛白刚好也朝她看过来："他们好像不太欢迎我？"

周安然听他语气略带笑意，不像是在生气或介意什么，还是忍不住解释："不是，可能就是有点惊讶。"

话音一落，她手机忽然疯狂响起来。比之前谢静谊一条接一条给她发消息更夸张，像是一下好几条消息一起涌进来，一声还没响完，另一声就接着响了起来，似乎是好几个人同时给她发起消息，而且响声一直没停。

陈洛白眉梢轻轻一扬："惊讶到都去找你私聊了？"

周安然不用看都知道肯定是严星茜她们几个。他向来聪明，肯定是瞒不过的。周安然老老实实点头，刚想着要不要再解释几句，就听见他声音再次响起。

"要我帮忙吗？"

周安然一下没明白："什么？"

陈洛白却没直接答她。男生低头在手机上打字，他手指细长又骨节分明，格外好看，手腕处的小痣在灯光下分外清晰。

几秒后，周安然的微信群聊里跳出两条新消息。

C："别找她了。"

C："想知道什么直接问我。"

第 35 章

群里又安静了片刻。张舒娴可能是反应过来了，试探性地问了个问题："你怎么知道我们在找她，你们俩现在在一起？"

明知道张舒娴指的是地理位置上的"在一起"，周安然呼吸还是乱了一拍，也不敢再像刚才那样偷偷去看他的反应。

C："是。"

周安然捏着手机的指尖紧了下,又松开。他这应该是没多想吧?但下一秒,严星茜的消息又紧跟着跳出来。

严星茜:"你们现在在一起???"

周安然从来不知道看个群消息,也能像现在这样看得像坐过山车一样。她知道严星茜向来大大咧咧,生怕她不小心说出什么乱七八糟的话,忙跟着回了一条:"我们现在一起在学校食堂吃夜宵。"

陈洛白落在手机屏幕上的指尖稍顿。他微抬起头,看见对面的女生低垂着眼,卷翘的睫毛像蝶翅一样在灯光下轻轻颤动,粉润的双唇紧抿着,像是有些紧张。

盛晓雯的消息又在群里跳出来,比起前面那两个问题,她这个问题看起来就相对正常又安全:"你们俩怎么忽然联系上了?"

周安然抿唇盯着屏幕,还以为他会把俞冰沁和社团的事大致说一下。

C:"我们现在在一个学校,联系上不是很正常?"

周安然心里又是一跳。她从没想过,有一天她和他会在他口中变成"我们"两个字,哪怕其间并不掺杂任何暧昧。可能是大家跟他都不熟,不好放肆,这个问题问完,群里又安静下来。

C:"没问题了?"

C:"那周六的同学聚会,多我和祝燃两个人你们不介意吧?"

严星茜:"不介意。"

张舒娴:"欢迎。"

盛晓雯:"非常欢迎。"

C:"其他人呢?"

董辰:"群主说了算。"

严星茜:"不用理董辰,他的意见不重要。"

两条消息几乎同时发出来。一秒后,董辰撤回了一条消息。

董辰:"群主虽然说了不算,但我个人还是挺想见一下老同学的。"

周安然看着这两人的互动,不由得又笑起来。

陈洛白放下手机,刚好看到她唇边两个梨窝浅浅露出来。

"走吗?"他低声问。

周安然抬起头,看见桌上还剩下一堆食物:"你刚刚不是说要打包?"

//211//

陈洛白"嗯"了声,站起身:"我去拿打包盒。"

知道到周六又会再见面,打包完后,周安然也不像方才那般不舍,低声问他:"现在下去?"

"等一下。"陈洛白看了下手机。

周安然眨眨眼:"还有事吗?"

"等个人。"陈洛白说着微转过头。

周安然顺着他目光望过去,看见一个清瘦的男生朝他们这边走来,牛仔裤浆洗得有些发白,但整体穿着很干净整齐。等他走近,陈洛白将打包好的东西递了过去:"买多了,你带回去跟他们一起帮忙吃了吧,不过可能稍微有点冷了。"

男生话不多,也没看周安然,点头接过:"好。"

等他离开,陈洛白往她这边略略一偏头,像是随口解释一句:"我室友。"

周安然猜应该也是他室友。一秒后,她反应过来:"那你不跟他一起走吗?"

陈洛白垂眸看着她,忽然笑了下,他朝门口抬抬下巴:"走吧,我送你回去。"

周安然刚刚缓下来的心跳瞬间又乱了起来。她一边跟他走向楼梯,一边在心里告诫自己:不要多想,他送你回去只是教养使然。忍住了多想,从食堂出去的时候,周安然还是没忍住问了他昨天没敢问的那个问题。

"你脚伤没事了吧?"

陈洛白脚步一停,偏头朝她看过来:"你知道我脚受伤?"

男生瞳孔也是黑色,在夜色中显得格外明亮、格外深邃,周安然被他看得心跳不稳,她别开视线:"学校都传开了呀。"所以她知道很正常,作为普通朋友,哪怕是普通同学,表示一下关心也很正常吧?

安静了一秒。她看见男生继续往前走,声音从旁边传来:"没事了,只是近段时间还不能剧烈运动。"

周安然在心里轻轻舒了口气。她其实还想问问他是怎么受伤的,但不知道以他们现在的关系,她问出这个问题算不算过界,最后还是咽了回去。

"那就好。"

周安然回到寝室时，柏灵云和于欣月都已经回来了。她一推开门，谢静谊就从座位上站起来，板着一张脸，双手抱在胸前看着她："解释一下。"

周安然走到她旁边，把刚刚在楼下自动售货机上买的汽水放到她桌上。

"请我喝汽水也没用。"谢静谊不买账。

柏灵云拿着牙刷正打算去刷牙，见状不由得问了句："你们俩什么情况，闹矛盾了？"

于欣月回来后又在接着看书，此刻也转头看过来。

谢静谊发的那一堆消息，周安然都还没回，主要是也不知道怎么回。闻言她忙摇摇头："没有。"

"那你凶然然做什么？"柏灵云问谢静谊。

谢静谊："我凶她了吗？"

周安然继续摇头："没有。"

柏灵云拿着牙刷走过来："那你们俩到底什么情况？"

连于欣月也放下书走过来。

谢静谊："陈洛白今天晚上来我们宿舍楼下找人你们知道吗？"

于欣月摇头。

柏灵云点头："开完会听我们学习部的人说了，好像是来我们楼找了个女生，还带她去食堂一起甜甜蜜蜜吃了个夜宵，都在传是不是他女朋友，我刚回来还想问你知不知道那女生是谁，一下又忘了。"

周安然听到"女朋友"三个字，明知道是假的，耳朵也莫名烫了几分。

谢静谊瞥了周安然一眼："何止呢，他还送了那个女生回寝室。"

"所以那女生到底是谁啊？"柏灵云也被她勾起了兴趣，"你快说，你消息不是一向最灵通了吗？"

谢静谊抬手指周安然："喏，远在天边，近在眼前。"

于欣月面露惊讶，柏灵云的牙刷掉了。

一分钟后。周安然被三个舍友围在中间，柏灵云也学谢静谊抱胸，故意板起脸，连向来对八卦不怎么感兴趣的于欣月也凑起了热闹，一副要三堂会审她的架势。

"到底什么情况？"谢静谊又问了一遍。

周安然小声给自己辩解了一句："我下去前跟你说他是来找我的，是你不信。"

"你从来没告诉过我们你认识陈洛白，突然跟我说他是来找你的，你让我怎么相信。"谢静谊还装出一副冷淡的模样，"说吧，你什么时候认识他的？"

周安然被三个室友盯得头大，弱弱道："他是我高一同学。"

"你高中不是就读于芜城一中的吗？"柏灵云不解。

于欣月更不解："是啊，陈洛白南城二中的啊。"

"我是南城人，高一在南城二中读的，高二才转到芜城一中去。"周安然转向于欣月，"我以为你知道的。"

于欣月："我那不是高三才认识你，就以为你一直是在一中读的。"

"你也是够厉害。"谢静谊装出来的那副冷淡模样被于欣月搞得差点儿破功，笑了一下，又板起脸看向周安然，"所以你明明和陈洛白是同学，听着我们乱说他的八卦，居然一点不插嘴？"

在昨天以前，周安然真的以为这辈子和他都只能与陌生人无异，不会再有任何交集了。但听室友这么说，她多少有些心虚："我高中和他完全不熟，话都没说过几句。"

"那怎么忽然熟起来了？"柏灵云也凑起了热闹，八卦地冲她眨眨眼。

周安然："……现在也不熟的。"

谢静谊："不熟他来寝室楼下找你，还请你吃夜宵？"

"真的，俞学姐社团的另一个新人就是他，我连微信都是昨天才跟他加上的，今天只是帮俞学姐给他送个东西，他才请我吃夜宵，送我回来——"周安然顿了顿，像是在跟她们解释，也像是在继续劝自己不要乱想，"只是因为他教养好而已。"

"就这样？"谢静谊问。

周安然点点头："你不都说了吗？我有什么情况也瞒不过你们，更何况是跟他。"

"这倒也是。"谢静谊也装不下去了，拉住她的手，"对了然然，你和我们说说，陈洛白高中时什么样子啊？"

周安然脑海中忽然闪过无数画面,他高中啊……

她想了想,斟酌着挑了两个不带感情倾向的评价:"成绩好,教养也好。"

"谁要听这个呀。"谢静谊无语道,"他高中有没有女朋友啊,或是跟哪个女生走得比较近?"

"没有。"周安然摇摇头,"他高一除了学习就是打球。"

谢静谊一脸失望:"还以为能有点什么独家八卦呢。"

于欣月转身继续去看书。

柏灵云:"等等,我的牙刷呢,我刚才明明拿在手上的呀?"

周安然洗漱完躺上床,小小深呼吸了一下,随后才解锁手机,打算来面对另一场暴风雨。她打开和严星茜她们的四人小群,上面满屏都是问号和感叹号,最后一条消息是半小时前盛晓雯发的。

盛晓雯:"你回寝室后最好给我们老实交代。"

周安然不知道要怎么交代。她想了想,先发了个可怜巴巴的表情。

那几个人像是都正在等着她,这个表情一发出去,群里好几条消息就跳了出来。

严星茜:"装可怜没用。"

盛晓雯:"说吧。"

张舒娴:"坦白从宽,抗拒从严。"

周安然失笑。犹豫片刻,她索性简单地把这两天发生的事情不带任何猜测与偏向地跟她们说了一遍。

严星茜一副失落语气:"就这?"

严星茜:"所以你们昨天才联系上,今晚跟他一起,就是因为你帮他送东西,所以他请你吃夜宵?"

张舒娴:"虽然但是,陈洛白什么时候主动加过哪个女生微信,又单独请过哪个女生吃夜宵?"

盛晓雯:"他到底什么意思?"

这个问题,周安然到现在也没想通。

周安然抿了抿唇:"可能真的没什么意思吧。"

周安然:"毕竟到了大学确实难得碰上高中同学,我们班也就三个人在 A 大。"

严星茜："那加微信勉强可以理解，也不用单独请你吃夜宵吧，大可以像那次球赛一样，买一堆零食当谢礼就行。"

周安然晚上在跟他去食堂的路上时，就想过这个问题：但现在不像高中，那时候大家每天都在一个教室，现在他要买零食送我，就意味着他还得再找我一回，好像更麻烦。

盛晓雯："反正他周六不是要参加我们的聚会吗？"

盛晓雯："到时候我们自己看看呗。"

严星茜："也是。"

张舒娴："我！也！想！看！"

张舒娴："不行，我要去买机票，我也要来参加聚会。"

周安然："你不是说作业做不完吗？"

张舒娴："我就算是这几天熬夜，也要提前把作业赶出来，空出周末的时间。"

周安然："要不然你还是下次再来吧。"

张舒娴几分钟后才回消息，她直接贴了张机票购买截图到群里。

张舒娴："我周六上午十点半到！"

周安然见她居然把机票都买好了，就也没再劝她："那我去接你吧。"

张舒娴："不用你接。"

盛晓雯："就是，你接什么接，我们去接就行了。"

严星茜："虽然我们是可以去接，但为什么不让然然接啊？"

周安然："就是啊。"

周安然："为什么不让我接？"

张舒娴："茜茜你傻不傻，她去接我了，还怎么跟陈洛白一块儿去饭店？"

周安然："都说了，他应该没什么别的意思。"

张舒娴："是啊。"

张舒娴："我也没别的意思。"

张舒娴："你们都从 A 大出发去聚会的饭店，约着一起过去不是很正常吗？"

周安然刚想说应该不太可能，手机这时又振了振。她退出群聊，回到主界面，看见一个这两天盯着看了无数遍的头像跳到了最上方，上面多了个红色数字1。

陈洛白给她发了条消息，不用点进对话框就能看见全部内容——

C:"晚上忘了问你，周六一起去饭店？"

周安然心里重重一跳，捏着手机的指尖倏然发紧。他再这样，她真的要忍不住多想了。

周安然盯着最上面的对话框，迟迟没有点进去，手机忽然又响了下，聚会六人小群的对话框跳到陈洛白对话框的上面。是有人在里面@她。

周安然点开群聊，看见@她的是今晚一直没说话的贺明宇。

贺明宇:"周六一起去饭店？"

第36章

周安然看着贺明宇这条消息，加快的心跳重新平息下来。连平时不怎么联络的贺明宇都邀她那天一起出发，看来这应该是一件很正常的事情。

小群里面，董辰的消息跟在贺明宇后面冒出来。

董辰:"你是不是没看前面的消息，咱们群里多了个人发现没，陈洛白和祝燃周六也跟我们一块儿去聚会。"

贺明宇:"是吗？"

周安然抿抿唇。她退出群聊，重新点进他的对话框。

从私心来讲，她肯定更希望能再有机会和他独处。但贺明宇是在群里问的她，她要是在群里拒绝贺明宇，再答应他的要求，那她那点小心思只怕要和在教导主任办公室那天一样，再次在他面前变得昭然若揭。

周安然不知道他是不是没把高中那点事放在心上，现在才愿意和她当朋友。但难得有了和他当朋友的机会，她也舍不得再退回去跟他当陌生人。

周安然点开虚拟键盘，犹豫片刻，指尖终于落上去打字:"你看见群消息了吗？"

C:"嗯。"

周安然抿着唇:"那到时我们三个一起过去?"

过了差不多快半分钟,陈洛白才回她。

C:"行。"

周安然轻轻吐了口气,说不出是不是失望。周安然盯着对话框里简单的对话看了片刻,没再试图找话题打扰他。她退出去,重新打开群聊,正想着要怎么和贺明宇说,就看见董辰在群里@陈洛白。

董辰:"你周六也是从A大出发吗?"

C:"是。"

董辰:"那你们三个正好可以一块儿过去。"

张舒娴:"是啊,三个人一块儿打车还能省点车费。"

周安然不由得觉得好笑,可同时又觉得窝心。他怎么可能需要省这点车费。但张舒娴不可能不知道这个事实,会发这句话,无非是因为不知道刚刚陈洛白私下问她要不要一起走,想趁机帮她多争取一点和他相处的机会。

虽然多半没这个必要,但现在她自己心里都是一团理不清的乱麻,还是等周末见面再和她们仔细说清楚吧。

出神间,陈洛白已经回复了董辰,还是和刚才回她一样简洁。

C:"行。"

董辰:"对了。"

董辰:"你不是说祝燃也要来吗,怎么没把他拉进群里?"

C:"他太吵了。"

C:"本来想让你们再清净一会儿。"

C:"现在拉。"

这次重逢,周安然隐约觉得他性格像是比高中时沉稳了少许,但看着他在群里调侃祝燃的这几句话,又觉得他好像一点都没变。应该就是因为和她不熟吧。

系统很快提示祝燃也加入了群聊。祝燃好像也没变。

祝燃:"Hello! Everybody!"

祝燃:"好久不见啊!!"

祝燃:"周末聚会咱们玩什么,不会就一起吃个饭吧?"

董辰:"你不提我差点儿忘了问你们。"

董辰:"午饭后的项目有两个选项:KTV 或者密室逃脱,你们想挑哪个?"

祝燃:"密室逃脱吧。"

祝燃:"去 KTV 有人又不唱歌,生怕我们听他唱一次,他会亏几百万元似的,没意思。"

董辰 @C:"你呢?"

C:"其他人选什么?"

董辰:"贺明宇说随便,几个女生想去 KTV。"

张舒娴:"其实去密室逃脱也不错啦。"

盛晓雯:"密室逃脱 +1。"

严星茜:"密室逃脱也行吧。"

董辰 @ 严星茜:"是谁说密室逃脱没意思的?"

严星茜:"我刚才觉得没意思,现在又觉得有意思不行啊,关你什么事啊。"

周安然大约能猜到她们几个为什么改主意,不由得又有些失笑。

下一秒,手机轻轻振了下。

C@周安然:"你呢?"

明知所有人都选好了,就只剩她还没回,但看到他主动 @ 她,她心里好像还是不由得有几颗小气泡冒出来,轻轻炸开。

祝燃和他们也都不熟,刚刚那句"去 KTV 有人又不唱歌"应该说的是他吧。

周安然:"那就密室逃脱吧。"

C:"行,那就密室逃脱。"

周安然知道陈洛白来宿舍找她的事情肯定会引起别人的注意,但没想到第二天一早去上课,就有人拿这件事来问她。

他们院虽是理科院系,但男女比例相差不大,这一届差不多都快到一比一了。问她的是隔壁班一个叫聂子蓁的女生,长鬈发,相貌不错,早八的课也带着精致漂亮的妆容,此刻就坐在她前面。

聂子蓁返身看着她:"周安然,听说陈洛白昨天晚上去你们宿舍楼下找你了,还跟你一起去了食堂吃夜宵,你们什么关系呀?"

她这话一问出来,旁边好几个人都转头看过来,男生女生都有,像是都有些好奇。

周安然知道他一贯不爱被传这些乱七八糟的绯闻消息,也不想因此给他造成什么困扰,想了想,干脆趁机简单解释了一下:"没什么关系,他是我高中同学,昨天我帮人给他送个东西,他就请我吃了顿夜宵。"

"你居然是他高中同学。"聂子蓁眼神微亮,"那你有他微信吧,你们要真没什么关系,你能把他微信推给我吗?"

周安然愣了一下。没明白聂子蓁怎么就顺着她刚才那句话,直接问她要起了他的微信,她和聂子蓁都没加过微信。但不管是出于尊重他,还是出于她自己的私心,她都不想答应这个要求,即便知道她和他并不可能,她也不想亲手把追他的机会送给别人。

谢静谊和聂子蓁同在学生会一个部门,接触过几次,知道她说话直接,大小机会都想争取一下,有时会显得比较功利,但人其实也算不上坏。这次也不例外,多半就是看周安然脸皮薄好说话,才会趁机提出这样的要求。谢静谊正想提醒周安然,就看见她摇了摇头。

"抱歉,我不能越过他,私自把他微信推给你。"

聂子蓁还不想放弃:"你偷偷推给我,他又不知道,要不然你帮我问一下他也行啊,就说你朋友想加他,他看在你的面子上,肯定会答应的。"

周安然:"嗯?"

她什么时候和她成朋友了?而且她在陈洛白那儿,能有什么面子。她又摇摇头,继续拒绝道:"我跟他不算熟,在他那儿没什么面子。"

聂子蓁盯着她看了几秒,像是在打量她有没有撒谎:"你不想帮就直说。"

谢静谊帮腔道:"但陈洛白确实不喜欢别人越过他私自把他微信推给其他人,前几天听说他班上有个男生没问他就把他微信推给了一个女生,他当着那男生的面就把他微信删了,一点情面都没留。"

聂子蓁愣了一下,倒没再纠缠:"这样吗?那算了吧。"她说完又转回去。

周安然听着谢静谊的话,不由得有些惊讶,凑过去轻声问她:"真的吗?"

"真的啊。"谢静谊点头,"你不知道吗?"

周安然抿了下唇,小声说:"我跟他真是前天才联系上的,你平时要不和我说,我也什么都不知道。"

"那可能是我忘了跟你们八卦了。"谢静谊说。

快要上课了,周安然也没再打扰她。她盯着桌上的课本,稍稍有些走神。

印象中,他好像一直挺好相处的,有一大群的朋友,好像跟哪个男生都能随便开点玩笑。

不过确实也不是完全没脾气的人。那次篮球赛,他就没给十班那个特长生留一点面子。班上的男生好像也都不太敢吵他睡觉。

上课铃响,周安然敛神。

一周的课上完,周五晚上,周安然没在图书馆待太久,九点就回了寝室。洗漱完躺上床,周安然打开聚会群,就看见群里聊得正热闹。

祝燃:"你们毕业后这是第一次聚吗?还是之前就聚过了?"

董辰:"暑假聚过一次。"

祝燃:"你们几个人都来了吗?"

祝燃:"周安然不是搬家去芜城了吗?"

董辰:"就是因为她那阵子刚好回南城,住在严星茜家,就一起聚了一下。"

祝燃:"早知道就让你们也叫上我们了。"

祝燃:"暑假我在家都快无聊死了。"

董辰:"我还以为你们会出去旅游呢。"

祝燃:"没,姓陈的今年哪儿都不肯去。"

祝燃:"对了,你们明天什么时候出发?"

董辰:"十一点左右吧,订的饭店有点远,去太迟怕会耽误下午玩密室逃脱。"

严星茜:"你还好意思说,谁让你挑这么远的饭店。"

董辰:"不是你说这家店好吃的吗?"

严星茜:"我什么时候说这家店好吃了?"

董辰:"不好意思,少打了个字。"

董辰:"不是你说这家店不好吃的吗,所以我才特意订了这家。"

严星茜:"滚滚滚。"

严星茜:"懒得理你。"

严星茜:"我跟晓雯去机场接了舒娴就不回学校了,直接到酒店放好东西就去饭店,应该会早到。"

董辰 @ 贺明宇:"那你呢?"

严星茜 @ 周安然:"然然你呢?"

祝燃:"你们俩还挺默契。"

严星茜:"谁跟他默契,是他学我。"

董辰:"看清楚一点,我消息在你消息前面。"

严星茜:"谁知道是不是网络延迟呢。"

周安然看完这一小段消息,贺明宇的消息紧跟着跳出来。

贺明宇 @ 周安然:"我们明天十一点在学校北门外集合行吗?"

周安然:"可以。"

周安然一直没看到陈洛白出来聊天,回完这一条,正犹豫着要不要趁机主动 @ 他一下,就看到祝燃先 @ 他了。

祝燃 @C:"人呢,死哪儿去了?"

C:"十一点集合是吧?"

C:"行。"

周安然不喜欢让别人等,第二天特意提前一点出发,从北门出去时,发现居然有人比她还早。

男生今天穿着绿白棒球外套,内搭件简单的白 T 恤,下面穿了件灰色束脚卫裤,看着格外清爽。他站在树边,低头单手拿着手机,一看就是在等人,可能是神情有些淡,周围有几个女生频频回头,却也没人敢上去搭讪。

周安然慢吞吞地朝他走过去。

快走近时,陈洛白大约是发现她了,他抬起头,把手机塞回裤袋,手就插在裤袋里也没拿出来,嘴角微勾了一下,那股子冷淡感一下就没了。

"怎么来这么早?"

周安然在离他还有两步远的位置停下,压下心里那点紧张,尽力让语气自然一点:"你比我来得更早啊。"

陈洛白垂眸看着她，声音压得稍微有些低："总不能让你等我。"

他是扇形双眼皮，眼形偏狭长，这样低头看人的时候，莫名就显得有几分专注，周安然明知道他是因为教养使然，不想让她一个女生等他，心跳仍不受控制地开始加速。不过他可能什么也不用说，什么也不用做，只要站在她面前，她的心跳好像就没办法平稳。

周安然微垂下头，不知道该和他说什么。好像什么话题都想和他说，又怕说什么都不合适。

陈洛白单手插兜看着她。

今天是阴天，天气不冷不热，女生穿了件浅绿色针织开衫，里面搭了条长裙，头发编了下，一只白皙的耳朵露在外面，脸更显小巧，皮肤白得近乎透明。白天光线比前两次晚上见面时要好，他几乎能看清她脸上细小的绒毛。

"周安然。"

周安然抬起头。陈洛白对上她那双偏圆的、漂亮又无害的杏眼。

"周安然。"另一道声音从不远处传来。

周安然转过头，看见贺明宇朝他们这边走来。她开学后还没见过贺明宇，乍一看差点儿没认出来，他的眼镜从高中时的黑框换成了金丝框，穿着件灰色毛衣，高高瘦瘦的，很显斯文。

贺明宇走过来，冲陈洛白点了下头。陈洛白也冲他点点头。

贺明宇停在周安然旁边："不好意思，没想到你出来得这么早，没等太久吧？"

周安然摇摇头："没有。"

"有车。"陈洛白忽然插了句话。

周安然转过头，看见不远处确实停了辆出租车，正在下客。陈洛白伸手拦了下，司机往他们这边开来。

周安然又偏头看了眼旁边的男生，低声问他："你刚刚要和我说什么？"

"没什么。"出租车停在他们面前，陈洛白顺手拉开后座，偏头看向她，冲车内一扬下巴，"上车吧。"

周安然没想到他是在给她开门，唇角不禁弯了一下："谢谢。"

陈洛白的目光在她颊边的小梨窝处停了下："不用。"

周安然弯腰上了车。

陈洛白又看向站在另一旁的贺明宇,手搭在半关未关的后座车门上:"不用我帮你开副驾车门吧?"

贺明宇:"不用。"贺明宇拉开了副驾的车门。

周安然坐在车内听到了这番简短的对话,可等男生在她旁边落座,那股不知是不是洗衣液的清爽香味在鼻间若有若无萦绕时,她的脊背还是稍稍僵直了些,好像还从没跟他坐得这样近过。

坐在副驾的贺明宇跟司机报了地址。

可能是彼此都不算太熟悉,车子启动后,狭窄的车厢内顿时陷入一种微妙的安静中。司机大概也感觉到了,都没有试图搭话。

行驶片刻后,贺明宇打破沉默:"周安然,你课表能不能发我一份,有两节课我想去你们院听一下。"

周安然:"行啊。"

她说完解锁手机,想去翻课表。

陈洛白那道无比熟悉的声音这时在她耳边很近的地方响起:"给我再发一份吧。"

周安然一怔,转头看他。

"你上次发我那张,我不小心删了。"陈洛白说。

周安然刚想点头。

"那聊天记录里应该还有吧。"贺明宇忽然接话,"除非你把聊天记录也删了。"

"也是。"陈洛白目光转向副驾,眉梢轻轻一扬,"你不说我差点儿忘了,我看一下啊。"

周安然就没急着翻相册。

旁边男生从卫裤口袋里把手机拿出来,可能是刚好拿反了,黑色的手机在那只细长好看的手上转了一圈。

周安然很喜欢他这些小动作,能看出来不是故意耍酷,越是不经意,反而越是显得少年气满满。她一时忘了要把视线撤开,他好像也没有避着她的意思,手机屏幕不经意间还往她这边倾斜了下。

周安然于是看清了他给她的备注,就是她的名字。她抿了抿唇,但也不觉得意外。他们聊天记录不多,周安然看见他只随便往上翻了翻,就找到了她发给他的那张课表。

"还真没删。"男生声音听着懒洋洋的,"那正好,就不用她给你发了,我顺便给你发群里去。"

贺明宇:"……"

一秒后,周安然看到他把她的课表转到群里,声音还是懒懒的。

"不用谢。"

第 37 章

出租车在路上堵了片刻。周安然一行到达饭店包厢时,其他人都已经落座。

包厢里摆着张大圆桌,严星茜、盛晓雯和张舒娴一起坐在靠门口这边,祝燃跟张舒娴之间隔了两个空座位,董辰坐在另一边,跟严星茜之间也隔着两个空座位。看见他们进来,严星茜立即从座位上站起来跑到门边一把抱住周安然,腻腻歪歪道:"然然,我好想你啊。"

周安然看她穿了条短裙和靴子,低声问她:"这天还穿短裙,你不冷啊?"

"不冷啊。"严星茜抱了几秒才放开她。

周安然握了握她的手,感觉不凉,就也没管她,只稍稍靠近一点,小声跟她说:"你真的说过想吃这家店。"

"啊?"严星茜一脸惊讶。

周安然昨晚就想告诉她,后来翻完群消息,大家聊起了今天什么时候出发,她一下又忘了。

"九月中的时候,你朋友圈转过一个这家店的探店视频。"

严星茜知道她记性好又细心,这么跟她说,肯定是确有其事,她一边低头去翻朋友圈,心里一边涌上一股奇怪的感觉。

张舒娴这时拍了拍旁边的座位:"然然你过来跟我坐吧。"

祝燃随后也拍了下两个空座中更靠近他的那一个:"陈洛白,你立在门口做什么,过来坐。"

"老贺你坐我这边。"董辰朝贺明宇招了招手,"正好帮我隔开严星茜这个疯婆子。"

严星茜刚翻到那条探店视频。

她隐约有点想起来，当时是刷到一个博主来这家店探店，看着菜色都不错，她就转去朋友圈说看着挺想吃，但她向来是转完就忘的性格。此刻再翻到这条记录，想起董辰昨天那句话，她心里那股奇怪感越发明显，刚想抬头看他一眼，就听见了董辰这句话。

严星茜瞬间什么奇怪的感觉都没有了："董辰你要死啊，你说谁是疯婆子呢，有本事你端个碗去包厢外面吃啊，那跟我隔得更开！"

"饭店又不是你家开的。"董辰轻飘飘瞥她一眼，"你让我出去我就出去啊。"

两人瞬间又吵起来。

周安然刚拉开座椅坐下，她许久没当面听这两人吵架了，多少觉得有些亲切，嘴角不由得弯了又弯。

旁边传来一点轻微的椅子拖拽声，随即那股清爽的气息一瞬拉近。是比刚才在出租车上更近的距离。

周安然呼吸微屏，垂眼看见他落座时，棒球外套的白色袖子好像轻轻从她开衫袖子上一擦而过。她有点想往张舒娴那边挪一点，又舍不得。

迟疑间，陈洛白忽然低头朝她这边靠过来，那股清爽气息一瞬近至鼻前，清晰地萦绕在周身。周安然看着男生挺直的鼻梁，呼吸彻底屏住。陈洛白声音压得比之前在校门口时更低，几乎像是耳语："他们每次见面都这样吵架吗？"

周安然见他目光看向严星茜那边，点点头："对啊，他们从高中第一次见面就一直是这样吵。"

"第一次见面？"陈洛白像是随口跟她闲聊，"报到还是开学？"

周安然："开学那天，高一第一学期他们俩坐前后桌，第一天第一个课间，两人桌边掉了支笔，茜茜说是她的，董辰说是他的，两人就吵起来了，谁也不让谁。"

"结果呢？"陈洛白问她，"笔是谁的？"

"都不是。"不知是因为可以这样跟他像朋友一样闲聊，还是因为想起了那天的乌龙，周安然忍不住浅浅笑起来，"笔是隔壁组一个女生的，他们俩的笔一个夹在书里面，一个塞在桌洞里，两个人自己都忘了。"

"早知道——"陈洛白顿了顿。

周安然不由得偏头去看他。

这一偏头,目光却径直撞进了男生的视线中。他不知道什么时候就不在看严星茜和董辰吵架了,侧头看向她这边,眸色漆黑的缘故,于是眼神显得有点专注。

陈洛白就这么看着她,缓缓接道:"我就不跟老高说只坐最后一排了。"

周安然心里重重一跳,总觉得他这句话像是意有所指,但细想又好像很正常。

服务员这时敲门进来,问人到齐了吗,要不要开始点菜。董辰和严星茜因此停止了吵架,他们这段闲聊自然也到此终止。

吃完饭,一行人转战密室逃脱。他们这次玩的是一个恐怖主题的密室逃脱,他们一行八人刚好凑一个队。

进去第一个房间挺开阔的,虽不是全暗,但里面整个光线偏蓝绿色调,荧荧的蓝绿光线打在每个人脸上,照得每个人都阴森森的,不比全暗好多少。

房间里面有台电脑,停在开机输密码的界面,是他们要解的第一个谜。

八个人原本是站在一块儿的。开始找线索后,祝燃抬手搭上贺明宇的肩膀,其实刚才吃饭的时候,他跟贺明宇话也没说几句,这时却一副自来熟的模样:"老贺,跟我说说你们Ａ大的物院都上什么课呗,你们物院可是我梦想中的院系啊,可惜我没考上Ａ大。"他一边说,一边勾肩搭背地把人拉到房间的另一边去了。

严星茜不知是不是踩到了什么,忽然尖叫着往一边跑。

董辰一副嫌弃的口吻:"叫这么大声,你别吓到人家NPC[①]了。还有你乱跑什么,小心踩坏人家的东西。"

他嘴上嫌弃着,却还是第一时间朝严星茜那边追了过去。

张舒娴一把拉住盛晓雯的手:"晓雯,我们去那边看看吧。"

转眼,周安然边上就剩陈洛白一个人了。

---

① 非玩家角色。

她知道张舒娴和盛晓雯多半是故意的，严星茜不好说，可能真踩到什么东西了，但最开始走开的是祝燃和贺明宇。

他应该不会多想什么吧？

"怕不怕？"那道熟悉的声音忽然在耳边响起，压得有些低，格外好听。

周安然犹豫了一下。其实这是她第一次玩密室逃脱，不过她之前连恐怖片都不怎么敢看，估计应该也不太耐吓。比起给他留下胆小的印象，她更不想对他撒谎，就诚实地点点头："有一点。"

陈洛白声音仍低，侧脸在幽蓝的光线下依旧是帅气的："那你先跟着我。"

周安然心里像是又有咕噜噜的小气泡在炸开，她唇角很浅地弯了下："好。"

陈洛白很快找到了线索，是一张泛黄的纸。

周安然有点好奇，又不好主动靠他太近。

男生这时却把手上的纸张稍稍朝她这边移了移："好像是栅栏密码，听过没？"

"听说过。"周安然点头。

陈洛白把泛黄的纸张递给她："那你来解？"

栅栏密码不难，周安然没有拒绝，她接过来看了看："好像是 We love（我们爱）——"

她话音倏然一顿，耳朵尖热起来。

"We love——"陈洛白低声问，"然后呢？"

周安然想用空着的手去摸一下耳朵，又忍住，她没好意思继续把那句话念完："我直接去电脑那边试试吧。"

见他们走向电脑，其他人都凑了过来。

"这么快就找到线索了？"祝燃手还搭着贺明宇的肩膀，"阿洛你解的？"

陈洛白抬手指了指电脑前的女生："不是我，是她。"

"厉害啊周安然。"祝燃有点惊讶，"我还以为你是那种恐怖片都不怎么敢看的女生，没想到你还挺冷静的。"

周安然一边低头准备输密码，一边回他："也没有，就是一个挺简单的栅栏密码。"

祝燃拿起她放在桌上的那张纸："我看看啊，好像是不难。We love

each other（我们爱彼此），哟……看来还是个凄美的爱情故事。"

周安然已经输完最后一个字母。听见祝燃念出那串密码，耳朵尖又热了一下，顿了顿，才按下回车键。

从第一个密室顺利出去后，第二个房间更开阔，像一个工位很多的超大办公室。这是间"玩偶公司"，除了工位，还有随处可见的玩偶，各式各样，大小不一。只是大部分都做得神情诡异，连毛绒玩具都失去了平日的可爱，不是上面有大片暗红色血迹，就是头歪歪斜斜要掉不掉的。

周安然一进来，就有种头皮发麻、汗毛直竖的感觉。但空间比刚才那间还大，他们决定像刚才那样分开找线索。

祝燃还是第一时间勾肩搭背地拖走了贺明宇："走走走，我们一边找，一边继续聊刚才的话题吧。"

张舒娴胆子大，气定神闲地把盛晓雯也拉走了："我们去另一边。"

严星茜不情不愿地看向董辰："算了，我勉强跟你一组吧。"

董辰语气听着挺愉悦："严星茜，你要是怕就直说，你认声怂，我就不笑你。"

严星茜张了张嘴，下意识地想反驳，最后又忍下来："行，我怂，我害怕行了吧。"

估计董辰没想到她会是这个反应，一时竟愣住了。

严星茜没理他，偏了偏头，看向剩下的两个人，语气还是有点不太情愿："陈洛白，然然是真的连恐怖片都不敢看的。你是男生，就麻烦你照顾她一下。我也害怕，容易一惊一乍的。她要跟我一起，估计会被我吓到。"

周安然心里既觉得熨帖，又害怕陈洛白会看出点什么。好在男生几乎没有一秒的犹豫，严星茜说完这句话，陈洛白就点头应下："行，她今天下午都可以跟着我。"

"然然。"严星茜随便乱指了下，"那我们先到另一边去了。"

周安然点点头。

严星茜和董辰一走，进门处一时又只剩下她和陈洛白两个人。男生站在她面前，声音又像刚才那样压低："怕的话，要不我陪你站这儿等着？他们应该很快能找到线索。"

难得出来玩一次，周安然也不想影响他的体验，她摇摇头："没事，我们也去找吧。"

陈洛白看了眼她在灯光下显得有些苍白的脸,垂在一侧的手指动了动,最后只说:"那你走我旁边。"

周安然跟在他边上开始找线索。说完全不怕当然不可能,她总觉得随时会有NPC从某个毛绒娃娃里钻出来吓人。所以每每经过能藏人的大型毛绒娃娃时,旁边男生也不知是有意还是无意,都会帮她挡一下。

周安然看了眼男生的背影,心里好像又有许多小气泡冒出来,再炸开。他是肩宽腿长的标准好身材,因而即便看着清瘦,背影却又莫名给人安全感。

出神间,严星茜尖叫声忽然再次响起。周安然抬头看过去——还真是她预想中最恐怖的场景,真有NPC从毛绒娃娃里钻了出来。

严星茜一边尖叫,一边扯住董辰一通跑。NPC大约是看到那边的惊吓效果已经达成,开始朝离得最近的他们这边跑过来。

陈洛白低头看了眼女生垂落下来的手,犹豫了一瞬,还没等他做出决定,他就看见那只细白的手忽然攥住了他外套袖子。周安然声音听起来有些轻,又有些颤:"你别跑。"

陈洛白没听清:"嗯?"

之前在群里商量玩哪家密室时,祝燃说既然要玩就玩最刺激的,这家收费不菲,NPC也不是随便套件衣服戴个面具糊弄人,妆造都很逼真。

周安然余光瞥见对方越来越近,头皮一阵发麻,她指尖攥紧男生棒球外套的袖子,像是从中汲取了一点力量,声音终于不再发飘。

"你别跑,你不是还不能剧烈运动吗?"

陈洛白低头看着外套上那只有些发颤的小手,有那么一两秒没说话。周安然见他没反应,也不知道他是不是也被吓到了:"要不——"

她想说要不你站我后面吧。

虽然她不知道自己哪来的勇气和他说这些话,但只说了两个字,就忽然被打断。

"好。"陈洛白抬起头。

昏暗光线中,男生像是笑了下,有点像那天在篮球场,他投完后撤步三分时的那个笑容,张扬又肆意,一身压不住的蓬勃少年气。声音却还是低低的，莫名有点温柔："不跑。"

周安然心跳快得厉害，不知是因为害怕，还是因为他这个笑。

下一秒，她视线忽然暗下来，一只大手挡在她眼前。那只手并没有直接贴到她皮肤上，只虚虚拢在她眼前，但一开始可能没掌握好距离，大拇指和小指分别在她额头上和鼻梁上极轻地碰了下。一触即分。

周安然却觉得额头和鼻梁都开始发烫。一片黑暗中，她听见严星茜还在哇哇乱叫，听见 NPC 故意掐着嗓子发出吓人的声音，像是已经离得极近。周安然却不再像刚才那样害怕。她听见了自己的心跳声，也听见了他的声音。就在她头顶响起，带着明显的笑意。

"麻烦您去吓其他人行吗？"

陈洛白顿了顿，像是笑着在好声好气地跟 NPC 商量。

"她害怕。"

第 38 章

从密室逃脱出来后，他们又一起去了另一个地方吃晚饭。之后，聚会便就此结束。

周安然和严星茜、盛晓雯虽同在一个城市，但平时课业繁重，想要见面也不是那么容易，因而早就商量好，聚会完她们都不回学校，先去找家酒店一起住一晚，第二天她们姐妹再小聚一下。加上张舒娴千里迢迢飞过来，她们今晚就更不可能再回学校。

周安然上午出来时，就在包里放了换洗的衣服，其他的东西严星茜都帮她带好拿去酒店了。在饭店吃完晚饭，周安然被张舒娴挽着走在最前面。张舒娴凑到她耳边跟她悄悄咬耳朵："要不你今晚还回学校，明天再过来找我们？"

"我回学校做什么？"周安然不解。

张舒娴冲她眨眨眼："再给你点时间跟他单独相处啊。"

周安然脸一热，悄悄伸手去掐张舒娴的腰："你们有完没完啊，而且我们回学校也是三个人，独什么处。"

"也是。"张舒娴笑着躲开她的攻击，"那你今晚就勉强陪陪我们算了。"

两人说着出了饭店大门。夜晚温度降下来不少,冷风迎面吹来,周安然下意识地拢了拢开衫,又想起什么似的,拉着张舒娴退回去:"等等。"

她转身看向走在她们身后的严星茜:"茜茜,降温了,你去洗手间换上我包里的长裙吧。"

"没事,不用换。"严星茜绕过她,出了门。

两秒后,她缩着脖子钻回来:"啊啊啊……温度怎么一下降这么多,然然,你还是把裙子借我吧。"

周安然把包包递给她:"我陪你去吧。"

严星茜刚想点头应下,又立即摇头:"不用,晓雯刚说她想去厕所来着,我跟她一块儿去。"

周安然:"……"

余光瞥见那道熟悉的高大身影大步走近。周安然还要等严星茜,就往旁边挪了挪,给他让出位置。陈洛白却在她旁边停了下来。

"你不回学校?"他低着声问。

周安然感觉下午被他不小心碰到的额头和鼻梁好像又烫起来,也不敢抬头看他,只点点头:"不回,我今晚跟她们一起住酒店。"

说完,周安然以为话题会就此结束。却听见他又缓缓低问了句:"酒店在哪儿?"

周安然还是忍不住抬起了头,目光瞬间撞进男生带笑的眼中,没下午那般晃眼,但确实是在笑的。

她抿抿唇:"就在前面不远处,我们打算走过去。"

"嗯。"陈洛白应了声,语气听着有些散漫,像是随口一说,"到了和我说一声。"

玩了大半天,严星茜、盛晓雯和张舒娴一到酒店房间就往床上一躺,周安然还没洗澡,不太想躺上去,却被三个人拉着往床上一拖。她手机都没拿稳,掉到床沿边。

"快点老实交代。"

周安然被拉着躺到她们中间:"交代什么呀?"

"还能交代什么。"张舒娴转身趴到床上,目光紧紧盯着她,"当然是陈洛白。"

周安然扯了个抱枕过来，眨眨眼，有点不好意思："有什么好交代的，我不是说过我不喜欢他了嘛。"

"行啦。"严星茜小小地翻了个白眼儿，"我们那天就是不舍得拆穿你而已。"

盛晓雯："就你今天这表现，还好意思跟我们说不喜欢他。"

周安然稍稍一惊："很明显吗？"

"那倒也没有，你都不怎么敢看他。"张舒娴说，"别人可能看不太出来，我们一看就知道有鬼。"

周安然："……"

"说吧。"严星茜从床上坐起来，一副要拷问她的架势，"你和他现在什么情况？你不准又瞒着我们。"

周安然抱着枕头："就你们看到的情况啊。"

张舒娴摸了摸下巴："我怎么看着陈洛白对你也有点特别呢，我们几个也算是他高中同学吧，他就没问我们要微信啊，而且他今天就单独跟你一个女生说了话，下午玩密室逃脱的时候还一直带着你。"

"玩密室逃脱他带着我还不是你们搞出来的？"周安然小声反驳。

严星茜："他可以拒绝啊，他要是这么好说话的人，以前学校那些追他的女生怎么就没一个能接近他的。"

"就是。"张舒娴赞同，"中午吃饭的时候，我还看见他和你说悄悄话了，那总不是我们搞出来的吧？"

周安然："没说悄悄话，他就问了我茜茜和董辰是不是一见面就这样吵架。"

严星茜："嗯？"

"那下午呢，你和他单独待了那么久，就没发生点什么？"

周安然脸热起来，她拿抱枕往上挡了挡，只露出一双眼睛："没什么。"

"没什么你脸红什么？"张舒娴作势要去挠她，"不说我挠痒了啊。"

周安然往盛晓雯那边躲，盛晓雯顺势抓住她两只手腕。

"好了好了。"周安然投降，"我说，行了吧。"

她红着脸把下午他帮她捂眼睛的事大致跟她们说了一下。

"啊,他帮你捂眼睛啊?!"张舒娴也扯了个抱枕过来,"我怎么感觉这比搂搂抱抱还要酥。"

周安然:"……"

盛晓雯沉吟两秒:"我倒是觉得他用词挺暧昧的。"

"嗯?"周安然没明白,她又回想了下,"怎么就暧昧了?"

"陈洛白跟NPC说你的时候就只用了一个'她'字,他拒绝女生多有经验啊,要真想跟你保持距离,说话肯定不是这种风格。"盛晓雯说,"要是我,肯定会跟NPC说'我同学害怕',这样既保持了绅士风度,又不会让人多想。"

周安然心跳漏了一拍:"你想多了吧。"

"那你就当我想多了吧。"盛晓雯捏捏她的脸。

严星茜插嘴道:"所以现在的重点是你怎么想的啊?"

"是啊。"张舒娴也问,"你自己觉得他对你到底是什么情况?"

周安然揪了揪抱枕,隔了几秒,才轻声道:"……我不知道,我不敢多想。"

从他加她微信那天起,她就好像身处在一个七彩泡沫里,梦幻无比,全无真实感,好像随时都能戳破一样。

盛晓雯看她脸上的红晕褪去,睫毛轻颤:"那就先别多想了,当我们刚才都是乱说,就陈洛白那个性格,他要是真喜欢谁,会主动追的,反正你就按你自己的心意先跟他这么相处着看看再说。"

周安然轻轻"嗯"了声。她掉到床边的手机这时响了一下。

张舒娴刚好就躺旁边,听着动静瞥了一眼:"陈洛白好像给你发消息了。"

周安然一怔,恍然想起来她答应过他到酒店会告诉他,刚刚被她们这么一闹,她完全给忘了,忙把手机拿过来。

"这么着急啊。"盛晓雯打趣她。

严星茜语气有点酸酸的:"你看我消息都没这么积极,要不要我们回避一下啊?"

"回避什么啊。"周安然失笑。

解锁屏幕后,看见他果然问的是回酒店的事。

C:"还没到?"

周安然:"早到了。"

周安然:"不好意思,刚刚忘和你说了。"

C:"到了就好。"

周安然刚说不用回避,这三个人就一点不客气地趴在旁边围观她跟他发消息。周安然不太好意思,但还是忍不住多问了一句:"那你到学校没有?"

C:"马上到。"

周安然抿抿唇:"那你早点休息。"

C:"好,你也是。"

张舒娴一脸怒其不争的表情:"你就这么干巴巴地把天聊死了啊?"

"那不然呢?"周安然偏头看她。

张舒娴手指戳戳她手机屏幕:"虽然我没谈过恋爱,但他说马上到的时候,你随便问他一句等下你是不是直接回寝室之类的,不就又开启一个新话题了吗?"

周安然:"那我不是怕打扰他吗?"

"不过我觉得陈洛白这语气也怪怪的。"盛晓雯插嘴。

周安然又转向她那边:"哪里怪了?"

"他平时不这样跟人说话吧,我感觉他平时挺爱逗人玩的,祝燃以前经常被他气得跳脚,跟你说话怎么感觉有点装正经的意思——"盛晓雯顿了顿,"算了,我还是不乱给你分析了。"

手机没再响,周安然就丢到床头。四个女生挤着躺在一张床上。

严星茜长长叹了口气:"谁说上大学就轻松了,明明也好累的,我都不怎么能抽出空来见你们。"

张舒娴:"你们好歹还在一个城市。"

盛晓雯:"但是真的好累。"

周安然:"我也是。"

"我们一起看个综艺吧。"严星茜提议,"谁去把电视开了?"

张舒娴躺平:"不想动。"

盛晓雯:"我也是。"

"算了。"周安然爬起来,"我去开吧。"

周末和高中同学聚了两天，周一早上周安然被闹钟吵醒时，迷糊间还以为自己身在南城家中，起床吃完何嘉怡做的早餐，她就要和严星茜一起背着书包去二中上学。直到听见谢静谊的哀号声，她才从半梦半醒的状态中逐渐清醒。

"我恨早八！"谢静谊顶着一头乱发，直挺挺从床上坐起来。

周安然揉揉惺忪睡眼，关掉闹钟，也慢吞吞地爬起床。

周日陪严星茜她们玩了大半天，她闹钟今天定得就比平时晚，连于欣月不知怎么今天也起晚了，一寝室的人到教室时，前排的座位都已经被占满。周安然跟室友在后排落座。正打算打开书看看，旁边靠边的最后一个空位有人坐下来。周安然也没在意，但旁边的人却叫了她一声。

"周安然。"

周安然偏过头，先看见一副金丝眼镜。

"贺明宇。"她惊了一下，又笑着跟对方打招呼，"你还真来听课了呀？"

贺明宇"嗯"了声："不然问你要课表做什么，正好还有道英语题想问一下你。"

"什么题？"周安然问。

贺明宇把手机拿出来，放到她面前。

周安然进大学后，英语也没落下。她看了眼，上面是一道四级阅读真题，她把题目跟贺明宇讲了之后，不经意间看见页面上还有道题后面用括号标了"雅思"二字，她随口问："你这么早就准备雅思？是想申请交换吗？"

贺明宇点头："是啊，你知道我英语水平一般，只能提前准备。"

"那你加油。"周安然回他。

"你呢？"贺明宇转头看了眼她瓷白的侧脸，又移开视线，"有这个打算吗？要是有缘申请同一所学校的话，以后咱们还能互相照应一下。"

周安然摇头："暂时没有，我想先把理论基础打扎实一点，而且你知道我性格——"

"你性格怎么了？"熟悉又低沉的一道声音从后面传来，钻入耳中。

与此同时，前排好些人都在转头向他们这个方向看过来，教室里响起了轻微的喧哗声。

周安然话音一顿，倏然转头看向后面。陈洛白不知何时坐到了她后面的位子。

男生今天穿了件灰色的连帽卫衣，碎发搭在额前，看上去像没太睡饱，一副困倦的模样，整个人懒散地倚在座位上。模样依旧无比惹眼，难怪一进来就引起了刚才那一阵骚动。

周安然愣了一瞬。

贺明宇也回过头："你也来听课？"

"嗯。"陈洛白朝旁边的男生抬抬下巴，"陪他过来。"

周安然看见他虽是回了贺明宇的话，目光却全程落在她身上，像是在等她的回答。

她指尖悄悄蜷了蜷。刚才她是想说她性格向来内向，不太擅长与人打交道，在国内换个环境尚且会不习惯，去国外连语言环境都变换的情况下，肯定更需要花时间来适应，但交换项目一向时间不会太长，对她来说可能并不太合适。但这种有点类似于"自曝其短"的话，她可以坦然对着贺明宇说，却没办法坦然对着他说。

周安然抿抿唇："没什么，就随便闲聊。"

不知是不是错觉，她这句话一说完，陈洛白的表情好像就淡了下来，微抬着看向她的眉眼低低垂落，遮住那双漆黑的眼，连脸上那点困倦像是也被压了下去。

周安然心里一闷，有点想再找补两句，上课铃这时却忽然响了起来。她其实也不知道要怎么找补，只能转过头去。

这堂课的老师爱叫人回答问题，周安然不敢不认真，勉强压下杂乱的心绪，仔细听课。但没想到老师没叫到她，反而把她旁边的贺明宇点了起来。可能是见他听得认真。但贺明宇听得再认真，也是第一次来听这课堂，周安然怕他答不出来尴尬，在书上写了答案给他递了过去。

贺明宇答完坐下后，周安然刚想继续认真听课，就听见后面微微压着的一道声音响起，挺陌生的，没听过。但因为带了一个极熟悉的名字，就像是某种咒语似的，轻易被她的耳朵捕捉到。

"陈洛白，你这位女同学还挺热心的呀。"

周安然等了片刻，没等到他的答复，思绪不禁又乱了起来。所以他跟他朋友介绍她的说法是"女同学"吗?

一小节课熬完,周安然有点想转头看一眼,但铃声刚响完,贺明宇就拿着刚才课上的一个知识点来问她。周安然静下心给他讲解,讲到一半,后面又有声音传来,这次是道女声,听着像是聂子蓁。

"陈洛白。"她不知怎么从前排绕到后面来了,还是那副跟谁都自来熟的模样,"你原来对我们这堂课有兴趣啊。"

教室闹嚷,后排却安静了一秒。而后,周安然才听到陈洛白的声音响起,语气格外淡,不像平时那种懒洋洋的语调,好像心情确实不太好的样子。

"没兴趣,来陪别人上课。"

聂子蓁:"那你有没有兴趣——"

话还没说完,就被他打断:"抱歉,麻烦让一下。"

后半句像是对跟他一起过来的男生说的:"我回寝室补个觉,你自己继续听。"

"行。"那道陌生的男声笑着答他,"不过你记得自己定闹钟,我们可不敢打电话吵醒你。"

后面有脚步声逐渐远去。

"周安然。"贺明宇叫了她一声。

周安然回神:"抱歉。"

贺明宇之后有课,陈洛白的朋友像是也有,这一节大课结束后,两人都自行离开。

周安然跟着室友一起去另外的教室上下一节课。这次她们动作稍快,占到了前排的位子。落座后,周安然垂着头把手机拿出来,打开微信,点开陈洛白的对话框,打了三个字又退格删掉:"我刚才——"

聂子蓁的声音又从后排传过来,这次她坐到了周安然后面:"周安然,你跟物院那个帅哥又是什么关系?"

周安然怔了下,反应过来她说的是贺明宇。她锁了手机屏幕,回头答她:"没什么关系,他也是我高中同学,自己有兴趣过来听课而已。"

"也是你高中同学?"聂子蓁问,"那他和陈洛白也一个班?"

周安然点点头。

聂子蓁旁边的女生小小的"啊"了声:"那你们高中班上的颜值好高

啊,陈洛白不用说了,我们公认的校草,你可是我们院男生公认的新院花,物院这个男生看着也挺斯文好看的,你们高中是个什么神仙班级?"

周安然捏着手机:"没有,我高中不怎么起眼的。"从来都耀眼的,就只有那一个人。

这节课的老师提前来到教室,女生也没再找她说话。

周安然回头重新解锁屏幕,目光在他头像上停了片刻,最后在心里轻轻叹了口气,退出去。说了不多想的,但她好像还是忍不住。那可是陈洛白啊,他怎么可能会因为她一个"普通女同学"的一句闲聊而不开心呢。

接下来几天的课都不少,作业也多,周安然跟于欣月一起在图书馆泡了好几天,终于在周四提前完成了作业。

这天晚上,她也提前回了宿舍,说是提前,到宿舍时也已经过了九点半。柏灵云还在外面忙学生会的事,谢静谊一个人在寝室写作业。周安然没打扰她,在自己位子上坐下,趴在书桌上,百无聊赖地打开微信。指尖像是无意识往下滑,最后又像是有自我意识般停在了与陈洛白的对话框上。和他的对话还停留在上周六晚上,他最后那句"好,你也是",之后再没有过消息。

周安然盯着对话框不由得发起了呆。直到手机铃声忽然响起,她才蓦然回神。电话是俞冰沁打来的。周安然怕打扰谢静谊写作业,去了宿舍阳台接听。

俞冰沁声音依旧很好听:"明晚我们会去外面排练,你要来听不?"

周安然上次在KTV没听成她唱歌就有些遗憾,闻言忙应下:"好啊。"

"行。"俞冰沁说,"排练完有空的话,就教你弹吉他。"

周安然想起她之前也说过类似的话,那时她说的是"另一个新人也不会,回头有空一起教你们"。

"没什么要问的。"俞冰沁声音又响起,"我就挂了。"

周安然也顾不上多想,叫住她:"学姐。"

俞冰沁:"嗯?"

"就是——"周安然缓了缓呼吸,尽量让语气自然一点,"明天你只教我一个人吗,那会不会太麻烦你?"

俞冰沁难得说了一长段话:"不麻烦,我昨天也和陈洛白说了一声,他好像说是不来,我没听清,你帮我再去问问他,他要来了我正好一起教。"

俞冰沁电话挂断后,手机屏幕又跳回到他的微信对话框上。

周安然靠在阳台栏杆上,盯着屏幕,这次有了个光明正大的理由,她指尖终于落上去:"俞学姐说明晚他们会去外面排练。"

正斟酌着要怎么措辞问他去不去,对面不知道是谁乱号了一声,周安然手一滑,点了发送。

一秒后,手机振动。

C:"知道,她和我说了。"

C:"你去吗?"

周安然:"应该会去。"

周安然:"学姐说你说的不去是吗?"

C:"我昨天跟她说不确定。"

周安然:"那你现在确定了吗?"

C:"现在确定了。"

怎么也不说确定什么了呀。

周安然抿抿唇,还是忍不住继续问他:"确定去还是不去啊?"

手机继续振动,他发了条语音过来,很短的一条。

看上去大概就是冷淡地回了一个"去"字或者是"不去"。

周安然把手机放到耳边,手指点中消息,听见他的声音低低在她耳边响起——

"周安然。"

不是"去",也不是"不去",是他在叫她的名字。

因为是贴在耳边听的,所以有种他就贴在她耳边叫她的错觉,周安然感觉从耳朵到心脏都麻了。

他后一条消息这时才缓缓发过来,还是条很短的语音。周安然抬手捂了捂耳朵,手机依旧贴在耳边没舍得拿开,于是他第二句也是在她耳边响起的,带着点明显的笑意。

"明晚见。"

第 39 章

周安然从阳台回到宿舍时，柏灵云刚好也从外面进来，脸上笑容明显："同志们，跟你们说件事。"

"心情这么好——"谢静谊回过头，"是发生什么好事了吗，还有然然你怎么也一副很开心的样子？"

周安然攥着手机："……可能是因为我的作业写完了吧。"

"……我就不该问你。"谢静谊再次看向柏灵云："你呢，别告诉我你也是因为作业提前写完了？"

柏灵云摇摇头，脸上泛起点红晕："不是，是我跟谢子晗在一起了。"

周安然眨眨眼："恭喜啊。"

谢静谊彻底转过身来，反坐在椅子上："啊，谢学长把我们宿舍的大美女之一拐走了，这不请客吃饭说不过去吧。"

"要和你们说的就是这件事。"柏灵云说，"他说周六晚上请你们吃饭，不过他想叫上他们宿舍的男生一起，你们看行不？"

谢静谊："可以啊，不然他一个人跟我们四个女生一起吃饭也怪尴尬的。"

柏灵云知道周安然不是太喜欢社交，又特意问她意见："然然你呢，你要是不想跟太多陌生人一起吃饭，让他单独请我们也行。"

"没事。"周安然摇摇头，"你们安排就可以。"

"欣月呢？"柏灵云又问，"她没跟你一起回来？"

周安然："她说还要待到关门再回，应该也快回来了。"

"行。"柏灵云说，"那我等下问问她的意见再决定。"

谢静谊八卦心起，连作业都不管了，冲她眨眨眼："那不如趁现在你跟我们说说，你跟谢学长怎么就突然在一起了？窗户纸谁先捅破的？"

柏灵云脸还红着，难得有些扭捏："他今晚突然跟我告白，然后还亲了我。"

谢静谊趴在椅背上，又夸张地"啊"了一声。

柏灵云扑过来捏住谢静谊的脸。

次日下午最后一堂课上完，周安然和室友一同去食堂吃晚饭。饭后，柏灵云要去和谢学长约会，谢静谊要去开会，于欣月还是去泡图书馆，周安然要回趟寝室，四人在食堂门口分开。

俞冰沁排练的地方在校外。

周安然低头走在校内林荫道上，想起昨晚陈洛白只跟她说明晚见，并未跟她说今天要不要一起过去，她那时因他一句"明晚见"乱了心绪，也忘了问他。

要不然现在问一下？但他没特意说的话，可能就是没打算和她一起过去吧？

周安然陷入纠结，低垂着的视线中，似乎有两个穿着球服的男生迎面走近，她也没太在意，并未细看，只略往左边挪了挪，给对方让出位置。但走在左边、穿着黑色球衣的那个人也同时往左边挪了挪，高大的身形再次与她相对。周安然只当对方是也想给她让路，她头也没抬，又往左边挪了点。对方也跟着又往左边挪了点，又一次挡在了她面前。像是故意的。

周安然从纠结中回神，定睛细看，先看到一只抓着篮球的手，骨节细长，肤色冷白，手背青筋凸起，彰显着荷尔蒙与力量感，手臂上有细汗往下滑落，刚好落在了手腕上方那颗棕色小痣上。

她倏然抬起眼——陈洛白就站在她面前，唇角略弯，漆黑的眼中满是笑意，见她抬头，他眉梢轻轻一挑："想什么呢，这么认真？"

这好像……还是他们第一次在学校偶遇。

不知是因为他语气中明显带着几分熟稔的调笑之意，还是因为她刚才正好就在想他，周安然耳朵立即泛起点热意。幸好她今天的头发是披散下来的。

周安然忙摇摇头："没什么，在想一个题目。"可能是有些心虚，她说完又连忙转移话题，"你能打球了？"

陈洛白低低"嗯"了声。

面前的男生黑发湿着，额头、脖颈上也全是汗，连球衣领口的白边也因为湿润而深了一大块，荷尔蒙与少年气冲撞出来的独特矛盾感格外勾人。

周安然感觉脸好像也快要热起来。今天温度不高，见他只穿着短衣短裤的球服，也怕自己脸红起来暴露了什么，周安然轻着声说："温度挺低的，那你快回去换衣服吧，我先回寝室了。"

说完她又往左边挪了点，试图溜走，却再次被他挡住。两人的距离因此更拉近了点，周安然几乎能感觉到他身上热腾腾的气息。

"急什么。"陈洛白唇角仍弯着，目光在她泛红的脸颊上落了一秒，心情很愉悦的模样，"正要找你。"

周安然一愣，蓦地又抬起头："找我？"

陈洛白随手转了下手上的篮球："院里的老师找我有点事，我洗完澡得去见他。"

周安然心里忽然空了一小块，她轻轻"啊"了声："你今晚不去看彩排了吗？"

陈洛白盯着她看了两秒，缓缓道："赶得上就去。你是自己先过去，还是等我一起？"

"那——"周安然顿了顿。

等他的话，要是他真的忙到错过彩排时间，那她今晚就既听不到俞学姐唱歌，又见不到他了。不等的话，倒是两者都有可能，中途兴许还能给他发消息问一下情况。而且说要等他的话，会不会暴露出一点什么？

周安然："我自己先过去？"

话音刚落，周安然就感觉面前男生的笑意似乎淡了些，狭长的双眼像是微微眯了下。

"你自己过去？"

周安然："？"怎么好像又不高兴了？

没等她继续想，一直站在旁边没说话的穿白球服的男生忽然凑过来，看样貌像是周一去他们班听课那位，他手搭上陈洛白肩膀，笑嘻嘻道："走吧，我都听清了，姑娘说了不等你。"

周安然："……"

她差点儿都忘了还有个人在，不过……她也没这么说吧？

陈洛白把他手扒拉开："一手的灰，离我远点。"

男生也没介意，笑眯眯地跟周安然搭话："陈洛白的女同学你好啊，我叫元松。"

周安然是第二次从他口中听到"女同学"这个称呼了，但这次因为前面加了个定语,莫名比上次显得暧昧许多。她忽略掉这点小细节,有些拘谨地冲对方点点头:"你好。"

陈洛白淡着神色:"不用理他,你自己过去是吧?"

周安然其实感觉他好像有点不开心,但又怕是自作多情乱想,而且也不好再改口,就还是点了下头:"嗯。"

气氛安静了一秒。

"行。"陈洛白也点了下头,"我尽早赶过去。"

那就是今晚多半还能再见到他的意思?

周安然又高兴起来,她手指了指前面:"那我先回寝室啦。"

他寝室跟她隔了点距离。周安然继续往前走,他也继续顺着她的反方向往前走。错身而过后,周安然没走几步,听见刚才那位叫元松的同学惨叫了一声:"啊,陈洛白你——"

像是被人突然捂住了嘴,他后面的话全变得含混不清。

周安然忍不住回过头。看见男生像是已经松开元松,一只手垂落在黑色的球裤旁边,另一只手单手抓着那个橙红色的篮球,手上青筋仍然明显。

周安然不敢多看,又转回来。元松的声音从后面传过来:"你刚打完球手上全是灰,也往我嘴上捂?"

"这不是你自找的?"懒洋洋带着笑的语调,像是戏弄完别人,又高兴回来了。

周安然慢吞吞地继续往前走,跟他的距离越拉越远,说话声渐渐听不清。

俞冰沁彩排的地方在校外一家 Live House(演出场馆)。这个 Live House 原是她一个富二代朋友开的,开了没几个月,对方觉得没意思,就关了店,暂时也没想好要改成什么,店面就空置了下来。

俞冰沁乐队玩的是摇滚,在学校彩排容易打扰到其他学生学习。这边灯光舞台一应俱全,隔音设备也好,现在就成了他们乐队半个大本营。

周安然会知道这些信息,是因为上次在 KTV 给她塞乌梅的那位学姐也来看彩排了。不过对方没待太久,中途接到男朋友一个电话,就回了学校。周安然一个人坐在台下看俞冰沁的乐队在上面彩排。

俞冰沁是他们乐队的主唱兼吉他手，乐队一共五人，一个鼓手、一个键盘手、一个贝斯手和另一个吉他手。

学校接下来两个月里有两个大型晚会，他们这次彩排的是两首歌。一首是邦乔维的 *You Give Love a Bad Name*。一首是约翰·列侬的 *Imagine*。

俞冰沁今天穿了件黑色皮衣，在台上也没笑一下，看着格外冷艳，唱歌时的声音比说话时更有磁性。

两首歌反复彩排，周安然听着竟也不觉得无聊。

陈洛白过来的时候，就看到女生独自坐在舞台前的卡座上，她坐姿从来都端正，后背挺直，没有什么跷二郎腿的小习惯，双手撑在腿边，看着格外乖。

台上刚好在彩排那首慢歌，他从外面进来其实有点动静，她没注意到。陈洛白往前走了一段，靠到她斜侧边的墙上。女生还是紧盯着舞台，没有丝毫分神。

一首歌过去，两首歌过去。

陈洛白笑了下，走到卡座边，拉开她旁边的位子。周安然转过头，她眼睛似乎亮了一瞬："你来啦。"

陈洛白目光在她颊边若隐若现的小梨窝上停顿一秒，"嗯"了声，在她旁边坐下。

周安然想到下午的偶遇，耳朵莫名热了下，不知道要和他说什么，于是转过头去继续看彩排。陈洛白也没开口。

周安然听着台上的歌声，心跳又缓缓平息了点。

台上几人彩排了几遍，俞冰沁一首 *Imagine* 刚好唱到最后两句："You may say I'm a dreamer——"

不知是谁的手机铃声忽然响起，带着明显摇滚风味的前奏穿插进来，其实是有点突兀又有点打扰的。但这首歌不打架子鼓只帮俞冰沁合唱的鼓手这时忽然笑了，手上鼓槌应着手机铃声切进来，台上其他四个人也很有默契地齐齐换弹了这首铃声。

连全程冷着脸的俞冰沁也笑起来，站在立麦前顺着音乐开始换歌唱："This ain't a song for the broken-hearted."

没了学姐介绍，周安然不知道这是首什么歌，但好像莫名被带进这股

//245//

情绪中。她嘴角弯了弯，有点羡慕地看着台上几个人。

一群伙伴一起玩音乐的感觉就很好啊。

这首歌唱完，乐队的另一个吉他手，也就是岑瑜的表哥徐洪亮才转身去一边包里拿手机："抱歉抱歉，忘关静音了。"

"你什么时候又把铃声换回这首歌了？"贝斯手问。

徐洪亮："就昨天换的。"

他说着接起电话，挂断后不知跟其他人低声说了句什么，大家纷纷把吉他、鼓槌放下。不一会儿，就都下了舞台。

周安然看着俞冰沁走到她面前，她乖巧地叫了声："学姐。"

俞冰沁伸手捏了捏她脸颊："不无聊吧？"

"不无聊。"周安然顿了顿，有点不太好意思，但还是把心里话说了出来，"学姐唱得很好听。"

俞冰沁难得又笑了下："我们有事要先回去，这次没空教你了。"

周安然："没事，你们忙你们的。"

俞冰沁又说："有个快递等下会送过来，你们两个留这儿帮我们拿一下？"

周安然想应下，但俞冰沁说的是"你们两个"，她于是偏头看向旁边一直没开口说话的男生。

陈洛白也看着她，神情散漫，像是随她决定的模样。周安然就点点头："好啊。"

俞冰沁从口袋拿出把钥匙丢到陈洛白怀里，又朝周安然抬抬下巴："拿完快递，把人给我安全送回寝室。"

陈洛白接住钥匙，尾音轻扬，勾着点笑意："还用你说？"

周安然感觉心里某个地方被这句话轻轻勾了下。他的意思是……不用俞学姐交代，他也会送她回寝室吗？

俞冰沁几人离开后，刚才还热闹的舞台瞬间安静下来。偌大的房间里，只剩下她和她喜欢的男生。周安然跟他独处还是有些不自在，也依旧不知道要和他聊什么，她低头看着自己的脚尖。

一秒，两秒。周安然听见他开口。

"你刚才为什么一直那样看着我姐？"

"哪样？"周安然没明白，抬起头看他。

陈洛白下巴微扬了下："我坐到你旁边之前，在那里站了十分钟。"

"你在那儿站了十分钟吗？"周安然眼睛微微睁大，"我不知道。"想问他为什么不叫她。但如果他过来就是看彩排的，好像也没必要叫她。

"你全程盯着我姐看，当然不知道。"男生略顿了顿，狭长的眼似乎微微眯了下，"她就那么好看？"

周安然感觉他语气有点怪怪的，她眨眨眼："学姐是挺好看的，唱歌也好听，性格也好。"

陈洛白笑了下："我还是第一次听人夸她性格好。"

"怎么会？"周安然有些惊讶，"学姐人确实很好啊，我来学校报到那天就是她一直在帮忙。"

"那是因为——"陈洛白忽然停顿下来。

周安然不禁问他："因为什么？"

陈洛白盯着她看了两秒："没什么，因为她也确实挺喜欢你的。你以后跟她多相处就知道了。她性格有点冷，不太爱搭理人。"

虽然是在说俞学姐，但周安然从他口中听到"喜欢你"三个字时，心跳还是不争气地漏了一小拍。听到他后面那一句话，她破天荒第一次反驳了他："已经相处过呀，我觉得学姐真的很好呀，又酷又大方，是我很羡慕的那种性格。"

陈洛白："羡慕？"

周安然缓缓点了下头。

周一那件小事到现在还像一根小鱼刺一样卡在她心里，他应该早忘了，可她还是想跟他解释一下。

"因为我自己性格有点内向胆小，也不太擅长跟人打交道——"她停下来，低下头，声音不自觉放轻，"我那天跟贺明宇没说完的，就是这句话。"

安静了一秒，而后周安然听见他声音响起。

"周安然。"

陈洛白叫了她一声，却又没有下文。周安然等了片刻，依旧没听见他说话，她不由得又抬起头，目光瞬间撞进了男生带着笑意的眼中。

"你这是在跟我解释？"

第 40 章

周安然心里重重一跳。

喜欢一个人好像真的藏不住。就像打地鼠游戏一样,那些小心思,按下这头,又会从那一头再冒出来,眼下有一只冒出头,她犹豫着没按下去,好像就要被他瞧见了。但她不知道被他发现后,他会不会像疏远其他喜欢他的女生一样,再次和她变得疏远。

房间里的空气流速似乎都缓慢了下来。

周安然被他看得心里发颤,却也不敢避开他的视线,一避开,好像就显得她更加心虚,她强撑着,底气不怎么足地小声反驳:"解释什么呀,我们不是在闲聊吗?"

陈洛白眉梢轻轻挑了一下,像是不太信:"是吗?"

周安然心跳在打鼓,撑在座椅上的手心开始冒汗。

门铃声这时忽然响起,像是某种救星。周安然心里一松,趁机撇开视线,往后看了一眼:"应该是送快递的人来了,我去拿。"

只是她刚一站起身,手腕就忽然被人攥住。周安然被腕间那股力道带着重新坐回位子上。他其实还是有分寸的,一点没碰到她,只是隔着秋季的两层衣服松松拉住她。但还是好烫,被他握住的手腕在发烫,脸也开始发烫。

周安然愣愣地看向他,陈洛白也在看她。女生皮肤白,即便光线这样暗,她脸一红,也尤其明显,眼神中又藏着些茫然与慌乱。

他手指动了动,松开手:"坐好,我去拿。"

周安然很轻地"哦"了声,又低下头。那道落在她身上的视线随着他的脚步声一同离开。

周安然垂头,另一只手的指尖轻轻碰了下刚才被他握过的地方,又像是也被烫到了似的,很快缩回来,心跳怎么都无法平静。

不一会儿,陈洛白拎了个大件的箱子回来。周安然看他提得轻轻松松,就没起身去帮忙。

他们留下来,本就是帮俞冰沁收快递,等陈洛白将东西放好,转去洗手间洗完手回来，周安然就跟他一起离开了。

回去的路上，周安然还怕他会继续追问她刚才的问题，但男生一路都没怎么开口。她说不上是有点失望，还是松了口气。

走到一半，吹拂在脸上的冷风忽然夹杂了几滴冰凉的雨丝。

周安然停下脚步。陈洛白跟着她停下来："怎么了？"

周安然伸手接了接："好像下雨了。"

话音一落，雨势转眼就变大。

周安然手收回来，张望了一下，看见前面四五十米的地方有家便利店，刚想问他要不要去那边避下雨，就看见面前的男生忽然开始……脱衣服？

他今天晚上又差不多穿了一身黑，黑色长裤，黑色夹克外套，只里面内搭了件白色T恤。眼下他就把外面那件夹克外套脱了。

周安然有点蒙地看向他。

下一秒，那件夹克外套就裹挟着男生的体温与气息兜头罩住了她，周安然还有些没反应过来，手腕再次被他拉住。夜雨中，男生声音低低响起，落到她耳边："发什么愣，还不跑？"

周安然被他牵着骤然往前面跑，她一边慌忙按住他盖在她头上的衣服，一边忍不住朝他看过去。

跑在前面的顾长少年白色T恤的衣摆被风吹得鼓起。有那么一瞬间，周安然感觉自己像是回到了高一报到的那个雨天。她站在原地看着他跑上楼，白色T恤衣摆翻飞。那时他看都没看她一眼，但这一次，他牵住了她的手。

可能是心跳太快，也可能是他步伐大，她跟着跑得有些急，在便利店门口的屋檐停下时，周安然的呼吸已经乱得厉害。

陈洛白刚转过身看她，就听见她一阵细喘，顺着耳朵一路钻至心底，轻轻挠了一下似的。

"体力怎么这么差？"是和下午有点像的，熟稔又带着几分调笑的口吻。

周安然倏然抬起头去看他。

女生又黑又长的睫毛像小刷子一样轻颤，盖在她头上的他的外套掉落到了她肩膀上，宽宽松松地从她肩膀一路盖到大腿上，裹在他外套里的是她今天穿的毛衣，也是宽松的款式，但掩不住少女胸前的弧度，正随着她急快的呼吸明显地一起一伏。

陈洛白撇开视线，把话题也转移开："进去吧。"

周安然因为他刚才那句打趣脸还有些热，轻轻应了声："好。"

陈洛白往前走了一步，又停下，慢半拍地反应过来他还牵着她的手腕，他转过头。女生像是也才发现似的，低头看着被他牵住的手腕，脸明显又红起来。

陈洛白松开手："抱歉。"

"没事。"周安然小声回了句。

两人齐齐沉默下来。一秒后，又一齐开口。

"进去——"

"进去——"

又一起停下。

周安然耳朵热起来："你先说吧。"

"雨太大了。"陈洛白低声问她，"进去吃点东西，等雨小了再走？"

周安然点头，目光盯着他手臂上的水珠，声音很轻："先买条毛巾吧。"

陈洛白这次是真没听清："嗯？你说什么？"

周安然又抬起头，看见他头发也打湿了些，碎发搭在额前："我说先买条毛巾，你手臂和头发都打湿了。"

陈洛白看了她两秒，勾唇笑起来："好。"

这家便利店不小，临着落地窗设了一条长桌。

陈洛白拿了一罐可乐和一瓶热牛奶放到桌上，周安然一只手抱着他的外套，把另一只手上拿着的一小碗关东煮也放上去，在他旁边坐下。

见他手上的水珠已经都擦干了，黑色的毛巾随意地搭在脖子上，黑发稍稍有些乱，却丝毫不损样貌的帅气，周安然把夹克外套递过去给他："先把衣服穿上吧，别感冒了。"

陈洛白伸手接过来。刚要穿上，就闻见一阵清淡的香味，分不清是她头发上洗发水香味，还是她身上的味道，他动作顿了下，隔了一秒，才快速把衣服穿好。

陈洛白在位子上坐下，拆了热牛奶的吸管插好给她递过去。

周安然接过来，咬着吸管喝了口牛奶，看见他把可乐移到自己面前，开拉环的时候还是习惯性只用单手,指尖发力的瞬间,手背经络微微凸起。想到这只手刚刚就拉在她手腕上,她耳朵尖又冒起点热意。

陈洛白就在这时忽然偏过头,周安然的目光被他抓到。男生眉梢似乎很轻地挑了下:"看什么?"

周安然忙摇头否认:"没什么。"

便利店只有他们两个客人。窗外大雨滂沱,不见行人踪影,店员安心地用手机看起了电视,台词声传过来,像是某部律政剧。不知是心虚想转移话题,还是他今晚的某些行为给了她一点儿以前没有的勇气,周安然听着耳边的台词,主动问了他一个一直想问他的问题:"你学法学是想当律师吗?"

陈洛白:"有可能,还没完全想好。"

周安然一愣,脱口道:"你居然也会有不确定吗?"说完她才察觉这句话好像又隐隐暴露出来一点她的小心思,但已经来不及收回。

周安然以为他会像在 Live House 一样顺着这句话追问她,或者像今天下午及刚才在门口那样调侃她。但男生抓着可乐罐仰头喝一口,然后很认真地回答了她这个问题。

"是还不完全确定,也可能会考两院。"陈洛白微低着头,语气比平日要认真不少,"我希望将来不管做什么,都能为完善法律体系出一份力。"

周安然想起高一在篮球场上看他和十班打的那场篮球赛,那时她觉得场上的少年像是在发光,但好像也不及此刻的他耀眼。

雨幕模糊了城市,窗外霓虹灯变成闪烁的光点。她和她喜欢的男生困在便利店里,听他跟她说他闪闪发光的梦想。

陈洛白说完又垂眸看向她。女生很乖地趴在手臂上,看着他,和他目光对上,也没像之前那样躲闪地避开。

"是不是挺理想主义的?我之前和祝燃说的时候,他笑了我好久。"

周安然忙否认:"怎么会。"

便利店里安静了一秒,只剩手机里的台词声。陈洛白静静看着她,没立即接话。

周安然觉得只说这三个字好像显得干巴巴的,没什么说服力。她抿了抿唇,小声补充:"你这要是理想主义,那我要跟你说,我选生科是想做科研，岂不是自不量力了？我妈其实一开始都不同意的，她觉得女孩子最好选经管之类的院系，将来也好去考个编制或做点其他稳定的工作，还是我爸说反正他们将来也不用我养老，专业随我自己心意挑就好了。"

说完周安然又有些忐忑，除了几个最好的闺密，这些话她还从没和别人说过。他会不会真的觉得她自不量力，而且还话多。

男生声音低低落在她耳边，说的却是她完全没想到的话。"不会。"他垂眸静静地看着她，"我相信你能做到。"

周安然一愣，有些不可置信，又像是心里有什么地方被轻轻掐了一下似的："你相信我？"

"周安然。"陈洛白很轻地叫了她一声。

周安然眨眨眼。

"你考上的是最高学府之一，万中挑一都不足以形容你的优秀，你不用妄自菲薄，也不需要给自己太大的压力——"

周安然怔怔地趴在手臂上。窗外的雨声震耳，衬得男生的声音格外温柔。

"我们有几分热，就努力发几分光。"

那晚的雨，最后差不多下了大半个小时才停下。骤雨过后的风比之前要凉上少许，说不上是吃了一碗关东煮、喝了一杯热牛奶的缘故，还是因为他那番话，周安然竟也没觉得冷。

一路步行回学校。路过体育场时，陈洛白偏头看了一眼，像是忽然想起来，于是随口一问她，语气听着有些随意："体测能过？"

周安然想起他在便利店门口那句打趣，耳朵悄然生热。

"能过啊。"她轻声答他，"我体力也没那么差的。"就是可能有一点点勉强，但通过应该还是没有问题。

"这样啊——"男生稍稍调长了尾音。

周安然忍不住偏头看他。

陈洛白也朝她看过来，语气仍带着笑意，又像是带着点遗憾："那看来不用我帮忙了。"

周安然："嗯？"

现在后悔还来得及吗？

等一路被他送到寝室楼下,她也没敢真的后悔。一到寝室楼下,落到他身上的目光就又多了起来。周安然有些舍不得,却也不想给他造成什么困扰。她抬手指指寝室大门:"那我先进去啦。"

"周安然。"陈洛白却又叫了她一声。

周安然眨眨眼。

陈洛白单手插在裤兜里,依稀还能闻到夹克衣领上存留着她身上的香味,他盯着她看了两秒:"明晚有空吗?祝燃想请你吃个饭。"

周安然轻轻"啊"了声,有点蒙地看着他:"祝燃怎么会想请我吃饭?"

陈洛白仍看着她。

又过了几秒,周安然才听见他开口:"高一下学期那场球赛,严星茜不小心说漏嘴,说当初是你帮的我们——"

陈洛白顿了顿。

周安然心跳瞬间漏了好大一拍。这还是他第一次在她面前提起高中的事。他明明记得。他记得,却还加她微信,请她吃饭,牵她的手。是他并没有猜出来她的心思,还是说——

夜色中,周安然看见他下颌线像是绷紧了一瞬,声音才缓缓响起:

"所以其实也是我想请你。"陈洛白短暂地停顿了下,"迟了两年,还给我这个机会吗?"

第 41 章

临近九点半。宿舍楼下正热闹。但这一刻,来往的人群及周围的声音好像倏忽间全都变成虚幻的背景,周安然只看得见面前的男生,也只听得见自己一声快过一声的心跳。

这是她高中最遗憾的事。由于胆怯,她没敢亲自站出去帮他,所以后来也只能眼睁睁地看着他跟严星茜道谢。可此刻,她喜欢了好久的男生站在她面前,低声问她迟了两年,还愿不愿意给他机会补请她。美梦成真好像都不足以形容她此刻的感觉,这是她当初想都没敢想过的情景。

周安然鼻子倏然酸了下,这次却不再是因为难过。她不想又在他面前失态,勉强忍下来,等下意识地在他面前点了点头后,才慢半拍地想起来她已经答应过柏灵云的邀约,又忙摇了摇头。

陈洛白插在裤袋里的指尖蜷了下,胸口那股提着的气刚放下又被她弄得重新悬起来,莫名觉得她这个反应有点可爱,不由得笑了下:"所以你这算是答应,还是不答应?"

周安然有点窘,低头避开他的视线:"我室友男朋友明晚要请我们宿舍的人去悦庭吃饭。"

"还有这种规矩?"陈洛白顿了下,"他一个人请你们宿舍所有人?"

周安然有点没听清他前一句话,她心里还有些乱,也没多想,只本能地回答他后一个问题:"他宿舍其他人也会一起。"

陈洛白的目光在她那张又乖又纯的脸上停了一秒:"你室友男朋友宿舍的人?"

"是啊。"周安然点头,忍不住抬头看他。

男生还保持着刚才单手插兜的姿势,也仍像刚才那样看着她。

她心头微微一颤:"怎么了?"

"没什么。"陈洛白低声问她,"那改成下周六行吗?明天祝燃有事。"

周安然揪了揪包包带子,很轻地朝他点了下头。

周安然回到宿舍时,三个室友都还没有回来。下周就要期中考,谢静谊开完会也去泡图书馆了。

周安然在自己位子上坐下,想趁机再复习一下,却始终无法进入状态,调整片刻,再次失败后,她索性放弃,调了个明早四点半的闹钟,打算用早起来补上这段时间。

洗漱完,早早躺上床,周安然听见手机响了一下。她解锁屏幕,看见是严星茜在群里@她。

严星茜:"复习不进去。"

严星茜@周安然:"然然,我明天去你学校找你一起复习吧。"

严星茜学校这学期的期中考和他们在同一周。盛晓雯那边要晚一周,和她们不同步。

周安然:"行啊。"

周安然:"不过我明晚可能不能陪你吃晚饭。"

严星茜:"为什么不能陪我?"

严星茜：“难不成明晚你有约会？”

张舒娴：“什么？！”

张舒娴：“然然明天有约会？”

盛晓雯：“有进展了？”

周安然：“我室友男朋友明晚请我们寝室的人吃晚饭。”

盛晓雯：“散了吧。”

张舒娴：“我继续看书去了。”

严星茜：“那算了。”

严星茜：“有人请客肯定不会一会儿就吃完，你明天起码有两三个小时不能陪我。”

严星茜：“那我下周考完过去找你玩吧。”

严星茜：“下周六没人请你吃饭了吧？”

周安然指尖顿了下，回复：“也有。”

周安然：“不过下周六我应该可以带你一起去吧。”

严星茜：“什么叫应该可以带我一起去吧？”

严星茜：“下周又谁请你啊？”

周安然摸了摸莫名又热起来的耳朵尖。

她和柏灵云男朋友完全不熟，就不好多提要求，但下周六的话，多带个人，还是他认识的人，应该可以的吧？

周安然指尖在屏幕上停顿了许久，才打下心底那个名字：“陈洛白。”

周安然指尖动了动，又补了个名字：“还有祝燃。”

严星茜 @张舒娴和盛晓雯：“你们快回来！！”

严星茜：“陈洛白请你，你带我做什么？？”

严星茜：“我看着像这么没眼力见儿、这么想去当电灯泡的人吗？？？”

周安然就知道她会是这个反应，回复：“别瞎说。”

周安然：“祝燃也一起的啊。”

张舒娴：“所以我们陈大校草为什么又请你？！！”

周安然：“？”

"祝燃"两个字她们是看不见吗？

周安然：“他说是为了高一那场球赛我帮他那件事补请我。”

//255//

张舒娴:"所以他那天确实听到茜茜那句话了。"
张舒娴:"他听到了,还记到现在,还打算补请你?"
张舒娴:"这还是那个向来会跟女生保持距离的陈大校草吗??"
严星茜:"就是。"
严星茜:"当初他可一袋零食就打发我了。"
盛晓雯:"然然,我现在觉得你可以多想一下了。"

周安然抿了抿唇。真要完全不多想,肯定不可能。就像高二那年,他忽然主动跟她搭话,请她喝可乐,她也不是完全没有多想过。但是,从窥见一丝希望,到突然坠入绝望的那种感觉,她实在不想再尝试一次了,所以她也不敢放纵自己乱想。

手机又振了振,周安然思绪被重新拉回来。
严星茜:"我忽然想起我下周有点事情。"
严星茜:"我就不过去啦,以后再约。"
严星茜:"希望祝燃下周也突然有点什么事情去不成。"

周安然忍不住很轻地翘了翘唇角。

次日下午六点,周安然跟谢静谊和于欣月一起出发去位于校外的悦庭。柏灵云提前和谢学长去了饭店安排。她们三个妆都没化,一来今天本就是过去当陪衬顺便蹭顿饭;二来实在没什么空,从图书馆出来只回宿舍放了点东西,就直接出发了。

到达柏灵云他们订好的包厢后,周安然发现里面除了柏灵云,一共有六个男生。但据柏灵云说,谢学长也是四人寝。

大概是知道她们会不解,柏灵云借着给她们倒饮料的机会,小声跟她们解释:"另外两个是谢子晗隔壁寝室的,知道他今天请客,就跟着他们寝室那三个人一起过来了,没提前说,我们也不好赶人。"

"没关系。"谢静谊一脸无所谓,"反正都不熟,来三个和来五个也没什么差别。"

柏灵云还是有些不好意思:"这不是怕影响你们吃饭的心情嘛。"

"没事啦。"周安然拉了拉她的手,"你别被影响心情才对。"

谢子晗也是学生会的,很健谈的一个男生,包厢里的节奏都是他在把控,基本上没冷场过。

周安然不太擅长应对这种人多又不熟的场面,插不进话,也没什么兴趣插话,等菜一上齐,就和于欣月一样埋头吃饭。直到饭吃到一小半,她忽然听见有人叫她。

"周学妹怎么一直不说话?"

周安然抬起头,看见对面有一个男生正看着她。刚才谢子晗介绍过,是他们隔壁寝室那两个人之一,好像是叫巩永亮。

柏灵云帮她接话:"然然吃饭的时候都不怎么说话,平时跟我们吃饭也这样。"

"可吃饭前,我好像也没怎么见周学妹讲话。"巩永亮目光一直看着周安然没移开过,"学妹性格这么内向比较容易吃亏吧?我比你多进校一年,也是学生会的,要不咱们加个微信?以后也能照应一下?"

周安然捏着筷子的手紧了紧。

被要微信也不是头一次,但之前基本都是私下找她要的,她大多也都是直接拒绝,但被当着这么多人的面要微信,还是头一回。她倒也不是怕得罪人,有时候加了不该加的人,比直接一开始就拒绝可能会麻烦更大,但是她不太确定巩永亮和谢子晗关系如何,会不会因此影响到柏灵云。

犹豫间,周安然忽然听见自己的手机铃声响。她最近把铃声换成了俞冰沁学姐上次唱过的那首 You Give Love a Bad Name。像是找到救星似的,周安然忙把手机从包包里拿出来:"抱歉,我先接个电话。"

说完她就拿着手机匆匆出了包厢,路上也没来得及看一眼电话到底是谁打来的。不过是谁打的都不重要,多半可能是什么诈骗电话,她就是找个理由出来缓一下,好想一想能用什么借口拒绝。

开门的时候,她不知怎的,莫名想到了陈洛白。如果是他的话,应该很会处理这种情况吧。上次在KTV,那位学姐当众问他要微信时,他就给了一个很漂亮的台阶。

出了包厢,周安然听见铃声还在响,猜想多半不是诈骗电话,就低头先看一眼。下一秒,她脚步蓦地停住。

屏幕上显示的来电人名字只有三个大写字母——CLB。

他怎么会给她打电话?

他手机号码还是那次他跟她要微信时存的,他那天没扫码,直接先问她要的手机号码,她大脑那时几乎是空白的,他问什么,她答什么。号码报给他后,他拨了一个过来,语气听着散漫又随意,说"我号码你也存一下吧,有事方便联系"。

周安然存他号码的时候,一开始直接写的他名字。但又觉得存他名字太招摇了,毕竟这个人刚一进校没多久,校草名头就稳稳地落到了他头上,最后就换成了他名字大写首字母。交换号码后,这还是他头一次给她打电话。明明私下已经相处过好几次,但突然接到他的电话,她居然莫名紧张起来,又怕他等不及挂断,她做了个深呼吸,直接在包厢门口接起。

"喂。"

男生声音贴在她耳边响起来,还是那副懒洋洋的语气:"在哪个包厢?"

周安然正顺着走廊往前走去,闻言愣了下,有点没明白:"什么?"

"不是在悦庭吃饭?"他语气听着仍像漫不经心,"我和室友在附近,奶茶多买了一杯,给你送过去。"

周安然感觉自己听明白了,又像是没听明白,或者说她听明白了,又怕自己会错意:"你要给我送奶茶?"

陈洛白"嗯"了声:"懒得提回学校了,丢了又浪费,哪间包厢?"

包厢在二楼。周安然一路走到走廊尽头,靠窗停下,总觉得好像哪里隐隐不对。

懒得提回学校,那给她打电话问包厢号码,再给她送过来不是相对更麻烦?而且照他的说法,他室友和他一起,一杯奶茶而已,他懒得提,他室友难道也懒得提?

周安然心脏怦怦乱跳着。

她是不是,真的可以多想一下?那她是不是,还可以稍微小小地试探他一下?周安然抿了抿唇,小声问他:"你能帮我个忙不?"

"怎么了?"他声音忽然低下来,"是碰到什么麻烦了吗?"

"不是,就是……你平时都怎么拒绝——"周安然说到一半又停下来,她从来没做过这种事,忽然一下不知该怎么措辞。

陈洛白声音忽然在她耳边响起:"有人跟你告白?"

周安然知道他向来聪明得要命,但没想到他一下就猜到个大概,有些猝不及防，下意识否认："不是——"

否认完，她又懊恼地咬了咬唇，随后在心里认命般叹口气。

算了，还没试探到他，她就先怕他误会。她根本就做不来这种事情。

周安然索性乖乖跟他和盘托出，试探不成，她也是真的想找他帮忙，毕竟他确实挺会处理这种事情的。

"就是有人要微信，是室友男朋友的同班同学，当着大家面的那种，就感觉有点不太好拒绝。"

"这有什么不好拒绝的，你就说——"

陈洛白顿了顿，周安然感觉心跳也跟着漏了一拍："说什么啊？"

男生声音贴在她耳边很近地响起："你就跟他说，有人不准你加异性的微信。"

周安然："？"

第42章

周安然一回到包厢，刚在自己位子上坐下，谢静谊就靠了过来。她指了指她座位前的小碗："刚上了道排骨，给你夹了几块。"

周安然："谢谢。"

谢静谊又凑近些，很低声跟她说："灵云让我跟你说，要是巩永亮再问你要微信的话，你想拒绝就直接拒绝，不用多想。"

周安然稍稍松口气，也小声回她："好的。"

包厢里的话题早已经换了一轮，周安然夹了块排骨慢慢啃着，在心里期盼那位巩学长最好不要再问第二遍。她还是不太喜欢做这种当面拒绝人的事，但她的心声明显没被听见。

一块排骨刚吃完，巩永亮的声音就又响起来："周学妹。"

周安然抬起头。

巩永亮拿着手机晃了晃："微信加一下？"

周安然在心里叹口气。

"抱歉。"周安然停顿了一下，虽然某人的建议好像不是太靠谱，她还是决定相信他一次，"有人不准我加异性的微信。"

巩永亮脸色忽然变得有些难看，但转瞬恢复了平静。

周安然也不知是不是她看错了。她长相是很乖的类型，包厢里也没人怀疑她说谎，起码几个不熟的男生像是都没怀疑。

包厢里安静了一瞬，然后谢子晗先笑起来："原来学妹已经有男朋友了呀。"

果然很不靠谱。

周安然忙摇头，脸有点热："不是。"

谢子晗旁边的男生是他们寝室的人，跟他关系不错，此刻也跟着笑："那就是跟老谢和柏学妹之前一样，还在暧昧阶段是吧？我就说周学妹要有男朋友了，怎么会一点儿风声都没有呢。"

周安然："……也不是。"

谢子晗点点头："咱们也别打趣周学妹了，她脸都快红透了，不是就不是吧，吃饭吃饭。"

这明显就是没信她的话。

连巩永亮都笑着接了一句："看来下次还是得趁早啊。"

算了，反正她都否认了。

周安然低下头，又夹了块排骨慢慢吃掉。

包厢门这时忽然被敲响。

谢子晗愣了一下："是服务员吗，咱们的菜不是都上齐了吗？"

他说着转过头朝门外道："请进。"

周安然想起刚才那通电话，忙把筷子放下，又扯了张纸巾迅速擦了擦嘴。

下一秒，门就从外面被推开。高大的男生站在门口，他今天又穿了一身黑，黑色连帽卫衣配同色卫裤，脸上没什么表情，看着冷淡又英俊。

她们几个女生位子正对门口。谢静谊和柏灵云都是认得他的，连于欣月也从谢静谊那儿看过他不少照片，见他出现在包厢门口，三人都有些愣住。几个男生背对着门，见状也都齐齐转过身。

这么多目光落在身上，门口那人也丝毫不见不自在，他甚至都没看其他人，手一松，大步走到周安然面前，把手上的奶茶放到她桌上，另一只手像是很随意，又像是做习惯了似的，直接搭在了周安然的座位靠背上，语气也熟稔："热的，可能有些烫。"

周安然看他真来给她送奶茶，也有一点蒙，点了点头，也不知该跟他说什么，就干巴巴地道了声："谢谢。"

陈洛白的手还搭在她座位靠背上："什么时候回学校？"

周安然看了眼桌上起码还剩一半的菜："可能还要等一会儿。"

"这样啊。"陈洛白很浅地勾了下唇，松开手，"那我就不等你了。"

周安然："？"

包厢门重新关上，房间短暂地陷入了沉默。

谢子晗先反应过来："这位就是法学院那位大名鼎鼎的校草吧。"他顿了顿，又看向周安然，"周学妹，他就是'有人不准你加异性微信'的'有人'吧？"

越来越乱了。"有人"不是他，不过倒确实是他虚构的。她忙又摇了摇头："不是，他是我高中同学。"

谢子晗一脸打趣地看着她，也不知道信没信。倒是坐在巩永亮旁边的男生，就是另一个一起过来蹭饭的，好像是叫伏晓烽，此刻忽然冷笑了一声："什么校草啊，我看长得挺一般的。"

谢静谊刚刚忍着没找周安然八卦，闻言终于忍不住了："陈洛白这还叫长得一般？"

伏晓烽："是挺一般啊，也不知道狂个什么劲儿。"

巩永亮笑着接了一句："人家今年是南城的省理科最高分，狂点儿也正常。"

"这里是 A 大，理科最高分遍地走。"伏晓烽又冷笑了声。

谢静谊差点儿想翻白眼儿，正想撑回去，就听到一道轻轻柔柔的声音忽然响起。

"也没有遍地走。"周安然把刚拿起的筷子重新放下，"全国一共 34 个省级行政区，就算按这个标准来满打满算，全国一年也才 34 个省理科最高分，我们省还是高考大省，难度大家都知道，他今年裸分就比我们省第二高了十几分，反正我是望尘莫及的。"

周安然缓缓抬起头："不过伏学长这么说，不知你是哪个省的理科最高分？高考考了多少分？"

聚餐结束后，谢静谊以想买文具为由，拉着几个女生走向了与回学校相反的路，和那群男生距离一拉远，她就开始狂笑："哈哈哈哈哈哈，伏晓烽刚才那个表情，我真的可以笑一辈子。"

"是挺好笑的。"柏灵云也没跟她男朋友一起走，而是跟她们一路，"不过然然你怎么确定他不是去年哪个省的最高分呢，你去年关注过全国各省的情况吗？"

周安然正捧着某人送过来的奶茶慢吞吞地喝着，清甜的味道溢满口腔。挺巧的，他买的这杯居然是少糖。要是全糖，她又舍不得丢，肯定还是会硬着头皮全喝下去。

"没关注，就是觉得如果他也是省最高分，应该会说'这里是A大，理科最高分遍地走，我去年也是'这种话。"

"哈哈哈哈哈哈。"谢静谊还在笑，"确实是，他都敢说陈洛白长得一般了，这自信也不是一般人能有的，我都想继续捧他了，没想到然然先开口了。"

周安然现在恢复冷静，又有点不太好意思，她看向柏灵云："我那会儿有点儿没忍住，不会影响到你和谢学长吧。"

"当然不会，谢子晗和他不熟，就算和他熟，他要因为这种他朋友不占理的事跟我生气，那这男朋友不要也罢。"柏灵云顿了顿，也笑，"而且能看到然然你撑人，就算谢子晗生气也值了。"

周安然其实也没想到自己会忍不住开口。好像就是……有点儿听不得别人用这种贬损的语气说他。

谢静谊凑过来，用手肘撞撞她胳膊："我忍一晚上了啊，之前当着那群男生的面不好问你，你现在要不要老实交代一下，那个不让你加异性微信的'有人'到底是谁呀？你和陈洛白现在又是什么情况？不会真的就是他吧？"

早知道就不用他教的这个借口了。

周安然："不是他。没有那个人，我刚才就瞎编的。他就是我高中同学啊，和你们说过的。"

谢静谊瞥一眼她手上的东西，半是八卦，半是不信："特意给你送奶茶的高中同学？"

周安然耳朵微微发烫,好在头发散下来,天又黑,应该不会被发现:"他跟朋友刚好在附近,多买了一杯,说丢了浪费,就顺便给我送过来了。"

"就算丢了浪费,为什么不给别人送,偏偏给你送?"柏灵云明显也有点不信。

周安然沉默了。她也不知道为什么,她也很想知道为什么呀。

"可能是——"她顿了顿,"因为他在A大就我一个高中女同学吧。"

"这倒也是。"谢静谊又觉得挺合理,"我和中文系那个女生高中的时候也完全不熟,进大学头几天,跟你们也还不熟,一看见她就感觉特别亲切,迅速混熟了。"

"是这样。"柏灵云也认同,"前两天有个不太熟的高中同学说这个周末来北城,跟另一个同学想来我们学校逛逛,问我要不要一块儿吃顿饭,我还挺高兴的,高中天天待一个教室不觉得有什么,一毕了业,就还挺想之前的同学的。"

连于欣月都接了话:"他乡遇故知,人生四大喜事之一呀,我跟然然不也是在大学才熟悉的吗。"

周安然慢吞吞又喝了口奶茶。

是这样吗?他现在对她好,就是因为她是他在A大唯一一个高中女同学吗?

临近期中考,周安然跟几个室友集体早早去了自习室,她们四人坐了一张六人大桌。周安然坐在边上的位子,摊开书后,她余光瞥见有人在对面的空位坐下,像是个男生,她也没在意。还是谢静谊推了推她:"你同学。"

周安然抬起头,看见贺明宇就站在对面。

和她视线对上后,贺明宇笑了下,怕打扰到别人,很低声地说了句:"这么巧。"

周安然也笑笑,轻着声:"是好巧。"

贺明宇向来话不多,打完招呼,就在她对面坐下开始认真自习。周安然也不是话很多的人,一天同桌下来,两人也没说上几句话。直到临近晚上九点,贺明宇说有几个问题想问她,周安然点头应下。

怕打扰其他人,周安然跟他去了外面的走廊,解答完他的几个问题后,她正打算回去自习,却忽然被贺明宇叫住:"周安然。"

周安然眨眨眼:"还有其他题要问吗?"

"没有。"贺明宇攥紧手上的笔,"你明天中午有空吗?请你吃个饭。"

怎么忽然都要请她吃饭?

"明天满课,中午可能抽不出什么空。"周安然疑惑着问他,"不过你怎么忽然要请我吃饭?"

贺明宇指指手上的书:"从高中到现在,问了你这么多次题目,想着好像确实该请你吃顿感谢饭。"

周安然心下莫名松了口气,原来是因为这件事。

"没事的,帮你解答的同时我自己也在学习,不用请我吃饭。"

"但之后可能还要麻烦你,英语题还好,还能找别人问,你们那门专业课,我暂时还找不到其他人,要不让我请你,我都不好意思再请教你了。"贺明宇抿了下唇,"就请你在学校食堂吃,不费什么钱,也不耽误你太多时间,就当老同学聚一下聊聊天,我们进大学这么久,好像都没怎么聊过。"

他这样说,周安然就不太好再拒绝了:"那也行,不过我明天确实没空。"

"周二中午行吗?"贺明宇问她。

周安然点点头:"好。"

回到自习室后,周安然跟几个室友一起待到闭馆才走。第二天满课,回宿舍后,她们也没再多做其他事情。洗漱完,周安然爬上床,随手把一回来就丢在一边的手机解锁屏幕后,忽然发现里面多了条新消息,发于二十分钟前。

C:"你和贺明宇今天一起去图书馆了?"

周安然心里重重一跳,不知怎的,莫名有点心虚的感觉。明明她和他现在什么关系也没有。

他可能就是随口好奇一问,并不是真的在乎她是不是和别的男生一起去了图书馆,但她还是心虚,大概喜欢一个人就这样吧。即便不知道他的心思,她还是不愿意让他有一丝一毫误会的可能性。

周安然迅速回了条信息解释:"没有啊,就是碰巧遇上。"

指尖在屏幕上停了停,她又发了一条:"你怎么知道啊?"

他都主动给她送奶茶了,她多问一句,不算太打扰他吧。

两秒后,手机响了下。

C:"元松看见了。"

元松?

周安然想了想,好像是他那个室友,那个叫她"陈洛白的女同学"的男生。

周安然盯着屏幕,又不知道该回他什么了。她有时候也挺讨厌自己这样无趣,总是想不出什么有意思又不失分寸的话题跟他聊天。可他难得找她一次,如果就这样结束话题,她又舍不得。

犹豫间,手机又振了一下。

C:"你明天去不去图书馆?"

周安然心跳又漏一拍,为什么突然问她这个问题?

周安然:"明天满课,应该不去。"

周安然抿抿唇,忍不住多问一句:"怎么啦?"

陈洛白却没回答她的问题,反而又抛了个问题过来。

C:"那后天呢?"

周安然:"后天早上应该会去。"

周安然感觉心脏像是被他手中无形的长线钓得高高悬起。她不禁又问了一遍:"有什么事吗?"

C:"没事。"

心脏重重落下来,周安然垂下眼睛,轻轻吐了口气。

手机这时却又响了一声。

C:"也跟你偶遇一下。"

第 43 章

星期二,柏灵云和谢静谊都选择留在宿舍自习,省去去图书馆的路程,可以多睡十分钟。周安然跟于欣月七点五十五分到达图书馆时,陈洛白早已站在门外。

男生今天穿了件黑白棒球外套，眉眼耷拉着，一副没什么精神的模样，可能是没睡好，浑身都散发着"心情不好，别招惹我"的气场。

周安然刚才朝这边走过来时，就看见不少女生在偷偷看他，但不知是不是感觉到了这股生人勿近的气场，没有一个人敢过去搭讪或者要微信的。她慢吞吞地走到他面前，停下来。

陈洛白看到她走近，把要打不打的一个哈欠憋回去，声音很低："来了。"

周安然抬头看他，近了发现他眼神像是温和了些，但上面的倦意越发明显："昨晚没睡好吗？"

"有点。"陈洛白说。

那你今天还来图书馆？真的就是为了跟我偶遇一下吗？

这两个问题在周安然心里滚了几圈，也没敢问出口。周日晚上，隔着手机跟他发微信，她尚且不敢问他是不是在跟她开玩笑。现在当面，她就更不敢问了。周安然低下头，干巴巴憋出一句："吃早餐了吗？"

"吃了。"女生今天扎了个丸子头，陈洛白一垂眸，就看见一截雪白的颈子，"你呢？"

"也吃了。"

八点整，图书馆开馆。因为多了个人，周安然她们这次还是坐的六人大桌。她坐中间，于欣月在她左边坐下，陈洛白在她右边坐下。刚一落座，周安然就看见贺明宇抱着几本书走到了她对面的空位子。周日晚上那股莫名其妙的心虚感又冒了上来。

贺明宇目光在她身上落了一秒，又移到陈洛白那边，刚开馆，大家都还在走动，他声音就没太压着："这么巧？你们俩今天也碰上了？"

周安然不知该怎么接话。那道熟悉的声音这时在耳边响起，懒洋洋的，又带着笑："是啊，刚巧和她碰上了。"

周安然："……"

哪有。

贺明宇垂下目光，把书放好，也没再说话。

周安然低头把书打开，却没办法立即集中思想，思绪和书上的字都像是在发飘。

眼前忽然有一个笔记本被一只细长的大手推过来。

空白纸面上一行遒劲又熟悉的字迹，也是在那张字条之后，她再没见过的那道笔迹。上面只有很简短的一句话："你还约了他？"

周安然那一点儿伤感瞬间被这句话全打散了。什么叫"你还约了他"？他语文成绩这么好，又这么会跟女生保持距离，为什么用了"还"字之后，居然还用个"约"字，不知道会让人误会吗？

周安然不知道是不是真的是她多想，但确实能感觉到最近他和她的相处方式中夹杂着一点儿若有若无的暧昧，而且还有越来越明显的迹象。

因为拿不准，因为时刻要猜他心思，其实很折磨人，但被他单独请吃饭、被他送回宿舍以及被他约着一起来图书馆，都是她以前不敢期盼的，甚至是从没见别的女生在他这儿有过的待遇。所以折磨中又满含甜蜜，所以她半分不敢点破，怕一戳破，眼前的七彩泡沫就会消散无踪。

周安然抿了抿唇，不敢提"约"字，在下面一行回他："没有，就又是碰巧。"写完，她低头仔细看了一眼，她的字小小一行，就在他的字的下面。

周安然有点庆幸小时候还是练过字的，虽然算不上多好看，但也勉强过得去。她把本子推回去。

陈洛白看了一眼她秀气漂亮的字迹，目光转而落向她白皙的侧脸，最后在对面的贺明宇身上极短地落了一秒，他低下头。

几秒后，周安然看见他的回复，还是很简短的一行——

"你和他倒是有缘。"

周安然："嗯？"

她还有些发愣，本子又被他拿了回去。这次是右手伸过来拿的，腕骨上那颗棕色小痣在她眼前一晃而过。周安然忍不住悄悄看他。

男生碎发搭在额前，下颌线还是无可挑剔地好看，但是侧着脸也看不出什么表情。他微低着头，细长的手指握着笔，笔尖在刚才那行字上划了两行长线，隐约又在最后两个字上多划了几行。再推过来时，上面多了句话。

"我睡一下，八点半叫我。"

周安然目光在被他完全划掉几乎快看不见的"你和他倒是有缘"那句

话上停了片刻,心跳好像又开始不平稳了。她沉默了下,偷偷看他一眼,还是满脸的倦意。周安然低头回他:"你要不要回宿舍去睡?"

他这次回了四个字:"赶我回去?"

周安然捏着笔,再次感觉他今天用词有点暧昧。什么叫"赶"他回去啊,她哪来的资格赶他。

"没有,就是宿舍睡得舒服些啊,趴着睡不难受吗?"

"不回,难得偶遇一次,八点半叫我?"

陈洛白这次把本子推过来后,视线也一起落到她脸上。

周安然有点儿后悔今天扎了丸子头,因为她感觉耳朵又有点儿发烫,她盯着那句"难得偶遇一次"看了几秒,碎发从耳边掉下来,低下头写了一个字。

"好。"

笔记本推回去后,周安然看见他唇角像是隐约勾了下,随后把本子合上,手臂落上去,脸趴在手臂上,最后只露出一个黑色的后脑勺在外面。

他在高中也这么睡,总喜欢把脸全埋在胳膊里。她偷偷看过好多次,但这一次,他把叫醒他的权利给了她。

周围都是人,周安然也不敢看他超过两秒以上,她收回目光,低头把调成静音的手机换成振动模式,定了个八点半的闹钟。随手摁灭屏幕,刚要收进去,她又解锁,想了想,最后点进了一个外卖App。

周安然勉强静下心看了半小时书。八点半,闹铃刚一振,她立刻掐了。

周安然转过头,手伸过去想推他,指尖快碰到他手臂时,又缩回来。犹豫几秒,她把手上的笔盖上笔帽,慢吞吞伸过去,快碰到他时,停下来,盖上笔帽,好像有点硬。拿这个笔杆他,应该不会太舒服。

周安然咬咬唇,最后还是把笔放下,伸手去推了推他。男生手臂是和她完全不一样的触感,隔着两层布料,都能感觉到隐于其中的力量感。

周安然轻着动作推了他一下,没反应。又推了下,还是没反应。她加了点力度,依旧没反应。想着他今天一副很疲倦的模样,周安然开始犹豫到底要不要叫醒他,但又怕耽误他学习,最后还是狠心多加了点力度。这次终于有了反应。

男生头微微抬起,漆黑的眼睁开,眉宇间全是被吵醒后的不耐烦,甚至夹杂了几分明显的戾气，看着有点儿凶。

周安然忙把手缩回去，难怪高中时大家都不敢吵他睡觉。

陈洛白抬手揉了下眼尾，像是看清了她的模样，眉眼间那点儿戾气立刻消散，好像一瞬间乖了下来。

周安然感觉用"乖"这个词来形容他有点怪怪的，但一时又想不出更合适的。刚刚那一瞬间，就好像是具有攻击力的猛兽一下变成温驯的家养猫科动物的那种感觉。

"就八点半了？"他声音压得很低。

周安然点点头。

陈洛白其实刚睡着没多久。他昨晚赶一个大作业赶到快三点，不然也不会选在这时候补觉，但不知是她坐得近，还是本子被她碰了下就沾了她身上的香味，一直在鼻间若有若无地萦绕。他估计他只睡了不到十分钟，但再睡一个上午就过去了。

陈洛白站起身，声音依旧轻："我去洗个脸。"

旁边女生很乖地点了下头。

等他洗完脸回来，刚一坐下，就看见她慢吞吞推了包纸巾过来，指甲修剪得干净整齐，手指细白纤长。

陈洛白抽了张纸巾擦干净脸，见她又推了她自己的本子过来，上面还是那道秀气漂亮的字迹。

"我买了咖啡，你要不要？"

陈洛白觉得他可能是还没完全睡醒，因为他忽然有点想听她亲口用那副温软中又带着几分细微颗粒感的嗓音和他说这句话。

可能是见他没反应，女生迟疑着转过头来看他，眼神干净，还是那副纯得要命、让人一看就很想欺负的乖巧模样。她有点疑惑地眨了下眼睛。

陈洛白喉结滚了下。他睡前不知道把笔丢哪儿去了，也懒得再找，伸手抽走了她手上那支笔，低头在她本子上回了一个字。

"要。"

周安然看了看推回到她面前的本子，又看了看他手里拿着的她那支笔。他好像没有一点要还给她的意思。周安然有点想问他要，但又怕打扰别人，迟疑几秒，干脆还是从包包里拿了备用笔出来。

"那你等等。"

周安然下楼接了四杯咖啡上来，先拿了一杯放在于欣月面前，又拿了一杯放到贺明宇面前，之后在自己位子上坐下，先在本子上写了句话："刚刚你在睡觉，不知道你喝什么口味，这两杯你挑一杯吧。"然后把本子和两杯咖啡一起推过去给他。

陈洛白抬眸看了眼贺明宇手边那杯咖啡，目光缓缓收回来。两秒后，周安然看着面前本子上他新加的那行字。

"他也有？"

心虚感又钻了出来。但是大家都坐一个桌子，只给他一个人买又不太好，而且她只单独给他买咖啡的话，那也太明显了。

周安然低头回他："我室友也有啊，大家都是同学。"

陈洛白盯着她这行字，眯了下眼，一字一顿在本子上反问："都是同学？"

不是同学，那是什么？

周安然也想这样反问回去，但是又不敢。他室友在他面前称她是他女同学的时候，也没见他反驳呀。

周安然低着头，在他这行字下面回了一个"嗯"字。笔尖顿了顿，她又开始迟疑。只干巴巴回他一个"嗯"字，把他和别人一起划归到同学身份上，她好像有些不情愿。在接受了他的一点特殊待遇后，她好像变得有点儿贪心了，不想只当他的普通同学。

周安然笔尖落下去，想划掉，最后又停住，可是划掉也好明显。她还是不敢在他面前把心思都暴露出来。

周安然犹豫半天，内心反复横跳，最后就只在"嗯"字后面多加了严星茜她们平时爱发的一个卖萌的颜文字上去。

本子被一只小手推回来。陈洛白看她写了半天，还以为有多长一句话。低头看见上面就一个简单的"嗯"字，他随手转了下刚才从她那儿抢来的那支笔，气得笑出了声。陈洛白目光又在旁边那个小小的颜文字上落了一秒，唇角很浅地勾了下。

周安然等了片刻，没等到回复，不由得悄悄抬起头去看他。正好看到男生把她的笔记本合上，压在他的笔记本下面，随即他翻开带来的那本

《法理学》，一边单手转着她的笔，一边低头认真复习了起来。

侧脸还是帅气无比的，但是——她的本子呢？他又不还给她了吗？

周安然不想在书上乱写乱画，只好靠过去一点，小声跟他说："本子。"

"什么？"陈洛白这才慢悠悠地看她一眼。

周安然不敢打扰别人，只好再靠近他一些，抬手指指他桌面，声音还是压得很低："我的本子，我就带了这一个。"

她声音又轻又软，就压在耳边响起，陈洛白感觉耳朵像是痒了一下："是吗？"

周安然重重点头。

陈洛白垂眸看着她，没说话。一秒后，周安然看见他把他自己那个本子抽出来，随手丢到了她面前。

"用这个。"

第44章

他们几人上午第二节都有课，临近上课前，一起收拾东西出了图书馆。走出大门后，贺明宇回过头，看见身后的女生不知有意还是无意，并排跟在陈洛白旁边。

他脚步一顿："周安然。"

周安然也停下来："怎么了？"

贺明宇抱着几本书看着她："中午食堂见。"

周安然差点儿忘了这件事。

感觉旁边有道目光落过来，周安然一上午在心里钻来钻去的那点心虚感在这一瞬忽然攀至顶峰。她顶着那道视线，硬着头皮点点头。

陈洛白声音随即在她耳边响起，语气很淡："你们俩中午约了一起吃饭？"

贺明宇看向他："她帮了我点忙，请她吃饭。"

"就是讲了几道题。"周安然小声补充，"算不上帮忙。"

陈洛白目光从旁边低垂着脑袋的女生转向贺明宇，勾唇笑了下："不介意多个人吧，正好我中午一个人吃饭，不过既然她说算不上帮忙，那你也不用请客了,我请你们两个吧,正好开学以来,我们三个还没单独一起聚过。"

贺明宇视线不避不让:"她说算不上帮忙,不用我请,那你忽然请客又是什么原因?"

"大家都是同学,请个客还需要什么原因吗?"陈洛白顿了顿,目光落回到旁边女生身上,看见她白皙的耳垂染上了点薄红:"你说是吗,周安然?"

周安然:"嗯?"

不知是不是错觉,她总感觉他刚才好像把"大家都是同学"这句话念得稍稍有些重。他是不想让她跟贺明宇单独吃饭,所以拿她的话来堵她吗?

周安然不知道自己是不是在自作多情,不敢接他的话。但不管是不是,她都挺想和他一起吃饭的。不过这样,就不好再让贺明宇请客了,她其实也觉得贺明宇真没必要请她。周安然想了想,抬起头:"不然我请你们俩?"

贺明宇握在书本上的手指紧了紧。

"说好我请你的。"他顿了下,又看向陈洛白:"你要愿意,就一起来。"

陈洛白眉梢轻轻一扬:"行啊,先谢了。"

贺明宇:"……"

站在一旁的于欣月这时抬手看了看表:"然然,你聊完没,咱们得去教室了。"

周安然:"快了,你等我下。"

她说完转头看向旁边的高大男生,目光从他那张帅气招人的脸缓缓往下,落到那双细长好看的手上。他手上还拿着她的笔和本子。

"你——"周安然说了一个字,又停下来。

陈洛白好整以暇地望着她,漆黑的眸中带着笑,像是在明知故问:"我什么?"

周安然:"……"

贺明宇和于欣月都还在,她当着他们两个人的面,不好意思问他为什么要把她的东西扣下。而且好在今天是于欣月跟她一起过来,要是柏灵云或谢静谊的话,估计她又该被打趣了。

算了,他不说,她也装傻好了。反正她今天拿过来的本子是新的,上面并没有笔记。反正……她其实也不太想把他的本子还给他。

周安然撇开视线:"没什么,我先走了。"女生说完拉着室友迅速离开。

贺明宇瞥了眼陈洛白手上的东西,眼睫垂下:"我教室在那边,也先走了。"

陈洛白一只手抱书,另一只手拿着刚响了一声的手机在看,头也没抬,随口"嗯"了声:"中午见。"

贺明宇:"……"

陈洛白在图书馆门口站了片刻,元松从里面跑了出来。

"你居然还真等我了。"元松说着偏头打量了他一眼,"你昨晚不是熬到三点吗,今天一大早起来,怎么看着精神挺不错的样子。"

陈洛白把手机收回裤袋,抬脚往前走:"喝了杯咖啡。"

"难怪了。"元松跟着他往教室走,目光不经意一瞥,脸上的表情忽然变得有点一言难尽,"陈洛白,我没看出你是这种审美啊。"

陈洛白偏头:"什么审美?"

元松指指他抱在手上的笔和本子:"这种可爱风的东西,我以为只有小姑娘才喜欢。"

陈洛白顺着他手指的方向,也垂眸看了一眼手上的东西,那股若有若无的清香似乎还在。他唇角弯了下:"有没有一种可能,这就是小姑娘的东西?"

元松愣了下,隔了几秒,才反应过来:"你那位女同学的啊?你们俩现在什么情况了?"

陈洛白不置可否,随口换了话题:"今天中午不和你们一起吃饭了。"

"不是说好这个小组作业搞完,你请我们吃饭的吗?"元松顾不上八卦了。

陈洛白:"下次再请。"

"不行。"元松不答应,"我盼这顿饭盼了好久,今天早饭都没吃两口,就等着中午这顿饭,你要不给我个合理解释,我就去找你那位女同学聊个天,就说有人某天——"

"想吃什么?"陈洛白打断他,"我给你们叫外送。"

元松摸摸下巴："我想想啊，没有什么澳龙帝王蟹之类的，今天估计是堵不住我的嘴的。"

陈洛白笑了笑："球鞋都没能堵住你的嘴。"

元松当没听到他这句话："就澳龙吧，吃到了，我保证这学期内什么不该说的都不说。"

"滚吧你。"陈洛白笑着骂了声。

周安然和于欣月到教室时，柏灵云和谢静谊早已经到了，两人帮她们占好了位置，是临着过道的两个座位。周安然先进去，刚一落座，坐她旁边的谢静谊就凑过来，低声问："听说陈洛白今天和你一起去图书馆了，他去图书馆做什么？"

"去图书馆还能做什么，不就是学习吗！"周安然这句话说得有点底气不足。

不过除了一开始他跟她传了一小会儿"字条"，扣下她的本子和笔后，他就一直都在认真复习《法理学》了。说他是去学习，也确实是事实。

"他不是都不去图书馆学习的吗？"谢静谊愣了下，"我还以为他找你有什么事呢。"

周安然也愣下："他不去图书馆学习吗？"

谢静谊："你不知道啊？"

周安然摇摇头。不过她确实从没在图书馆碰到过他。

"我也是这两天才听说的，好像是刚开学那几天，他去过一次吧。"谢静谊说，"听说在那儿待了不到半小时，就被四个女生要微信，后来他就再没去过了，都在寝室复习。"

周安然："他没和我说过。"好像除了那天她主动问他学法学的原因，他都没怎么和她说过他的事情。周安然心里那点不确定又突然放大了些。

"算了，不说这个。"谢静谊看问不出来什么，又换话题，"我们中午去哪个食堂吃饭啊？"

于欣月默默插了句话："她中午不和我们一起吃，陈洛白和她物院那位同学请她吃饭。"

谢静谊和柏灵云都转头看过来。周安然默默点了下头。

不知怎么坐到她前排的聂子蓁这时忽然转过头："周安然，你不是说你和陈洛白还有物院那位帅哥都是普通同学吗？怎么又是和他们一起去图书馆，又是跟他们一块儿吃饭的啊，你要真跟他们只是普通同学，是不是该保持点距离啊，不然其他女生也不好下手啊。"

周安然怔了下。上课铃这时忽然响起，聂子蓁转了回去。

谢静谊稍稍靠过来，压低声音说："你别理她，你跟同学吃饭关她什么事。"

周安然摇摇头："没事。"

其实除开语气不太好，有点夸张事实之外，聂子蓁说得倒也不完全算错。不过，她和贺明宇没有不保持距离，平时他们连微信都没发过几条，图书馆碰上也都是偶然。

至于陈洛白——如果他确实只当她是普通同学的话，那也是该和他保持点距离的。可是……普通同学会介意她咖啡有没有给别的男生多带一杯，会无缘无故扣下她的本子和笔吗？

周安然目光缓缓落向放在桌上的他的本子，纯黑色封面，很简约的一个笔记本。她不想把这个本子还给他，是因为她喜欢他。

周安然指尖轻轻杵了杵他的笔记本封面。

他呢，到底是怎么想的啊？

两小节课上完，周安然到食堂门口时，陈洛白和贺明宇都已经等在外面。两人都在玩手机，看着像是并没有交流。

周安然走近后，贺明宇将手机收回口袋，问她："想在哪里吃，一楼还是二楼？"

这个食堂二楼是点餐区，收费会比一楼贵上不少。周安然不想让他太破费："一楼行吗？"

贺明宇又转向陈洛白："你呢？"

男生正用两只手转着手机玩，闻言朝周安然略扬了扬下巴："听她的。"

周安然："……"

到一楼打好菜，坐下开始吃饭时，周安然又有点儿后悔。因为有人大大方方占了她旁边的位子，她低头吃饭，余光也能看见他餐盘里打的菜没怎么动，好像就随便吃了几口饭。

是不喜欢吃吗？那次俞学姐好像说过，他嘴挑得厉害。

周安然吃饭有点慢。

贺明宇饭菜全吃完，筷子放下时，她餐盘里的饭菜几乎还剩一半，旁边那位感觉就一直没什么兴趣吃，随时都能放下筷子的模样。周安然不太喜欢让别人等，下意识加快了咀嚼的速度。

陈洛白那道无比熟悉的声音忽然在她耳边响起："不急，慢慢吃。"

"是不急。"贺明宇也跟着说了一句，"你慢点吃。"

周安然重新放缓速度。然后听见贺明宇问她："你吃完是回宿舍还是继续去图书馆？"

周安然抬起头："回宿舍，怎么了？"

"还有两道英语题想问你。"贺明宇说。

周安然点点头，刚想说等下吃完饭看看，就听见旁边那道干净的嗓音响起：

"问我吧。"

周安然："嗯？"

陈洛白把筷子一放："我英语也就比她差一点儿，她会的我应该也会，正好她饭还没吃完，我帮你看看？"

贺明宇："……"

周安然："？？"

他英语什么时候比她差一点儿了。高一除了偷听见他连她名字都记不住那次，她后来也就只考赢过他一次，大部分时候都是他的成绩高过她的。

陈洛白抬眸看向对面的男生："还是说，你不想要我帮忙？"

贺明宇听出他没说完的后半句话："没有，那就麻烦你了。"

陈洛白起身去了对面坐下。

周安然吃完剩下的饭菜，他们刚好讲完题。

"吃完了？"贺明宇问她，"你是回宿舍吗？"

周安然点头，顺口问他们："你们是继续回图书馆吗？"

"我也回宿舍。"贺明宇顿了顿，看向陈洛白，"你呢？"

陈洛白随手转着手机玩，坐姿散漫，闻言朝周安然抬了抬下巴，语气懒洋洋的："我送她回去。"

第 45 章

周安然一怔，愣愣地抬头看向他。

"看我做什么？"陈洛白仍随手转着手机，漆黑的眼含笑，"我姐不是说了让我安全把你送回去吗？"

周安然："嗯？"

俞学姐什么时候说让他送她回去了？他不会是说上周六那次吧？但上周六俞学姐指的应该也只是要他那天晚上安全把她送回去吧。周安然不知他是什么意思，但出于也想被他送回去的私心，并没拆穿他。

贺明宇垂下眼睫。手机这时一连响了好几声。贺明宇把手机拿出来看了一眼，只觉得运气也不站在他这边，他在心里叹口气，站起身："不好意思，我室友找我有点急事，我得先走了。"

周安然点点头："那你快去吧。"

等到贺明宇的身影匆匆消失在食堂外，周安然才听见斜对面的男生缓声开口："走吗？"

周安然下意识想点头，目光不经意瞥见还放在她手边的他的餐盘。

"那个——"她顿了顿，抬手指了指他的餐盘，"你好像没吃几口。"

陈洛白顺着她细白的手也往餐盘上看了一眼，随口"嗯"了声："没什么胃口。"

怎么会没胃口？

周安然抬头短暂打量他一眼，发现看不出来什么。她有点担心，忍不住多问了一句："是不舒服，还是觉得不好吃呀？"

陈洛白转手机的动作一停，眉梢像是很轻地扬了一下，用打趣的口吻说道："好奇我口味啊？"

这个人怎么不按常理出牌。

周安然有点想低头撇开视线，但这样好像显得更心虚，只好勉强镇定下来，随口拿俞冰沁的话当借口："俞学姐前段时间说你吃东西挺挑的，我就顺便问问。"

男生声音像是仍带着笑："她还跟你说什么我的坏话了？"

周安然："嗯？"

她稍稍蒙了下："这算坏话吗？"

陈洛白继续用手转着手机玩，好整以暇地看她："不算坏话，那算什么？"

这要怎么答？周安然抿了抿唇。他听着像是有点介意被说嘴挑，要说不算坏话的话，他会不会不高兴？可要说算坏话，好像又有点对不起俞学姐。

陈洛白看她秀气好看的双眉皱起来，一副很纠结的小模样，就好像问了她一个世纪难题似的，忍不住又笑了下："逗你的。"

周安然："……"

所以变稳重什么的，确实是错觉吧。这个人还是和高中时一样，有点爱捉弄人。只是以前都是远远地、偷偷地看他捉弄祝燃或班上其他男生，现在对象换成了她。但不用回答刚才那个问题，她还是在心里松了口气，却又听他缓声道："她没说错，我是挺挑的，所以——"

周安然见他停下来："所以什么？"

"不着急回宿舍的话，"陈洛白看着她，"再陪我上去吃点东西？"

周安然对上他目光，心尖儿颤了下，然后很轻地朝他点了点头。

陈洛白其实没什么想吃的东西，到了二楼也就随便点了碗馄饨，随后问里面的服务员："有常温的可乐吗？"

周安然低着头，正在心里悄悄记他吃葱不吃香菜，忽然看见一罐可乐递到自己面前。

在头顶响起的声音也很熟悉："喝这个行吗？"

有一瞬间，周安然感觉眼前的画面与两年前在二中小超市那一幕重叠了一下。她抬起头，面前的男生却没穿校服，比之前个子高些，正垂眸看着她。

"给我的？"她小声问。

陈洛白"嗯"了声："就当是——"

男生顿了顿，却没像那天一样把可乐塞到她手里，而是将易拉罐放到了柜台上，四指握着罐身，食指钩住拉环。拉环被拉开的一瞬，有细小气泡炸开的声音传过来。他伸手拿了根吸管插进来，随后才递到她面前，缓缓接上了前一句话："你陪我吃饭的谢礼。"

周安然感觉心里好像也有小气泡在翻滚着炸开，她接过来："谢谢。"

等到馄饨做好，跟他找位子坐下时，周安然才发现他其实也不吃葱的，漂在上面的葱花全被他拨开了。

他吃饭的时候不太爱说话。周安然抱着罐可乐，坐在他对面慢吞吞喝着，也没打扰他。

高二他给她的那罐可乐，她一直没舍得喝，到现在还放在她卧室的柜子里，早已过了保质期。

说起来，她这算是第一次喝他请的可乐，周安然莫名有点舍不得一下喝完。于是等陈洛白吃完馄饨，一路把她送到寝室楼下时，她手上的可乐差不多还剩有一半。

陈洛白照旧在门口的大树边停下脚步。周安然也跟着他停下来，听见他很低地叫了声她的名字："周安然。"

周安然抬起头。

男生单手插在裤袋里，垂眸看着她："考试加油。"

周安然手里的可乐已经没什么气泡了，她抿了抿唇，嘴里全是甜味："你也是。"

兵荒马乱的几天考试结束后，周六中午，周安然被几个室友约着出去一起吃了顿"庆生"火锅，庆祝从大学第一个考试周顺利生存下来的庆生。

吃完饭，连平日扎根在图书馆的于欣月都没着急回去，几人又在商场逛了几圈，下午四点才一起回到宿舍。

周安然一路闻着自己一身的火锅味，回宿舍第一件事就是洗头洗澡。吹完头发，见离跟他约好的时间还差二十分钟，周安然又坐在桌前仔细拿发带绑了个低丸子头。绑好时，周安然听见去阳台收东西的谢静谊忽然叫了她一声。

"然然。"

周安然照照镜子，回她："怎么啦？"

谢静谊往楼下看了一眼，估摸着要是她用刚才那样大的声音把下面那句话说完，可能会引起大家围观。她把东西取好，走回屋里才低声接着说下一句话："陈洛白在我们楼下，是来等你的吧。"

周安然怔了下，没听见手机响啊。她把手机拿起来，解锁屏幕确认了一下，确实没收到他的消息。但就他那张脸，应该全校都不至于有人认错吧，每天钻研八卦的谢静谊更不可能。

"我去看看。"

周安然拿着手机走去阳台，刚探头往楼下看去，站在树边的男生刚好这时也抬头朝她这边望过来。

傍晚六点，天色已经暗下来。少年身形高大颀长，轮廓被夜色模糊了少许，但隔空和他对上视线的一秒，周安然心跳还是漏了一拍。她下意识地往回退了一步。

手机这时终于响了声。

C："躲什么？"

她也不知道刚为什么要躲，就是莫名心跳快得慌。周安然不知怎么解释，就没承认："没躲呀。"

C："没躲就下来。"

周安然："就下去了，你等我下。"周安然从阳台回到宿舍里拿上包。

"要走啦？"谢静谊顺口问她，"不是说今天还有另一个男同学跟你们一块儿吃饭吗，怎么没见他？"

周安然也不知道，刚刚他也没提祝燃："可能是路上耽搁了吧。"

"我还想看看帅哥的朋友是不是也是帅哥呢。"谢静谊一脸失望，"你们另一个同学长得帅吗？"

周安然回想了下——祝燃五官也都挺端正的，个子也高，就比他矮两三厘米的样子，说："还可以。"

谢静谊更失望了："那好可惜。"

"你又不上手追。"柏灵云插话，"光看着有什么意思。"

谢静谊："单身才可以肆无忌惮地看帅哥啊。"

周安然莞尔："他是陈洛白最好的朋友，应该会常来，以后会有机会的，我走了啊。"

她也有点好奇祝燃怎么没来，出了门，她就边走边低头在微信里问他："祝燃没跟你一起吗？"

C："问他做什么？"

要一起吃饭，她问一声不是很正常吗？他最近说话真的很容易让人多想。

周安然："他不是要和我们一起吃饭吗？"

C："路上耽搁，让他直接去饭店了。"

C："还没下来？"

周安然："到二楼啦。"

C："下楼的时候别玩手机。"

周安然嘴角很轻地翘了下。

跟他一路到了饭店，周安然就看见祝燃已经等在包厢。今天这顿饭他说是为了补请她，周安然其实有点担心他们会提起当初那场篮球赛。她还拿不准他的心思，也就不敢太暴露自己的心思。好在他和祝燃都没有提及当初那场球赛的意思。

祝燃先是随口抱怨了几句作业和期中考，又抬头问陈洛白："你们校内的篮球赛是不是要开始打了，你是要上场？"

陈洛白随口"嗯"了声。

周安然宿舍里有两个学生会的，她也知道校内篮球赛确实快开赛了，但不知道他打算参赛。打比赛和平时打着玩强度可完全不一样，他们男生打着玩好像还是打半场比较多。

"你能打比赛了吗？"周安然忍不住问了他一句。

祝燃笑着插话："是啊，你腿伤之后一直没怎么打过吧，行不行啊？"

周安然偏着头，看见旁边男生没什么表情地看向祝燃，语气倒是带出几分高中时常有的狂劲儿："我不行谁行？"

"你就狂吧。"祝燃说，"别说我没提醒你，现在这包厢里可不止我和你两个人，回头你要是输了球，丢脸可不只丢到我面前。"

周安然："嗯？"是在说她？

她还来不及收回视线，陈洛白忽然就转过头来，视线猝不及防地和他的目光对上，周安然的心跳还是很没出息地又快了一拍。

"真输了会觉得我丢脸吗？"他低声问她。

周安然心跳得厉害，摇摇头："不会啊，尽力就行。"

陈洛白转回去，嘴角微翘，冲祝燃抬了抬下巴。祝燃看不得他这副得意模样，也微侧了侧头："周安然，你知道他腿为什么会伤吗？"

周安然其实一直想问，但犹犹豫豫一直没问，见祝燃主动提起，刚想顺着问一句为什么。

下一秒，就听到祝燃痛呼一声，蓦地从座位上跳起来，椅子不知是被他带的还是怎的，猛然向后划拉，发出一声刺耳的声音。

周安然到嘴边的"为什么"咽回去，脱口问："你怎么了？"

"他吃饱了就喜欢站起来乱喊。"先回答她的却是陈洛白。

祝燃龇牙咧嘴地看着他："陈洛白你——"

陈洛白这时却又转向她："你俞学姐——"

周安然不由得又看向他这边。陈洛白说完这四个字却停下来。祝燃不知怎么也停下来，而后重新坐回位子上，一脸忍气吞声的表情："是的，我吃饱了就喜欢站起来乱喊。"

周安然抿抿唇，目光从祝燃那边移回到他脸上："俞学姐怎么了？"

"她今晚还会去排练，吃完一起去看看？"男生神情浅淡，好像全没把刚才的小插曲当回事。

周安然沉默了下，点点头。然后她视线转回去，伸筷夹了一块排骨慢吞吞咬着，却没吃出什么味道来。她又不傻。刚刚祝燃想和她说他受伤的原因，应该是被他暗中警告和阻止了。他受伤的原因是什么不能让她知道的事情吗？还是说……这段时间确实是她在自作多情？

周安然拿着筷子的指尖紧了紧。

男生那道熟悉的声音又在旁边响起："就是开学前不久，打球的时候崴了一下。"

周安然一愣，再次转头看他。

陈洛白正看向她这边，神色比刚才认真不少："不让他跟你说，是因为一分的事情，他能夸张成十分。"

祝燃一脸不满地插话："陈洛白，你又当着周安然的面诬蔑我，我什么时候能把一分的事情夸张成十分——"

陈洛白淡淡地瞥他一眼，祝燃顿了下："最多也就夸张六七分吧。"

陈洛白的目光重新落回到旁边女生脸上："要不信的话，我拿病历本和检查结果给你看？"

周安然拿着筷子的手指缓缓松下来。

他这是在跟她解释吗？都说要拿检查结果了，应该是没骗她吧，也没什么骗她的必要吧。而且他也从来不是会践踏他人心意的性格。周安然摇摇头："没有不信。"

"没不信的话——"陈洛白声音轻下来，"就好好吃饭。"

她就是刚才一块排骨吃得慢了些，这样都被他发现了吗？周安然唇角很浅地弯了下，又压下去，小声回他："我有好好吃饭呀。"

祝燃把筷子一放："吃不下了。"

周安然抬起头，看见桌上的菜只吃了一小半不到，愣了下："你吃不下了吗？"

"塞饱了。"祝燃面无表情。

陈洛白随手一指门口："吃饱了那就滚吧，别打扰我们吃饭。"

祝燃往椅背上一靠，双手抱在胸前："凭什么是我滚，人家周安然兴许更愿意跟我一块儿吃饭呢。"

周安然听着他们斗嘴，不禁莞尔，感觉有点熟悉，又有点不真实。熟悉是因为以前经常不经意或偷偷听到他们这样斗嘴，不真实是因为这次她好像成了他们斗嘴的中心人物。

祝燃说着忽然转向她："是吧，周安然，要不然让他滚，我跟你单独叙叙旧？跟你说一说姓陈的某人的糗事大全？"

周安然："嗯？"

陈洛白侧头，看见女生唇角翘起一个小弧度，颊边的小梨窝也露出来，又甜又乖，还挺开心的模样。

"想跟他叙旧？"

低沉干净的声音忽然在耳边响起，周安然心里一跳。她半转过头，看见陈洛白正似笑非笑地看着她。

"那要不我出去，给你们腾个地方聊天？"

她什么都没说啊。

祝燃顺手把旁边的柠檬水端起来喝了一口，他拖长音调"啧"了声："今天这水怎么这么酸啊。"

陈洛白："……"

祝燃手机这时响了，他拿起来看了一眼，急急忙忙把杯子放下："你姐说她出发了,我真不吃了啊,先过去了。"说着他就拿起手机起身快步出了包厢。

周安然还有些没反应过来,回过头时,包厢门已经被他快速带上。她正要转回来,包厢门又打开,祝燃从外面钻了个脑袋进来:"周安然,我还没加你微信哪,我等下从群里加你,你通过一下啊。"

周安然点点头。祝燃脑袋迅速缩回去,像是不想再给其他人留什么说话的机会,门再次重重关上。

他一走,包厢里忽然安静下来。周安然转回身,把手机拿过来解锁时,感觉旁边有道视线一直落在她身上,前些天那股心虚感又莫名冒出来。祝燃的好友申请这时也从手机里跳出来。她迅速点了个通过,又迅速关掉屏幕。

男生声音淡淡地从旁边响起:"真加呀?"

周安然心里又跳了下,偏头看他:"不能加吗?"

"能倒是能。"陈洛白唇角勾了下,"但他要是跟你乱说些什么,你别信就是了。"

周安然:"嗯?"祝燃能跟她乱说什么?他的糗事大全吗?

陈洛白朝面前的饭桌抬抬下巴:"先吃饭吧,不然要冷了。"

周安然也不敢问他,乖乖"哦"了声,拿起筷子,目光瞥见桌上的菜还剩大半,祝燃碗里的饭也只吃了一半,她不由得有些奇怪:"祝燃刚刚说的是俞学姐?他也是要去看俞学姐排练?"

陈洛白"嗯"了声。

周安然更奇怪了:"他去看俞学姐排练怎么不等我们一块儿去,连饭都不吃完,就匆匆忙忙走了?"

"他等不及。"陈洛白说。

周安然愣了下,有点没明白,不由转头朝他看过去:"等不及?"

陈洛白筷子早放下了,此刻就懒散地倚在椅背上看着她,语气浅淡:"他喜欢我姐。"

周安然筷子差点儿没拿稳。

祝燃喜欢俞学姐?她下意识觉得有些不可思议,俞学姐比他们大了三届,又在芜城读的高中,她还以为她和祝燃没什么交集。但想想俞学姐的

//284//

模样，周安然又觉得在意料之中，这么酷的女生，确实很吸引人。难怪刚才他一提俞学姐，祝燃就老老实实改了说法。周安然把筷子放下来："你告诉我没关系吧？"感觉像是祝燃的私事啊。

"没关系。"陈洛白说，"这不是什么秘密。"

周安然眨眨眼，可能是因为两个她之前从没想过会扯在一起的人忽然有了这样的交集，她难得有些压不住好奇心，小声问他："那俞学姐也知道吗？"

陈洛白："我姐可能知道，也可能不知道吧，他跟谁都说，就是不敢亲口跟我姐说。"

周安然眼睛稍稍睁大："祝燃也会不敢？"

"他为什么不会？"陈洛白眉梢像是很轻地挑了下。

周安然："就……印象中感觉他胆子还挺大的。"

在班上上课时，祝燃都敢随意跟老师开玩笑，学校有什么活动他要是参加，也从没见他怯场过。她还以为只有她这种性格内向的胆小鬼才会搞暗恋，像祝燃这种性格，喜欢谁就会大胆去追。

"再大胆——"陈洛白停顿了下。

周安然侧头看着他。

男生仍散漫地靠在椅背上望着她，细碎的灯光和她的倒影一起映在他漆黑的眼底，衬得他的眼神莫名地显得专注、温柔，声音也低：

"面对很喜欢的人，也会变得小心翼翼。"

第 46 章

从饭店出去后，周安然都还一直在想他这句话。

饭店离 Live House 不远，他们没有打车，打算一路步行过去。周安然低头跟在他身后，心里还在不停揣摩他刚才那句话。

许是他刚才看她的目光太过专注、温柔，让她几乎生出一种"他那句话是说给她听的"错觉。可他高中连她名字也记不住，大学再遇至今，也才堪堪过了一个月。她就算多想，也只敢猜他是不是对她有了一点朦胧的好感。

"很喜欢"这种程度,她想都不敢想。那会不会是,他在跟她说他另有很喜欢的人?好像也不太可能,依他的性格,要真另有喜欢的女生,不可能和她走这么近,他才不会舍得让对方误会伤心。那就仅仅是在跟她说祝愿?

周安然想得出神,也没注意到前方有一个小台阶要下,她一脚踏空后,才慌乱察觉,重心已经有些稳不住。

下一瞬,后腰被一只温热有力的大手搂住。她蓦然撞进男生的怀抱中,属于他的清爽气息铺天盖地地将她包裹。

周安然怔怔地抬头望向他,目光和他带笑的视线碰上。

"又在想什么?"陈洛白问她。怀里的女生像是还呆愣着,还是那副乖软得让人一看就想欺负的模样。

陈洛白稍稍低头,声音也微微压低:"跟我走路就这么无聊,分心到路都不看了?"

周安然回神,忙摇摇头:"没有。"

女生方才还瓷白的小脸迅速染上一抹薄红,偏圆的杏眼干净又漂亮,里面有没藏住的一点慌乱与紧张。很像那年在学校小超市,他给她递可乐时的那副模样。

"周安然。"陈洛白叫了她一声,"你怎么还跟高中一样——"

周安然心重重一跳。

一样什么?他还是发现了?

陈洛白缓缓接上后一句话:"一逗就害羞。"

周安然松了口气,又没全松。她能感觉到脸正在发烫,所以不敢否认,但也不敢直接承认,因为"害羞"二字,好像已经足够暴露些什么了。

她模棱两可地小声反驳:"有吗?"

又轻又软的一声钻入耳朵中,女生睫毛颤得厉害,又长又卷,连同刚才那道嗓音一起,像两把小刷子似的,在陈洛白心里挠了两下。反应过来的时候,他空着的那只手已经抬了起来。

"没有的话——"陈洛白喉结滚了滚,手渐渐靠近那张薄红的小脸,"脸怎么这么红,耳朵也红?"

周安然说不出话来。

旁边的街面上还算热闹，霓虹灯闪烁，时而有行人从旁路过，眼神会在他们身上短暂驻足片刻。周安然都没注意，连呼吸都屏住，只看见男生那只细长好看的手离她脸颊越来越近。

三寸，两寸，一寸。

心跳从没这么快过，像是快悬到嗓子眼儿，期待与紧张交织，有什么像是满胀得要溢出来，发慌发闷的感觉，像心悸。然后那只手在离她只剩不到一寸的位置堪堪停了下来。周安然几乎能感觉到他手上的温度。

陈洛白垂眸，看着她白皙的小脸已经从薄红转成绯红，睫毛颤得比刚才还厉害，眼睛里像沁了水色。他手指动了动，最后转过来，只用手背很轻也很克制地在她脸上碰了下，如他预想一般又软又烫。

陈洛白的心脏像是也被烫了一下，嗓音低得发哑："我那天怎么就完全没看出来。"

旁边大路上一辆红色的跑车张扬地疾驰过去，重金属摇滚乐震天响。周安然只听清他说的前三个字，她心跳快得发慌，指尖揪了揪外套下摆，脸上还残留着刚才他手背落上来时的触觉，像是给了她勇气。

"你那天什么？"

陈洛白却将手放了下来，很轻地朝她笑了下："没听清算了，反正还不是时候。"

周安然："嗯？"什么叫还不是时候？

陈洛白虚搂在她腰上的手这时也松开，声音很低，听着格外温柔："走吧。"

周安然不知怎的，可能是心跳乱得厉害，也没再追问，只低头轻轻"嗯"了一声。

周安然跟他走进 Live House 的时候，台上的俞冰沁没在排练要表演的那两首英文歌，正在唱一首她没听过的粤语歌，等彩排完大家一起吃夜宵时，她才知道那首歌叫《无条件》。

往里走近，周安然看见祝燃正坐在他们上次坐的离舞台最近的那张卡座上。在周安然印象中，他话一直不少，下课的时候好像总是一刻不停地在跟人说话，此时却分外安静，连手机也没玩，只专注地看着台上的人——是以前从没见过的模样。

陈洛白轻着动作拉开他身后那张卡座的椅子，声音也轻："我们坐这边？"

周安然正好也不想过去打扰祝燃，点点头："好。"

周安然坐下时，还觉得脸上被他碰过的地方在发烫，她缓了许久的心跳，才终于静下心来听歌。

不知过了多久，她听见旁边的人忽然叫她一声："周安然。"

周安然侧了侧头。

陈洛白看着她："上次有几句话忘和你说了。"

周安然眨眨眼。上次？上次来这间 Live House 的时候吗？

"什么话啊？"

他们两人的位子是并排的，许是怕打扰到其他人，男生忽然靠近少许，清爽的气息一瞬间扑面而来。周安然呼吸停了一拍。

"你很优秀，也不胆小，世界上没有哪条法律规定所有人都必须要性格外向——"陈洛白定定望着她，眼眸在暗淡光线里依旧显得格外明亮，声音很低而坚定，"你不需要羡慕任何人。"

周安然随意搭在桌上的指尖倏然收紧，很难形容这一刻的感觉。她当然知道性格外向在很多情况下都更占优势，她很多时候也不喜欢自己这么内向，但如果性格可以轻易变换，那也不必有内外向之分。她不是没挣扎过，试图改变过，但都需要用情绪作为代价来交换。但是她喜欢了很久的男生跟她说"世界上没有哪条法律规定所有人都必须要性格外向"，跟她说"你不需要羡慕任何人"。

这一刻，她好像忽然就跟自己和解了。内向就内向吧，她尽力不让这种性格影响她想做的事情就行。

陈洛白忽然又开口："而且——"

说了两个字却又停了下来。

周安然平缓了下呼吸，这才很轻地接了句："而且什么？"

陈洛白仍看着她，像是意有所指："也许有人就喜欢你这种类型呢。"

后面俞冰沁再唱了什么，周安然一句也没再听进去。直到台上几人结束排练，Live House 重新安静下来，她才恍然回神。

俞冰沁和其他人一起把吉他放到舞台后方，从台上走下来后，她先在祝燃边上停了停："怎么一个人坐？"

她一下来，祝燃就站了起来。俞冰沁个子高，祝燃大约比她高半个头的样子。周安然难得在他脸上看到了少许紧张，然后就见他伸手一指她边上的男生："陈洛白不准我跟他坐一块儿。"

俞冰沁又走到他们卡座前，脸上依旧没什么明显的表情，但仔细看，还是能看出一丝很浅的笑："你怎么又欺负他？"

陈洛白不紧不慢地瞥了祝燃一眼："你哪只眼睛看到我欺负他了？"

俞冰沁像是就随口一说，目光又转向她这边。

周安然乖乖地跟她打招呼："俞学姐。"

俞冰沁"嗯"了声，忽然伸手捏了捏她的脸颊："然然脸怎么这么红，你也欺负她了？"

后一句话明显是对陈洛白说的。周安然心跳漏掉一拍，有点想转头看他，又感觉当着这么多人的面好明显。

然后听见男生的声音在旁边响起，比刚才多了点笑意，意味深长的语气："不算是欺负吧。"

周安然："嗯？"

他这话里的暧昧意味实在明显。俞冰沁身后几人齐齐朝她看过来，脸上都带着点打趣的笑容。周安然只觉脸更烫了几分。

乐队键盘手就是上次在KTV最开始叫他"校草"和他打招呼的那位学姐，叫钟薇，鹅蛋脸，短发，气质也飒。

此刻钟薇就靠在俞冰沁肩膀上，笑着看向陈洛白："听沁姐说你这段时间一直在跟她学吉他，已经会了一首歌，要不要趁今天有机会正好弹给我们听一下呀？我还挺想看帅哥弹吉他的。"

乐队几个男生不干了："我们天天弹吉他你看不见啊。"

"钟薇我跟你说，你这算人身攻击了啊。"

"就是。"

周安然终于忍不住偏头看他一眼。他什么时候跟俞学姐悄悄学了吉他呀？

男生斜靠在椅背上，脸上带着点漫不经心的笑意，语气也懒洋洋的，像在开玩笑："那不行，帅哥可不轻易弹吉他给别人听。"

钟薇也没生气，只八卦地瞥了眼周安然："我当然知道我没这个面子，就是不知道周学妹有没有，看我能不能蹭个机会。"

周安然："嗯？"

她目光一下收回来。虽然知道钟薇是因为刚才他那句话，才这样打趣，周安然的心还是稍稍往上提了些。

安静一秒，男生声音缓缓响起："下次吧，还没学会。"

"唉……看来今天是没这福气了。"钟薇叹气。

周安然一颗心落回来，她低着头，肩膀也有一点点垮下来。钟学姐刚开始是说他已经学会了，是钟学姐有信息差，还是他不想弹给他们听，所以找了托词？周安然抿抿唇。她好像又开始揪着一两句话就胡思乱想起来了。但是，很喜欢一个人的话，好像就是忍不住会对他说的每一句话去做阅读理解。

俞冰沁的声音响起："我们去吃夜宵，你们几个去不去？"

"当然去。"祝燃立即附和。

陈洛白语气还是懒懒散散的："你们先走，我们等下再去。"

我们？是说他和她吗？

周安然有点蒙，不由得偏头朝他看了一眼。

刚好看见男生侧头也朝她这边望过来，他下巴朝她这边轻轻一扬，明明是在回俞冰沁的话，目光却落在她脸上没再移开："有话跟她说，你钥匙借我。"

周安然指尖蜷了蜷。他还有什么话要跟她说啊？路上她只听见三个字的那句话吗？

"噢，"钟薇推了推乐队其他几个男生，"快走快走，别打扰人家学弟学妹。"

俞冰沁很浅地笑了下，从口袋里把钥匙拿出来，扬手丢给他："不许欺负人家。"

陈洛白伸手接过："我尽量。"

周安然："嗯？"

俞冰沁一行人出去后，Live House 恢复安静。周安然手撑在座椅上，掌心开始有点发汗。

"想听吗？"男生声音很低地响起。

周安然侧了侧头，有点儿没明白："听什么？你要跟我说的话吗？"

他要跟她说什么啊,怎么说之前还要征求她意见似的。

陈洛白忽地笑了下,冲舞台扬了扬下巴:"我弹吉他,想听吗?"

周安然一怔,眼睛稍稍睁大:"你不是说还没学会吗?"

"骗她的。"少年语气里隐约带出几分狂劲儿,"我怎么可能不会。"

周安然心跳又快了一拍。

"想听就跟我去台上?"陈洛白问她。

周安然重重点了下头。

上台后,周安然一路跟他走到舞台后方。陈洛白没动其他人的东西,就只拿了俞冰沁那把吉他,随手把绳子挂在肩上,然后走到台前,在舞台边坐下。

周安然其实是有一点点洁癖的,但此刻莫名地没多想,跟在他旁边,也在舞台边坐下,悬空的双腿不自觉地轻晃了下。

"你学了什么歌啊?"

陈洛白抬眸,眉梢轻轻扬了下:"世界名曲。"

世界名曲?

周安然还有点想问他什么世界名曲,就看见男生细长的手指已经落到吉他弦上,她就没再开口。两三个音符响起后,她不用问,也能听出是什么"世界名曲"了。

陈洛白再抬眸看她时,就看见女生唇角弯着,脸颊两边的小梨窝都露了出来,她性格内敛,很少像眼前这般,笑得格外甜美动人。

"没骗你吧?"

周安然笑着摇摇头:"没有。"

虽然是儿歌,也确实是世界名曲没错。

陈洛白怕弹错,重新低下头,周安然也垂眸看着他。男生黑色碎发搭在额前,因为神情认真,侧脸线条越显锋利,好看得不像话。

最后一个音符落下时,周安然还以为他会就此停下来,没想到他从头开始弹起,声音也随着音符一同响起,唱的是英文版的歌词。

那天祝燃在群里说他去KTV从不唱歌,她还以为是唱得不好听。可此刻响在耳边的歌声分明低沉舒缓,稚嫩的儿歌被他唱出了另一种清澈又动听的感觉。

Twinkle, twinkle, little star,
How I wonder what you are.
Up above the world so high,
Like a diamond in the sky.
(一闪一闪小星星,
我想知道你是什么。
在整个世界之上,如此的高,
像在天空中的钻石。)

周安然垂眸看着低头唱歌的男生,心跳在低缓的歌声中一点点地加快。

一首歌唱完,陈洛白才终于停下来。他略略抬了抬眼皮,看了她两秒才开口:"我先把吉他放回后面去。"

周安然很轻地点了下头。

陈洛白起身,把吉他放回去后,重新过来她身边坐下:"本来不只想学这一段的。"

不只想学这一段?是说不只想学这一首,口误了吗?

周安然好奇:"你还想学什么?"

男生手撑在她身侧,就这么低眸看着她:"以后再告诉你。"

"怎么又卖关子啊。"女生语气里难得带了一点点明显的不满。

陈洛白感觉那把小刷子像是在心脏上挠了一下似的,他撑着舞台,稍稍朝她靠过去。距离忽然拉近,周安然呼吸微屏。

面前的男生唇角很浅地勾了下,隐约带着一股不太明显的坏劲儿,像是故意逗她:"留点悬念才能把我的听众勾住。"

他的听众?

早已歇业的 Live House 空无他人,此刻偌大的空间里,就只有她和他两个人。他这首歌只唱给她听了,她是他今晚唯一的听众。这个人跟她说话,好像暧昧得越来越不加掩饰了。周安然有些招架不住,呼吸彻底屏住,心跳好像又快得发慌。

他手机忽然响了几声,陈洛白低头去拿手机,距离终于重新拉开。

周安然微微吐了口气。

陈洛白随意看了两眼信息后，抬头就看见她这点小动作，不由得笑了声，也没再逗她："祝燃说那边已经上菜了，要过去跟他们吃点东西吗？"

周安然感觉今晚再跟他独处下去，心脏可能要超负荷："去吧。"

男生随口"嗯"了声，忽然手一撑，直接从舞台边就这么跳了下去，敞开的棒球外套下摆翻飞了一瞬。

落地后，他转过头看她："下来吗？"

周安然眨眨眼，她低头看了眼地面，好像有一点点高。

"我也跳下去吗？"

"嗯。"陈洛白微仰头看向她，"害怕？"

周安然没逞强："有一点。"

"怕什么。"舞台下的少年唇角忽然勾起，暗淡光线下，他的笑容却显得张扬又肆意，像那年在球场上投进那个后撤步三分时那般耀眼。

他朝她张开双手："我接住你！"

第 47 章

周安然的心跳今晚第无数次加快。她其实还不敢百分之百肯定他的心思，但这一刻，她忽然在心底生出一股冲动，也忽然不想再想那么多。

不想未来，不想以后。不去想在他面前把心思都暴露出来会有什么后果。就像拥有趋光本能的飞蛾无法拒绝耀眼的火光一样。

她拒绝不了此刻的陈洛白，没人能拒绝此刻的陈洛白。

周安然的手在身侧一撑，往下一跃，直直跳进了男生的怀里。

真接住她的一瞬，陈洛白忽又有些后悔。因为带些冲撞力，女生上半身几乎完全贴合在他胸膛上。陈洛白身体僵了一瞬，搂在她后腰上的手发紧，喉结不自觉地上下滚动了好几下，视线撇开，隔两秒，落回她脸上。

她双脚离地被他抱着，那张乖软漂亮的小脸几乎近在眼前，是再低一点就能亲到她的距离，连唇上的纹路都清晰可见。

陈洛白保持着这个姿势没动，嗓音低着问她："周安然，下周来看我打球？"

距离好近，他一开口，周安然就能感觉他吐息间热气全扑拂在她脸上，烫得她脸完全烧起来。和前几次他虚扶着她后背不同，此刻她悬空被他抱在怀里，是比普通拥抱还要更亲密的姿势。心脏好像真的要超负荷，大脑也有停止运转的趋势。

周安然睫毛低低垂下来，不敢看他，只小声说："你先放我下来。"

陈洛白看她脸红得像是能滴血，睫毛颤动得比之前任何一次都厉害，语气也软得像撒娇，心底某些被压着的恶劣因子反而被激发起来，搂在她腰上的手收得更紧，把她往怀里压了压，嗓音仍低："你先答应我。"

周安然："嗯？"他怎么还耍赖？

但距离真的好近好近。

她不抬头也能感觉到他脸几乎快贴上她的，视线里也是他离得好近好近的高挺鼻梁和偏薄的唇，心跳快得有些发慌，手指忍不住揪了揪他外套。可好像又是开心的。

"我又没说不去呀。"

俞冰沁他们吃夜宵的地方在一家烧烤店。周安然跟陈洛白一起过去时，就看见俞冰沁旁边空了两个位子，应该是特意给他们两个人留的。

她走过去，靠着俞冰沁坐下。俞冰沁拿了几根烤好的串递过来给她。周安然说了声"谢谢"，接过来放到桌上的盘子里，低头拿起一根慢吞吞吃着，也没再说话。

陈洛白眉梢扬了下："我的呢？"

俞冰沁淡淡瞥他一眼："你没长手？"

"没问你。"陈洛白说着侧头看了眼旁边的女生，"你不分两串给我？"

周安然："嗯？"

俞冰沁顺着他目光，也低头看了她一眼。

女孩子耳朵尖儿红得似血，白皙的小脸也绯红。

"陈洛白。"俞冰沁冷着脸站起来，"你跟我去拿几瓶饮料。"

陈洛白缓缓收回目光，从椅子上站起来："行。"

店里生意好，几个服务员忙不过来。俞冰沁走到前台，跟里面的人说："给我们那桌再上一打啤酒。"

服务员："16号桌是吧？"

俞冰沁"嗯"了声，又偏了偏头："她喝什么？"

陈洛白懒懒倚在台边："给她拿罐可乐。"

"可乐没罐装的了。"服务员问他，"玻璃瓶装的可以吗？"

陈洛白点了下头，服务员给他拿了瓶瓶装可乐。陈洛白又伸手给她拿了根吸管。

往回走的时候，俞冰沁才淡声说了一句："不是让你别欺负她？"

陈洛白随手晃着手里的吸管，嘴角勾了下："没忍住。"

俞冰沁停下脚步，冷冷瞥了他一眼。

"你倒是护着她。"陈洛白往他们那张桌子望了眼，"放心，没真欺负，就抱了一下。"顿了一秒，忍不住接了一句，"其他都没舍得做。"

俞冰沁："抱了下还叫没真欺负，听你这语气，只抱了一下你还挺遗憾的？"

"是有点吧。"陈洛白握着玻璃瓶的手指动了下，几乎还能回忆起女生腰肢柔软的触感，"但现在还没名没分的，也不合适。"

"知道还没名没分，你就注意点分寸。"俞冰沁提醒他。

陈洛白又乐了下："她才是你表妹吧。"

"她要是我表妹，"俞冰沁唇角很浅地弯了下，"肯定比你省心。"

16号桌已经近在眼前，两人交谈停止。

周安然吃完第二串烤串，听见旁边椅子被拉开，高大的男生在她身侧坐下，手上好像多了瓶瓶装可乐。

她低着头，余光瞥见他右手拿着可乐瓶子往桌边随便一磕，瓶盖被轻松撬开，握着瓶身的手指细长，发力的那一瞬，有微微凸起的青筋在眼前一晃而过。

开了盖的可乐被插上一根吸管递到她面前。随之靠近的，还有陈洛白身上的清爽气息。他声音压得很低，语调温柔，像在哄她："别生气了？"

周安然目光落在他腕骨上方那颗小痣上，声音也轻轻的："我没生气。"

"没生气就理我一下。"陈洛白把可乐往她面前推了推，"你坐下后一句话都不跟我说，我姐还以为我欺负你了。"

周安然："……"

说得他好像没欺负她似的。可她也是自愿的，是她主动跳进他怀里的。

//295//

周安然抿了抿唇，从盘子里分了几串烤串出来，放到他盘子里，耳朵好像更热了几分："没有不理你啊。"

吃完这顿夜宵，周安然回到宿舍时，已经过了十点半。三个室友，包括出去和谢学长约会的柏灵云，都已经回了宿舍。大约是今天玩累了，几个人都躺在床上玩手机。

周安然洗漱完，也躺上床。她随手打开微信刷了下朋友圈，看见一个新头像出现时，还稍稍愣了下，随后才想起是今晚新加的祝燃。当时她被某人一直盯着，也忘了给他设备注。周安然没着急给他设备注，先看了一眼他发的朋友圈。

祝燃："今晚长见识了，姓陈的原来是柠檬精转世。"配图是一个柠檬表情包。

周安然指尖往下滑了滑，看见评论区有个熟悉的头像出现。

C："删了。"

祝燃回复："提醒你一下，我今晚刚加她微信，你威胁我她看得到的。"

今晚刚加？是在说她吗？周安然退出朋友圈，重新再点进来，又刷新了下。看到下面多出一条新回复。

C："还没名分，先别乱发。"

周安然盯着"没名分"三个字，指尖倏然一顿。是她想的那个意思吗？她忍不住又退出去，想看看祝燃怎么回他，结果再点进来刷新，却没能再看见祝燃在朋友圈发的那条。

是删了？

周安然看着屏幕，发了几秒呆，莫名感觉刚才的对话是她的幻觉一样。但上次聚会只匆匆一下午，祝燃好像也没加严星茜他们，就算祝燃加了，他也没加。她也没个能问的人。

手机忽然响了下，周安然退回主界面，看见是严星茜在小群里@她。

严星茜："然然还没跟陈洛白吃完饭吗？"

张舒娴："有可能他们俩吃完饭去做别的什么了呢？"

周安然："回来了。"

周安然："都说了还有祝燃一起吃饭。"

盛晓雯："他不重要。"

严星茜："就是，一个电灯泡有什么重要的。"

张舒娴："嘿嘿，快说你们俩现在怎么样了？"

周安然："就那样啊。"

盛晓雯："就那样是哪样？"

周安然："就是——你们说得没错，我真的可以多想一下的那样。"

严星茜："所以陈洛白真喜欢你？"

周安然摸了摸耳朵："可能吧。"

周安然："我也不是太确定。"

盛晓雯："别可能了。"

盛晓雯："陈洛白人品还是有目共睹的，他可从没招惹过哪个女生，又向来会保持距离。"

盛晓雯："能让你这么谨慎的性格都确定说可以多想一下，那应该就是真喜欢你了。"

张舒娴："不是。就我一个人好奇吗？今晚到底发生什么了？！"

张舒娴："然然上周还跟我们说不敢多想，今晚居然就直接到了确认他有点喜欢你的地步了。"

周安然："嗯？"她没确认啊，她只是说有可能。也不止是今晚吧。就……这一周他的种种表现，好像都在向她不断证明这个可能性。虽然确实是今晚最明显。

严星茜："我也好奇！！"

严星茜："我不管，然然我这周末要去找你。"

严星茜："我可太好奇陈洛白追人是什么样了。"

盛晓雯："好奇+1。"

张舒娴："呜呜呜……说实话我是真没想到陈洛白居然还有主动追人的一天。我后悔留在南城了呜呜呜……"

张舒娴："我也想看，但是这周真抽不出两天的空了。"

严星茜："没事，我们给你实况转播。那就这么说定啦。"

盛晓雯："放心，他下周末要是约你吃饭，我们就远远在一边围观，不打扰你们。"

周安然:"他没约我吃饭。"

盛晓雯:"他这么聪明的人,居然不懂什么叫趁热打铁?"

周安然:"我们学校校内篮球赛下周末要开始了。"

周安然:"他让我周六去看他打球。"

严星茜:"那正好,反正他打球赛的盛况我们是见识过的,大学围观人群肯定只多不少。"

严星茜:"这么多电灯泡,多我们两个也不多。"

期中周过去,学期只过一半,周六休息一天后,次日周安然和室友又老老实实去了图书馆。晚上柏灵云和谢静谊都有会要开,吃过晚饭,就没再跟她们一起,周安然跟于欣月在图书馆待到闭馆才回来。

到寝室时,柏灵云和谢静谊已经回来了,两人正坐在谢静谊的座位前,脑袋凑在一块儿,不知用手机在看什么视频。只听见里面有一阵阵欢呼声。

"帅吧?"谢静谊问。

柏灵云:"真的帅,要是我在现场,他这么冲我一笑,我估计我真的要腿软。"

"注意下用词啊,你可是有男朋友的人。"谢静谊用手肘撞撞她,"要让谢学长听见了,你估计实实在在要腿软了。"

"偷偷看个帅哥而已,他反正也听不——"柏灵云目光一瞥,话音稍顿,"喀……然然回来了,别教坏她。"

周安然把东西放下:"你们在聊什么?"

"聊你同学。"柏灵云说。

谢静谊:"说陈大校草呢。"

周安然呼吸紧了下:"他怎么啦?"

"他今天和院里的学长去室外篮球场练球了,杀疯了。"谢静谊把手机递过来给她,"你自己看吧。"

周安然接过来。视频不知是谁拍的,全程都只对焦他。男生今天穿了一身白色球衣,可能是因为天气冷,又在室外,他球裤里面还穿了条黑色的压缩裤。只有短短不到十秒的视频里面,穿着白球衣男生的运球晃开防守人,然后起跳,空位投三分。

视频最后,他刚好转向镜头这边,不知是冲谁轻扬了扬下巴,笑容张扬又肆意,乍一看像是冲着看视频的人在笑一样。结束后,视频停在这个画面。

"然然。"谢静谊抬起头,"你怎么这么淡定,这个视频我今天发一个,疯一个,就你看完一点反应都没有。"

周安然:"……我习惯了。"

习惯看他在篮球场上无比帅气的模样。更习惯在别人面前隐藏一切关于他的喜怒哀乐,不敢暴露一丝喜欢他的痕迹。她连严星茜都瞒过了。

"也是。"谢静谊从她手里把手机拿回去,"忘了你和他是高中同学,以前应该常有机会看他打球。对了,你们在高中的时候,也会有很多女生给他送水吗?"

周安然敏锐地听出谢静谊用了个"也"字。

"高中的时候没有吧,我们学校管得严。"她顿了顿,状似无意地又问了句,"今天很多人给他送水吗?"

"是啊,说了杀疯了。"谢静谊说,"本来大家还顾忌你的,今天好多人就没顾忌了,毕竟帅哥会打球,真的双重暴击。"

周安然一愣:"顾忌我?"

谢静谊:"毕竟他就只和你一个女生走得近,很多人也不知道你们是高中同学,就一直在观望,但可能是因为一直也没有你们在一起的消息传出来,今天他又在球场大杀特杀,当场就有好几个女生给他送水了。"

周安然心里稍稍一提。

"他接了没?"柏灵云先帮她问出了这个问题。

谢静谊摇摇头:"没呢,一个都没接,其中还包括中文系那位系花,不过那位系花被他拒绝后反而扬言打算真追他了。"

"这什么情况?"柏灵云好奇。

谢静谊:"好像是说觉得现在洁身自好的帅哥都快绝种了,难得碰上一个,她不想放过吧。"

柏灵云手机忽然响起来。她低头看了一眼,眉梢眼角瞬间满是笑意:"谢子晗找我,我去接个电话。"

"去吧,吃了一晚上瓜。"谢静谊叹口气,"我得赶作业了。"

周安然也没再多问,洗漱完,爬上床。她打开微信,指尖往下,滑到他的头像上。聊天记录还停留在昨晚他来接她时那句"下楼别玩手机",之后再没有新消息。

周安然抿了抿唇。

会不会……还是她多想了啊。喜欢他的人实在太多太多了,她实在不敢相信她会是最特殊最幸运的那一个。

周安然点开他的消息框,想问问他下午打球的事,又觉得好像没什么立场,最后退出来。反反复复几次,最终还是什么都没发,只把昨天俞冰沁唱的那首粤语歌原版转去了朋友圈。

周安然百无聊赖地刷了刷其他人的朋友圈,退出去时,看见有两条新朋友圈消息提醒。陈洛白给她这条动态点了个赞,还给她留了条评论。

C:"喜欢?"

是问她喜欢这个歌吗?

周安然不太确定他的意思,只回了个小小的问号过去。

下一秒,手机轻轻振了下,是有人给她发消息。见朋友圈还没有消息提醒,周安然先退回主界面,一眼看见消息竟然就是他发来的。他的头像跳到了界面最上方,上面有一个小小的数字1。手机又振了一下,变成了数字2。

周安然点开他的对话框。

C:"最近没有空。"

C:"要忙球赛的事。"

还要忙着应付追他的女孩子吧。周安然心里冒出个酸泡泡。对话框顶上显示着"对方正在输入",她也就没着急回他。

一秒后,一条新消息跳进来:"寒假再学给你听。"

周安然:"学什么?"

C:"吉他。"

C:"你不是喜欢《无条件》?"

她喜欢他就要学吗?那个酸泡泡好像又填了蜜糖进去。她只忙学习尚且觉得时间不够用,能想象出他现在得有多忙。

周安然："也没有很喜欢。"

周安然："就是觉得昨晚俞学姐唱得很好听。"

C："昨晚就你俞学姐唱得好听？"

昨晚他坐在她旁边唱歌的模样倏然闪现在脑海中。周安然心里那颗小气泡炸开。鬼使神差地，她回了他一句："你唱得也好听。"

可能是因为从没跟他说过这种话，发出去后，周安然莫名地面红耳赤得厉害，慌慌忙忙又点了撤回。

C："撤回什么了？"

这是没看见？周安然松了口气，又好像有一点失望。

周安然："没什么啊。"

周安然："就打错了。"

C："周安然。"

怎么感觉他好喜欢这样连名带姓地叫她。当面就算了，微信里怎么也这样叫她。

C："亏我昨晚还夸你不胆小。"

可她本来就胆小，不过他为什么忽然提这个？

没来得及问他，手机又响一声。

C："说我唱得也好听有什么好撤回的？"

周安然："你都看见了怎么还问我呀？"

C："想要你心甘情愿跟我说这句话。"

周安然这下像是心里瞬间有无数小气泡在同时炸开了。严星茜她们说想看他怎么追她。她不知道他这算不算是追她，但她已经快要招架不住了。"我要睡了。"周安然摸了摸烫得厉害的耳朵，顿了顿，她忍不住红着脸补了一句，"你今天打了一下午的球，也早点睡吧。"

C："你怎么知道我打了一下午的球？"

C："知道了也没过来看一眼？"

他也没告诉她今天会去室外篮球场练球啊。

周安然没敢跟他说这句话，只回他："晚上才从室友那儿知道的。"

想起谢静谊那些话，她心里又冒出一个酸气泡：而且不是有很多人去看了吗，又不缺我一个啊。

她的视线落到后一条消息上，感觉酸得厉害，又有点想撤回，犹豫间，手机却先响了两下。

C："《无条件》的歌词记得吗？"

C："'仍然我说我庆幸'后一句是什么？"

怎么忽然跳到歌词上了？这首歌她就昨晚听俞冰沁唱了一遍，回来后又搜出来听了一遍，确实不记得歌词。

周安然打开搜索软件，把《无条件》的歌词搜出来，从第一句一点点往下滑，看到他说的那句时，指尖再次倏然顿住，这次心里炸开的酸气泡变成了烟花突然间炸开，绚烂又喧嚣。

页面上赫然显示着——

"仍然我说我庆幸，

你永远胜过别人。"

图书在版编目（CIP）数据

柠檬汽水糖 / 苏拾五著 . — 成都：四川文艺出版社，2023.12（2025.7 重印）
ISBN 978-7-5411-6769-0

Ⅰ.①柠… Ⅱ.①苏… Ⅲ.①言情小说—中国—当代 Ⅳ.① I247.5

中国国家版本馆 CIP 数据核字 (2023) 第 191808 号

NINGMENG QISHUI TANG
柠檬汽水糖
苏拾五　著

出 品 人　冯　静
特约监制　王传先　沐　浔
责任编辑　陈雪嫒
责任校对　段　敏

出版发行　四川文艺出版社（成都市锦江区三色路 238 号）
网　　址　www.scwys.com
电　　话　010-82068999（市场部）　028-86361781（编辑部）

印　　刷　河北鹏润印刷有限公司
成品尺寸　146mm×210mm　　　开　本　32 开
印　　张　9.5　插页 4　　　　　字　数　320 千
版　　次　2023 年 12 月第一版　印　次　2025 年 7 月第十次印刷
书　　号　ISBN 978-7-5411-6769-0
定　　价　49.80 元

版权所有·侵权必究。如有质量问题，请与本公司图书销售中心联系调换。电话：010-82069336